Sarah Saxx

Snowflakes All Around Us.
A Royal Christmas Romance

© privat

Ihre Liebe zu romantischen Romanen brachte SARAH SAXX vor Jahren zum Schreiben. Seither hat die 1982 geborene Tagträumerin erfolgreich eine Vielzahl an Geschichten veröffentlicht, die tief im Herzen berühren und dieses gewisse Kribbeln auslösen. Sarah schreibt, liebt und lebt in Oberösterreich und verbringt ihre freie Zeit am liebsten mit ihrem Mann, ihren beiden Töchtern und Labrador Buddy.
Mehr über die Autorin unter www.sarahsaxx.com und auf Instagram unter @sarahsaxx.

Sarah Saxx

# Snowflakes all around us

A Royal Christmas Romance

Ravensburger

MIX
Papier | Fördert gute Waldnutzung
FSC® C111262

1 3 5 4 2

Originalausgabe



Dieses Werk wurde vermittelt durch die
Textbaby Medienagentur, www.textbaby.de

Umschlaggestaltung: Romy Pohl unter Verwendung von
Fotos von Shutterstock (© NikaMooni, Pogorelova Olga und Mischoko)

Lektorat: Franziska Jaekel



Printed in Germany

ISBN 978-3-473-58628-8

www.ravensburger.com

*Für A und E. Ich hab euch so unendlich lieb.*

*Für alle, die auf ihren Prinzen warten – und für jene, die ihn bereits gefunden haben.*

# Playlist

All of Me – *John Stephens, Toby Gad, KO*

Everybody Wants To Rule The World – *From: »The Hunger Games: Catching Fire« Soundtrack – Lorde*

Limelight – *Charlie Chaplin, Maximilian Hornung*

Gymnopédie No. 1: Lent et douloureux – *Erik Satie, Olga Scheps*

Hello / Lacrimosa – *The Piano Guys*

White Christmas – *Dundas*

Stargazing (feat. Bergen Philharmonic Orchestra) – Orchestral Version – *Kygo, Justin Jesso, Bergen Philharmonic Orchestra*

Little Drummer Boy – *Rhett Week*

King – *Zayd Wølf*

The Queen's Nose – *Slow Club*

Kingdom Fall – *Claire Wyndham*

Viviann (Bievá Biette Viviann) – *Sofia Jannok*

Tomten jag vill ha en riktig jul – *Måns Zelmerlöw*

We Three Kings – *Chilly Gonzales*

Santa Tell Me – *Taylor Manns*

I. Adagio sostenuto – *Ludwig van Beethoven, Arthur Rubinstein*

Baby, It's Cold Outside – *Lydia Liza, Josiah Lemanski*

Good King Wenceslas – *Chilly Gonzales*

Sami eatnan duoddarlid – *Sofia Jannok*

Kings and Queens – *Thirty Seconds To Mars*

Varje snöflinga som faller – *Svante Thuresson*

Canon in D Major for Strings and Continuo – *Johann Pachelbel, City of London Sinfonia, Andrew Watkinson*

Oh My Dear Lord – *The Unlikely Candidates*

Royals – *Lorde*

Fight Song/Amazing Grace – *The Piano Guys*

Liebestraum (3), notturnos for piano (after songs LW N18), S. 541, LW A103 – No. 3 – *Boston Pops Orchestra, Arthur Fiedler*

The Christmas Song (arr. piano) – *Stephan Moccio*

All I Want For Christmas Is You – *Chilly Gonzales*

Silver Bells – *Chilly Gonzales*

Stilla natt – *Carola*

*Diese Playlist findest du auch auf Spotify unter »Snowflakes all around us – a Royal Christmas Romance – by Sarah Saxx«*

KAPITEL 1

# Emelie

*O Gott, ich bin im Finale … Ich hab es tatsächlich geschafft!*

Langsam sickerte zu mir durch, was sich hier abspielte. Die Enttäuschung von Caren, die neben mir stand und gerade ausgeschieden war. Der Applaus des Publikums und der anderen Teilnehmer, von denen nur noch wenige im Rennen waren. Der Druck, der von mir abfiel, weil meine Erwartungen an mich selbst bei diesem Konditorenwettbewerb bei Weitem übertroffen wurden. Der Druck, der wieder anstieg, als mir bewusst wurde, dass es für mich damit nicht vorbei war – immerhin bestand nun sogar die Chance, es auf den ersten Platz zu schaffen.

Ich wurde von den Konkurrenten umarmt, während ich Caren tröstend an mich drückte, die tapfer lächelte, obwohl ihr Tränen über die Wangen liefen. Sie murmelte etwas auf Englisch, doch ihre Worte wurden von denen des Moderators übertönt.

»Herzlichen Glückwunsch, Mario Valentino aus Italien, Sophia Clavier aus Frankreich und Emelie Hoffmann aus Deutschland. Ihr tretet im Finale ab morgen gegeneinander an und habt die Chance auf den Hauptgewinn. Einhunderttausend Euro, die euch bei der Verwirklichung eures Traumes helfen werden.« Der attraktive Medienprofi, den ich auf Anfang dreißig schätzte, schenkte uns sein Zahnpastalächeln, das in dem Moment verblasste, als die Regie das Ende der Aufnahmen ankündigte.

Geräuschvoll atmete ich aus und fühlte mich, als würde ich gerade von meiner schwebenden Wolke langsam in der Realität ankommen. Das Gewusel der Leute um mich herum nahm zu. Erschöpft wischte ich mir über das Gesicht, das erhitzt war vom Scheinwerferlicht, von der Anstrengung des heutigen Tages und der Aufregung der letzten Viertelstunde, in der sich die vierköpfige Jury beraten und ihr Ergebnis verkündet hatte.

»Du warst wirklich großartig, Emelie.« Carens Wangen zierten kleine dunkle Spuren des verwischten Make-ups. »Das muss ich ganz neidlos zugeben. Dein Teig ist so fluffig geworden, das konnte ich sogar von meinem Platz aus erkennen. Und wie kunstvoll du den Fondant verarbeitet hast … Man merkt einfach, dass du in der obersten Liga mitspielst. Selbst Profis mit jahrzehntelanger Erfahrung könnten neben dir einpacken.«

Tränen der Rührung standen mir in den Augen. Nicht wegen ihres Kompliments – mit dem sie völlig übertrieben hatte. Denn auch Sophia und Mario waren unglaublich gut und ich hatte sie vom ersten Tag an bewundert. Nun waren wir schon über eine Woche in London, wo wir für eine TV-Serie unsere Back- und Konditoreikünste zur Schau stellten und um den Hauptpreis konkurrierten, wobei schon viele große Talente ausgeschieden waren.

Wir waren allerdings nicht nur wegen des Ruhms hier, denn

hinter jeder Teilnehmerin und jedem Teilnehmer steckte eine Geschichte – mit dem gleichen Ziel: eine Konditorei zu eröffnen.

Sophia stammte aus einer sehr technikaffinen Familie, die sie bei ihrem Traum nicht unterstützen wollte. Damit sie ihn sich erfüllen konnte, benötigte sie Startkapital, für das sie nun erneut eine Runde weiter war. Mario hatte bereits jahrelang eine eigene Konditorei in Italien geführt, diese jedoch durch ein Feuer – und die fehlende Versicherung – verloren. Über Letzteres konnte ich nur den Kopf schütteln, doch jetzt war er hier, weil er für sich und sein gesamtes Team das Geld gewinnen wollte, um das Unternehmen neu aufzubauen.

Caren kam aus Liverpool und hatte durch die Krankheit ihres Mannes vor drei Jahren alles aufgeben müssen. Sie war Anfang vierzig und hatte gehofft, sich durch den Hauptpreis auch wieder ihrer beruflichen Leidenschaft widmen zu können – ein Traum, der durch ihr Ausscheiden wie eine Seifenblase zerplatzt war. Sie tat mir unglaublich leid – nicht nur, weil ich ihr aufgrund ihrer Vorgeschichte den Sieg am meisten gegönnt hatte. Sie war mir von allen am sympathischsten und dass sie in der finalen Runde nicht dabei sein würde, fühlte sich falsch an.

Mein Grund, an dem Wettbewerb teilzunehmen – und mich überhaupt für die Show zu qualifizieren –, ging bis in meine Kindheit zurück. Ich war in einer Bäckerfamilie in Fuchstal aufgewachsen, einer kleinen Gemeinde etwa fünfundsiebzig Kilometer südwestlich von München, und unsere Bäckerei war bis zur bayrischen Landeshauptstadt für unser Biobrot und den Urteig bekannt. Genau wie von meinem älteren Bruder Philipp wurde von mir erwartet, in das Familienunternehmen einzusteigen. Bereits mit drei Jahren hatte ich meine ersten Semmeln geformt. Das Backen gehörte schon immer wie selbstverständlich dazu – bis ich mit neun in München an einer Konditorei vorbeigekommen war, in deren Schaufenster die kunstvollsten Torten, Cupcakes, Plätzchen und Pralinen ausgestellt waren, die ich bis dahin gesehen hatte. In diesem Moment war mir klar geworden, dass das Leben mehr für mich bereithielt als Brot und Brötchen. Ein Jahr später hatte ich die Geburtstagstorte für Philipp gebacken, mit zwölf schließlich die erste dreistöckige Hochzeitstorte. Ich liebte es einfach, mit süßen Zuckermassen zu arbeiten, zu modellieren und sie in fantasievolle Gebilde zu formen, die auf den ersten Blick zu schade waren, um sie zu essen – und gleichzeitig so lecker, dass man nach dem ersten Kosten nicht damit aufhören wollte.

Es gab nichts, was mich aufhalten konnte – auch nicht die Tatsache, dass mein Vater auf einer Bäckerlehre bestand, die ich vor zweieinhalb Jahren erfolgreich abgeschlossen hatte. Seitdem arbeitete ich als ausgebildete Bäckerin im Familienbetrieb mit und half gelegentlich auch im Verkauf aus.

Meine Eltern brachten meiner neu entdeckten Leidenschaft leider nicht die Begeisterung entgegen, die ich mir gewünscht hätte. Sie schätzten meine Arbeit, betrachteten sie aber eher als Hobby. Als Zeitvertreib, der zwar ganz nett war, mich jedoch von meiner eigentlichen Aufgabe ablenkte: nämlich Brot und Gebäck zu backen und zu verkaufen.

Dafür unterstützte mich meine beste Freundin Stefanie, die ich während meiner Ausbildung kennengelernt hatte. Leider hatte sie von ihrem Chef nicht freibekommen, weshalb ich allein nach London hatte reisen müssen. Sonst wäre sie jetzt bei mir und würde sich mit mir freuen.

Mir war klar, dass meine Eltern sich ihren Ruf hart erarbeitet hatten. Sie waren ihrem Traum gefolgt, doch meiner war ein anderer. Deshalb war ich hier – um mir mit dem Preisgeld meinen eigenen Traum von einer Konditorei zu erfüllen.

»Wir sollten diesen Abend unbedingt feiern.« Mario tauchte neben Caren und mir auf und legte seine schlanken Arme auf unsere Schultern. »Wir haben es so weit geschafft, wir alle sind Gewinner, egal, wie das Finale ausgehen wird.«

»Aber komm bloß nicht auf die Idee, uns abzufüllen und dir so den Sieg unter den Nagel zu reißen.« Sophia stieß dem grauhaarigen Italiener in die Seite, der lauthals lachte.

»Keine Sorge, das käme mir nie in den Sinn.« Er zwinkerte mir zu und ich war mir nicht sicher, ob er uns gerade anflunkerte.

»Okay, dann treffen wir uns später in der Hotellobby«, schlug Sophia vor. »Du kommst doch mit, Caren?« Die Französin schaute sie flehend an. Carens Ausscheiden hatte wohl nicht nur mich heftig getroffen und überrascht.

»Ich weiß nicht … Eine Party ausgerechnet heute? Das fühlt sich …«

»… genau richtig an«, fiel ihr Mario ins Wort.

»Er hat recht, Caren. Du musst unbedingt mitkommen, immerhin bist du genauso ein Teil der Show«, sagte ich. Dass die knapp zwanzig anderen Teilnehmerinnen und Teilnehmer aus allen Ecken und Enden Europas ebenfalls dazugehörten, erwähnte ich nicht. Mal davon abgesehen, dass einige von ihnen bereits abgereist waren, hatte ich die meisten gar nicht richtig kennengelernt, weil sich die Teilnehmerzahl schon an den ersten drei Tagen auf ein Drittel reduziert hatte.

Nach einem tiefen Seufzer stimmte Caren endlich zu.

Nachdem ich mir im Hotel die Bäckerstärke und die Farbpigmente vom Dekorieren aus den Haaren und von der Haut gewaschen, mich umgezogen und gestylt hatte, setzte ich mich aufs Bett und rief zuallererst Stefanie an. Ich wusste, sie würde sich mit mir freuen.

»Hey, meine Heldin, wie geht es dir?«, begrüßte sie mich völlig aufgedreht. Womöglich wartete sie seit Stunden neben dem Telefon auf eine Nachricht von mir.

»Sitzt du?«

»Ja, warte … jetzt! Was ist los?« Sie klang mindestens so aufgeregt, wie ich mich fühlte.

»Ich bin im Finale«, platzte es aus mir heraus. Zwar hatte ich eine Verschwiegenheitsklausel unterschrieben, aber neben meiner engsten Familie durfte ich meine beste Freundin einweihen. Etwas anderes wäre für mich auch gar nicht vorstellbar gewesen, denn mit irgendjemandem musste ich schließlich meine Freude teilen.

Ihre Antwort bestand aus einem ohrenbetäubenden Quietschen, in das ich einfach einsteigen musste, während ich auf und ab hüpfte.

»Ich wusste es, Emelie, du bist einfach die Beste!«

»Na ja, noch ist nichts gewonnen. Ich freue mich riesig, es so weit geschafft zu haben, aber jetzt geht es um *alles*. Das macht mich nervös und für morgen und die nächsten Tage muss ich konzentriert und ruhig bleiben.«

Nach einem zustimmenden Murmeln fragte sie: »Und was sagen deine Eltern dazu?«

»Die wissen noch nichts davon. Ich werde sie aber gleich anrufen.«

Stefanies geräuschvolles Seufzen drang an mein Ohr. »Lass dich bloß nicht von ihnen demotivieren, hörst du? Du bist großartig!

Das, was du geschafft hast, muss dir erst einmal jemand nachmachen.«

»Ich weiß. Vielleicht ändert das ja sogar ihre Einstellung.«

»Hoffentlich. Ich wünsche es dir von Herzen«, sagte sie.

»Danke.«

»Und für morgen wünsche ich dir alles Gute. Ich denke an dich und feuere dich in Gedanken an. Egal wie es ausgeht, du kannst unglaublich stolz auf dich sein.«

Ihre Worte waren wie Balsam auf meiner Seele. »Du Liebe, ich wüsste nicht, was ich ohne dich machen würde.«

»Du wärst auf jeden Fall jetzt nicht in London. Immerhin habe ich dir von diesem Wettbewerb erzählt.« Im Geiste sah ich sie vor mir, wie sie mir frech die Zunge entgegenstreckte.

»Da hast du allerdings recht. Und wie geht es dir? Ist es immer noch so stressig auf der Arbeit?«

»Ach, frag nicht. Es ist schon wieder jemand krank. Ein Wunder, dass der Laden noch läuft. Wenn das so weitergeht, kündige ich doch noch und fange bei deinen Eltern an.« Ich wusste, sie machte nur Spaß. Vor etwas über einem Jahr war sie zu ihrem Freund Constantin nach Köln gezogen, die beiden waren ein Herz und eine Seele. »Also, dann halte ich dich nicht länger auf. Bring es hinter dich. Rede mit deinen Eltern und lass dir bloß nicht einreden, dass du nicht gut bist.«

Ich schmatzte ihr zum Abschied einen Kuss ins Telefon, dann verabschiedeten wir uns und ich war plötzlich ganz wehmütig, weil sie nicht hier bei mir sein konnte, um mich anzufeuern.

Meine Eltern wussten natürlich, wo ich steckte und weshalb ich hierhergekommen war. Ihre Freude hatte sich jedoch in Grenzen gehalten – nicht zuletzt, weil ich zu Hause nicht mithelfen konnte.

Dass sie – oder hauptsächlich mein Vater – mir ein schlechtes Gewissen einreden wollten, verletzte mich. Dennoch versuchte ich, einfach darüberzustehen. Jetzt hatte ich es ins Finale geschafft und damit endlich den Mut, mich zum ersten Mal, seit ich in London war, bei ihnen zu melden – mit einer positiven Nachricht. Bestimmt hatten sie nicht erwartet, dass ich so weit kommen würde. Immerhin hatte ich selbst nicht daran geglaubt, auch wenn ich es mir natürlich von ganzem Herzen gewünscht hatte.

Das heftige Pochen in meiner Brust ignorierend, nahm ich also mein Handy in die Hand und wählte die Nummer von zu Hause. Angespannt wartete ich auf das Freizeichen und hoffte, dass meine Eltern nicht unterwegs waren. Vor allem hoffte ich jedoch darauf, dass sie sich für mich freuten. Dass sie stolz auf mich waren, weil ich unter den letzten drei war, und dass sie mir für den Endspurt die Daumen drückten.

»Hoffmann?« Mama klang, als hätte sie sich gerade prächtig amüsiert. Ich hatte noch einen Gesprächsfetzen von ihr mitbekommen, bevor sie sich gemeldet hatte, jetzt lachte sie ins Telefon.

»Hallo, Mutti, ich bin's, Emelie.« Okay, nun spürte ich den Herzschlag sogar im Hals. »Wie geht es euch?«

»Hey, mein Schatz!« Sofort wurde ihre Stimme weicher. »Gut, und dir? Warte, ich stell dich auf Lautsprecher, dein Papa ist neben mir. Bist du schon auf dem Weg nach Hause?«

Dass sie mir diese Frage stellte, als hätte sie nichts anderes erwartet, versetzte mir einen Stich. »Nein, ich bin nach wie vor im Rennen. Ich hab es heute ins Finale geschafft.«

»Aha.« Das kam von Papa. Und es klang nicht gerade begeistert. »Dann kommst du also erst morgen zurück?«

Angespannt biss ich mir auf die Unterlippe. »Der Wettbewerb

dauert noch drei Tage und wir vermuten deshalb, dass die Finalrunde noch aufwendiger wird, also nein. Ehrlich gesagt dachte ich, dass ihr euch für mich freut und dass ihr mir die Daumen drückt – und nicht, dass ihr damit rechnet, dass ich gleich wieder nach Hause komme.« Ich konnte meine Enttäuschung nicht länger verbergen.

»Ach, Liebes, so war das doch nicht gemeint. Natürlich freuen wir uns für dich. Aber du darfst nicht vergessen, dass wir dich hier ebenfalls brauchen.«

Ich wusste, dass ihnen eine helfende Hand fehlte, doch ich war nicht unersetzbar. Philipp hatte die Bäckerei gut im Griff und er hatte mir vor meiner Abreise versichert, schnell jemand Neues einzustellen, sollte ich den Wettbewerb gewinnen. Dass er unseren Eltern davon nichts erzählt hatte, war klar. Offenbar hatte er mir nur verschwiegen, dass er die Sache genauso wenig ernst nahm wie die beiden.

»Ich schätze es wirklich sehr, dass ihr mich braucht. Aber um es erneut zu sagen: Ich möchte mir diesen Traum unbedingt erfüllen und ich werde es schaffen, ob ihr mich dabei unterstützt oder nicht.« Das auszusprechen kostete mich unfassbar viel Kraft. Weil ich damit nicht nur meine Eltern, sondern auch mich selbst überzeugen wollte. Die Zweifel nagten einfach zu heftig an mir.

»Emelie, versteh mich nicht falsch, es ist wirklich toll, dass du bei dem Wettbewerb so weit gekommen bist«, sagte mein Papa. »Letztendlich ist es jedoch nur eine Show. Das alles hat nichts mit dem echten Leben zu tun. Mit den Schwierigkeiten, den Tücken, die dich erwarten, wenn du eine eigene Konditorei aufmachst. Und das Startgeld ist zwar schön und gut, aber es hilft dir eben nur beim Start. Du musst auch die laufenden Kosten decken: Miete, Strom,

Lebensmittel. Da kommt eine Menge auf dich zu. Solange du keinen Meistertitel trägst, müsstest du sogar jemanden dafür einstellen. Ganz zu schweigen davon, dass du dir auch deinen eigenen Lohn auszahlen musst, denn allein von der Liebe zum Handwerk kannst du nicht leben. Und bis du dir einen Namen gemacht hast, dauert es nun mal. Das ist nicht zu vergleichen mit der Bäckerei – und selbst wir brauchten eine Anlaufphase.«

Das waren nicht die Worte, die ich jetzt hören wollte, auch wenn mein Papa mich damit vor einer großen Enttäuschung bewahren wollte. Aber ich hatte nicht vor, den Mount Everest zu besteigen oder zum Mond zu reisen – ich plante *nur*, meine Leidenschaft zum Beruf zu machen. Dass ich nicht sofort in Geld schwimmen würde, war mir bewusst, und ich war bereit, jede Hürde zu nehmen, die sich mir in den Weg stellte.

»Nimm es bitte nicht persönlich, Emelie, wir wollen nur das Beste für dich«, versuchte Mama, Papas Worte etwas zu mildern. Doch der Schmerz saß. Genau wie meine Entschlossenheit.

»Reden wir weiter, wenn ich wieder zu Hause bin.« *Nachdem ich gewonnen habe*, fügte ich in Gedanken hinzu, wagte aber nicht, mir vorzustellen, es wirklich auf den ersten Platz zu schaffen. Ich wollte nicht zu niedergeschlagen sein, sollte es doch nicht reichen. »Ich muss jetzt auflegen, wir gehen feiern.«

»Dann viel Spaß!« Mama klang entschuldigend, während Papa nur ein knappes »Tschüss« murmelte. Bestimmt sah er mich bereits tränenüberströmt am Flughafen stehen, mit zerplatzten Träumen und enttäuscht von mir selbst. Dann würde er mir erklären können, dass er mich gewarnt hatte. Doch diesen Triumph wollte ich ihm nicht gönnen.

Also reckte ich mein Kinn nach oben und straffte die Schultern.

Meinem Spiegelbild nickte ich entschlossen zu und schwor mir, meinen Eltern – und mir selbst – zu beweisen, dass sie falschlagen.

Die nächsten Tage erlebte ich wie in Trance. Am Abend des Halbfinales hatten wir auf unserer kleinen Feier noch spekuliert, was unsere Aufgabe sein würde. Gefühlt fünfzig verschiedene Ideen für mögliche Themen hatten wir in den Raum geworfen – angefangen von London über Winter bis hin zu Europa, berühmte Gebäude, *All around the World* und vieles mehr. Doch mit all unseren Vermutungen lagen wir daneben. Nur dass es eine große, mehrstöckige Motivtorte sein würde, stellte sich als richtig heraus.

Als die Jury dann das Thema verkündete, mussten wir alle lachen. Es war *Weihnachten* – so naheliegend, dass wir es gar nicht in Betracht gezogen hatten. Immerhin war erst Mitte Oktober. Doch das Finale der Show sollte am zwanzigsten Dezember ausgestrahlt werden, da bot sich das Motto natürlich an.

Ich entschied mich ganz klassisch für einen Weihnachtsbaum. Eine Torte, die auf den ersten Blick mit ihren Details überzeugen und schließlich mit ihrem Geschmack gewinnen sollte.

Kaum hatte der Countdown gestartet, hatte ich begonnen, eine Skizze zu zeichnen. Ich hatte die Zutaten zusammengesucht und vermengt und die verschiedenen Ebenen gebacken – in doppelter Ausführung, nur zur Sicherheit. Außerdem hatte ich bereits einen Teil der Dekoration vorbereitet und auch hier den Lebkuchenteig gebacken. Am zweiten Tag, als alles ausgekühlt war, hatte ich begonnen, die drei Ebenen des Tannenbaumes zu füllen und ihn in die perfekte Form zu schneiden. Ich hatte die Lebkuchen verziert und an der restlichen Deko gearbeitet, die in Form von beinahe echt wirkendem Baumschmuck aufgehängt werden sollte. Der dritte Tag war jetzt ganz dem letzten Feinschliff gewidmet, was Fingerspitzengefühl und vor allem viel Geduld erforderte.

Die ganzen drei Tage über war ich in meiner eigenen Welt versunken gewesen, um so viel Weihnachtszauber wie möglich einzufangen. Doch jetzt, kurz vor Schluss, fühlte ich mich mit meinen Kräften und Nerven am Ende. Ich hatte gesehen, was die anderen zauberten, und kämpfte nicht zum ersten Mal die Selbstzweifel nieder, ob meine Idee ausreichen würde, um gegen die beiden zu bestehen.

Als die letzten dreißig Minuten eingeläutet wurden, stieg meine Anspannung auf ein neues Level, genau wie die Angst, nicht rechtzeitig fertig zu werden. In immer kürzer werdenden Abständen schaute ich zu Mario und Sophia, die genauso hektisch geworden waren wie ich. Die vier Jurymitglieder saßen am großen Tisch und berieten sich. Sogar dem Publikum, in dem ehemalige Teilnehmer, Freunde und Familienangehörige saßen, war der steigende Nervenkitzel anzumerken. Ein paarmal war die Jury während der letzten Tage zu uns gekommen, hatte uns gefragt, was wir planten, welche Zutaten wir verwendeten und welches Konzept wir uns überlegt hatten.

Selbst wenn ein Teil von mir fürchtete, dass ich den Geschmack der Jury nicht getroffen haben könnte, war ich stolz auf mein Kunstwerk. Ich hatte sogar eine echte Lichterkette und eine glitzernde Schneedecke aus flüssigem Fondant und essbarem silbernem Glitzerspray auf den Zweigen verteilt. Lebkuchen baumelten von den Ästen herab, genau wie Äpfel aus Marzipan und kleine Orangen aus Vanillebiskuit, getränkt mit Orangenlikör und gefüllt mit kandierten Orangenschalen sowie Weihnachtsgewürzen. Ich hatte sie mit weißer Kuvertüre umhüllt und mit orangem Velvet Spray eingesprüht, um die Orangenhaut perfekt nachzubilden. Und ja, das Gesamtkunstwerk war mir wirklich gut gelungen.

Pünktlich auf die Sekunde hängte ich den letzten Lebkuchenstern an den Baum. Ich hatte sie mit weißer Zuckerglasur verziert und war froh, dass sie schön weich und saftig geworden waren. Genau, wie sie sein sollten.

Auch Sophia und Mario waren rechtzeitig fertig geworden – und sie waren würdige Gegner.

Sophia stand vor einer Torte aus Geschenken, die wirklich toll aussah. Sie hatte verschiedenfarbigen Fondant verwendet und unzählige liebevolle Details eingearbeitet. Mit Airbrush, Pinsel und essbaren Farben hatte sie alles so realistisch gestaltet, als hätte man echte Weihnachtsgeschenke vor sich, die man sofort auspacken wollte. Zudem bestand jede Etage aus einem anderen Teig mit unterschiedlichen Füllungen. Dabei spielten vor allem die klassischen Weihnachtsgewürze wie Zimt, Kardamom, Anis und Nelken eine Rolle, wie Sophia der Jury gestern vor laufender Kamera erklärt hatte.

Mario hatte Santa auf seinem Schlitten nachgebildet. Der Sack, den er geladen hatte, war mit bunten Schokodrops gefüllt, die herauspurzelten, wenn man ihn anschnitt, wie ich am Rande mitbekommen hatte. Und ich musste neidlos gestehen, dass Mario wirklich großartige Arbeit geleistet hatte. Der Weihnachtsmann sah süß aus mit seinen roten Bäckchen und dem dicken Bauch, und die beiden Rentiere, die den Schlitten zogen, waren mindestens genauso niedlich geworden.

»Die Zeit ist um und wir sind nun gespannt auf eure Präsentation.« Der Moderator lächelte uns an, als wäre das nicht gerade ein Moment, der das Leben von einem von uns für immer verändern würde. Wenn ich das heute überstanden hatte, brauchte ich wirklich eine Pause von diesem ständigen Stress und Nervenkitzel. Vor Nervosität sprang mir fast das Herz aus der Brust.

Nach und nach kam die Jury zu uns und ließ sich noch einmal für die Zuschauer zu Hause erklären, was wir uns zum Thema Weihnachten überlegt und wie wir unsere Idee umgesetzt hatten. Dann mussten wir die Torte anschneiden und ihnen Stücke zum Probieren präsentieren, mit denen sich die vier außer Hörweite zurückzogen, um sich zu beraten.

»Mon dieu, wenn das vorbei ist, brauche ich einen Schnaps.« Sophia war ganz blass um die Nase und vermutlich sah ich nicht anders aus. Marios Gesicht hingegen war rot wie das von Santa Claus, was nicht bedeutete, dass er weniger nervös war als wir. Auf seiner Stirn standen Schweißperlen, was deutlich seine Anspannung und den Druck der letzten Tage widerspiegelte.

»Die Jury hat eine Entscheidung gefällt«, erlöste uns der Moderator nach einer gefühlten Ewigkeit. Mit feierlicher Miene fuhr er fort, während Übelkeit in mir aufstieg und meine Knie weich wurden. »Liebe Zuckerbäckerinnen und Zuckerbäcker: Tretet vor, um euch das Ergebnis anzuhören.«

Gleich war es so weit. Jeden Augenblick würden wir erfahren, wer den ersten, zweiten und dritten Platz belegt hatte …

Mit blanken Nerven standen wir der Jury gegenüber und hielten uns an den Händen. Diese letzten Tage hatten uns fest zusammengeschweißt und uns eine Menge abverlangt. Alle Teilnehmerinnen und Teilnehmer der Show – selbst die bereits Ausgeschiedenen – waren verdammt gut. Ich konnte unmöglich sagen, wer von uns die beste Arbeit abgeliefert hatte. In der Haut der Jury wollte ich nicht stecken – wobei die vier sicher auch nicht mit uns tauschen würden. Die Anspannung war wirklich kaum noch auszuhalten.

»Eine knappe Entscheidung, die gefällt werden musste, ein Kopf-an-Kopf-Rennen, wenn ich das hinter den Kulissen richtig mitbekommen habe. Ihr habt euch mit dieser Abschlussarbeit selbst übertroffen und könnt unglaublich stolz sein, es bis hierher geschafft zu haben. Eure Kunstwerke sind alle einzigartig geworden. Nun will ich euch jedoch nicht länger auf die Folter spannen. Liebe Jury, bitte verkündet das Ergebnis.«

Ove Karlsson, ein Bäcker- und Konditormeister, der – soweit ich das mitbekommen hatte – aus Schweden stammte, übernahm das Wort. »Ihr habt wieder alles und mehr gegeben. Die Entscheidung ist uns auch heute sehr schwergefallen. Eure Werke sind gut durchdacht, optisch perfekt gelungen und sie schmecken fantastisch. Trotzdem mussten wir eure Arbeiten bewerten.«

Er sah uns nacheinander an, um die Spannung zu steigern – mit Erfolg. Mein Puls war so hoch, dass ich Angst hatte, jeden Moment umzukippen.

»Auf den dritten Platz haben wir eine Kreation gewählt, die zwar auf den ersten Blick vielseitig wirkt, im Vergleich zu den anderen jedoch ein etwas weniger aufwendiges Gesamtkonzept vorgelegt hat. Nichtsdestotrotz ist es eine unglaublich beeindruckende Arbeit und wir alle sind uns sicher, dass diesem Talent eine große Zukunft bevorsteht.«

O Gott, mein Herz setzte beinahe aus. Wen von uns meinte er damit?

Ein Kloß formte sich in meinem Hals, den ich hinunterzuschlucken versuchte.

»Ein großartiges Kunstwerk, das einen großartigen dritten Platz verdient hat … Sophia!«

Tränen schossen mir in die Augen. Tränen der Erleichterung und des Bedauerns, weil mir meine lieb gewonnene Kollegin leidtat. Sie nickte tapfer und wir drei umarmten uns schweigend. Aus Trost – und weil es für Mario und mich noch nicht vorbei war.

»Kommen wir nun zum Höhepunkt. Beeindruckender Ideenreichtum, Abwechslung verschiedenster Techniken, Geschick, was die gesamte Statik betrifft. Eine unverwechselbare Handschrift und Detailgenauigkeit, die uns alle überzeugt hat. Ganz zu schweigen von der Geschmacksexplosion auf unseren Gaumen.«

Konnte das ich sein?

Ich wusste es nicht.

Wollte es nicht hoffen …

Mein Puls erreichte einen neuen Höhepunkt.

»Der erste Platz geht an …«

Ich schaute jedem der vier Jurymitglieder in die Augen, drückte Marios Hand, die kalt und schweißnass in meiner lag.

»Mario! Herzlichen Glückwunsch!«

Meine Welt stockte, als hätte sie eine Vollbremsung hingelegt. Und genauso fühlte ich mich. Der Aufprall in der Realität war hart und ernüchternd. Er tat weh und doch mühte ich meine Mundwinkel zu einem Lächeln. Ich umarmte Mario, gratulierte ihm, während ich innerlich gegen neue Tränen ankämpfte. Gegen die Enttäuschung und das Wissen, dass meine Eltern leider doch recht behalten hatten.

## KAPITEL 2
# Frederik

»Hier steckst du also.« Meine drei Jahre ältere Schwester Anika tauchte hinter mir auf und lehnte sich an den Zaun des Geheges, in dem meine sechzehn Hunde spielten oder einfach faul die anderen aus dem Rudel beobachteten. »Mutter sucht nach dir.«

Ich unterdrückte ein schweres Seufzen und wuschelte der Huskydame Algea durch das Fell. Dann erhob ich mich und wandte mich Anika zu. »Weswegen?«

Sie zuckte mit den Achseln. Ihr blondes Haar hatte sie wie immer zu einer kunstvollen Frisur geflochten, bei der ich mich jedes Mal fragte, wie sie es schaffte, sich dabei nicht die Finger zu verknoten. Zudem trug sie, seit sie achtzehn war, fast ausschließlich schicke Businesskostüme. Nur selten hatte ich sie in Jeans oder anderen bequemen Hosen gesehen, und inzwischen war sie fünfundzwanzig. Sie ging voll und ganz in ihrer Rolle als Thronfolgerin auf.

Mir war das nur recht.

Ich steckte Algea und Arvid ein Leckerli zu, dann warf ich einen

Schneeball, dem sie voller Freude hinterherjagten, bevor ich das Gehege verließ. »Ich hoffe, sie liegt mir nicht wieder mit der Jobsuche in den Ohren.« Seit ich meine Ausbildung in der Armee abgeschlossen und vor zwei Jahren das Wirtschaftsstudium an der Privatuniversität in Fjarora begonnen hatte, war das ein ständiges Thema. Regelmäßig suchte sie das Gespräch mit mir und war fest davon überzeugt, dass ich mich schon jetzt nach einem bedeutsamen Job in einem einflussreichen Unternehmen hier oder im Ausland umsehen sollte. Dabei hatte ich schon nach einem Semester gemerkt, dass ich nicht der Typ war, der mit Anzug und Krawatte den ganzen Tag in einem Büro hocken wollte.

»Sie hat mir leider nicht verraten, worum es geht. Aber falls du meine Meinung hören willst: Sie hat nicht ganz unrecht, wenn sie dich dazu bringen will, dir schon jetzt Gedanken über deine Zukunft nach dem Studium zu machen. Auch wenn du den Thron nicht besteigen wirst – das Volk sieht zu uns auf, wir fungieren als Vorbilder.«

»Und Vorbildern ist es verboten, das zu tun, was ihnen Spaß macht und wofür sie brennen?« Verächtlich schnaubte ich, denn ich konnte es nicht fassen, dass Mutter nun auch Anika von diesem Standpunkt überzeugt hatte und auf mich hetzte.

»Selbstverständlich kannst du Spaß haben. Sieh mich an. Du tust ja gerade so, als ob *ich* zu *meinem* Schicksal genötigt und gegen meinen Willen gezwungen werde, die royalen Pflichten zu übernehmen.«

Kopfschüttelnd hielt ich ihr das große Eisentor auf, durch das der Weg zurück zum Palast führte. »Das eine hat mit dem anderen nichts zu tun. Und du bist ganz anders als ich. *Du* liebst deine Aufgabe als Thronfolgerin …«

»Falsch, Frederik«, fiel sie mir scharf ins Wort. »Ich akzeptiere meine Bestimmung und bin stolz darauf, eines Tages diese Position von Vater übernehmen zu dürfen. Ich weiß, dass ich nichts daran ändern kann, und mache das Beste daraus. Dazu gehört auch, dass ich alles genieße, was mir an meiner Aufgabe Freude bereitet. Und wenn du mal rausgehen, dich mit den Menschen unterhalten und aufhören würdest, dich selbst zu bemitleiden, würdest du schnell merken, dass viele einen Job machen müssen, der nicht ihrer ersten Wahl entspricht. Trotzdem sind die Leute glücklich und haben Spaß an ihrer Arbeit. Oder tun zumindest alles dafür, damit es so ist.«

Wir hatten endlich den Palast erreicht, wo uns ein Diener mit einer angedeuteten Verbeugung die Tür öffnete.

»Tja, also ich habe mich mit Menschen unterhalten, die rundherum glücklich sind mit ihrem Job. Für sie ist es keine Arbeit, sondern ihre Leidenschaft. Weil sie das tun, was sie lieben. Und da fühlen sich die Dinge nicht übel an, die man vielleicht nicht so gern erledigt.«

Anika schenkte mir einen strengen Blick und schwieg für ein paar Schritte. »Du weißt, ich bin die Letzte, die etwas gegen deine Hunde hat. Und es hat nie jemand gesagt, dass du sie aufgeben sollst. Dennoch brauchst du etwas … Repräsentatives.«

Augenrollend bog ich neben ihr in den Gang ab, der zum Blauen Salon führte, in dem Mutter gern ihre Nachmittage verbrachte. »Ich bin Prinz und kein Schauspieler. Ich werde dem Volk nicht vorspielen, wie toll es ist, sich mit Wirtschaftsrecht, Konjunkturpolitik, dem Staatshaushalt oder wirtschaftlichen und politischen Beziehungen und deren Auswirkungen auf Güter- und Finanzmärkte auseinanderzusetzen, während mir dabei die Galle hochsteigt.«

»Manchmal frage ich mich echt, wie du es schaffst, dein Studium zu überleben.« Sie hielt schmunzelnd vor dem Salon, wo unsere Mutter auf der Chaiselongue saß und mehrere Bilder neben sich ausgebreitet hatte.

»Danke, Anika. Ich wusste, auf dich ist Verlass.« Mutter gab ihr ein Zeichen, woraufhin meine Schwester knapp nickte und uns allein ließ.

Mutters Anspielung war mir natürlich nicht entgangen – dass auf *mich* nämlich kein Verlass war. Und auch wenn es mich wurmte, entsprach es in ihren Augen der Wahrheit. Während meine ältere Schwester verantwortungs- und pflichtbewusst war, war ich schon immer der Rebell in der Familie gewesen.

»Setz dich, Frederik.« Sie deutete auf den Stuhl ihr gegenüber und ich nahm Platz.

»Nein, ich habe nicht mit Janne Bergström über sein Angebot gesprochen.« Gestern hatte sie mir eine weitere potenzielle berufliche Startmöglichkeit zugetragen, die so uninteressant geklungen hatte wie alle vorherigen. Janne war ein langjähriger Freund der Familie und Inhaber einer Hotelkette. Na gut, für ihn zu arbeiten, klang nicht ganz so trocken und langweilig wie die bisherigen Stellen, die sie mir vermitteln wollte. Dennoch sträubte sich alles in mir, ihn anzurufen und mit ihm über eine Anstellung nach meinem Studium zu reden.

Ein trauriges Lächeln huschte über ihr Gesicht. »Das ist schade, aber deswegen wollte ich nicht mit dir sprechen. Ich bin gerade dabei, die Dekoration für den diesjährigen Winterball auszuwählen, und wollte dich bei dieser Gelegenheit fragen, wer deine Begleitung sein wird.«

»Darüber habe ich mir noch keine Gedanken gemacht.« Das war

nicht einmal gelogen, denn ich hatte wenig Lust auf ein weiteres gesellschaftliches Ereignis, bei dem ich mich benehmen und den anständigen Prinzen spielen musste. An hübschen Frauen, die sich gern an meiner Seite sehen würden, mangelte es jedenfalls nicht. Im Gegenteil, wenn ich wollte, könnte ich sie an einem Ballabend im Halbstundentakt wechseln. Aber ich hatte genug davon, dass es ihnen nicht um mich, sondern nur um meine königliche Abstammung ging.

»Nun, das trifft sich gut«, unterbrach sie meine Gedanken. »Ich möchte, dass du Britta Eklund einlädst.«

Ich kannte Britta nur flüchtig. Sie war eine der drei Töchter der Eklunds, die zu den letzten Adelsfamilien hier in Fjarora gehörten. Ich hatte sie als unscheinbares schüchternes Mädchen in Erinnerung und sie zudem seit über zehn Jahren kaum zu Gesicht bekommen. Mit ein Grund, warum ich über Mutters Vorschlag nicht glücklich war.

»Dein Vater und ich halten sie für eine gute Wahl, auch wenn wir dir nicht vorschreiben möchten, mit wem du zusammen sein sollst.«

Widerwillig hielt ich den Protest zurück, der in mir aufstieg. Denn ja, ich wusste, dass sie sich weder bei Anika noch bei mir einmischen würden, was die Liebe betraf. Aber auch unsere Eltern waren einander vorgestellt worden in der Hoffnung, dass sie sich ineinander verliebten. Ein Zusammenschluss einflussreicher Familien war schließlich nie verkehrt. Und bei ihnen hatte es funktioniert – was mich für sie freute. Die zwei hielten zusammen wie Pech und Schwefel und führten eine harmonische Ehe, soweit ich das beurteilen konnte. Sie hatten vieles anders gemacht als ihre Eltern, die noch unter sehr verstaubten Ansichten großgezogen worden waren. Zudem hatten sie sich um die Erziehung von Anika, mir sowie unseren neunjährigen Zwillingsgeschwistern Finnja und Thorben weitestgehend selbst gekümmert, was meiner Großmutter übel aufgestoßen war. Sie war der Ansicht gewesen, dass es dafür Kindermädchen gab, denn ein Königspaar hatte weitaus wichtigere Aufgaben. Dass meine Eltern nur ab und zu ein Dienstmädchen baten, ein Auge auf uns Kinder zu haben, wenn sie selbst mit ihrer Arbeit eingedeckt waren oder Termine hatten, hatte Großmutter nicht verstanden. Heute brauchten Anika und ich natürlich keine Aufsicht mehr, aber für Finnja und Thorben stand nach wie vor Edita auf Abruf bereit.

»Kann ich mich darauf verlassen, dass du Britta einlädst?«, hakte sie nach, als ich nicht sofort reagierte.

»Natürlich, Mutter.« Mühsam presste ich die Worte hervor und fragte mich gleichzeitig, ob mein Widerwillen auf ihr Drängen in diese Richtung zurückzuführen war oder weil sie sich erhoffte, dass sich zwischen Britta und mir mehr entwickeln könnte. Vielleicht wollte sie mich auch nur von meinen lockeren Frauengeschichten ablenken. Womöglich dachte sie sogar, Britta könnte mich »zähmen« ... Schon allein bei diesem Gedanken spürte ich eine innere Ablehnung, obwohl Britta gar nichts dafürkonnte.

»Gut. Für heute Abend haben wir Familie Eklund zum Dinner eingeladen. Die perfekte Gelegenheit für dich, Britta zu bitten, dich zum Winterball zu begleiten.«

Statt einer Antwort nickte ich knapp. Wenigstens war ich vorgewarnt. Doch in mir brodelte es und ich musste mich zusammenreißen, nicht etwas zu sagen, was ich später bereuen würde. »Wenn du mich jetzt entschuldigst ...«

Sie schenkte mir ihr mütterlich liebevolles Lächeln, das ich nicht erwidern konnte.

Ohne ihr ein weiteres Mal in die Augen zu sehen, stand ich auf und verließ den Salon.

Wenige Stunden später saß ich mit meiner Familie und unseren Gästen im Speisesaal. Meine Eltern unterhielten sich mit Niklas und seiner Frau, Anika schien in Brittas großer Schwester eine Gesprächspartnerin gefunden zu haben. Auch Britta redete die ganze Zeit und erzählte mir von ihren beiden Pferden, ihrem Philosophiestudium an einer Uni in Schweden und dass sie ein Auslandssemester in Dänemark plante. Doch ich hörte ihr nur mit einem Ohr zu. Stattdessen war ich damit beschäftigt, meinen Blick zwischen ihren eisblauen Augen, ihren geschwungenen Lippen und ihrem Dekolleté hin und her wandern zu lassen. Denn mit dem unscheinbaren Mädchen, das sie vor Jahren gewesen war, hatte sie heute nichts mehr gemeinsam. Im Gegenteil, sie hatte sich zu einer attraktiven Frau entwickelt. Doch abgesehen davon war das Dinner unglaublich öde.

Als die Dessertteller abgeräumt wurden, sah ich meine Gelegenheit, der Langeweile zu entkommen. »Was hältst du davon, wenn ich dich ein bisschen im Palast herumführe?«

Ihre Augen leuchteten auf und ein Lächeln schob sich auf ihr Gesicht. »Das klingt großartig.«

Wir entschuldigten uns und ich begleitete sie aus dem Speisesaal hinaus, vorbei an den Bediensteten, die für das Wohlergehen meiner Familie und der Gäste sorgten.

»Wie lange ist es her, dass du zuletzt hier gewesen bist?«

Britta löste ihren Blick von dem Ölgemälde meines Großvaters, das zwischen zwei edlen Wandteppichen hing. »Zehn Jahre. Du erinnerst dich? Unsere Väter waren jagen und unsere Mütter … keine Ahnung, was sie gemacht haben.«

»Ein Wellness-Wochenende.«

Sie lächelte wissend. »Ah, genau.«

Wir Kinder hatten deshalb genügend Zeit zum Spielen gehabt, selbstverständlich unter Editas Aufsicht. Danach hatte ich Britta und ihre Schwestern nur sporadisch gesehen, was nicht zuletzt daran lag, dass ein kleiner Skandal unsere Familien überschattet hatte, in dem meiner Mutter und Brittas Vater ein Verhältnis angedichtet worden war. Ein Geflecht aus Lügen, um der Krone zu schaden. Wer diese Vorwürfe geäußert hatte, wussten unsere Eltern angeblich bis heute nicht. Und bis Gras über diese Sache gewachsen war, hatte es einige Zeit gedauert.

»Also … falls du es nicht mehr weißt, das hier ist eine unserer Bibliotheken.« Ich öffnete die große schwere Holztür und gab den Blick auf edle Regalwände voller Bücher frei. Ich liebte den Geruch von altem Leder, Papier und Holz.

»Stimmt, hier haben wir uns vor unseren Schwestern versteckt.« Sie kicherte bei der Erinnerung.

Wir waren den drei älteren Geschwistern davongelaufen, genau wie dem Kindermädchen, und hatten uns hier verkrochen. Es hatte lange gedauert, bis sie uns gefunden hatten.

»Wir saßen eine gefühlte Ewigkeit da drüben bei den dicken Gedichtbänden.« Schmunzelnd dachte ich an den Tag zurück.

Britta ging auf die Regale zu und ließ ihren Blick über die Buchtitel gleiten, ehe sie sich zu mir umdrehte. »Weißt du eigentlich, dass ich damals die ganze Zeit neben dir überlegt habe, wie ich es anstellen soll, dich zu küssen?«

Überrascht runzelte ich die Stirn. »Du warst wie alt? Zehn? Elf?«

Britta zuckte mit den Schultern. »Du warst eben damals schon der hübscheste Junge, den ich kannte.« Nun kam sie auf mich zu und blieb direkt vor mir stehen. Ihr blumiger Duft stieg mir in die Nase und ihr Atem streifte mein Gesicht, als sie weitersprach: »Und du hast dich kaum verändert. Also ... schon, du bist mindestens genauso attraktiv, aber auch ... männlicher.« Mit diesen Worten reckte sie mir ihr Kinn entgegen, bis sich unsere Lippen fast berührten.

Spontan umfasste ich ihre Taille.

Sie legte ihre Hände an meine Brust, zog mich am Revers zu sich und küsste mich. »Männlicher und ... königlicher.« Sie hauchte diese Worte – doch auf mich wirkten sie wie eine kalte Dusche.

Schnell löste ich mich von ihr und brachte Abstand zwischen uns. »Ich denke, wir sollten wieder zurück zu den anderen gehen.«

»Was ...? Aber wieso?« Erneut rückte sie zu mir auf, ihre Verunsicherung war förmlich greifbar. »Was habe ich falsch gemacht? Habe ich ... o Gott, ich hab doch nicht etwa Mundgeruch?« Schamröte stieg ihr in die Wangen.

»Nein, ich ... halte es nur für einen Fehler. Bitte akzeptiere meine Entscheidung einfach.« Den Grund dafür, dass sie – wie alle vor ihr – in mir *nur* den Prinzen sah, erwähnte ich nicht. Klar, sie fühlte sich von meinem Titel angezogen, was ich ihr nicht einmal verübeln konnte. An einem anderen Tag hätte ich meinen Frust darüber vielleicht ausgeblendet und ihr eventuell sogar meine privaten Wohnräume gezeigt. Doch Mutters Worte hingen nach wie vor in der Luft und sorgten dafür, dass sich mir alle Haare aufstellten. Denn falls ich mich jemals in eine Frau verlieben würde, wäre es sicher keine, die mich nur aufgrund meines Titels wollte. Leider hatte ich in diesem Punkt bisher keine Erfahrungen machen können – einer der Gründe, weshalb ich es lieber auf belanglosen Affären beruhen ließ, anstatt mich längerfristig auf eine Frau einzulassen. Denn wenn sie nur den Prinzen liebten und nicht mich, mit all meinen Stärken und Schwächen, war noch nicht die Richtige unter ihnen.

Britta schien beleidigt zu sein, doch sie schwieg. Und als wir wenige Minuten später wieder zu den anderen stießen, die inzwischen in den Weißen Salon gewechselt waren, ließ sie sich von meiner Abfuhr nichts anmerken.

Dass ich sie nicht zum Winterball eingeladen hatte und das auch nicht tun würde, verschwieg ich meiner Mutter. Wie lange ich das jedoch für mich behalten konnte, war nur eine Frage der Zeit. Vermutlich würde sie mich schon morgen damit nerven und spätestens übermorgen den nächsten Vorschlag liefern.

KAPITEL 3

# Emelie

Dass ich den zweiten Platz beim Wettbewerb belegt hatte, sollte mich freuen. Ich sollte glücklich und stolz auf mich sein – genau wie Stefanie es auf mich war, was sie mir vorhin noch einmal in einer Textnachricht geschrieben hatte. In gewisser Weise war ich das auch. Doch gleichzeitig saß da diese Enttäuschung tief in mir, die ich vermutlich nicht so heftig empfunden hätte, wenn ich bereits vor Tagen ausgeschieden wäre. Vielleicht wäre sie sogar bei einem dritten Platz geringer ausgefallen. Aber die Zwei? Das war so haarscharf am ersten Platz vorbeigeschlittert, dass mir jedes Mal die Tränen in den Augen brannten, wenn ich darüber nachdachte.

Selbst jetzt, auf der großen Abschiedsparty, zu der wir alle geladen waren. Nicht nur wir drei Finalisten, auch die Teilnehmer, die es nicht so weit geschafft hatten, aber noch in London geblieben waren. Gemeinsam mit der Jury, dem Moderator und den Kameraleuten, den Tontechnikern, der netten Frau aus der Maske, deren Name ich ständig falsch aussprach, und allen anderen Beteiligten hinter den Kulissen feierten wir gemeinsam mit Freunden und Familienmitgliedern die vergangenen stressigen Tage.

Alle waren in ausgelassener Stimmung und ich sollte es ebenfalls sein. Doch das fiel mir verdammt schwer. Ich hatte nicht einmal meine beste Freundin bei mir, geschweige denn meine Familie.

»Da liegt eine großartige Zeit hinter uns, die wir alle nicht vergessen werden.« Ove Karlsson, der Juror aus Schweden, hatte sich zu mir an den Stehtisch gesellt. Er lächelte freundlich und hielt ein knallrotes Getränk in der Hand.

»Hm, allerdings.« Ich versuchte es mit einem positiven Gesichtsausdruck, scheiterte jedoch vermutlich.

Ove räusperte sich und sah sich um, dann lehnte er sich in meine Richtung. »Du warst meine Favoritin. Ich wurde nur leider von den anderen überstimmt.«

Überrascht schaute ich ihn an. Augenblicklich schlug mein Herz schneller.

Er nippte an seinem Glas. »Aber verrate keinem, was ich dir gerade anvertraut habe, Emelie.«

»Nein, keine Sorge. Und danke, dass du es mir gesagt hast.«

Er zuckte mit den Schultern. »Ich finde, du solltest es wissen. Weißt du schon, was du jetzt machst?«

»Wie, jetzt?«

»Nach der Show. Wie geht es bei dir weiter? Wirst du wieder zurück nach Deutschland gehen? Weiterhin in der Bäckerei arbeiten?«

Ich unterdrückte ein Schnauben. »Ich habe keine andere Wahl. Mein Traum von einer eigenen Konditorei muss leider warten.«

Ove runzelte die Stirn. »Na ja, du könntest dich erst mal als Konditorin bewerben und irgendwo anstellen lassen. Immerhin hast du mit dem zweiten Platz bei dieser Show beste Referenzen.«

Nachdenklich legte ich den Kopf schräg. »Das mag sein, aber ich habe das Handwerk nicht gelernt, sondern mir selbst beigebracht – und viele achten auf einen *echten* Abschluss. Außerdem gibt es bei uns im Ort keine Konditorei. Und die in der Umgebung sind … nun ja, sie machen normale Torten, nicht diese Tortenkunst, die mir so viel Spaß macht. Verstehst du, ich will keinen Rückschritt machen und am Ende womöglich in einer Konditorei versauern, in der ich nichts mehr lernen und mich keinen Herausforderungen stellen kann.«

Er nickte brummend. »Aber *möchtest* du gern an einem Ort arbeiten, wo man diese Kunst schätzt und anwendet? Wo du tagtäglich dein Handwerk ausüben und dazulernen kannst?«

Okay, worauf wollte er hinaus? Das klang sehr … spannend.

»Also wenn sich die Gelegenheit auftut, würde ich definitiv nicht Nein sagen.«

»Wärst du dafür eventuell auch bereit, ins Ausland zu gehen?«

Nun raste mein Herz noch schneller als zuvor. »Sicher«, antwortete ich, ohne zu überlegen.

Ein Lächeln schob sich auf sein Gesicht. »Dann hätte ich ein Angebot für dich. Wie wäre es, wenn du für mich arbeitest? Ich bin Chef Pâtissier des königlichen Palastes in Fjarora und würde dir gern ein dreimonatiges Praktikum anbieten.«

»Wow, Moment mal … des *königlichen* Palastes?«

»In Fjarora, genau. Das ist ein kleines Königreich zwischen Schweden und Norweg…«

»Ich weiß, wo Fjarora liegt«, fiel ich ihm aufgeregt ins Wort. »Meine Mutter stammt von dort. Also … sie ist dort aufgewachsen, war jedoch seit über zwanzig Jahren nicht mehr in ihrer Heimat. Ich war auch noch nie in Fjarora, aber ... ich spreche fließend Schwedisch und ich wollte mich schon immer mal auf die Spuren meiner Familie begeben.«

Ove wirkte mehr als zufrieden. »Sehr gut. Schwedisch? Ein weiterer Pluspunkt. Ich würde vorschlagen, wir sehen uns vor deiner Abreise morgen früh in der Hotellobby zu einem Gespräch über die Formalitäten. Aber jetzt genießen wir erst mal die Party.«

Zwei Wochen später stand ich völlig überdreht am Flughafen in München, einen Koffer neben mir und das nächste große Abenteuer vor mir. Glücklicherweise hatte sich Philipp bereit erklärt, mich zu fahren. Nun standen wir in der Schlange zur Gepäckabgabe an und ich war froh, nicht allein sein zu müssen.

Nachdem ich vor gut zwei Wochen Mama und Papa von dem Gespräch und der finalen Zusage von Ove am darauffolgenden Tag erzählt hatte, hatten sich beide wahnsinnig aufgeregt. Seitdem war die Stimmung zu Hause noch unerträglicher gewesen. Zum Glück hatte Stefanie am Wochenende Zeit bei ihren Eltern verbracht, und ich war ehrlich gesagt froh gewesen, dass ich zu ihr hatte fahren können, um vor meiner Abreise noch etwas Abstand zu meinen Eltern zu bekommen. Sie hatte mich aufgebaut und mich darin bestärkt, diesen Traumjob anzunehmen.

Papa war nach wie vor sauer auf mich, weil ich die Bäckerei hinter mir lassen wollte und mir meinen Traum nicht ausreden ließ, als Konditorin zu arbeiten. Und Mama stand die Enttäuschung ebenfalls ins Gesicht geschrieben, aber aus ganz anderen Beweggründen. Sie fühlte sich von mir verraten, weil ich ausgerechnet nach Fjarora ging – ihre ehemalige Heimat, die sie vor vielen Jahren wegen eines Familienstreits hinter sich gelassen hatte, über den sie nie wirklich reden wollte.

Philipp schien zu merken, dass mich diese Themen nicht völlig kalt ließen. Stirnrunzelnd schaute er mich an. »Du bist dir sicher, dass du das tun willst? Obwohl du nicht einmal mehr Mama auf deiner Seite hast?«

»Bin ich. Herz und Bauch sagen mir, dass ich es tun muss. Das ist im Moment meine einzige Chance, verstehst du? Außerdem bekommt man so ein Angebot nur einmal im Leben. Ich wäre wirklich verrückt, es abzulehnen.«

Philipp schmunzelte und zwinkerte mir zu. »Da ist was dran. Und mach dir keine Sorge um die Bäckerei, wir kommen zurecht. Ich konnte Papa davon überzeugen, doch noch jemanden einzustellen. Und für dich haben wir trotzdem immer einen Platz.«

»Das weiß ich doch.« Dankbar umarmte ich ihn. »Du musst aber nicht die ganze Zeit mit mir hier warten, ich schaffe das schon.«

Zögernd schaute er mich an. »Du hast recht, du bist erwachsen«, sagte er dann. »Sorry, für mich bleibst du trotzdem immer meine kleine Schwester, die ich überall hinbegleiten muss.«

»Hey, ich war gerade erst allein in London.«

Lachend kratzte er sich über seine kurz geschorenen Haare. »Stimmt! Okay, also … dann wünsche ich dir eine aufregende Zeit im Land unserer Wurzeln. Melde dich und vergiss uns nicht, hörst du? Und … guten Flug! Hab dich lieb.«

»Ich dich auch, großer Bruder.« Erneut drückte ich mich an ihn und schluckte den Kloß der Rührung hinunter, der sich in meinem Hals breitgemacht hatte.

Ein letztes Mal zwinkerte er mir zu, bevor er sich umdrehte und davonspazierte. Nun war ich wirklich auf mich allein gestellt.

Die steigende Aufregung atmete ich geräuschvoll weg, doch das kräftige Pochen in meiner Brust ließ sich trotzdem nicht beruhigen. Mit aller Kraft versuchte ich, das schlechte Gewissen meinen Eltern gegenüber zu ignorieren, weshalb ich sofort eine Nachricht an Stefanie schrieb.

Ich bin in München und steige gleich in mein Flugzeug.

Aaah, so aufregend! Du musst dich unbedingt gleich melden, sobald du gelandet bist. Und mach Fotos!

Das werde ich! Danke, dass du mich in den letzten Tagen moralisch so unterstützt hast.

Aber das ist doch selbstverständlich. Hab dich lieb, guten Flug!

Ich hab dich auch lieb und vermisse dich. Bis dann.

Stunden später war von meiner Vorfreude jedoch nicht mehr viel übrig. Verärgert lief ich bereits zum fünften Mal den kleinen Flughafen von Fjarora ab – doch es schien niemand da zu sein, um mich abzuholen. Dabei hatte mir Ove versichert, dass er rechtzeitig jemanden vorbeischicken würde. Nun wusste ich nicht, ob er es vergessen hatte oder etwas dazwischengekommen war.

Kurz tippte ich eine Nachricht an meine Mama, damit sie und Papa Bescheid wussten, dass ich gut angekommen war. Über den Rest verlor ich kein Wort. Für ein weiteres demotivierendes Gespräch hatte ich gerade keine Nerven. Stattdessen wählte ich die Nummer meiner besten Freundin.

»Hi, Stefanie, ich bin gelandet.«

»Dafür, dass du gerade happy sein solltest, klingst du aber sehr niedergeschlagen. Was ist los? Ist dein Koffer nicht angekommen?«

Ich erzählte ihr von meiner einsamen Lage.

»Ach, Mist. Kannst du denn deinen Chef nicht kontaktieren?«

»Ich habe blöderweise keine Telefonnummer von ihm. Aber ich könnte ihm eine E-Mail schicken.«

»Ja, mach das. Und lass den Kopf nicht hängen. Bestimmt klärt sich die Sache gleich auf.«

Zustimmend brummte ich.

Stefanie wünschte mir viel Glück und verabschiedete sich schließlich, da ihr Chef sie wegen des Telefonats ermahnt hatte.

Und weil ich nicht noch länger hier warten wollte, wie bestellt und nicht abgeholt, schrieb ich Ove eine E-Mail. Ich wartete noch eine Viertelstunde, doch es kam keine Antwort von ihm, um das Missverständnis zu klären oder mir zu sagen, was ich tun sollte. Also beschloss ich, mir selbst ein Taxi zu organisieren.

Als ich nach draußen ging, hob sich meine Laune ein wenig, weil hier tatsächlich überall Schnee lag. Vom Flugzeug aus hatte ich bereits die weiße Landschaft bewundert, aber nun die mindestens dreißig Zentimeter dicke Schneedecke direkt vor mir zu sehen, war einfach großartig. Zu Hause hatten wir viel zu wenig Winter.

Nur der Taxistand war leider leer. Gut, der Flughafen von Fjarora war nicht ansatzweise mit dem von München vergleichbar.

Abgesehen von meinem Flugzeug würde laut Anzeige in der Ankunftshalle heute nur noch eine Maschine landen. Das erklärte auch, warum hier keine Taxis standen und auf Fahrgäste warteten. Die Wahrscheinlichkeit, Geld mit Laufkundschaft zu machen, war wohl eher gering.

Also beschloss ich, ein Taxi zu bestellen, und ging wieder hinein. Ich peilte direkt die kleine Information an, die still und verlassen in der Eingangshalle lag. Zum Glück entdeckte ich eine Klingel wie an der Rezeption eines Hotels, und als ich sie bediente, kam auch gleich eine Frau mit freundlichem Gesichtsausdruck aus dem Raum dahinter. Vilja stand auf ihrem Namensschild.

»Hej, was kann ich für dich tun?«

Unwillkürlich lächelte ich zurück. Ihr Schwedisch zu hören war herrlich. Mama redete nur noch selten mit Philipp und mir in ihrer Muttersprache, seit Omi gestorben war. Vielleicht erinnerte es sie zu schmerzlich an diesen blöden Familienstreit und daran, dass sie nun niemanden mehr aus ihrer Heimat hatte, mit dem sie reden konnte.

Viljas Duzen rief mir ins Gedächtnis, dass man in der schwedischen Sprache gar nicht siezte – was für mich nach wie vor ziemlich befremdlich war, obwohl ich es von Mama kannte. Immerhin hatte ich mich bisher nur mit Mama, Philipp und Omi auf Schwedisch unterhalten, nie mit fremden Leuten. Gewöhnungsbedürftig war auch, dass man sich hier ausschließlich mit dem Vornamen ansprach, egal in welcher Beziehung man zueinander stand oder welchen Beruf man hatte.

»Hej. Ich bräuchte bitte ein Taxi.«

»Hast du die Fahrt im Vorfeld bestellt?«

»Ähm … nein, ich wusste nicht, dass das nötig ist.«

»Tut mir leid, dann wirst du kein Glück haben. Nordin und Nea sind die einzigen, die hier Taxi fahren. Und die beiden sind so gut wie immer ausgebucht.« Entschuldigend schaute sie mich an.

So ein Mist.

»Oh, okay. Und wie komme ich von hier weg, wenn mich niemand abholt?«

»Hast du einen Führerschein?«

Ich nickte.

»Gut, dann kannst du ein Auto mieten. Wäre das eine Option für dich?«

»Ähm … ja, das ginge.« Ich hasste es zwar, mit fremden Autos zu fahren, aber ich wollte auch auf keinen Fall noch länger hier warten, ohne zu wissen, ob mich überhaupt noch jemand abholen kam.

»Ich bräuchte bitte nur deinen Führerschein und eine Unterschrift hier.« Sie schob mir ein Blatt Papier über den Tresen.

Nachdem alle Formalitäten erledigt waren, begleitete mich Vilja nach draußen, wo ein kleiner blauer Volvo stand. Erleichtert atmete ich auf, da ich befürchtet hatte, irgendeinen großen Wagen fahren zu müssen. Aber dieser hier war in etwa mit Mamas Golf vergleichbar, den ich mir ab und zu geliehen hatte.

Die Frau half mir sogar, mein Gepäck in den Kofferraum zu hieven, und erklärte mir kurz die Grundfunktionen. Als sie das Navi einschaltete, ertönte eine weibliche Computerstimme, die auf ein Update der veralteten Software hinwies.

»Keine Sorge, bisher hat es noch keine Probleme mit irgendeiner Adresse gegeben. Du kommst also bestimmt an dein Ziel«, meinte sie überzeugt.

Ich antwortete mit einem »Okay«, auch wenn mich diese Tatsache nur zusätzlich nervös machte. Doch sie beruhigte mich noch einmal, was mir einen Teil der Unsicherheit nahm. Anschließend wünschte sie mir eine gute Fahrt und ich war wieder auf mich allein gestellt.

Bevor ich losfuhr, checkte ich ein letztes Mal meine E-Mails und schrieb Ove zur Sicherheit eine Nachricht, dass ich nun mit einem Mietauto zur Adresse meines zukünftigen Zuhauses fahren würde. Nicht dass in der Zwischenzeit doch jemand auf dem Weg war und mich vergeblich am Flughafen suchte. Ove hatte bestimmt einen triftigen Grund, weshalb er oder einer seiner Leute es nicht hierher geschafft hatten.

Ich gab die Adresse ins Navi ein, die Ove mir genannt hatte, und betete, dass jemand vor Ort war. Und hoffentlich lag die Unterkunft nicht zu weit von meiner Arbeit entfernt. Gespannt, ob sich bald alles aufklären würde, startete ich den Motor und fuhr los.

Da auch die Straßen mit Schnee bedeckt waren, kam ich zunächst nur im Schneckentempo voran. Ich brauchte ein paar Kilometer, bis ich mich an das Gefühl gewöhnt hatte – was bestimmt auch an dem fremden Auto lag.

Irgendwann wurde ich etwas sicherer und konnte sogar die verschneite Umgebung genießen. Ich fühlte mich wie in einer Postkarten-Winterlandschaft. Die Sonne würde wahrscheinlich bald untergehen, denn ich wusste, dass Sonnenauf- und -untergang nicht mit Deutschland vergleichbar waren. Hier stand die Sonne viel tiefer und die Nächte waren allgemein länger. Mama hatte Philipp und mir früher ab und zu von aufregenden Wintern, uralten Mythen und den Nordlichtern erzählt. Dieses Naturschauspiel nun vielleicht sogar selbst erleben zu dürfen, fühlte sich noch etwas surrealistisch an – und schürte gleichzeitig meine Vorfreude.

Ich fuhr über schmale Straßen, vorbei an vereinzelten Häusern mit roten Holzfassaden und weißen Fenster- und Türrahmen, die alle so hübsch aussahen, dass ich am liebsten vor jedem gehalten und ein Foto gemacht hätte.

Ein kurzer Blick auf das Navi verriet mir schließlich, dass ich nur noch sieben Minuten von meinem Ziel entfernt war. Weit und breit war jedoch nichts zu sehen bis auf weite schneebedeckte Flächen und Wald. Ich fragte mich, ob ich vielleicht doch ein Stück mit dem Auto zur Arbeit fahren musste. Oder lagen der Palast und meine Unterkunft hinter diesem Waldstück, auf das ich zusteuerte? Die Straße führte immerhin direkt hindurch.

Hoffentlich brach das GPS-Signal nicht ab, sonst wäre ich wohl komplett verloren. Ich hatte keine Ahnung, wo ich hinmusste. Jetzt bereute ich es, dass ich mir den Weg vom Flughafen zu meinem neuen Zuhause und zu meinem Arbeitsplatz nicht vorher angeschaut hatte. Ich hatte mich zu sehr darauf verlassen, dass mich jemand abholen und mir alles zeigen würde.

Im Wald war es bedeutend diesiger. Sofort musste ich an die Trolle denken, von denen Mama uns mehrere schaurige Geschichten erzählt hatte, als wir noch kleiner waren. Diese Wesen lauerten angeblich hinter den Bäumen und stürzten sich auf Wanderer, um sie zu verspeisen.

Natürlich wusste ich, dass das alles erfunden war. Als Kind hatte ich mich auch nie wirklich gegruselt, aber jetzt, bei diesem düsteren Licht auf der geschlängelten Straße durch den Wald, lief mir doch ein kalter Schauer über den Rücken. Als ich um die nächste Kurve fuhr, musste ich über mich selbst und meine Reaktion lachen – doch schon im nächsten Moment riss ich erschrocken die Augen auf. Nur wenige Meter vor mir schoss etwas zwischen den Bäumen hervor. Kein Troll, sondern ein Hundegespann mit einem Schlitten. Instinktiv stieg ich auf die Bremse. Die Reifen blockierten, doch es war zu spät. Das Auto rutschte weiter und ich schrie auf, als ich den Schlitten mit einem dumpfen Rums erwischte.

Durch den Zusammenstoß hatten sich wohl die Hunde gelöst, denn sie jagten in wildem Tempo davon.

Mein Herz raste, während der Wagen zum Stehen gekommen war.

»O Gott. O Gott, o Gott!« Meine Hand zitterte, als ich den Motor abstellte und ausstieg, um nachzusehen, ob die Person, die ich erwischt hatte, noch lebte – oder ob ich keine zwei Stunden nach meiner Ankunft in Fjarora bereits ein Leben auf dem Gewissen hatte.

»Hallo?«, sagte ich am ganzen Körper schlotternd.

Ich hörte ein Stöhnen. Ein gutes Zeichen. Oder ein schlechtes? Denn es klang nicht, als wäre die Person unverletzt geblieben.

## KAPITEL 4
# Frederik

Ah, verdammt!

Was zur Hölle war das? Gerade noch war ich mit meinen Kumpels Sven und Lars mit den Hundeschlitten durch den Wald gejagt – okay, ich hatte mich etwas zurückfallen lassen, weil die zwei heute wieder völlig irre unterwegs waren – und dann schoss mit einem Mal ein Auto auf dieser Waldstraße um die Kurve, die seit Jahren gesperrt war.

Dennoch hatte ich Glück im Unglück gehabt. Die Hunde hatte es nicht erwischt. Nur der Schlitten war gebrochen, aber dadurch hatten sich Algea und die anderen lösen können. Wenigstens wusste ich, dass sie den Weg allein zurück zum Palast fanden. Aber diese Verrückte hatte mich erfasst und nun lag ich halb unter dem kaputten Hundeschlitten meines Großvaters auf der Fahrbahn.

»O nein, das tut mir leid. Gib mir deine Hand, ich helfe dir hoch.«

Ich konnte den Kopf nicht weit genug drehen, um die Frau zu erkennen, aber entweder war sie etwas schwer von Begriff oder sie stand unter Schock. »Fahr deine Karre zurück, die hat sich mit meinem Schlitten verkeilt!«

»Oh! Sicher, Moment.«

Schnee knirschte, eine Autotür wurde geöffnet und wieder geschlossen, der Motor gestartet. Doch dann passierte erst mal gar nichts. Was tat sie denn? Musste sie überlegen, wie man den Rückwärtsgang einlegte?

Das typische Knacken des Getriebes war zu hören, als sie endlich den Ganghebel betätigte. Schließlich setzte das Auto langsam zurück und ich konnte den Schlitten von mir schieben.

Ächzend stand ich auf und fand mich einer hübschen Frau gegenüber, die etwa in meinem Alter sein musste. Ihre kinnlangen dunkelbraunen Haare lugten unter einer weißen Mütze hervor und sie musterte mich mit großen Augen von oben bis unten.

»Gott sei Dank, du kannst aufstehen. Bist du verletzt? Es tut mir so leid, aber du bist einfach aus dem Nichts aufgetaucht. Ich konnte nicht schneller reagieren.«

Sie ließ einen ganzen Wortschwall auf mich los. Kurz überlegte ich, woher sie kam, denn ich nahm einen schwachen Akzent bei ihr wahr, den ich noch nie gehört hatte.

»Es dürften nur leichte Prellungen sein, sonst ist mir nichts –«

»Mist, du blutest.« Sie zeigte erst auf ihre Wange, dann auf meine.

Ich zog einen Handschuh aus und griff mir ins Gesicht. Tatsächlich waren meine Fingerkuppen rot, als ich sie anschaute.

»Sekunde, ich werde dich verarzten. Dieser Mietwagen hat einen Verbandskasten im Kofferraum. Und im Anschluss bringe ich dich in ein Krankenhaus. Ist sicher besser, wenn du dich durchchecken lässt.«

Bevor ich widersprechen konnte, war sie bereits um den Volvo herumgegangen und hatte die Heckklappe geöffnet.

»Der ist da … unter dem … Koffer.« Sie zog am Griff und versuchte, das offensichtlich schwere Gepäckstück aus dem Wagen zu hieven.

»Lass mich dir helfen.« Ohne ihre Antwort abzuwarten, hatte ich das riesige Teil gepackt und hob es heraus.

»Danke. Jetzt stehe ich noch mehr in deiner Schuld. Wobei … nein, eigentlich nicht.«

»Wie bitte?« Hatte ich mich verhört?

Sie schnaubte und stemmte die Hände in die Hüfte. »Du bist einfach über die Straße geschossen mit deinem … Hundeschlittendings. Ohne zu schauen, ob ein Auto kommt. Ich meine, da ist ein Unfall vorprogrammiert. Oder bist du lebensmüde? Willst du dich umbringen? Dann zieh bitte keine anderen Menschen mit hinein, okay?« Sie funkelte mich an und öffnete schließlich den Verbandskasten, aus dem sie Pflaster, Einmalhandschuhe und eine kleine Tüte mit einem Feuchttuch zur Wundreinigung herausnahm.

Völlig perplex schüttelte ich den Kopf. »Und keine Hunde!«, versuchte ich, die gekippte Stimmung wieder etwas zurechtzurücken.

»Hä?« Irritiert schaute sie mich an.

Mit aller Kraft musste ich mir ein Schmunzeln verkneifen. »Keine Hunde! Wenn man sich umbringen will, sollte man auch keine Hunde oder Tiere im Allgemeinen mit hineinziehen. Aber keine Sorge, *ich* bin hier nicht derjenige, der sein Leben aufs Spiel setzen wollte.«

»Wie meinst du das?«

Nun konnte ich Verunsicherung in ihren Augen aufblitzen sehen. Nervös sah sie sich um, während sie die Handschuhe überzog, als wäre sie Chirurgin und jeden Moment dabei, eine Operation durchzuführen. War das nicht etwas übertrieben? Es war ja nur ein Kratzer.

»Na, du bist doch auf einer Straße unterwegs, die für die Durchfahrt gesperrt ist. Hast du das Schild am Waldrand nicht gesehen? Der Unfall wäre gar nicht erst passiert, wenn du es gelesen hättest.«

Ihr Mund klappte auf und wieder zu. »Ich … nein, das hab ich wohl übersehen. Trotzdem ist es fahrlässig, was du getan hast. Ich meine, du warst verdammt schnell.« Vorsichtig säuberte sie mit dem desinfizierenden Feuchttuch meine Wange, ehe sie ein Pflaster auf die Wunde klebte.

»Du hättest erst mal die anderen sehen sollen«, sagte ich und konnte das Lachen nicht länger zurückhalten.

»Da waren noch mehr Verrückte wie du unterwegs? Ich fasse es nicht.« Sie schüttelte den Kopf und verstaute das Verbandsmaterial wieder im Kofferraum.

Sie gefiel mir. Es kam nicht oft vor, dass jemand in meiner Gegenwart kein Blatt vor den Mund nahm. Wobei ich den leisen Verdacht hatte, dass sie nicht wusste, *wen* sie da gerammt hatte.

»Was machen wir jetzt mit deinem Schlitten? Der ist wohl hinüber. Ich hoffe, meine Versicherung deckt den Schaden.«

»Das bezweifle ich. Er ist ein Erbstück meines Großvaters.«

Mit einem Mal wurde sie noch blasser um die Nase, wenn das überhaupt möglich war. »Gott, das … ich weiß nicht, wie …«

»Zerbrich dir nicht den Kopf, vielleicht lässt sich der Schlitten reparieren. Mein Kumpel hat eine Werkstatt und Erfahrung darin.« Ich hob ihr Gepäck zurück in den Kofferraum und ging zur

Vorderseite des Volvos. »Ich würde mir eher um den Mietwagen Sorgen machen.«

Ich nahm den gebrochenen Schlitten und trug ihn an den Straßenrand, während sie mehrere Flüche in einer fremden Sprache murmelte.

»War das eben deutsch?«

Fragend schaute sie mich an. »Das … ja, ich komme aus Deutschland. Und der Verleih am Flughafen ist sicher nicht erfreut darüber, dass die Stoßstange beschädigt ist.«

Ein paar Atemzüge lang musterten wir das zerkratzte Teil, als würden wir ihm die letzte Ehre erweisen.

»Na ja, so schlimm ist es nicht. Zumindest kannst du damit noch fahren. Und für den Rest gibt es ja eine Versicherung.«

»Das schon, aber die Selbstbeteiligung muss ich trotzdem zahlen«, brummelte sie vor sich hin, während sie die Handschuhe auszog und in die Manteltasche stopfte. »Na komm, steig ein, ich bringe dich ins Krankenhaus.«

Kurz zögerte ich. Ins Krankenhaus ließ ich mich garantiert nicht fahren. Den unnötigen Wirbel und die mediale Aufmerksamkeit konnte ich nicht gebrauchen. Ganz zu schweigen davon, dass ich meinen Eltern damit nur einen weiteren Grund liefern würde, warum die Huskys und die Schlittenfahrten keine gute Idee waren.

Nachdem sie auf dem Fahrersitz Platz genommen hatte, sah sie durch die noch offene Tür zu mir. »Ich bin übrigens Emelie.« Sie unterbrach ihre aktuelle Route auf dem Navi und tippte darauf herum. Anschließend schaute sie mich abwartend an. »Und du?«

»Frederik.« Sie hatte mich wohl wirklich nicht erkannt. »Und du musst mich nicht ins Krankenhaus bringen. Mir ist nichts passiert. Das hat wilder ausgesehen, als es war. Außerdem muss ich nach meinen Hunden sehen, die bestimmt schon zu Hause auf mich warten.« Ich stützte mich an der offenen Fahrertür ab.

»Sicher?«

»Ganz sicher.«

»Dann … tauschen wir wenigstens unsere Nummern, falls ich doch etwas für dich tun kann. Und lass mich dich nach Hause fahren. Bitte.«

Einsichtig nickte ich. Immerhin war es bereits spät, die Sonne würde bald untergehen und bis zum Palast war es noch ein ziemliches Stück. Zumindest zu Fuß, und jemanden anrufen wollte ich nicht. Abgesehen davon spürte ich den Aufprall am ganzen Körper – nur dass ich das vor ihr nicht zugeben würde. Nach einem heißen Vollbad würde es mir sicher wieder besser gehen. Also stieg ich an der Beifahrerseite ein.

»Normalerweise muss ich mich nicht überfahren lassen, um nach meiner Nummer gefragt zu werden«, sagte ich im Scherz, doch sie verdrehte nur die Augen.

»Bist du immer so eingebildet? Na los, gib mir dein Telefon, dann speichere ich meine Nummer ein. Deine brauche ich nicht. Ich bin ja schließlich diejenige, die den Unfall verursacht hat.«

Mit zuckenden Mundwinkeln zog ich mein Handy aus der Innentasche der Skijacke und reichte es ihr. Sie tippte darauf herum und als sie es mir zurückgab, musste ich lachen. Sie hatte sich tatsächlich mit *Emelie, Unfallverursacherin* eingespeichert.

»Nun gut, Emelie, Unfallverursacherin. Danke für dein Angebot, mich nach Hause zu fahren. Wir stehen bereits in der richtigen Fahrtrichtung. Ich sage dir, wo du abbiegen musst.«

Grummelnd legte sie den Gang ein und fuhr los.

Die ganze Zeit über musterte ich sie amüsiert von der Seite. Ihre

Augenbrauen hatte sie angespannt zusammengezogen. Dass ich ihr meine Nummer nicht geben wollte, hatte wohl an ihrem Ego gekratzt. Aber wenn ich jedes Mal meine Telefonnummer verteilen würde, wenn mich jemand darum bat, würde es ununterbrochen klingeln. Und selbst wenn sie vorgab, mich nicht zu kennen, ging ich lieber auf Nummer sicher. Die Sache mit Deutschland konnte genauso gut erfunden sein – immerhin sprach sie äußerst fließend Schwedisch. In meiner bisherigen Laufbahn hatte ich schon die skurrilsten Geschichten erlebt. Eine Journalistin hatte es sogar bis in mein Schlafzimmer geschafft.

»Was verschlägt dich nach Fjarora? Machst du hier Urlaub?« Wenn ich schon mit ihr im Auto saß, wollte ich die Zeit wenigstens nutzen, um mehr über sie zu erfahren.

»Nein, ich arbeite hier. Ich habe ein Angebot für ein Praktikum bekommen, das ich nicht ausschlagen konnte, also habe ich meine Heimat hinter mir gelassen und werde vorerst hier wohnen und arbeiten.«

»Wow, das ist … mutig.«

Sie zuckte mit den Schultern. »Das Leben stellt einen manchmal vor solche Entscheidungen. Und da ich Stillstand nicht ausstehen kann und mich nicht gern kampflos meinem Schicksal füge, wage ich diesen Sprung ins kalte Wasser. Wenn es mir nicht gefällt oder es schiefgeht, überlege ich mir eben etwas Neues.«

Ich war beeindruckt, denn sie hatte mehr Eier in der Hose als ich.

»Und du bist … der Schlittenhundefreak von Fjarora?«

»So hat man mich noch nie genannt. Ich bevorzuge eher Schlittenhunde*liebhaber*. Alternativ kannst du mich auch Prinz Frederik, der zukünftige Huskyzüchter, nennen.« Gespannt wartete ich auf eine Reaktion von ihr – mein letzter Versuch, sie zu testen.

Mit einer erhobenen Braue wandte sie sich mir zu. »Ich habe so langsam die Befürchtung, dass du an massiver Selbstüberschätzung leidest. *Prinz* Frederik? Echt jetzt? Ist das die Masche, mit der du Touristinnen abschleppst?«

»Nicht unbedingt Touristinnen«, gab ich ehrlich zu.

»Unglaublich. Und die Frauen fallen wirklich darauf rein?«

Belustigt zuckte ich mit den Schultern. »Tja, was soll ich sagen …«

Argwöhnisch schüttelte sie den Kopf. »Muss wohl an der Monarchie hier liegen. In Deutschland würde man dich für einen unsympathischen Proll halten. Damit wickelst du keine Frau um den Finger.«

»Dich also auch nicht?« Mit ganzer Kraft bemühte ich mich, ernst zu bleiben.

Ihr Blick war jedoch Antwort genug.

»Okay, alles klar. Ich glaube, ich hab verstanden. Da vorn musst du übrigens rechts abbiegen.« Ich zeigte auf eine Abzweigung.

Auf keinen Fall ließ ich mich direkt vor dem Palast absetzen. Da hätte ich auch ins Krankenhaus fahren können. Also lotste ich sie zu einer kleinen Siedlung in der Nähe und hoffte einfach, dass sie nicht warten würde, bis ich in einem Haus verschwand. Denn dann würde es peinlich für mich werden.

»Hier kannst du mich rauslassen. Wer weiß, vielleicht sehen wir uns ja mal wieder. So groß ist Fjarora nicht …«

Erneut verdrehte sie die Augen. »Dir ebenfalls einen schönen Tag, *Prinz Frederik.*«

## KAPITEL 5
# Emelie

Unglaublich, wie sehr dieser Typ von sich selbst überzeugt war. Wenn alle Männer in Fjarora so tickten wie er, wusste ich jetzt schon, dass kaum die Gefahr bestand, mich hier zu verlieben. Auch wenn ich seine fast surreal blauen Augen mit den langen Wimpern und den dichten Augenbrauen nicht so schnell vergessen würde …

Kurz schaute ich ihm noch hinterher, dann gab ich vorsichtig Gas, um von hier wegzukommen. Erst als ich um die nächste Ecke gebogen war, hielt ich am Straßenrand, um erneut das Navi zu aktivieren, das mich zu meinem Ziel bringen sollte.

Überrascht stellte ich fest, dass ich nur eine Querstraße von der Zieladresse entfernt war. Sofort war die Nervosität zurück und beschleunigte meinen Herzschlag.

Als ich kurz darauf vor einem großen schmiedeeisernen Tor hielt, hinter dem sich ein beeindruckend großes Gebäude erhob, war ich erst einmal völlig überfordert. Ove hatte mir doch tatsächlich die Adresse des Palastes und nicht die meiner Unterkunft gegeben. Bestimmt lag da ein Irrtum vor, den ich nun auch noch aus der Welt schaffen musste.

Allein die Vielzahl an Fenstern an der vorderen Front war einfach nur einschüchternd. Der Garten davor war bestimmt wunderschön, wenn kein Schnee lag – doch im Moment waren nur einige in Form geschnittene Bäume und Sträucher unter der dicken Schneedecke zu erahnen.

Am Tor konnte ich keine Gegensprechanlage entdecken, wie man es aus Filmen kannte. Zwar war oben am Zaun eine Überwachungskamera angebracht, aber die half mir nicht weiter. Es waren auch keine Wachleute in Sicht, denen ich meine Situation hätte erklären können. Also hielt ich die Unterlagen für meinen Job einfach durch das offene Fenster nach oben und rief der Kamera zu, dass ich Emelie Hoffmann sei und zu Ove wollte – auch wenn ich mich damit vermutlich total lächerlich machte.

Das Tor blieb jedoch zu.

Frustriert fluchte ich und nahm erneut mein Telefon zur Hand, um nachzusehen, ob Ove inzwischen auf meine E-Mails geantwortet hatte – als es plötzlich klingelte. Eine mir fremde Nummer erschien auf dem Display und die Ländervorwahl verriet mir, dass es jemand aus Fjarora sein musste. Entweder rief mich also endlich mein zukünftiger Vorgesetzter an oder es war dieser Frederik, der sich noch einmal wegen des Unfalls bei mir meldete.

»Hallo?«

»Ah, Emelie, hier ist Ove. Es tut mir unendlich leid, dass niemand wie vereinbart am Flughafen war. Ich wurde unglücklicherweise durch einen kleinen Zwischenfall aufgehalten und hatte keine Möglichkeit, jemanden vorbeizuschicken oder mich rechtzeitig zu melden. Du bist inzwischen unterwegs, nehme ich an?«

»Ja, das kann man so sagen. Ich stehe mit einem Mietauto vor dem Palast und weiß nicht, ob ich hier richtig bin – geschweige denn, wo ich hinmuss oder wie ich reinkomme.«

»Ah, gut, dann bist du ja schon mal da. An welchem Tor bist du?«

»Äh … gute Frage. Das Navi hat mich hierhergeleitet.« Ich nannte ihm den Straßennamen.

»Alles klar, du bist am Haupttor. Bleib dort, ich schicke sofort jemanden zu dir.«

»Okay.« Ich bedankte mich, legte auf und speicherte die Nummer gleich unter Ove Karlsson ein.

Als ich den Kopf hob, sah ich einen Mann in Uniform auf mich zukommen. Er eilte vom Palast in meine Richtung, öffnete eine kleine Tür im Tor und trat zu mir heraus.

Angespannt ließ ich die Fensterscheibe herunter.

»Emelie Hoffmann?«

Ich nickte.

»Fahr bitte die Zufahrt hinauf und halte dich am Gebäude links. Nimm die nächstmögliche Durchfahrt, dort erwartet dich Ove Karlsson.«

Dass dieser sehr korrekt wirkende Mann mich ebenfalls duzte, war seltsam und irgendwie auch lustig. Ich musste gegen ein aufsteigendes Schmunzeln ankämpfen.

»Vielen Dank«, sagte ich.

Als ich auf den Palast zufuhr, wurde mir erst so richtig bewusst, wie gigantisch und prunkvoll das Gebäude wirklich war. An der beschriebenen Stelle bog ich ab und fuhr durch einen Torbogen in einen Innenhof. Hier war der Palast genauso beeindruckend, wenn auch nicht mit so vielen detaillierten Verzierungen am Gesims und an den Fenstern.

Als ich den Blick senkte, entdeckte ich Ove, der in einer offenen Tür stand und mir zuwinkte. Er trug eine bordeauxfarbene Konditorjacke mit goldenen Stickereien, was unglaublich edel wirkte. Auch die Knöpfe waren vergoldet.

»Stell den Wagen einfach hier ab und komm.«

Mit schweißnassen Händen folgte ich seiner Anweisung und stieg aus.

»Kümmerst du dich um das Gepäck der jungen Dame?«, wandte er sich an einen Mann, der einen bordeauxfarbenen Frack trug – wohl *die* Farbe hier am Hof.

»Mein Gepäck? Heißt das … ich werde hier wohnen? Im Palast?«

Ove schaute mich kurz irritiert an. »Ja, du wirst im Kutscherhaus einziehen. Da führe ich dich gleich im Anschluss hin. Doch zuerst möchte ich dir zeigen, wo du arbeiten wirst.«

Überrascht runzelte ich die Stirn. »Ebenfalls im Palast?« Ich hatte gedacht, dass die Konditorei auswärts wäre …

»Genau. Die Königin wünscht, dass alles im Haus hergestellt wird. Du wirst begeistert sein. Na komm!«

Seine Aufregung war ansteckend. Mit einem seltsamen Gefühl überreichte ich dem Butler den Autoschlüssel und ließ mich anschließend von Ove in den Palast führen.

Während ich rote Teppichläufer, dunkle Wandvertäfelungen und Ritterrüstungen erwartet hatte, überraschte mich der Flur mit einem hellen Steinboden und cremefarbenen Wänden. Vereinzelte Bilder hingen zwischen verschnörkelten Wandleuchtern. Aber vielleicht sah es hier nur so aus, weil wir uns nicht im Haupttrakt befanden.

»Präge dir den Weg gut ein. Du wirst immer durch diese Tür

kommen.« Er zeigte auf eine unscheinbare Holztür. »Sie lässt sich mit einem Fingerabdruck öffnen, das werden wir gleich im Anschluss für dich aktivieren, damit du morgen früh um halb sechs deinen ersten Praktikumstag beginnen kannst. Bist du schon nervös?«

»Ein bisschen«, gestand ich.

»Musst du nicht. Das Team ist großartig. Hier entlang, bitte.« Er zeigte nach rechts und ich bog mit ihm in einen weiteren Gang ab. Ich betete, dass ich mir auch alles richtig merkte. Ich war nicht besonders gut darin, die Orientierung zu behalten.

»Da wären wir«, meinte Ove feierlich und tippte mit dem Fuß auf einen Öffner, der in den Boden eingelassen war. Die große Edelstahltür vor uns glitt lautlos auf und hüllte mich sofort in den süßen Duft einer Konditorei, vermischt mit dem Stimmengewirr der Leute, die hier arbeiteten. Aus Boxen drang ein schönes schwedisches Lied, das ich nicht kannte. Mein Herz blühte auf.

»Macht mal kurz Pause und kommt her. Ich möchte euch Emelie Hoffmann vorstellen.«

Die Leute ließen ihre Arbeit liegen und kamen zu uns. Alle hier trugen Konditorjacken in diesem schicken Bordeauxrot, nur dass sie nicht mit Goldelementen verziert waren. Das war wohl ausschließlich dem Chef Pâtissier vorbehalten.

»Also das hier ist Krister, Experte für nordische Gebäckspezialitäten und meine rechte Hand. Lilian, Kristers Stellvertreterin und Assistentin. Madita ist zuständig für Petit Fours und Caja ist Chocolatier.«

»Hej, freut mich, euch kennenzulernen.«

Die vier begrüßten mich und stellten mir sofort unzählige Fragen. Woher ich kam, was ich vorher gemacht hatte, wie es war, bei der Show dabei gewesen zu sein, die in ein paar Wochen auf Netflix ausgestrahlt wurde.

Im Anschluss zeigte mir Ove die Öfen, die Werkzeuge, die verschiedenen Backformen und das Lebensmittellager. Es gab einfach alles, was ein Konditorherz höher schlagen ließ. Hier waren meiner Kreativität keine Grenzen gesetzt.

»Und was wird meine Aufgabe sein?« Ich rechnete damit, den anderen zur Hand zu gehen, bevor ich einen eigenen Bereich übertragen bekam.

»In ein paar Wochen findet der Winterball im Palast statt. Dafür habe ich ein Gesamtkonzept entwickelt, das sich quer durch alle Süßspeisen und Backwaren zieht. Die Details und deine Aufgaben erkläre ich dir morgen. Jetzt bringe ich dich erst mal zu deiner Unterkunft.« Er holte eine Jacke aus einem versteckten Schrank und zog sie an.

»Oh, okay.« Ich konnte mich immer noch nicht an der gigantischen Edelstahlküche sattsehen und wollte am liebsten sofort mit der Arbeit beginnen.

Gespannt folgte ich Ove zurück zu der Tür, durch die ich ab morgen den Küchenbereich betreten würde. Erst hatte ich erwartet, direkt ins Freie zu gelangen, doch dahinter befand sich ein langer Flur, in dem es bedeutend kälter war. Entweder wurde hier nicht geheizt oder er endete irgendwann im Garten. Alle paar Meter tauchten Wandleuchten den Gang in ein sanftes Licht.

Neben der Tür befand sich ein kleines Fingerprintfeld, wo Ove meinen Fingerabdruck einscannte und speicherte.

»Wenn es sehr kalt ist, kann es sein, dass du ein paar Versuche brauchst. Du hast in deiner Unterkunft aber auch eine Telefonliste. Ich zeige dir später die Namen der Bediensteten, die du anrufen kannst, damit sie dir helfen, falls die Technik versagt.« Er verdrehte die Augen. »Ich bin ja grundsätzlich ein Fan davon, aber dieses Teil hat wirklich seinen eigenen Willen.«

Ein paar Mal hintereinander probierte ich, die Tür zu öffnen, und hatte immer Glück. »Scheint, als mag mich die Technik.«

Er nickte zufrieden. »Komm, lass uns weitergehen.« Ove führte mich den Gang entlang, der sich – wie erwartet – irgendwann zum Palastgarten hin öffnete. Auch hier war alles beleuchtet und ich freute mich besonders über die Lichterketten, die vereinzelte Bäume schmückten.

Wir gingen unter den Rundbögen hindurch. Schuhabdrücke in der Schneedecke verrieten, dass es erst kürzlich geschneit haben musste und dass hier nicht allzu viele Leute entlanggekommen waren – zumindest nicht seit dem letzten Schneefall.

Es dauerte nicht lange, bis wir die Rückseite des Palastes erreichten. Dort entdeckte ich ein Haus – oder eher eine majestätisch wirkende kleine Villa. Sie war mindestens genauso prunkvoll wie der Palast und je mehr mir klar wurde, dass wir direkt darauf zusteuerten, desto nervöser wurde ich.

»So, da wären wir.« Ove griff in seine Hosentasche und holte einen Schlüssel hervor, mit dem er die Tür aufsperrte. »In deinem neuen Zuhause.« Er machte eine ausladende Handbewegung.

Überrumpelt trat ich an ihm vorbei und schaute mich um. Schon die Vorhalle war beeindruckend. Auf dem hellen edlen Steinboden lag ein riesiger Teppich. Ölgemälde hingen an den Wänden und auf der Kommode darunter standen mehrere Hyazinthen in einem länglichen Blumentopf. Daneben führte eine dunkle Holztreppe in das obere Stockwerk, wo ich drei Türen erkennen konnte. Die restliche Galerie bestand aus einem einzigen großen Bücherregal.

»Das ist … wow! Aber hier wohne ich nicht allein, oder? Ich meine, das Haus ist riesig.«

»Doch, und das tut mir sehr leid. Ich wollte dich ursprünglich in einer der anderen Unterkünfte unterbringen, aber … nun ja, mir wurde das alte Kutscherhaus nahegelegt.«

»Nahegelegt?«, wiederholte ich fassungslos. Wer überließ denn einer völlig fremden Person ein derart großartiges Haus? Einfach so! Ich war schließlich nur eine Praktikantin.

»Na ja, die Unterkünfte der Angestellten sind alle belegt.« Verlegen kratzte er sich am Kopf. »Und weitere Räumlichkeiten *im* Palast wollte die Königsfamilie vorerst nicht zur Verfügung stellen. Noch dazu, da die meisten Palastmitarbeiter aus Fjarora stammen, bei ihren Familien leben und jeden Tag zu Fuß oder mit dem Auto herkommen.«

»Oh, okay.« Das war natürlich einleuchtend.

»Dennoch soll es dir hier an nichts fehlen. Selbstverständlich habe ich veranlasst, dass alles eingerichtet und für deinen Start ausgerüstet ist.«

Ich folgte Ove in die Küche. Sie war im skandinavischen Landhausstil gehalten und ich verliebte mich sofort in die hellen Fronten. Ein runder Holztisch mit sechs Stühlen stand ebenfalls in dem Raum, genau wie eine Glasvitrine, in der sich hübsche Rentier-Teller mit kunstvoll verzierten Weingläsern abwechselten.

»Hier sollte alles befüllt sein.« Um sich zu vergewissern, öffnete er mehrere Küchenschränke, in denen sich Geschirr, Besteck, Gläser und Kochgeschirr befanden. Auch in den Kühlschrank warf er einen Blick und brummte zufrieden. »Fürs Erste wirst du nicht verhungern.«

Ich schaute ihm über die Schulter und entdeckte Butter, etwas

Gemüse, Getränke, Milch, Eier und Aufschnitt darin. Neben dem Kühlschrank stand eine Brotdose, in der abgepacktes *Soft Bröd*, ein kleiner Brotlaib und eine Packung Knäckebrot lagen. Außerdem gab es eine Kaffeemaschine sowie eine Holzbox mit einer Auswahl an Teesorten.

»Ich … weiß nicht, was ich sagen soll. Das ist alles einfach unglaublich.« Gerührt sah ich mich um. Es war so viel besser als erwartet.

Ove lächelte. »Dann lass uns mal weiterschauen. Hier ist gleich das Wohnzimmer.«

Wir betraten einen Raum, der mir Tränen in die Augen trieb. Ein einladendes weinrotes Sofa stand vor einem großen offenen Kamin, der genau wie die gesamte Wand aus dunkelgrauen Steinen gefertigt war. Wie in der Vorhalle hingen überall Gemälde. Kommoden, Vorhänge und Teppiche sorgten für eine gemütliche Atmosphäre.

Neben dem Kamin waren ein paar Holzscheite gestapelt, auf die Ove zuging. »Hier wird zwar alles gut geheizt, aber du kannst dir natürlich trotzdem ein Feuer machen. Soll ich dir zeigen, wie das geht, oder kommst du allein zurecht?«

»Ich denke, das schaffe ich. Wir haben zu Hause auch einen Kamin im Wohnzimmer.« Der sah nur nicht halb so großartig aus wie dieser hier. Das verschwieg ich natürlich.

»Hinter den Türen neben der Treppe findest du ein kleines Bad und einen Abstellraum. Oben sind zwei Schlafzimmer, wobei ich glaube, dass nur eines eingerichtet wurde. Oh, und ein zweites Bad ist ebenfalls oben, du kannst gern beide benutzen. Es ist alles sauber und funktionsfähig.«

Immer noch völlig überwältigt, schüttelte ich den Kopf. »Ich weiß wirklich nicht, wie ich dir danken kann. Was bezahle ich dafür, dass ich hier wohnen darf?« Bestimmt kostete es ein Vermögen und von meinem Gehalt würde nicht viel übrig bleiben.

»Strom, Wasser und Miete werden automatisch vom Praktikumsgehalt abgezogen. Zu den Heizkosten musst du nur einen geringen Anteil beisteuern, das konnte ich aushandeln. Immerhin hast du es dir ja nicht ausgesucht, in diesem großen Haus zu wohnen.« Er lächelte. »Die Lebensmittel betrachte einfach als Willkommensgeschenk. Ach, übrigens ... deine Dienstkleidung hängt im Schrank oben im Schlafzimmer, wo sich auch dein Koffer befinden sollte.« Er ging wieder in die Vorhalle und ich folgte ihm. »Ah, genau, da ist der Zweitschlüssel, wie vereinbart.« Er zeigte auf eine Konsole, wo auch der Autoschlüssel des Mietwagens lag. Den anderen Hausschlüssel drückte er mir einfach in die Hand. »Dann bleibt mir nur, dir einen schönen Abend zu wünschen. Ach so, die Liste!« Er drehte sich im Kreis und eilte erneut zurück ins Wohnzimmer.

Irritiert ging ich ihm nach und sah zu, wie er eine weiße Mappe von dem edlen Sekretär nahm.

Als er sie mir reichte, musste ich erst einmal die Finger über das Papier gleiten lassen, das sich trotz der Struktur unglaublich weich anfühlte. Ein goldenes Wappen war auf die rechte obere Ecke geprägt. Im Inneren der Mappe steckte ein teuer aussehender Stift. Außerdem entdeckte ich dort eine Telefonliste mit unzähligen Namen und ihrer jeweiligen Funktion daneben. Keine Ahnung, ob das die vollständige Auflistung der Bediensteten war.

»Ich mache einfach Kreuze zu den Personen, die für dich eventuell wichtig sein könnten.« Mit diesen Worten zog er den Stift von der Mappe und machte neben ein paar Leuten ein kleines Zeichen. Wen er da markierte, würde ich mir später genauer ansehen.

»Was ich noch fragen wollte … ich bin ja mit einem Mietwagen vom Flughafen hier. Besteht die Möglichkeit, dass wir ihn zurückbringen?«

»Natürlich, ich schicke gleich morgen jemanden vorbei, der sich darum kümmern wird.«

»Oh, das ist wirklich nett, doch ich denke, ich sollte den Wagen selbst zurückgeben. Ich hatte auf der Fahrt hierher einen kleinen Unfall.«

»Die Stoßstange?«, fragte er stirnrunzelnd und ich nickte. »Dir ist aber nichts passiert, oder?«

»Nein, alles gut. Es ist niemand zu Schaden gekommen.« Meine Gedanken wanderten kurz zu diesem Frederik. Hoffentlich ging es ihm wirklich gut und er hatte mich nicht nur beruhigen wollen, um sich Ärger zu ersparen.

»Okay, dann würde ich sagen, jemand holt dich morgen nach der Arbeit ab und fährt mit dir zum Flughafen.«

»Danke!«

Ove machte einen zufriedenen Gesichtsausdruck. »Wenn so weit alles klar ist, verabschiede ich mich jetzt. Ich will das Team nicht allzu lange allein lassen.« Er zeigte mit dem Daumen über die Schulter.

»Schon gut, ich komme zurecht. Morgen um halb sechs?«

Er nickte. »Genau. Bis dann.«

Ich begleitete ihn zur Tür, die ich hinter ihm schloss und absperrte. Heute würde ich sowieso nicht mehr nach draußen gehen. Bisher kannte ich mich hier nicht aus und ich wollte mich ungern im Dunkeln verlaufen. Ich musste mich schon glücklich schätzen, wenn ich morgen ohne Probleme den Weg zur Konditorei fand.

Aufgeregt schaute ich noch in die anderen Räume. Der Abstellraum hielt, was er versprach: Putzmittel und -lappen, Besen, Wischmopp, Eimer und ein Staubsauger waren dort neben einer kleinen Trittleiter und einem Werkzeugkasten zu finden. Das Bad im Erdgeschoss war niedlich. Es hatte ein hübsches Blumenmuster auf den weißen Fliesen und wirkte durch die roséfarbenen Handtücher und Badezimmerteppiche wie aus einer vergangenen Ära. Sogar die Handseife war in derselben Farbe.

Im oberen Stockwerk war das hintere der beiden Schlafzimmer leer, wie Ove vermutet hatte. Oder nicht ganz, ein paar Möbel standen darin, die mit großen weißen Laken abgedeckt waren, um sie vor Staub zu schützen. Das Badezimmer daneben war moderner als das in der unteren Etage. Weiße und mittelgraue Fliesen in matter Optik verrieten, dass es vor nicht allzu langer Zeit renoviert worden war. Auch Handtücher, Seife und Deko waren farblich abgestimmt. Eine frei stehende Badewanne und ein stylischer Waschtisch vollendeten die geschmackvolle Einrichtung. Es gab sogar eine Waschmaschine und einen Trockner.

Als ich die Tür zum letzten Zimmer auf dieser Etage öffnete, hielt ich den Atem an. Der Raum war so groß, dass mein altes Kinderzimmer mindestens viermal hineingepasst hätte.

Ein großes helles Himmelbett stand an der Wand, auf der hellgrauen Tapete waren abstrakte eckige weiße Blätter abgedruckt.

Ich zog meinen Mantel aus und hängte ihn an den Haken neben der Kommode. Mit den Fingern glitt ich über den Schminktisch und sah mich bereits vor dem ovalen Spiegel sitzen und die Haare kämmen. Neben dem großen Schrank entdeckte ich schließlich meinen Koffer. Doch bevor ich ihn auspackte, ging ich zu den Fenstern, die von schweren winterweißen Vorhängen gesäumt waren.

Draußen konnte ich nicht allzu viel erkennen, aber die Beleuchtung im Garten an der Rückseite des Kutscherhauses war ebenfalls eingeschaltet. Umso mehr staunte ich, als ich ein paar Hunde – oder waren das Wölfe? – unten auf der Wiese sah. Schnell eilte ich zurück zum Lichtschalter, um das Deckenlicht auszumachen, damit ich mehr erkennen konnte. Doch als ich wieder ans Fenster trat, waren die Tiere verschwunden.

Mist!

Hatte ich sie mir etwa nur eingebildet? Nein, da waren eindeutig diese Hunde gewesen. Kurz musste ich wieder an Frederik und seine überhebliche Art denken. Vielleicht waren das seine Schlittenhunde, die nun völlig herrenlos auf dem Gelände herumschlichen?

Ein Schauder schüttelte mich. Aus sicherer Entfernung – wie aus dem Auto oder von hier oben – waren sie ja ganz nett anzusehen. Aber ich wollte bestimmt nicht in die Nähe dieser Tiere kommen, wenn sie allein herumstreunten.

Ich legte die Hand an meinen Unterarm, an die Stelle, wo ich den brennenden Schmerz spürte, als wäre es gestern gewesen, als mich der Nachbarshund als kleines Mädchen gebissen hatte.

Hoffentlich kreuzten die Tiere morgen früh nicht meinen Weg zur Arbeit … Wenn doch, hoffte ich einfach, dass ich schnell genug beim Eingang war – dass die Technik funktionierte und ich per Fingerabdruck in das Gebäude kam.

Ich schrieb Stefanie eine Nachricht und schickte ihr Fotos von meiner Unterkunft. Sie rief mich sofort völlig begeistert an, während ich meine Klamotten ausräumte und in den Schrank hängte. Dass sie sich so für mich und mit mir freute, war schön und bestärkte mich darin, die richtige Entscheidung getroffen zu haben.

## KAPITEL 6
# Frederik

»Scheiße, Mann, der ist völlig hinüber.« Lars stand neben mir und starrte fassungslos auf den zerbrochenen Schlitten, der nach wie vor am Straßenrand lag.

»Ja, den hat es übel erwischt.«

»Und du bist dir sicher, dass du dich nicht verletzt hast?« Er schaute mich an, als wäre ich ein Geist.

»Ich hatte Glück im Unglück. Nur diese Schramme.« Ich zeigte auf meine Wange, von der ich das Pflaster inzwischen entfernt hatte. Die heiße Wanne hatte Wunder gewirkt und die meisten Muskelverspannungen gelöst. Nur die Schulter war noch ein wenig beleidigt, doch auch das würde vorbeigehen.

Als meine Hunde gestern ohne Schlitten am Palast angekommen waren, hatten Lars und Sven sich um sie gekümmert und gleichzeitig panisch versucht, mich zu erreichen. Zum Glück war ich da bereits aus Emelies Wagen ausgestiegen und konnte sie beruhigen. Vor allem konnte ich die beiden davon überzeugen, nicht die halbe Belegschaft – und schon gar nicht meine Eltern – in Sorge zu versetzen, sondern den Unfall vorerst unter den Teppich zu kehren. Ein Glück, dass ich mich auf meine Kumpels verlassen konnte.

»Hab ja vermutet, dass er nicht lange hält, weil er schon so alt ist. Aber das hier … Und am Steuer saß eine Deutsche, sagst du?«

»Wieso klingt das bei dir so abfällig?« Ich hob eine Augenbraue.

»Touristen halt …« Er schüttelte den Kopf.

»Genau genommen ist sie keine Touristin. Sie ist hergekommen, weil sie hier ein Praktikum macht.«

Lars stöhnte. »Noch schlimmer.«

Augenrollend stieß ich ihm in die Seite. »Na los, hilf mir endlich, den Schlitten auf den Wagen zu laden.«

Wir waren mit seinem Pick-up hergefahren und wollten den Schlitten in seine Werkstatt bringen, um zu schauen, was davon noch zu retten war. Vermutlich diente er jedoch nur noch als Brennholz.

Murrend half er mir, die Teile auf die Ladefläche zu heben. »Weißt du, was mich an dieser ganzen Sache irritiert?«

»Was denn?«

»Dass du gar nicht sauer zu sein scheinst. Immerhin hat dir der Schlitten wahnsinnig viel bedeutet.« Nun war er derjenige, der eine Augenbraue hob und mich durchdringend musterte.

Schulterzuckend stieg ich auf der Beifahrerseite ein. »Ändert es etwas an der Situation, wenn ich mich darüber ärgere?«

»Nein, aber das war dein Lieblingsschlitten.«

Das stimmte. Mit dem Hundeschlitten zu fahren gehörte zu den Dingen, die meinen Großvater und mich verbunden hatten. Er hatte seine Huskys geliebt und war regelmäßig mit ihnen und dem

Schlitten unterwegs gewesen. Ich konnte diese Leidenschaft in jeder Faser spüren – besonders mit seinem alten Schlitten, was nun jedoch der Vergangenheit angehörte. Zumindest in der Originalversion.

»Wir versuchen einfach, ihn zu reparieren. Und sollte es nicht klappen, bauen wir ihn neu nach«, schlug ich so lässig wie möglich vor, während mein Herz bei diesen Worten blutete.

Lars' Blick bohrte sich in mich, doch ich ignorierte ihn.

»Na los, fahr endlich«, trieb ich ihn stattdessen an.

Der Motor brummte, als wir losfuhren.

»Ist sie heiß?«

»Was?« Gespielt irritiert schaute ich ihn an, dabei hatte er mich ertappt.

»Die Frau, die dich angefahren hat. Die Deutsche. Ist sie scharf?«

»Verdammt, wie redest du denn?«

»Entschuldigt, Eure Hoheit, hat der Anblick der holden Maid Euch entzückt?«

Ich gab ihm einen leichten Klaps gegen den Hinterkopf. »Sie sieht ganz gut aus, ja.«

Er grinste zufrieden. »Sie war sicher saunervös, als ihr klar wurde, dass sie den Prinzen überfahren hat.« Lachend schüttelte er den Kopf. »Mann, da wäre ich gern dabei gewesen. Bestimmt hat sie panisch hyperventiliert.«

»Sie weiß nicht, dass ich der Prinz bin.«

»Was?« Mitten auf der Straße stieg Lars auf die Bremse und schaute mich an. Ein Laster überholte uns laut hupend, doch das schien ihn völlig kaltzulassen.

»Sie … hat mich nicht erkannt. Sie ist nicht aus Fjarora. Woher soll sie wissen, wer ich bin?«

Sprachlos lachte er auf. »Keine Ahnung? Vielleicht, weil man sich vorher über ein Land schlaumacht, bevor man beschließt, dort ein Praktikum zu machen?« Langsam fuhr er wieder an. »Und du hast es ihr nicht gesagt? Ich meine … was … wie …«

Okay, das beschäftigte ihn ganz offensichtlich.

»Ich gehe mal davon aus, dass sie sich im Vorfeld informiert hat. Aber sie hat vielleicht nicht unbedingt alle Mitglieder der Königsfamilie gegoogelt, was weiß ich. Und natürlich habe ich ihr nicht verheimlicht, dass ich *Prinz* Frederik bin.«

»Und was hat sie darauf gesagt?«

»Sie hat es mir nicht geglaubt.«

Lars brüllte vor Lachen. Er konnte sich über alles und jeden auslassen, das war schon immer so. Wir kannten uns, seit wir Kinder waren und im Wald hinter dem Palast zusammen gespielt hatten. Gemeinsam mit Sven bildeten wir vom ersten Tag an ein enges Dreiergespann. Als hätten wir uns gesucht und gefunden. Doch im Moment regte es mich auf, dass er sich so dermaßen über die Situation lustig machte.

»Weißt du was? Fahr mich einfach zurück zum Palast. Den Schlitten kannst du entsorgen oder was auch immer. Ich hab keinen Bock darauf, dein heutiges Unterhaltungsprogramm zu sein.«

Er wischte sich die Lachtränen aus den Augenwinkeln. »Nix da, du kommst mit in die Werkstatt. Sei nicht so empfindlich, Hoheit Prinz Frederik, Mann. So weinerlich kenne ich dich gar nicht.«

Statt einer Antwort zeigte ich ihm den Mittelfinger.

»Siehst du? So gefällst du mir schon besser. Und jetzt erzähl mir mehr von der Frau, die dich nicht erkannt hat.« Er bog in die Straße ab, die zu seinem Hof führte – oder eher zum Hof seiner Eltern. Sie züchteten Pferde und sein Vater war ein erfolgreicher Anwalt.

»Da gibt's nicht viel zu sagen. Wir haben uns nicht lange unterhalten. Sie hat mich angefahren, mir unter dem Schlitten hervorgeholfen und mich danach ein Stück mitgenommen.«

»Und dann hat sie immer noch nicht geschnallt, dass du wirklich der Prinz bist?«

»Mann, nein! Ich kann doch nicht einfach vor dem Palast aussteigen und hineinspazieren.«

»Wieso denn nicht? Du bist der Prinz! Und Frauen stehen auf Prinzen, oder nicht?«

Augenrollend lehnte ich mich zurück.

»Aaah! Alles klar.« Er stellte den Wagen vor seiner Werkstatt ab und stieg aus.

»Was ist klar?«, fragte ich, als ich zu ihm an die Ladefläche trat, um den Schlitten herunterzuheben.

»Es gefällt dir, dass sie dich nicht erkannt hat. Dass du bei ihr ganz inkognito sein kannst. Sie sieht nicht das grell leuchtende Monarchie-Schild über deinem Kopf, wie alle anderen, und das möchtest du ausnutzen. So wie die meisten Kerle vermutlich gern für einen Tag in deine Rolle schlüpfen würden, um jede zu bekommen, die sie haben wollen.«

»Was wäre daran so verwerflich?«

»Gar nichts. Vielleicht würde ich es genauso machen, keine Ahnung.«

Wir legten den Schlitten auf die höhenverstellbare Werkbank und Lars begann sofort, alle Schrauben und Bänder zu lockern und ihn zu zerlegen. »Aber vergiss nicht, dass du ihr die Wahrheit sagen musst, bevor es ernster zwischen euch wird.«

»Die kennt sie bereits. Ich kann schließlich nichts dafür, dass sie es nicht glauben wollte. Und ganz ehrlich, wie soll das funktionieren?

Ich brauche nur einmal mit ihr irgendwo zu sein, wo mich jeder erkennt, dann bekommt sie es sowieso von allen Seiten bestätigt.«

Lars brummte unschlüssig.

»Glaub mir, du willst nicht mit mir tauschen. Nicht einmal für einen halben Tag.«

»Ist es gerade wieder so übel bei dir?«

Schulterzuckend holte ich eine Schale vom Regal, in die wir die Schrauben legen konnten, und nahm mir eine Brechstange, mit der ich die Kufen vom Holz lösen wollte. »Mutter liegt mir nach wie vor mit den üblichen Themen in den Ohren. Dass ich einen Job brauche, bestenfalls in der Wirtschaft oder Politik, der mich weiterbringt und meinem Status gerecht wird. Und sie wollte mich mit Britta Eklund verkuppeln. Ich sollte sie zum Winterball einladen.«

»Uh, Britta? Die gefällt mir!«

Ich zuckte mit den Schultern, bevor ich die Brechstange unter die Kufe schlug. »Du kannst sie gern fragen, wenn du willst.«

»Willst du nicht mit ihr hin?«

»Nope.«

»Würde es dich also nicht stören, wenn ich sie einlade?«

»Nein.«

Sein breites Grinsen brachte mich zum Schmunzeln. »Und wen suchen wir dir für den Ball?«

Ich zuckte mit den Schultern. »Ich bin der Prinz. Ich kann auch einfach ohne Begleitung hingehen.«

»Gerade *weil* du der Prinz bist, brauchst du auf dem Ball eine Frau an deiner Seite. Und du darfst dich nicht davor drücken, das ist deine familiäre Verpflichtung.«

Angepisst rempelte ich ihn an. »Du klingst schon wie meine Mutter.«

Dass ihn meine Worte amüsierten, wunderte mich nicht. »Ich kann ja mal die Augen für dich offen halten.«

Meine Augenbraue zuckte nach oben. »Danke, aber den Tinder-Lars kannst du stecken lassen. Ich finde schon allein eine Begleitung, wenn ich eine brauche – und vorerst gefällt mir der Gedanke ganz gut, allein zum Ball zu gehen. Außerdem, denk zurück an das letzte Mal, als du mich verkuppeln wolltest.«

Kurz überlegte er, ehe er losprustete. »Wieso? Ist doch gut gelaufen.«

»Klar. Abgesehen von der völlig irren Frau, die mir nicht von der Seite weichen wollte. Die wusste Dinge über mich, an die selbst ich mich nicht mehr erinnern konnte. Das war unheimlich!«

»Keine Ahnung, was du hast. Sie hat sich nur sehr für dich interessiert!«

»Aber sie wusste *alles* über mich. Sie hat jeden Zeitungsartikel gelesen und auswendig gelernt. Sie hat mir sogar Sachen erzählt, die nur die Bediensteten wissen konnten. Ich habe bis heute nicht herausgefunden, wer geplaudert hat.«

Lars zuckte mit den Schultern. Er konnte sich nicht vorstellen, wie es war, dermaßen in der Öffentlichkeit zu stehen. Wenn er mal fotografiert wurde und in der Klatschpresse landete, weil wir zusammen unterwegs gewesen waren, fühlte er sich wie ein Hollywoodstar. Doch für mich war das ein Dauerzustand, an dem ich überhaupt nichts großartig fand. Das verstand er jedoch nicht. Zudem waren die meisten nur wie irre hinter mir her, weil ich *der Prinz* war, und es nervte mich, auf diesen Status reduziert zu werden. Denn ich war so viel mehr. Aber das interessierte die Damenwelt wohl nicht.

Und nun, wo ich endlich eine Frau kennengelernt hatte, für die ich einfach Frederik war und sonst niemand, wollte ich diese Situation so lange wie möglich genießen. Und das würde ich! Immerhin hatte ich ihre Nummer – ich würde sie anrufen oder ihr schreiben. Vielleicht konnte ich mich mit Mütze und Mantel als Student ausgeben und wir schafften auf diese Weise zwei oder drei Dates an einem ruhigen Ort, wo meine Tarnung nicht so schnell auffliegen würde …

Die Vorstellung war zu verlockend.

Aber wer wusste schon, ob sie mich überhaupt wiedersehen wollte? Immerhin war sie ziemlich genervt von mir gewesen. Doch gerade diese Ausgangssituation war reizvoll für mich.

Ich nahm Lars ein paar der zersplitterten Hölzer ab, die nicht mehr zu retten waren, und ging unter dem Vorwand, sie zum Brennholz bringen zu wollen, aus der Werkstatt. Nachdem ich sie auf dem Stapel hinter dem Haus abgelegt hatte, holte ich mein Telefon aus der Brusttasche meiner Jacke und schrieb eine Nachricht.

> Hej Emelie, ich hoffe, du hast gestern dein Ziel erreicht, ohne noch jemanden auf einem Schlitten zu überfahren. ;) Ich bin gerade dabei, meinen zu zerlegen – oder zumindest das, was davon noch übrig ist. Tja, was soll ich sagen … dabei musste ich an dich denken. Vielleicht hast du Lust, mit mir auszugehen? Sozusagen als Entschädigung dafür, dass ich jetzt eine Weile nicht mit dem Holzschlitten ausfahren kann, bis ich mir einen neuen gezimmert habe. Frederik

Kurz wartete ich ab, ob sie die Nachricht lesen würde, doch da keine Reaktion kam, verstaute ich mein Telefon wieder und ging zurück zu Lars, der zum Glück endlich ein anderes Gesprächsthema hatte.

Als ich auch am nächsten Morgen noch keine Antwort von ihr hatte, war ich ehrlich gesagt enttäuscht. Und fasziniert. Denn in so einer Situation hatte ich mich noch nie befunden. Immerhin waren die Frauen selten zu bremsen gewesen, wenn sie meine Telefonnummer erst einmal hatten. Und die hatte sie jetzt.

Ignoriert zu werden war eine neue Erfahrung für mich und ich fragte mich, welche Gründe sie haben könnte, mir nicht zu antworten.

War ich wirklich so ein Macho und von mir selbst überzeugt, dass ich sie damit abgeschreckt hatte? Aber bisher hatte sich noch nie jemand über mein Selbstbewusstsein beschwert …

Dann fiel mir ein, dass *sie mir* vielleicht eine falsche Nummer gegeben hatte. Weil sie Angst hatte, dass ich ihr wegen des Unfalls Probleme machen würde.

Als ich darüber nachdachte, stieg Enttäuschung in mir auf.

Ich könnte ihre Telefonnummer auch an unseren Sicherheitsdienst übergeben. Die Leute würden innerhalb kürzester Zeit herausfinden, ob es tatsächlich ihre Nummer war – und wenn ja, wo sie sich aufhielt. Und wenn nicht, könnten sie garantiert herausfinden, wer die Frau war, die am Dienstagnachmittag mit einem Mietwagen vom Flughafen unterwegs gewesen war. Ich wusste sogar noch die drei Ziffern des Kennzeichens.

Um mich etwas abzulenken, beschloss ich, nach meiner Vorlesung mit den Zwillingen zu den Huskys zu gehen. Die beiden waren völlig vernarrt in die Hunde. Finnja reagierte jedes Mal total sensibel auf das Rudel – und die Tiere auf sie. Als wüssten sie, dass Finnja gehörlos war.

Ich eilte durch die langen Flure des Palastes, bis ich am Studierzimmer ankam, in dem sie vormittags von einem Privatlehrer unterrichtet wurden. Nach einem kurzen Klopfen trat ich ein, doch der Raum war leer.

Überrascht runzelte ich die Stirn. Die Unterlagen der beiden lagen auf ihren Tischen, an der Tafel stand noch die letzte Textaufgabe, die sie gerechnet hatten.

Im Flur hörte ich einen Staubsauger, also ging ich wieder nach draußen und dem Geräusch nach. Tatsächlich war eines der Dienstmädchen gleich um die Ecke mit ihrer Arbeit beschäftigt.

»Weißt du, wo Finnja und Thorben sind?«

»Oh, Eure Hoheit.« Sie lief rot an und machte einen Knicks. »Ich glaube, sie sind vor wenigen Minuten in diese Richtung gegangen.«

Verwundert schaute ich den Flur entlang. »Ins Spielzimmer?«

Sie senkte verlegen den Blick. »Schon möglich. Ich habe nicht gelauscht, was ihr Lehrer gesagt hat.«

Knapp bedankte ich mich bei ihr und eilte weiter. Falls die beiden wirklich gerade Pause machten, brauchte ich kein schlechtes Gewissen zu haben, wenn ich sie mit nach draußen nahm.

Tatsächlich waren sie in ihrem Spieleparadies. Ich ging an der Kletterwand und dem kleinen Trampolinpark vorbei zum hinteren Teil, wo eine halbe Legostadt und eine ganze Playmobilwelt aufgebaut waren. Ihr Lehrer, Elvar Ekström, stand vor dem großen

Bücherregal, das voll war mit Kinder- und Jugendbüchern, während meine beiden Geschwister auf dem Boden saßen und in ihrer eigenen Welt versunken waren.

»Elvar, ich hab euch bereits gesucht.«

Der Lehrer drehte sich mit einem Lächeln um und verbeugte sich vor mir. »Prinz Frederik, wenn ich gewusst hätte, dass Ihr uns sucht, hätte ich Euch eine Nachricht hinterlassen.«

»Schon gut. Was macht ihr hier?«

»Eine kleine Verschnaufpause. Mathematik scheint heute besonders anstrengend zu sein.« Der alte Mann zwinkerte Thorben zu, als er den Kopf in unsere Richtung drehte. Sofort tippte er Finnja an, um sie auf mich aufmerksam zu machen.

»Frederik!« Thorben sprang auf und eilte zu mir, gefolgt von seiner Schwester.

Ich umarmte die beiden und wandte mich anschließend wieder an Elvar. »Wie lange dauert denn eure Pause noch?«

»Nun, ich hatte gute fünfzehn Minuten geplant, aber wenn sie länger dauern soll, ist das kein Problem.«

»Was haltet ihr zwei davon, wenn wir kurz an die frische Luft gehen und das Rudel besuchen?«, fragte ich und gestikulierte gleichzeitig für Finnja in Gebärdensprache.

»Jaaa!«, war deren einstimmige Antwort.

»Dann los, zieht euch an, ich warte vor dem Studierzimmer auf euch!« Ich scheuchte die zwei nach draußen.

»Wann soll ich sie zurückbringen?«, wandte ich mich wieder an Elvar.

»Nun, ich möchte heute noch die Textaufgaben fertig machen. Reicht Euch eine halbe Stunde?«

»Auf jeden Fall. Ich bringe die beiden rechtzeitig zurück.«

Er nickte und verbeugte sich, als ich mich von ihm verabschiedete und zurück zum Studierzimmer ging.

Es dauerte nicht lange, bis meine beiden jüngeren Geschwister dick eingepackt in ihrer Winterkleidung bei mir ankamen.

»Hat euch jemand gesehen?« Mit *jemand* meinte ich unsere Eltern. Wir spielten oft, dass wir uns vor ihnen verstecken mussten, wenn wir zu den Hunden gingen. Wenn sie wüssten, dass ich die Zwillinge während ihrer Unterrichtszeit mit nach draußen nahm, um mit dem Rudel zu spielen, würden sie mir die Hölle heißmachen.

Beide schüttelten den Kopf.

»Gut, das soll auch so bleiben. Wir nehmen die Abkürzung.«

Finnja hüpfte aufgeregt und Thorben packte gleich darauf ihre Hand und legte einen Finger an seine Lippen, damit sie leise blieb. Sie folgten mir in den nächsten Gang, wo neben einem Wandteppich eine Geheimtür eingelassen war. Ich hatte sie vor Jahren zufällig entdeckt, als zwei Dienstmädchen den Teppich zur Reinigung und Pflege abgenommen hatten und dabei unabsichtlich an die Tür gestoßen waren. Sofort war meine Neugier geweckt worden. Also hatte ich herumprobiert, bis ich wusste, wie der Öffnungsmechanismus funktioniert. Dann war ich in den schwach beleuchteten Gang geschlüpft, um herauszufinden, wo er endete. Zu meiner Enttäuschung war ich weder in ein verstecktes Zimmer oder ein Gebäude außerhalb des Palastes gelangt, sondern nur am anderen Ende des langen Flures herausgekommen. Im Laufe der Jahre hatte ich weitere Geheimgänge entdeckt, deren Existenz ich weitestgehend für mich behielt. Vermutlich wurden diese Durchgänge früher von Bediensteten genutzt, um die königlichen Gemächer schneller zu erreichen. Womöglich war das jetzt auch noch der Fall, doch bisher war ich hier niemandem begegnet. Aber das musste ja nichts heißen.

Thorben und Finnja hatte ich nur diesen Geheimgang gezeigt, sie wussten jedoch nicht, wie das Öffnen und Schließen funktionierte. Dafür waren sie noch etwas zu klein. Nicht nur, was ihre Körpergröße betraf, denn der Hebel war an der Oberseite der Tür angebracht. Meine Sorge, die beiden könnten auf dumme Gedanken kommen und diesen Gang zum Spielen oder als Versteck benutzen, war zu groß. Ich selbst war einmal darin eingeschlossen gewesen, weil der Mechanismus zum Öffnen geklemmt hatte. In meiner Panik hatte ich so lange versucht, ihn zu lösen, bis einer meiner Finger blutig war. Dann endlich war mir eingefallen, dass ich zur anderen Tür zurückgehen und dort hinauskommen konnte.

Damals war ich elf gewesen, zwei Jahre älter als die Zwillinge. Trotzdem hatte der Schock tief gesessen. Ich hatte mich mehrere Monate von dem Geheimgang ferngehalten und ihn erst wieder betreten, nachdem ich mitten in der Nacht den Hebel eingeschmiert und mich von seiner Funktionstüchtigkeit überzeugt hatte. Diese Erfahrung wollte ich den beiden auf jeden Fall ersparen.

Vor der Tür zur Abkürzung angekommen, bedeutete ich ihnen, sich mit dem Rücken zu mir zu stellen. Thorben verdrehte zwar die Augen, folgte jedoch meiner Anweisung genau wie Finnja. Den Blick unablässig auf die zwei gerichtet, öffnete ich die Tür und ließ sie schließlich vorausgehen – Hand in Hand, da Finnja den Gang immer noch ein bisschen unheimlich fand. Thorben war jedes Mal der stolze Bruder, der sie beschützte und hindurchführte, auch wenn hier keine Spinnweben waren, vor denen sie sich so fürchtete – ein Indiz dafür, dass der Gang doch regelmäßig vom Personal genutzt wurde.

Als wir wenig später das andere Ende erreicht hatten, war es nur noch ein kleines Stück bis zur Treppe, die uns nach draußen und damit zum Rudel führte. Die beiden liefen an mir vorbei und stürmten auf den Ausgang zu. Dass sie so gern bei den Hunden waren, freute mich jedes Mal, doch ich musste sie noch einmal kurz in ihrer Euphorie bremsen.

»Okay, hört zu, wir haben zwanzig Minuten.«

»Yeah!« Thorben ging gleich auf das Haus zu, in dem die Hunde untergebracht waren. Durch eine Klappe konnten sie jederzeit hinein oder hinaus. Drinnen hatten sie ihre Schlafplätze und eine große Futterstation. Außerdem gab es einen Waschplatz, wo Arne, mein persönlicher Diener und Assistent, und ich sie waschen konnten, wenn sich die Raufbolde im Dreck gewälzt hatten.

Während Thorben aus dem Haus nach draußen in das große Gehege trat, wo sich die meisten der Hunde aufhielten, spielten und im Schnee wälzten, näherte sich Finnja der Umzäunung.

Das Rudel machte Krach, weil es sich über unsere Gesellschaft freute, und ich öffnete für meine Schwester und mich das erste Tor der Schleuse. Kaum hatten wir das zweite passiert, wurden wir von unseren pelzigen Freunden begrüßt. Ausnahmslos kamen sie zu mir, schleckten mir über die Hände und über das Gesicht, als ich mich hinkniete, um sie zu knuddeln – sehr zur Belustigung von Finnja und Thorben.

»Arvid, Snö, kommt schon, Kumpels, von mir bekommt ihr ein paar Leckerlis.« Thorben lockte die Hunde, die ihm sofort folgten. Auch Sparky, der sich gerade im Schnee eingraben wollte, hörte damit auf und trottete ihnen hinterher.

Finnja hingegen setzte sich wie fast jedes Mal auf die kleine Holzbank. Fasziniert beobachtete ich, wie die Huskys auf sie reagierten, dabei hatte ich das schon so oft miterlebt. Sie scharten sich mit einer außergewöhnlichen Ruhe und Vorsicht um Finnja, so als wüssten sie, dass sie eine Prinzessin war, die sie beschützen wollten. Sie umarmte die Hunde, glitt mit ihren bloßen Fingern durch das Fell, und das Strahlen in ihren Augen bewies mir wieder einmal, wie unglaublich glücklich sie das Rudel machte.

Es war die unverblümte Ehrlichkeit, die zwischen ihnen stand, wie mir schon mehrfach aufgefallen war. Es gab kein Beschönigen, kein Vorspielen einer verschleierten Realität. Nur Tatsachen und Gefühle.

Eine Weile schaute ich ihnen zu, bis meine Gedanken wieder zu Emelie schweiften. Sie hatte mich *eingebildet* genannt und mir *Selbstüberschätzung* vorgehalten. Vielleicht lag sie damit ja doch gar nicht so falsch. Denn ja, eventuell hatte ich auch vor ihr eine – meine – Show abgezogen, weil ich von mir und meiner Wirkung auf andere dermaßen überzeugt war. Bisher hatte mich jeder erkannt, dem ich begegnet war – und dieses Wissen hatte ich auf Emelie projiziert. Ich hatte mich verhalten wie immer, hatte diese Mauer aus Coolness aufgebaut, um mich selbst zu schützen. Doch das war bei ihr nicht notwendig gewesen. Sie kannte mich nicht, wusste nichts über mich, mein Leben, meine Familie oder meine Vergangenheit – solange sie nicht im Internet nach mir suchte und sich von den ganzen Klatschartikeln beeinflussen ließ.

Im Grunde wäre bei ihr ein völliger Neustart möglich – und diese Erkenntnis weckte etwas in mir. Die Lust, mich darauf einzulassen, auf dieses Abenteuer, das ich so noch nie erlebt hatte. Doch eine Sache wurde mir gleichzeitig klar: Ich musste ehrlich zu ihr sein. Sie sollte mich so kennenlernen, wie ich wirklich war. Den Prinzen, ja, aber auch den Menschen dahinter. Bei ihr hatte ich eventuell die Möglichkeit, ihr meine wahre Persönlichkeit zu zeigen, ohne dass sie durch irgendwelche Vorurteile ein verfälschtes Bild von mir bekam.

Natürlich bestand die Gefahr, dass auch Emelie sich als Person entpuppte, für die nur Oberflächlichkeiten und Titel zählten. Aber ich beschloss, dieses Risiko einzugehen. Weil ein kleiner Teil in mir daran festhielt, dass Emelie nicht wie die anderen war. Ich musste nur noch den Kontakt zu ihr finden, denn bis jetzt hatte sie sich immer noch nicht zurückgemeldet.

KAPITEL 7

# Emelie

Die letzten Tage waren superstressig gewesen. Ich hatte gedacht, dass Ove mit mir über den Winterball sprechen würde. Doch dazu war vorerst keine Zeit, denn wir stellten nicht ausschließlich für die Königsfamilie Torten und Süßgebäck her. Es gab auch einen kleinen Laden im Palast, der für die Öffentlichkeit zugänglich war. Dort konnte man neben Tassen, Tellern und anderen royalen Souvenirs eine Auswahl an Pralinen, Kuchen und Petit Fours erwerben – selbstverständlich alles mit dem königlichen Siegel. Die Leute fuhren anscheinend total darauf ab, Desserts zu kaufen, die ihr König und ihre Königin ebenfalls gern aßen.

Das erklärte auch, warum ein jetzt sechsköpfiges Team in der Patisserie arbeitete. Und da für heute eine gigantische Hochzeitstorte und zweihundert Muffins sowie sechshundert Pralinen bestellt worden waren, hatten wir zu tun, diesen Auftrag neben dem Tagesgeschäft zu erfüllen.

Nachdem Ove, Krister und ich alles bei der Hochzeitslocation abgeliefert hatten – die königliche Konditorei hatte natürlich auch einen königlichen Lieferwagen, mit dem wir unter großem Zittern die bestellte Ware zum Veranstaltungsort gefahren hatten –, gönnten wir uns erst mal eine Verschnaufpause, zu der auch Lilian, Madita und Caja dazukamen. Wir lehnten draußen vor dem Eingang zum Palast am Wagen und genossen die tief stehende Sonne, die gerade kurz ihr Gesicht zeigte. Es war zwar immer noch sehr kalt, aber unsere Winterjacken – schwarz mit goldenem Wappen – hielten gut warm.

»Erzähl Emelie endlich mal vom Winterball«, forderte Krister Ove auf. »Sie muss immerhin wissen, was auf sie zukommt. Der Stress der vergangenen Tage war nämlich nichts im Vergleich zu dem, was uns bevorsteht – und jetzt hast du noch die Möglichkeit, schreiend davonzulaufen.« Die letzten Worte hatte er direkt an mich gerichtet.

»Wie du das sagst, klingt es fast so, als wären wir auf dem Weg in die Hölle und hätten heute erst den Eingang passiert.« Ove gab Krister einen Klaps an den Oberarm, was der etwa Dreißigjährige mit einem belustigten Grunzen beantwortete. Dann wandte sich Ove an mich. »Keine Sorge, er übertreibt maßlos. Also zum Ball werden ungefähr fünfhundert Gäste erwartet – die genaue Zahl erhalten wir immer relativ kurzfristig. Die Königin wünscht einen beeindruckenden Desserttisch, der –«, er malte Gänsefüßchen in die Luft, »*alle Erwartungen der Gäste übertreffen soll.* Zitat Ende.«

»No pressure«, murmelte Krister und schnitt eine Grimasse.

Wir lachten.

»Auf jeden Fall habe ich dazu ein Konzept ausgearbeitet, und ich kann euch versichern, dass es die vergangenen Jahre in den Schatten stellen wird. Die meisten kennen bereits einen Teil davon, aber ich habe letzte Nacht weiter daran gearbeitet, das möchte ich euch zeigen.«

Wir folgten Ove in die Konditorei, wo er in das angrenzende Büro ging, in dem er manchmal saß und sich um Rechnungen, Einkaufslisten, die Personalplanung oder Sonderbestellungen kümmerte. Gleich darauf kam er mit einem Tablet wieder. »Alle Kreationen sind in Weiß gehalten und werden mit Glitzer und *Schnee* verziert. Natürlich kein echter, aber es sollte so real wie möglich wirken. Ich hätte gern eingeschneite Tannenbäume. So ähnlich wie deiner, Emelie, den du für die Show gemacht hast. Nur ohne die farbigen Dekorationen. Am Ende soll ein ganzes *Winterwonderland* entstehen.« Er tippte auf dem Tablet und zeigte uns schließlich seinen Entwurf. »Ich möchte eine Schneelandschaft aus Torten, *Kanelbullar* mit Zuckerguss, Pralinen und Muffins. Dazwischen Cake-Pops, die wie Schneebälle oder wie große Schneeflocken scheinbar durch die Luft fliegen. *Dammsugare* in Eisblau, getunkt in weiße Schokolade …« Ove ging in der Beschreibung auf und zeigte uns einen Entwurf nach dem anderen. »Das können wir auf mehreren Tischen mit Rollen anrichten, die wir im Kühlraum lagern und dann in den Festsaal bringen. Erst dort setzen wir alles zu einem Gesamtbild zusammen.«

»Wow, das klingt großartig. Wann findet der Winterball denn statt?«, wollte ich wissen.

»Am neunten Dezember, also zwei Wochen vor Weihnachten. Wir haben somit noch einen Monat Zeit und werden ab Montag an den Fondant- und Marzipandekos sowie an den Pralinen arbeiten. Alles, was länger haltbar ist, wird zuerst hergestellt.«

»Du kannst dich also auf eine stressige Zeit einstellen.« Madita stieß mir zwinkernd in die Seite.

»Schon gut, ich bin vorbereitet.«

Als wir im Anschluss alles aufräumten, spulte ich in Gedanken immer wieder die Bilder ab, die Ove uns gezeigt hatte. Wahnsinn, am liebsten hätte ich sofort losgelegt. Aber erst waren noch ein paar kleine Aufträge für das Wochenende zu erledigen. Außerdem mussten drei Torten sowie fünf Tabletts mit Pralinen in den Laden gebracht werden, um dort den Vorrat aufzufüllen. Da die anderen bereits mit diversen neuen Arbeiten eingedeckt waren, übernahm ich diese Aufgabe. Ich lud alles auf den Servierwagen und ging los. Zum Glück war der Weg nicht allzu schwer zu merken, denn ich musste nur eine Abzweigung nehmen.

In den paar Tagen war ich bereits das ein oder andere Mal Bediensteten aus dem Palast begegnet. Männer in dunkelroten Fracks, Frauen in schwarzen Kleidern mit weißer Schürze. Sie sahen alle gleich aus in ihrer Uniform, genau wie das Personal im Laden, das dunkle Hosen und bordeauxrote Blusen und Hemden trug. Jeder hier war freundlich und ich wurde immer mit einem Lächeln begrüßt.

Doch als ich diesmal um die Ecke bog, stockte ich, denn mir kam ein junger Mann in einer mittelgrauen Chino entgegen, den ich kannte. Der Kragen seines schwarzen Hemdes war ein Stück weit geöffnet, seine kinnlangen blonden Haare hingen ihm zerzaust im Gesicht und er tippte im Gehen auf sein Handy ein.

In meiner Brust rumpelte es vor Aufregung. Erst als er fast auf meiner Höhe war, hob er den Kopf. Blaue Augen schauten mich an, die sich weiteten, ehe sie das Lächeln aufnahmen, das von den vollen geschwungenen Lippen ausging.

»Du?«, fragte ich völlig perplex, während er ein »Aber hallo!« ausstieß.

»Wer hätte gedacht, dich *hier* zu treffen?« Interessiert musterte Frederik mich von oben bis unten und sein Grinsen wurde breiter.

Verdammt, hatte ich Schokolade im Gesicht, oder was sollte das?

»Was zur Hölle machst du hier? Spionierst du mir nach? Woher weißt du überhaupt, wo ich arbeite?«

Er verdrehte die Augen. »Herrje, du bist unverändert bissig. Abgesehen davon hab ich dir eine Nachricht geschickt. Hast du mir eine falsche Nummer gegeben, willst du nichts mit mir zu tun haben oder warum hast du dich nicht gemeldet?«

Mein Mund klappte auf und wieder zu, bevor ich völlig perplex den Kopf schüttelte. »Tut mir leid, ich hatte die letzten Tage von morgens bis abends zu tun und bin nach dem Abendessen fast direkt ins Bett gefallen. Abgesehen davon …«

»Hast du da Pralinen geladen?« Sein Themenwechsel und die Tatsache, dass er mir mitten ins Wort fiel, irritierte mich so sehr, dass ich nicht schnell genug reagieren konnte. Er nahm sich ein Stück und ließ es ohne zu zögern in seinem Mund verschwinden.

»He, du kannst dich doch nicht einfach so bedienen. Wer glaubst du eigentlich, wer du bist?«

Schulterzuckend schmunzelte er mich an. »Prinz Frederik Sigurd Johansson von Fjarora der Dritte.«

Erneut klappte mein Mund auf und Hitze schoss mir in die Wangen, als langsam zu mir durchsickerte, dass er vermutlich schon beim ersten Mal die Wahrheit gesagt hatte – nachdem ich ihn beinahe mit dem Auto überfahren hätte.

Bestimmt gab es Regeln, wie man sich zu verhalten hatte, wenn man einem Mitglied der königlichen Familie gegenübertrat. Ein Knicks, ein gesenkter Blick … keine Ahnung. Und ganz sicher gab es eine vorgeschriebene Ansprache – Eure Majestät oder Hoheit oder etwas in der Art. Damit hatte ich mich nie wirklich auseinandergesetzt.

»Also was ist? Gehst du jetzt mit mir aus?« Seine Stirn schob sich in Falten, als er mich fragend musterte, immer noch mit diesem blöden belustigten Gesichtsausdruck.

»Du kannst mich mal«, war das Einzige, was über meine Lippen kam, während Wut in mir hochsprudelte. Nicht ausschließlich auf ihn und seine überhebliche Art, mit der er wie selbstverständlich davon ausging, ich würde mich auf ein Date mit ihm einlassen – falls man das in royalen Kreisen überhaupt so nennen durfte. Vielleicht war Rendezvous der angebrachtere Ausdruck. In erster Linie war ich jedoch sauer auf mich, weil ich mich vor meiner Abreise nicht mit der königlichen Familie beschäftigt hatte. Immerhin war Fjarora nicht besonders groß und es wäre angemessen gewesen, mich wenigstens ein bisschen über das Königshaus zu informieren. Vor allem aber ärgerte ich mich, dass ich Google nicht spätestens nach dem Unfall nach einem *Prinz Frederik* befragt hatte.

Ich hatte ihn tatsächlich für einen übertriebenen Macho gehalten, was er offenbar trotz – oder gerade wegen – seines Adelstitels immer noch war.

Dass er jedoch in schallendes Gelächter ausgebrochen war, nachdem ich ihn gerade beschimpft hatte, war zu viel des Guten für mich und meine Nerven. Ich schob mich an ihm vorbei und eilte direkt auf den Laden zu, wo ich in Windeseile alles ablud.

Mein einziger Trost war, dass Frederik mir nicht gefolgt war. Oder musste ich ihn *Prinz* Frederik nennen?

Herrje, ich war völlig überfordert von der Situation.

Zum Glück stellte mir im Laden niemand Fragen, die ich nicht beantworten konnte. Einzig die kleine Lücke zwischen den Pralinen ließ sie kurz stutzen, doch ich redete mich mit der Notlüge heraus, dass ich die Praline entfernen musste, weil sie beschädigt gewesen war.

Auf dem Rückweg lief ich dem Prinzen glücklicherweise nicht noch einmal in die Arme und in der Konditorei stellte ich erleichtert fest, dass alle in ihre Arbeit vertieft waren. Und weil auch auf mich noch einiges wartete, was erledigt werden musste, war ich zumindest für die nächsten zwei Stunden abgelenkt.

Ove kam aus seinem Büro und klatschte einmal kräftig in die Hände. »So, ich würde sagen, du machst für heute Schluss, Emelie. Madita, du ebenfalls. Du hast seit zehn Tagen durchgehend gearbeitet. Wird Zeit, dass du mal rauskommst.«

»Hä? Was soll ich denn mit mir anfangen, wenn ich nicht hier bin und arbeite?«, fragte sie ihn – ob das ein Scherz war oder sie das ernst gemeint hatte, wusste ich nicht.

»Du könntest Emelie Fjarora zeigen.«

»Sightseeing? Sie arbeitet doch schon in unserer Hauptattraktion.« Zwinkernd schaute sie mich an und grinste. Dass sie mich damit an mein erstes oder eigentlich zweites Aufeinandertreffen mit einem Mitglied der königlichen Familie erinnerte, konnte sie natürlich nicht ahnen.

Gut, von Fjarora hatte ich bisher nicht viel gesehen. Genau genommen gar nichts, denn ich hatte von halb sechs Uhr morgens bis zum Teil sieben Uhr abends in der Konditorei gestanden und meinen neuen Kollegen unter die Arme gegriffen, wo es ging. Was auch ein Vorteil war, immerhin hatte es nicht lange gedauert, bis die

Arbeitsschritte ganz automatisch abgelaufen waren, als würden wir alle bereits ewig zusammenarbeiten. Eine Tatsache, die Ove ebenfalls gefiel.

Jetzt verdrehte er die Augen. »Du bleibst so oder so nicht hier, verstanden? Außerdem gibt es Wichtigeres für Emelie als den Palast. Zeig ihr den Hafen oder wo sie einkaufen kann … Vielleicht auch ein paar Cafés oder den Club – ihr jungen Leute sollt schließlich raus und etwas unternehmen. *Spaß haben* nennt sich das.«

Sie zuckte mit den Schultern und hakte sich bei mir unter. »Komm mit, wir machen uns einen schönen Nachmittag, wenn unser Boss das so will. Wobei ich nicht weiß, was besser sein könnte, als diese süßen Köstlichkeiten zu kreieren.«

Gemeinsam räumten wir noch unseren Arbeitsplatz auf, an dem wir Schneekristalle aus weißer Modellierschokolade hergestellt und mit silbernem Glitzer verziert hatten. Anschließend wuschen wir uns die Hände und wünschten den anderen einen schönen Tag.

Ich begleitete Madita zum Personalraum, wo wir alle einen Spind für unsere Sachen hatten. Da ich jedoch nur den Hof überqueren musste, zog ich meine Dienstkleidung immer gleich zu Hause an.

»Soll ich auf dich warten oder schon mal zu mir gehen, um mich auch umzuziehen?«, fragte ich.

»Du wohnst im alten Kutscherhaus, hat Caja erzählt. Stimmt das?«

Ich nickte, was Madita ein Leuchten in die Augen zauberte. »Dann komme ich mit, das muss ich mir unbedingt anschauen.«

Verlegenheit stieg in mir auf. Immerhin war ich eine Arbeitskraft wie die anderen auch – wenn überhaupt, denn Krister und Caja hatten bestimmt zehn Jahre mehr Erfahrung auf dem Buckel. Davon abgesehen führten Cajas Eltern eine kleine Konditorei, in der sie das Handwerk von klein auf gelernt hatte. Auch Lilian war sicher fünf Jahre älter als ich. Und Madita war unglaublich talentiert – so eine Künstlerin wie sie hatte ich noch nie getroffen.

Wenn sie gleich sehen würde, wie ich wohnte, würde sie vielleicht denken, dass ich irgendeine Sonderstellung genoss, von der sie nichts wusste. Dabei stimmte das gar nicht.

Trotzdem nahm ich sie mit, denn wenn ich nein gesagt hätte, wäre das äußerst unhöflich gewesen.

Meine Bedenken lösten sich zum Glück sofort in Luft auf, als sie sich zwar mit Begeisterung, jedoch völlig neidlos bei mir umsah. »Hübsch hast du es hier. Ich kann mir gut vorstellen, dass du dich schnell wie zu Hause gefühlt hast und dir der große Abstand zu deinen Eltern nur halb so schlimm vorkommt. Echt klasse von Ove, dass er sich so dafür eingesetzt hat, dass du hier wohnen darfst.«

»Du findest es nicht übertrieben? Ich meine, hier wäre locker Platz für eine vierköpfige Familie.« Nicht einmal mein Elternhaus war so groß wie dieses.

»Das Wichtigste ist, dass du dich wohlfühlst. Ich habe zwei Jahre auf einem Kreuzfahrtschiff gearbeitet. Da musste ich mir das Zimmer mit einer Kollegin teilen. Privatsphäre? Fehlanzeige. Das war echt eine harte Zeit. Hier hast du genug Platz, um dich auszubreiten und nach der Arbeit abzuschalten. Ich finde es toll.« Sie drehte sich im Wohnzimmer noch einmal um die eigene Achse. »Könnte sein, dass ich dich hin und wieder besuchen komme. Aber lass uns jetzt losziehen, bevor es dunkel wird. Fjarora bei Nacht ist zwar auch schön, doch für unsere heutige Tour wäre es von Vorteil, wenn du mehr siehst als vage Umrisse und die Straßenbeleuchtung.«

Dem hatte ich nichts entgegenzusetzen. Wir verließen das Palastgelände über den Angestellteneingang, den Madita mir zeigte.

Er war in der Nähe des Kutscherhauses und ich war froh, mit ihr unterwegs zu sein. Garantiert hätte ich mich wieder blamiert, wenn ich durch das Haupttor spaziert wäre, durch das ich vor ein paar Tagen hier angekommen war.

Ich folgte ihr die Straßen entlang, über eine Brücke aus Stein, vorbei am Hafen und einem Spa, zu einer kleinen Einkaufsstraße.

»Wenn du da vorn abbiegst, kommst du direkt zur Post. Der Supermarkt ist an der Ecke, siehst du das rote Leuchtreklameschild?«

Ich nickte.

»Falls du etwas von dort brauchst, die haben bis acht Uhr abends geöffnet.«

»Ein paar Dinge könnte ich schon einkaufen. Die Sachen würde ich aber erst auf dem Rückweg mitnehmen, was meinst du?«

»Ja, das ist sicher besser. Willst du noch irgendwas sehen? Ich kann dich gern herumführen. Die Innenstadt hat viele kleine Läden. Dort sind auch das Fischereimuseum, die Kunstgalerie und wir haben sogar ein Toilettenmuseum.« Sie kicherte.

»Das klingt toll, und ich würde das alles gern sehen, aber ehrlich gesagt bin ich total müde. Die letzten Tage waren anstrengend und aufregend zugleich, das hat mich wohl mehr geschafft als gedacht.«

»Kein Problem. Hast du Hunger?«

»Nicht wirklich.« Entschuldigend sah ich sie an.

»Hm, okay, ist ja auch noch früh. Ich könnte dir aber zeigen, wo du den besten Tee bekommst. Glaub mir, du wirst das Teehaus lieben.« Sie zeigte auf ein unscheinbares Gebäude aus Backstein, das in überdimensional großen Lettern *te* auf der Fassade stehen hatte – das schwedische Wort für Tee.

Der Laden sah toll aus mit dem schlichten Design in Schwarz,

Grau und Weiß. Vereinzelte Treibholzelemente sahen aus wie eben erst aus dem Meer gefischt und waren mit ein paar Tannenzweigen dekoriert. Zudem lag ein leichter Duft nach Vanille und Beeren in der Luft.

Ich war sofort verliebt.

Im vorderen Bereich standen acht kleine Tische mit Stühlen oder Bänken. Die meisten waren besetzt, denn es war mitten am Nachmittag, auch wenn es schon sehr dämmrig war, weil die Sonne so früh unterging.

Hinten war der Laden vom Boden bis zur Decke voll mit Regalen, in denen sich eine Teesorte an die andere reihte. Mithilfe einer alten Waage wurde die gewünschte Menge abgemessen. Ich wusste schon jetzt, dass ich unbedingt ein paar Sorten kaufen musste.

Wir bestellten beide eine kleine Kanne Tee am Tresen, wo wir aus einer Vielzahl an Schwarztee, Oolong, weißen und grünen Teesorten sowie Früchte- und Kräutertees wählen konnten. Ich konnte mich gar nicht sattsehen und vor allem -riechen, denn selbstverständlich durften wir an den verschiedenen Teemischungen schnuppern.

Als wir endlich unsere Wahl getroffen und ich drei Sorten zum Mitnehmen ausgesucht hatte, setzten wir uns an einen Tisch am Fenster mit Blick auf den Hafen.

»Ich hoffe, du bist jetzt nicht allzu sehr enttäuscht von Fjarora. Das Hafenviertel ist relativ klein, genau wie die Innenstadt. Mit Großstädten können wir leider nicht mithalten. Hier gibt es hauptsächlich Wald und Natur, den Flughafen, den Palast mit der angrenzenden Siedlung und ein paar Kultureinrichtungen. Die Universität, drei Schulen und ein paar kleinere und größere Firmen. Bestimmt bist du mit anderen Erwartungen hergekommen«, meinte

Madita entschuldigend und schielte auf die Sanduhr, die anzeigte, wie lange ihr Tee noch ziehen musste.

»Keine Sorge, ich liebe es hier. Alles. Den Geruch des Meeres und des Hafens, den niedlichen Ortskern, der mir wie ein Stück Heimat vorkommt. Den Schnee und die tief stehende Sonne. Es ist, als hätte ich einen Teil von mir selbst wiedergefunden, von dem ich nicht wusste, dass ich ihn verloren hatte. Vielleicht hat Ove es erwähnt, meine Wurzeln liegen in Fjarora. Meine Mutter stammt von hier und ich bin ganz gespannt, mich auf die Spuren meiner Familie zu begeben. Leider weiß ich gar nichts über sie. Meine Mama ist damals nicht im Guten von hier weggegangen. Ich habe wohl noch einen Onkel und mein Großvater lebt hier irgendwo. Meine Oma ist gestorben, sie ist die Einzige, zu der wir regelmäßigen Kontakt hatten – aber Fjarora oder die Familie war bei mir zu Hause immer ein Tabuthema.«

»Krass. Dann weißt du also auch nicht, warum sie weggegangen ist?«

»Nein, nicht direkt.« Dass es ein gewaltiger Familienstreit gewesen sein musste, verschwieg ich vorerst. So gut kannte ich Madita immerhin noch nicht.

»Wow. Also falls ich dir irgendwie behilflich sein kann, sag Bescheid.«

Zögernd sah ich sie an und schenkte mir Tee ein, nachdem ich das Teeei aus der Kanne geholt hatte. »Da gibt es tatsächlich eine Sache, bei der du mir helfen könntest.«

»Super, schieß los!«

»Was kannst du mir über die königliche Familie erzählen?«

»Puh, also … Königin Ingard und König Eggert haben vier Kinder. Die Zwillinge Finnja und Thorben sind mit neun Jahren die beiden Nesthäkchen. Vielleicht siehst du sie mal im Palast. Prinzessin Anika hat im Sommer ihren fünfundzwanzigsten Geburtstag gefeiert, sie ist die Thronfolgerin und mit einem dänischen Prinzen liiert. Wobei da gerade Trennungsgerüchte kursieren, also …« Sie zuckte mit den Schultern. »Und dann gibt es noch den zweiundzwanzigjährigen Prinz Frederik, der seinen Eltern bestimmt schon einige schlaflose Nächte beschert hat.«

Mein Herz machte einen Satz, als sie seinen Namen erwähnte. »Wieso das?«, fragte ich so beiläufig wie möglich. Nicht, dass es mich brennend interessiert hätte, aber … Okay, ich kam fast um vor Neugier.

»Ach, er ist ein klassischer Schönling. Du weißt schon. Einer dieser reichen, gut aussehenden Kerle Anfang zwanzig, die ihr Leben in vollen Zügen genießen. So zumindest berichtet es die Presse, aber die übertreibt auch gerne mal. Ich hab ihn bisher nur bei öffentlichen Auftritten gesehen und da hat er sich jedes Mal unauffällig verhalten. Wobei ich dazu sagen muss, dass er immer in Begleitung einer anderen Frau war. Was kein Wunder ist. Wenn ich ehrlich sein soll, bin auch ich seit Jahren in ihn verknallt und würde nicht Nein sagen, wenn er mich zu einem Event einlädt.« Sie lachte auf, während ich mir nichts anmerken ließ. Schließlich hatte ich den Prinzen abblitzen lassen. Und das auf keine besonders nette Art. Doch es käme mir einfach nicht richtig vor, mit ihm auszugehen. Erstens, weil ich mich noch immer schlecht fühlte wegen des Unfalls, und zweitens, weil … ich meine, er war der Prinz!

»Und … wie soll ich mich ihnen gegenüber benehmen, sollte ich ihnen auf dem Flur begegnen oder so?« Ich spürte, wie meine Wangen rot anliefen.

»Nun … grundsätzlich sprichst du die Königin und den König

mit Eure Majestät an, die Prinzen und Prinzessinnen mit Eure Königliche Hoheit. Bei der Begrüßung machst du einen kleinen Knicks, keinen großen. Wichtig ist auch, dass du sie nicht berührst, das ist so eine … royale Etikette. Genauso wie du sie nicht einfach anquatschen oder ihnen den Rücken zudrehen solltest. Aber keine Sorge, vermutlich wirst du ihnen ausschließlich bei offiziellen Anlässen begegnen, wenn wir im Dienst sind. Da sind wir alle in deiner Nähe und du kannst dich an dem orientieren, was wir machen«, hörte ich sie sagen, doch so wirklich drangen ihre Worte nicht mehr zu mir durch.

Stattdessen überschlug ich im Kopf, gegen wie viele Verhaltensregeln ich in den wenigen Tagen verstoßen hatte – und ob ich meinen Praktikumsplatz dadurch wieder verlieren könnte.

## KAPITEL 8
# Frederik

Die Begegnung mit Emelie ließ mich auch Stunden später nicht los. Was sie mir an den Kopf geworfen hatte und wie aufgebracht sie davongerauscht war, amüsierte mich nach wie vor.

Ja, sie war definitiv anders als alle Frauen, die ich vor ihr kennengelernt hatte. Dass sie hier im Palast arbeitete, überraschte und freute mich zugleich. Und machte mich nur noch neugieriger auf sie.

»Mann, du hörst mir gar nicht zu!« Svens genervte Stimme riss mich aus meinen Gedanken.

»Hm?« Unschuldig blinzelte ich.

Wir saßen bei mir vor dem Kamin, die Flammen züngelten an den Holzscheiten nach oben und verbreiteten eine angenehme Wärme. Genau wie Lars zählte Sven zu meinen einzigen und besten Freunden. Seit unserer Kindheit gingen die beiden im Palast ein und aus, und wir hatten schon die verrücktesten Tage, Abende und Nächte hier verbracht.

»Ich hab dich gefragt, ob wir später noch in den Club gehen.« Er schwenkte sein Glas und schaute mich abwartend an.

»Eventuell. Wobei ich gerade nicht wirklich in Partylaune bin.«

»Wieso das denn? Immer noch wegen des Schlittens? Ich dachte, Lars und du baut einen neuen?«

»Machen wir auch.« Seufzend erhob ich mich aus dem Ledersessel, der dabei ein knarzendes Geräusch von sich gab, und trat ans Fenster, von dem aus ich das Gehege der Hunde sehen konnte – und das alte Kutscherhaus, in dem seit Neuestem wieder Licht brannte. Bei Gelegenheit musste ich mich mal schlaumachen, was dort vor sich ging. »Aber erstens trifft es mich doch schwerer als gedacht, dass der Schlitten meines Großvaters kaputt ist. Und zweitens bin ich heute zu abgelenkt, als dass ich dir eine gute Gesellschaft wäre.«

Sven verdrehte die Augen und schnaubte. »Ach was! Ist mir noch gar nicht aufgefallen. Sag Bescheid, wie du dich entscheidest. Lars hat auch gefragt, ob wir was unternehmen. Er würde gegen elf in den Club nachkommen.« Er hob sein Handy hoch, vermutlich hatte er Lars geschrieben, als ich in Gedanken versunken war.

Wieder gab ich nur ein unentschlossenes Geräusch von mir.

»Was spukt dir bloß im Kopf herum? Wenn es nicht ausschließlich der Schlitten ist, kann es nur … warte mal, hat sich die Irre gemeldet, die in dich hineingerast ist?«

»Die *Irre* kannte sich einfach nicht aus, als sie durch den Wald gefahren ist. Sie heißt Emelie und ja, eventuell geht sie mir gerade nicht aus dem Kopf.«

»Echt jetzt? Wieso?«

In wenigen Worten erzählte ich ihm von der heutigen Begegnung mit ihr, als ich auf dem Weg zu Bernard, dem Koch, gewesen war, um die nächste Fleischbestellung für die Hunde mit ihm zu besprechen. Wie ich auf diese Weise feststellen durfte, dass sie für den Palast arbeitet – und wie sie mich beschimpft und schließlich davongeeilt war.

Sven kriegte sich vor Lachen gar nicht mehr ein. »Die musst du mir vorstellen. Wenn ihr Etikette dermaßen egal ist und sie sogar Prinz Frederik aus dem Konzept bringt, ist sie definitiv etwas Besonderes.«

»Aber du wirst die Finger von ihr lassen, haben wir uns verstanden?« Drohend zeigte ich auf ihn, was ihn veranlasste, beschwichtigend die Hände zu heben.

»Keine Sorge, Eure Königliche Hoheit, sie gehört ganz Euch.« Er deutete eine kleine Verbeugung an.

Statt ihm zu antworten, zeigte ich ihm den Mittelfinger.

»Aber überleg mal, vielleicht ist sie ja auch im Club? Ich meine, immerhin ist sie neu hier. Bestimmt will sie Leute kennenlernen. Und wo geht das besser als im *Nattdans*?«

»In einer der Bars und Pubs, am Hafen, im Museum, sogar im Supermarkt oder ganz schnöde über Tinder«, gab ich trocken zurück.

Sven ignorierte, was ich gesagt hatte, und leerte sein Glas. »Okay, also bleibst du dabei? Du gehst nicht mit?«

Wenn ich an die letzten Male dachte, wo sich einige Leute im Club mit übertriebenen Gesten um mich gescharrt hatten, nur um meine Aufmerksamkeit zu bekommen, war ich jetzt schon genervt. Weil ich nicht wie andere einen lockeren Abend mit Freunden erleben konnte – also schon, jedoch ausschließlich im abgeriegelten Bereich.

»Beim nächsten Mal wieder. Heute würde ich euch nur die Laune verderben.«

Sven schnaubte und stand schließlich auf. Er stellte das Glas auf den gläsernen Tisch und nickte mir knapp zu. »Okay, dann … bleib zu Hause, alter Mann.« Er verzog das Gesicht zu einer Grimasse und ich wusste, dass er nur kurz beleidigt sein würde. Aber da musste er durch. Lars und er hätten garantiert keinen Spaß, wenn ich heute mit ihnen um die Häuser zog.

Als er in den Flur hinaustrat, folgte ich ihm und wandte mich an Arne, der wie immer auf Anweisungen von mir wartete. »Kannst du mir sagen, was da in dem alten Kutscherhaus los ist?«

Er verbeugte sich kurz. »Eure Königliche Hoheit, soweit ich informiert bin, ist dort jemand eingezogen.«

Ich runzelte die Stirn. »Aus der Familie?« Es wäre nicht das erste Mal, dass irgendjemand aus der entfernten Verwandtschaft für ein paar Wochen bei uns wohnte, um einem Ehestreit, der Presse oder sonstigen Turbulenzen für eine Weile zu entfliehen.

»Nein, die junge Frau arbeitet hier. In den Unterkünften der Bediensteten war kein Zimmer mehr frei und eine Erweiterung … nun ja, hat man vorerst nicht als nötig empfunden, da es zu viel Aufwand für eine Person gewesen wäre. Da das Kutscherhaus leer stand und alle Räumlichkeiten bestens ausgestattet sind, wurde darauf zurückgegriffen.«

War es möglich, dass Emelie …?

»Danke, Arne.«

Ich schloss die Tür und ging zurück zum Fenster, wo ich es mir auf der breiten Fensterbank gemütlich machte. In zwei Zimmern brannte immer noch Licht, aber Vorhänge verhinderten den Blick nach drinnen.

War sie wirklich dort eingezogen? Das wäre … ein verrückter Zufall.

Ich holte mein Handy hervor und öffnete den Chat – wobei *Chat* übertrieben war, denn das hätte eine Antwort von ihr vorausgesetzt.

> Hej Emelie, ich hoffe, es gab bei der Rückgabe des Mietwagens keine Probleme? Wenn doch, sag Bescheid, ich kümmere mich darum. Immerhin betrifft es mich auch zur Hälfte. Mein Schlitten ist übrigens völlig hinüber. Wir haben die Reste zerlegt. Aber ich bin dabei, einen neuen zu bauen. Falls es dich interessiert, kann ich dir das gern zeigen. Wann hast du deinen freien Tag? Frederik

Angespannt wartete ich, nachdem ich die Nachricht abgeschickt hatte. Den Blick hielt ich durchgehend auf das Display gerichtet, als könnte ich eine Reaktion von ihr heraufbeschwören. Tatsächlich wurde sie wenig später als gelesen markiert.

»Komm schon, schreib zurück. Antworte mir, Emelie!« Ich schaute hinüber zum Kutscherhaus, wo jedoch das Licht gelöscht wurde. Kurz darauf flammte es in den oberen Fenstern auf. Hieß das, sie ging zu Bett?

»Lass mich jetzt nicht so hängen!«

Es verstrichen fünf weitere Minuten, in denen das Licht in einem anderen Raum an- und wieder ausging. Das Badezimmer? Dann jedoch begannen die Punkte zu tanzen und verrieten mir, dass sie zurückschrieb. Sie hielten an, tanzten erneut …

Verdammt, sie spannte mich mehr als qualvoll auf die Folter.

Hej Frederik – oder muss ich Eure Königliche Hoheit schreiben? Danke, bezüglich des Mietwagens konnte ich alles mit dem Verleih und der Versicherung klären. Tut mir leid wegen des Schlittens. Falls ich finanziell für den Schaden aufkommen soll, mache ich das natürlich. Abgesehen davon finde ich nicht, dass wir uns treffen sollten. Emelie

Echt jetzt? Sie gab mir einen Korb?

Du darfst gern bei Frederik bleiben. Aber wieso willst du dich nicht mit mir treffen? Weil ich der Prinz bin?

Unter anderem, ja. Gute Nacht.

Ich hob den Blick und sah, dass das Licht im Kutscherhaus gelöscht wurde.

Gute Nacht, Emelie Herzensbrecherin ;) Schlaf gut.

Darauf folgte keine Antwort mehr. Was ich aber auch nicht erwartet hatte. Ich wäre sogar eher enttäuscht gewesen, wenn sie anders reagiert und plötzlich aufdringlich den Kontakt gesucht hätte. Dann hätte ich mir nämlich eingestehen müssen, dass ich mich doch in ihr getäuscht hatte.

Und wieder ging ich ins Bett mit den Gedanken an eine Frau, die ich kaum kannte und die mich trotzdem faszinierte wie keine andere.

Als am nächsten Morgen mein Wecker klingelte, musste ich sofort an gestern denken. Mit einem Lächeln auf den Lippen öffnete ich den Chat und las ihn erneut. Allein das Wissen, dass sie mir geantwortet hatte, hob meine Laune. Dass sie mich gleichzeitig hatte auflaufen lassen, amüsierte mich. Dennoch würde ich nicht aufgeben. Je mehr sie mich auf Abstand hielt, desto neugieriger wurde ich auf sie.

Nachdem ich mir die Zähne geputzt hatte, zog ich meine Sportklamotten an und ging in den Fitnessraum eine Etage tiefer. Dort erwartete mich mein Personal Trainer und ich wusste, er würde mir nichts schenken. Aber das wollte ich auch gar nicht. Ich liebte es, mich beim CrossFit auszupowern, bis sich meine Arme und Beine wie Blei anfühlten und meine Lunge brannte. Dafür stand ich auch samstags gern früh auf.

Über eine Stunde später schleppte ich mich zurück in meine Privaträume. Ich spürte vermutlich gerade jeden einzelnen Muskel meines Körpers, aber es war eines der besten Gefühle überhaupt. Nachdem ich geduscht und mein Eiweißfrühstück verschlungen hatte, machte ich mich gemeinsam mit Arne noch im Dunkeln auf den Weg zu den Hunden. Sie erwarteten uns aufgeregt am Zaun – selbstverständlich wussten sie, dass die Ausfahrt mit dem Aluschlitten bevorstand.

Die Sonne tauchte den Himmel langsam in ein blasses Blau,

auch wenn es noch bis acht Uhr dauern würde, bevor sie aufging. Ich konnte nicht allzu viel erkennen und doch hatte ich ein mulmiges Gefühl, als ich durch die Schleuse zu meinen Hunden ging. Als spürte ich, dass etwas nicht stimmte.

»Wo ist Saphira?« Ich konnte Pirro und Lulita sehen, die etwas abseits standen. Freyja, Gemma und Algea waren immer die Ersten, wenn es darum ging rauszukommen, und Arvid und Sparky versuchten ebenfalls, meine Aufmerksamkeit zu erlangen.

Auch die anderen Huskys waren schon auf dem Weg zu mir, aber die kleine Rabaukin Saphira ließ sich nirgends blicken.

»Im Haus ist sie nicht.« Arne schaute mich entschuldigend an.

»Verdammt, wo steckt sie?« Sie war so ein gutmütiges Mädchen, hatte jedoch auch ständig Flausen im Kopf.

»Vielleicht ist sie dort über den Zaun«, meinte Arne und deutete auf eine Ecke, wo die Einzäunung zwar grundsätzlich hoch genug war, aber nicht ganz so hoch wie überall sonst.

Schnell lief ich zu der Stelle und sah tatsächlich auf der anderen Seite im Schnee Spuren, die vom Gehege wegführten.

»Dieses ausgefuchste …« Ich verkniff mir jedes weitere Wort, weil ich nicht nur verärgert, sondern auch stolz auf ihre Intelligenz und ihre Geschicklichkeit war.

»Saphira!« So laut ich konnte, rief ich ihren Namen. Schließlich freute sie sich immer auf unsere Ausfahrten.

»Eure Hoheit?«

Nachdenklich schaute ich in die Ferne und lauschte. »Ich bin mir sicher, dass sie gleich auftaucht. Lass uns erst mal den Schlitten vorbereiten, vielleicht hört sie uns dann. Ihr freut euch doch auch immer sooo sehr, wenn ihr rauskommt, nicht wahr, Pirro?« Der Rüde folgte uns schwanzwedelnd ins Haus, wo wir das Gespann zusammenstellten.

Innerhalb kürzester Zeit hatte ich die Aufteilung der Hunde auf die zwei Schlitten Arne mitgeteilt.

Erneut schaute ich durch die Fensterfront ins Freie, doch von Saphira war nach wie vor nichts zu sehen.

»Was, wenn sie zum Palast gelaufen ist?«, fragte Arne.

»Dann wäre sie bestimmt jemandem aufgefallen, denkst du nicht?«

Arne brummte zustimmend. »Ich kann sie suchen gehen.«

Nachdenklich streichelte ich über Gemmas Rücken, der die Ungeduld anzusehen war. Bestimmt spürte sie, dass wir gleich losfahren wollten. »Ja, wir sollten sie wohl beide suchen.« Nicht, dass ihr etwas passiert war oder jemand sie unbeabsichtigt irgendwo eingeschlossen hatte. »Wir können ja später hier weitermachen.«

Er nickte und hängte den Schlüssel für die Garage mit den Schlitten zurück an seinen Platz.

Währenddessen streichelte ich noch einmal schnell die Hunde in meiner Nähe und versprach ihnen, später auf jeden Fall mit dem Schlitten auszufahren, auch wenn ich wusste, dass ich mein Versprechen nur halten würde, wenn ich Saphira bis dahin gefunden hatte.

In dem Moment, als Arne und ich das Gehege durch die Schleuse verließen, gellte ein Heulen durch die Luft – gefolgt von einem spitzen Schrei, der uns beide vor Schreck innehalten ließ.

Mit weit aufgerissenen Augen schauten wir uns an.

»Saphira!«, stießen wir gleichzeitig aus, bevor wir in die Richtung losrannten, in der wir den Ursprung des Schreis vermuteten.

KAPITEL 9

# Emelie

Dafür, dass mich der Chat mit dem Prinzen noch viel zu lange wach gehalten hatte, war ich am Samstagmorgen erstaunlich früh munter. Nach seinen Nachrichten hatte ich es nicht lassen können, ihn doch zu googeln. Keine Beiträge oder Artikel – es interessierte mich nicht, was irgendwelche Klatschblätter über jemanden erzählten. Nein, ich hatte auf die Bildersuche geklickt und mich durch Fotos von ihm geblättert. Ich sah, wie er mit dreizehn seine neugeborenen Zwillingsgeschwister in den Armen gehalten hatte. Er saß in blütenweißer Hose und hellblauem Hemd auf einer weißen Decke auf der Wiese neben seiner großen Schwester, die damals sechzehn gewesen war, wie die Bildüberschrift verriet. Ich sah Bilder seines ersten Schultags und wie seine Augen als Fünfjähriger beim Luciafest im Schein der Kerzen gestrahlt hatten. Je mehr Fotos ich von ihm entdeckte, desto mehr fühlte es sich an, als würde ich einen sehr persönlichen Bereich betreten, zu dem ich im Grunde keinen Zugang haben sollte. Mir war bewusst, dass diese Fotos für die Öffentlichkeit gedacht waren. Trotzdem kam es mir falsch vor, dass sie online und damit für jeden abrufbar waren.

Und mit einem Mal empfand ich Mitleid mit Frederik, für den das Wort *Privatsphäre* ein Fremdwort sein musste.

Das Gefühl war auch beim Frühstück nicht verflogen. Ich überlegte, ob ich ihm gegenüber nicht doch zu abweisend gewesen war. Immerhin bemühte er sich, nett zu sein und den Kontakt zu halten. Andererseits fragte ich mich, was er erwartete. Ich passte ganz sicher nicht in sein Beuteschema. Abgesehen davon war er bei mir definitiv an der falschen Adresse, wenn er sich nur Spaß erhoffte.

Ich trank meinen Tee aus – ein Grüntee mit einem interessanten süßlichen Nachgeschmack aus dem hübschen Laden am Hafen – und beschloss anschließend, meinen freien Tag zu nutzen, um erneut durch die Straßen Fjaroras zu schlendern und mich weiter umzusehen. Ich hatte in ein paar Bücher hineingeschnuppert, die oben in der Galerie in den Regalen standen, aber sie zu lesen fiel mir ehrlich gesagt noch etwas schwer. Ich hatte Schwedisch nur sprechen gelernt, jedoch kaum Texte gelesen oder gar geschrieben. Das wollte ich nun nachholen und hatte mir überlegt, es für den Anfang mit Büchern für Kinder und Jugendliche aus der örtlichen Bibliothek zu versuchen, um ein Gefühl für die geschriebene Sprache zu bekommen.

Außerdem hatte ich vor, mich auf die Spur meiner Familie zu begeben. Mama konnte ich unmöglich nach der Anschrift ihres ehemaligen Zuhauses fragen, und die Suche im Internet hatte leider gleich mehrere Adressen ausgespuckt, als ich Kalle Norberg, den Namen meines Großvaters, eingegeben hatte. Dennoch hatte ich mir alle notiert und wollte mich nach und nach durchfragen.

Fjarora war mit seinen knapp zwölftausend Einwohnern immerhin relativ überschaubar.

Ich hatte mir zwei der am nächsten liegenden Adressen herausgesucht und verließ kurz darauf das Haus. Heute war wieder ein herrlicher Tag. Die Sonne stand schräg am Himmel und tauchte alles in dieses besondere Licht, das ich so aus Deutschland nicht kannte. Dennoch – oder gerade deshalb – glitzerte der Schnee. Beschwingt durchquerte ich den Garten, als wie aus dem Nichts ein grauweißes Etwas auf mich zusprintete.

In der ersten Schrecksekunde sah ich nur die eisblauen Augen, die Zähne, die Zunge, die dem Tier aus dem Maul hing. Dann stieß es ein angriffslustiges Heulen aus.

Mein Herz blieb stehen, genau wie ich. Erstarrt zu einem Eisblock.

Ich stieß einen Schrei aus, dann hatte mich dieses Ungetüm auch schon erreicht. Es sprang mich an und ich schloss die Augen. Meine Knie gaben nach, obwohl ich rennen wollte. Ich fiel zurück in den Schnee und kam hart auf dem Boden auf. Reflexartig hob ich die Arme vor mein Gesicht. Dennoch stieg mir sein übler Atem in die Nase. Erneut schrie ich, versuchte, den Hund zu verscheuchen, doch ich hatte keine Chance. Er stand halb auf mir mit seinen Pfoten. Das war's. Das war mein Ende … Seine Zunge rieb über mein Kinn und ich wartete nur auf den brennenden Schmerz, wenn er zubeißen würde.

»Saphira! Geh runter von ihr! Bist du völlig übergeschnappt? Dein Fressen bekommst du erst später und schon gar nicht hier im Garten!«

Diese Stimme kannte ich. Dennoch war ich kein bisschen erleichtert, im Gegenteil. Anstatt mir zu helfen, unterhielt sich der

Prinz mit diesem Ungetüm, das offensichtlich ihm gehörte, und machte auch noch Scherze?

Erneut spürte ich die Hundezunge im Gesicht. Mir war schon ganz übel vom Atem des Tieres und von der Angst, die mich nach wie vor im Griff hatte.

»Herrgott noch mal, du Sturkopf! Runter, hab ich gesagt! Arne, bring sie zurück.«

Mit einem Mal war das Gewicht auf meiner Brust verschwunden, doch ich traute mich nicht, mich zu bewegen.

»Hey, alles okay?«

Wieso klang er dabei so amüsiert?

»Komm schon, schau mich an, Emelie!«

Etwas in mir wehrte sich dagegen, aber meine Neugier siegte schließlich. Weil ich wissen wollte, was er so lustig daran fand, wenn ich vor Angst völlig gelähmt am Boden lag, weil sein Monster von einem Hund kurz davor gewesen war, mich mit seinem Futter zu verwechseln.

Der Prinz kniete neben mir und schaute schmunzelnd auf mich herab. Seine blonde kinnlange Mähne hatte er heute weitestgehend unter einer schwarzen Mütze versteckt und der dunkelblaue Parka betonte seine breiten Schultern. »Die Gute hat es mal wieder übertrieben. Hat sie dich im Gesicht abgeschleckt?«

Sprachlos nickte ich.

Entschuldigend streckte er mir seine Hand entgegen, die ich jedoch ignorierte.

»Das tut mir leid. Na komm, ich helfe dir auf, dann kannst du dich wasch…«

»Verdammt, was sollte das? Macht es dir Spaß, deine Bluthunde frei herumlaufen zu lassen und auf die Angestellten zu hetzen?«

Umständlich rappelte ich mich hoch und klopfte behelfsmäßig Schnee von meiner Kleidung. Dass ich den Prinzen schon wieder geduzt, in seiner Gegenwart geflucht und ihn nicht gerade höflich behandelt hatte, war nicht geplant gewesen – aber ich war einfach zu aufgebracht und jetzt war es sowieso zu spät. Außerdem kannte er diese Seite ja schon von mir. Und in diesem Fall hatte er auch nichts anderes verdient.

»Bluthunde?« Nun lachte er lauthals, was meine Wut nur weiter anstachelte. »Saphira ist völlig harmlos.«

»Sie wollte mich beißen! Sie hat sich auf mich gestürzt, mich umgeworfen und ist auf mein Gesicht losgegangen!« Entrüstet ruderte ich bei diesen Worten mit beiden Armen.

Nun tauchte doch Besorgnis in seinen Augen auf. »Hast du dich dabei verletzt? Es tut mir ehrlich leid, wenn sie dich zu Tode erschreckt hat. Ich habe bedauerlicherweise erst zu spät erkannt, wie groß deine Angst war. Aber sie tut wirklich niemandem etwas. Sie ist nur manchmal ein kleiner Wildfang, dem es nicht gefällt, eingezäunt bei den anderen zu sein. Ich werde natürlich sofort anordnen lassen, den Zaun zu erhöhen, damit so etwas nicht noch einmal passiert.«

Tatsächlich schmerzte mein Hintern ein bisschen und mein Kopf brummte. »Ja, und ich bin nur froh, dass sie nicht zugebissen hat.«

Seine Stirn legte sich in Falten. »Saphira würde dich nicht beißen.«

»Das sagst du jetzt. Etwas Ähnliches hat auch mein ehemaliger Nachbar behauptet, kurz bevor sein Hund meinen Arm mit einem Stück Knochen verwechselt hat.« Dass meine Stimme immer noch zitterte, ärgerte mich, aber der Schock saß einfach zu tief, besonders jetzt, da ich dieses Erlebnis aus meiner Vergangenheit so intensiv fühlte, als wäre es gerade erst passiert.

Meine Wangen wurden rot – und diesmal nicht von der Kälte. Mir war das zu blöd und zu peinlich, noch dazu, da Frederik mich stirnrunzelnd anschaute, als hätte ich sie nicht mehr alle.

»Weißt du was? Vergessen wir die Sache einfach …« Mit diesen Worten wollte ich davonstapfen, aber ich hatte die Rechnung ohne den sturen Prinzen gemacht, der mir sofort hinterhereilte.

»Jetzt warte doch mal, du wurdest von einem Hund gebissen?« Er hielt mich am Ärmel zurück.

Genervt blieb ich stehen und sah ihm in die tiefblauen Augen. Sämtlicher Schalk, den ich darin wahrgenommen hatte, war verschwunden. Stattdessen wirkte sein Blick ernst und besorgt und … interessiert. An mir als Person und an meiner Vergangenheit.

»Am Unterarm. Ich war acht oder so. Die Narben sieht man heute noch.«

»Das … tut mir leid. Darf ich sie sehen?«

»Die Narben?« Irritiert schaute ich ihn an. War das ein erneuter Anmachspruch oder was wollte er damit bezwecken?

»Ja. Das heißt … nein, entschuldige.« Er fuhr sich mit beiden Händen über das Gesicht. »Das gehört sich natürlich nicht. Aber ich kann dir versichern, dass meine Hunde so etwas nicht machen würden. Saphira ist unglaublich neugierig, genau wie die anderen. Sie ist vielleicht ein wenig zügelloser, aber sie wollte nur mit dir spielen und dich kennenlernen. Sie hat dich abgeleckt, weil sie dich sympathisch findet.«

Ein Schnauben entfuhr mir und ich schüttelte den Kopf, auch wenn seine Worte irgendwie logisch klangen. Doch das wollte ich in dem Moment nicht zugeben.

»Ja, wirklich! Komm mit, ich werde es dir beweisen.«

Sofort begann mein Herz wieder zu rasen. »Was?!«

»Ach so, erst mal möchtest du dir sicher das Gesicht waschen. Nach dir.« Er zeigte auf mein neues Zuhause, das nur wenige Schritte von uns entfernt war.

Ich verkniff mir die Frage, woher er wusste, dass ich im Kutscherhaus wohnte. Vermutlich hatte es sich bereits im ganzen Palast herumgesprochen. Andererseits war er der Prinz – bestimmt hatte er es als einer der Ersten erfahren.

»Na los! Ich verstehe dich, Hundesabber ist nicht unbedingt angenehm, besonders, wenn er nicht von den eigenen Hunden ist.«

Perplex schaute ich ihn an und ging zur Haustür, um sie aufzusperren. Dass er mir direkt auf den Fersen war, merkte ich erst, als ich sie hinter mir schließen und er gleichzeitig eintreten wollte.

»Ich darf doch, oder?« Mit diesen Worten stand er auch schon in der Vorhalle und sah sich interessiert um. »Ah, stimmt, das wurde kürzlich renoviert. Sieht gut aus.« Er zog seine Stiefel aus und spazierte einfach so in die Küche und von dort weiter ins Wohnzimmer.

Sprachlos starrte ich ihm hinterher, bis ich mich endlich wieder darauf besann, weswegen ich hier war – um mein Gesicht zu waschen. Ich schlüpfte aus Stiefeln und Mantel und ging in das kleine Badezimmer im Erdgeschoss.

Als ich gerade den Hahn aufgedreht und die Ärmel nach oben geschoben hatte, um mir Wasser ins Gesicht zu schaufeln, drang seine Stimme zu mir durch.

»Das sieht ja richtig übel aus.«

Mit aller Kraft versuchte ich, ihn zu ignorieren. Ich tastete nach dem Handtuch, das er mir reichte, und trocknete mich damit ab.

»Darf ich?«, fragte er und hatte bereits beide Hände um meinen Unterarm gelegt, den er sanft zu sich zog, um die Narben genauer zu betrachten.

Meine Widerrede blieb mir im Hals stecken, als er vorsichtig mit dem Daumen darüberstrich und damit ein Kribbeln in meinem Körper auslöste. »Was ist mit dem Hund geschehen?«

»Er wurde eingeschläfert, während ich im Krankenhaus genäht wurde.«

Prinz Frederik nickte knapp. »Hat es lange wehgetan?«

»Ich spüre den Biss heute noch manchmal. Er ist wohl sehr prägnant in meiner Erinnerung abgespeichert.« Mit einem freudlosen Lachen zog ich meinen Arm zurück, weil das wohlige Gefühl seiner Hände auf meiner Haut nicht aufhören wollte.

»Verstehe. Na komm, zieh dich wieder an, wir gehen.« Er machte mit dem Kopf eine Bewegung zur Tür und lief voraus.

Es ärgerte mich, mit welcher Selbstverständlichkeit er davon ausging, dass ich seiner Aufforderung nachkam, doch ich schluckte das Gefühl hinunter und folgte ihm. Nach draußen wollte ich immerhin sowieso. Ich hätte nur nicht gedacht, dass ich nicht einmal den Hauch einer Chance bekommen würde, den Palastgarten zu verlassen, um Fjarora zu erkunden – denn Prinz Frederik führte mich einfach am Arm in die andere Richtung. Wir gingen durch einen Torbogen und betraten einen Teil des Gartens, in dem ich noch nicht gewesen war – und auch nicht vorgehabt hatte, ihn jemals zu betreten. Wir befanden uns nun an der Rückseite des Palastes. Ich spürte, wie mir schon wieder die Röte in die Wangen schoss, weil ich das Gefühl hatte, dass uns neugierige Augen folgten, obwohl ich niemanden entdecken konnte.

Als wir durch einen weiteren Rundbogen gingen, blieb ich wie angewurzelt stehen. Vor uns tat sich ein großes Gehege auf, in dem sich ein Haufen Huskys aufhielt. Kaum hatten sie uns entdeckt, begann auch schon der Lärm. Sie stießen ein lautstarkes Jaulen aus, das sofort in ein schauriges Heulen überging.

Instinktiv wich ich zurück, doch der Prinz war gleich wieder an meiner Seite.

»Was für eine Begrüßung«, raunte er mir zu, und als ich ihn anschaute, strahlten seine Augen vor Freude. »Am besten stell ich dich ihnen vor.«

Er wollte mich näher heranführen, doch ich ließ es nicht zu. »O nein! Ich werde keinen weiteren Schritt auf die Hunde zu machen.«

Schulterzuckend ließ er meinen Arm los. »Hey, es ist genug!«, rief er kräftig über den Lärm hinweg und stieß einen Pfiff aus. Innerhalb weniger Sekunden verebbte das Geheule. »Siehst du? Sie sind ganz harmlos.«

Er ging zum Gehege, öffnete die erste Tür der Schleuse und schaute mich ein letztes Mal fragend an, doch ich schüttelte vehement den Kopf.

Zuerst dachte ich noch, er würde mich hier stehen lassen, aber offensichtlich schien er es sich anders zu überlegen. Er verriegelte das Tor und kam zu mir zurück. »Ich hab eine bessere Idee. Komm mit.«

Erneut führte er mich am Arm, diesmal am Gehege vorbei, bis wir den Hunden den Rücken zukehrten. Irgendwann hatten wir den Zaun erreicht, der das gesamte Palastgelände umgab. Er öffnete ein Tor, das er hinter uns wieder schloss, und als wir die Hecken umrundet hatten, wusste ich, was sein Ziel war.

»O nein! Nein, nein, nein, da gehe ich nicht hin.«

Vor uns stand ein Schlitten, an dem der Bedienstete, der vorhin Saphira weggebracht hatte – ich glaube, er hieß Arne –, gerade damit beschäftigt war, den ersten Hund davorzuspannen. Die anderen hatte er mit einer seltsamen Leinenkonstruktion immer mit einigem Abstand zwischen den Hunden an mehrere Pfähle gebunden, die hoffentlich fest genug in der Erde verankert waren. Denn kaum hatten uns die Huskys bemerkt, wollten sie auf uns zulaufen. Ihr Jaulen und Heulen wurde vom Rest des Rudels, das noch im Gehege war, erwidert.

»Ist ja gut, ich weiß, ich hab euch heute jemanden mitgebracht.« Frederik ging zu den Hunden und wuschelte ihnen durchs Fell, während Arne damit zu tun hatte, den Husky am Schlitten zu halten, der offenbar auch zum Prinzen wollte.

Mit einem »Genug jetzt!« und einem Pfiff brachte Frederik die Meute zum Verstummen. Trotzdem waren die Tiere nervös und drängten in meine Richtung.

»Sie wollen dich kennenlernen.«

»Das kann ja sein, aber ich bleibe lieber, wo ich bin.« Das war gelogen. Genau genommen wollte ich einfach weg von hier.

»Ich verstehe, dass du Angst hast, Emelie. Das ist nach dem, was du erlebt hast, völlig nachvollziehbar.« Er sank neben einem Hund in die Knie und badete in seiner stürmischen Begrüßung. Lachend sackte er auf den Hintern, während ihn das Tier abschleckte und seine Freude kaum im Zaum halten konnte.

Hatte das bei Saphira und mir genauso ausgesehen?

Jetzt, wo ich die Situation als Außenstehende betrachtete, sah ich sie mit völlig anderen Augen. Die Hunde stupsten den Prinzen zärtlich an, rieben ihren Kopf an ihm und verteilten Hundeküsse an jeder unbedeckten Körperstelle.

»Okay, okay, ich verstehe. Ihr wollt endlich aufbrechen.« Er stand auf, griff mit beiden Händen in den fluffigen Schnee und rieb sich damit über das Gesicht. Danach kam er wieder zu mir, mit vor Kälte geröteten Wangen, auf denen kleine Schneewassertropfen in der Sonne perlten, und einem Lächeln, das komplett entwaffnend war. »Komm, wir wollen los.«

»Was?«

»Keine Sorge, das ist völlig ungefährlich«, erklärte er und öffnete den Reißverschluss des Schlittens. »Da drin ist es warm, du wirst nicht frieren, versprochen.«

»Aber ich ...«

»Oh, Mist. Musst du jetzt arbeiten?« Verlegen strich er sich eine noch feuchte Haarsträhne von der Wange.

»Nein, ich hab heute frei, aber ...«

»Perfekt!« Seine Augen strahlten vor Vorfreude. »Steig ein!«

»Du solltest die Chance nutzen«, mischte sich nun auch Arne ein, dessen Ohrenspitzen und Wangen knallrot von der Kälte in der Sonne leuchteten. »Eine Hundeschlittenfahrt ist wirklich ein Erlebnis für sich und das Wetter ist heute ideal dafür.«

»Er hat recht. Wenn du es einmal erlebt hast, willst du es immer wieder. So eine Fahrt macht süchtig und ich verspreche dir, dass du danach immer wieder mitfahren willst. Abgesehen davon kommst du nicht in die Nähe der Hunde. Ich bin da und passe auf dich auf.«

Was zur Hölle war jetzt los? Wieso redeten nun beide auf mich ein? Andererseits waren die Hunde wirklich weit genug von mir entfernt und sie hatten vorerst das Interesse an mir verloren, weil Arne mit dem Anleinen der Huskys weitermachte. Sie wussten wohl, was jetzt gleich passierte.

Zögernd schaute ich zum Schlitten, dann zu den Tieren und zurück.

»Ich bringe dir noch eine zusätzliche Decke. Du wirst sehen, das wird großartig.« Mit diesen Worten rauschte Arne davon und ließ den Prinzen und mich allein.

»Hey. Vertraust du mir?« Frederik kam näher, schenkte mir einen intensiven Blick und sorgte dafür, dass Hitze in mir aufstieg.

»Ich … ähm …«

»Okay, das ist auch eine Antwort«, sagte er lächelnd. Über seine Schulter schaute er zu den Hunden, die es offenbar kaum noch erwarten konnten, bis es losging.

»Nein, so meinte ich das nicht. Aber ich bin immerhin diejenige, die deinen alten Schlitten zu Kleinholz verarbeitet hat. Oder hast du das vergessen?«

Der Unfall war nur zum Teil ein Grund für mein Zögern. Ich war immer noch wegen der Hunde unsicher. Und weil es der Prinz war, der mich zu dieser Fahrt einlud.

»Also ich kann dir versprechen, dass es auf diesem Weg keine Autos geben wird. Um dich herum werden nur Schnee und Bäume sein, die Huskys, der Schlitten und … ich.«

Seine letzte Bemerkung überhörte ich einfach. »Und das Teil kann nicht umkippen oder so?«

»Nein. Sieh her.« Er stellte sich auf die Kufen und verlagerte das Gewicht von rechts nach links und zurück. »Dieser Schlitten ist zwar nicht aus Holz, sondern aus Alu, aber dadurch ist er auch flexibler. Und ich bin ein erfahrener Musher.«

»Musher?«

»Ja, jemand, der ein Schlittengespann lenkt. Also … bist du überzeugt?«

»Ich weiß nicht …« Misstrauisch schielte ich zum Schlitten.

»Okay, wir machen es so. Du steigst ein und fährst mit. Solltest du dich innerhalb der ersten fünf Minuten unwohl fühlen, drehe ich um und bringe dich augenblicklich zurück.«

»Und wenn nicht? Was, wenn es mir … doch gefällt?«

Das Funkeln in seinen Augen war beinahe ansteckend. »Dann zeige ich dir Fjaroras schönste Seiten.«

»Flirtest du etwa mit mir?«, wagte ich zu fragen.

Statt einer Antwort zwinkerte er mir zu und hielt den flauschigen Schlittensack auf, um mich zum Einsteigen zu bewegen. »Na komm, die Hunde wollen endlich los.«

Ein letztes Mal musterte ich den Schlitten zögerlich, bevor ich mich auf das weiche Fell setzte. In dem Moment kam Arne mit der zusätzlichen Decke zurück.

Frederik nahm sie ihm ab. »Ah, danke, Arne. Übernimmst du die restlichen Hunde, die noch im Gehege sind? Könnte sein, dass wir eine Weile unterwegs sein werden.«

Arne nickte knapp, verbeugte sich kurz und ließ uns schließlich allein.

»So, jetzt packen wir dich noch gut ein, damit du nicht frierst.« Mit diesen Worten breitete Frederik die Decke über mir aus und zog sie hoch bis an mein Kinn. Er stopfte sie hinter meinen Rücken und unter meine Beine, bis ich eingewickelt wie ein Rollmops auf dem Schlitten saß. An den Stellen, an denen er seine Hände zwischen Fell und Decke schob, hallte ein sanftes Prickeln in mir nach. Ganz sicher war mein Gesicht inzwischen so rot wie Arnes Ohren.

Zufrieden mit seinem Werk zog Frederik den Reißverschluss zu. Bestimmt gab ich ein lustiges Bild ab, jetzt, wo nur noch mein Kopf aus dem Sack herausschaute.

»Bist du bereit?«, fragte er, als er sich hinter mich gestellt hatte.

»Nein«, antwortete ich lachend. »Aber jetzt kann ich mich nicht mehr wehren.«

Er beugte sich über mich und ich legte den Kopf in den Nacken, bis er mein Gesicht sehen konnte. Ein paar seiner Haarsträhnen hatten sich unter der Mütze gelöst und baumelten vor meinen Augen. »Du kannst immer und jederzeit sagen, wenn du etwas nicht möchtest. Das weißt du, oder?«

Verlegen nickte ich. Ich hatte nur einen Scherz machen wollen, doch er schien es vollkommen ernst zu meinen.

»Und denk daran. Fünf Minuten. Wenn es dir nicht gefällt oder du Angst bekommst, kehren wir um und du kannst einen unspektakulären Tag in Fjarora verbringen.«

Wieder reagierte ich mit einem Kopfnicken, was ihm ein zufriedenes Lächeln auf die Lippen zauberte.

»Gut, dann kann es ja losgehen. Go!«

Die Huskys liefen los, während ich spürte, wie Prinz Frederik den Schlitten die ersten paar Meter anschob. Nach kurzer Zeit schon hatten wir eine solide Geschwindigkeit erreicht. Er musste sich auf die Kufen gestellt haben, denn das Ruckeln hatte aufgehört. Stattdessen war da nur noch dieses sanfte Gleiten über die Schneedecke, in der ich eine Spur erkennen konnte. Ich fragte mich, ob er hier öfter unterwegs war – und ärgerte mich sofort über meine Naivität. Natürlich war er regelmäßig mit den Hunden und dem Schlitten hier draußen.

Wir fuhren hinaus in die Schneelandschaft, zwischen Tannen hindurch, vorbei an einem kleinen zugefrorenen See. Der Himmel mit seiner ganz eigenen Farbe stand im krassen Kontrast zu der atemberaubenden Natur.

Ich sah die weißgrauen Hundepopos vor mir im Takt wackeln, erkannte die acht Ohrenpaare, immer zwei und zwei nebeneinander. Ein unglaubliches Glücksgefühl erfasste mich, mit dem ich niemals gerechnet hätte. Ein Kloß drückte nach oben, trieb Tränen in meine Augen, die ich vergebens wegzublinzeln versuchte.

»Alles okay? Sollen wir umdrehen?«, drang Prinz Frederiks Stimme in diesem Moment von hinten zu mir.

Ohne zu zögern, kam meine Antwort: »Auf gar keinen Fall!«

KAPITEL 10

# Emelie

Keine Ahnung, wie lange wir inzwischen unterwegs waren. Bestimmt über eine Stunde und dennoch fühlte es sich viel zu kurz an. Schon seit einer Weile fürchtete ich, dass wir nach dem nächsten Waldstück erneut den Palast vor uns hätten und unsere Fahrt schneller enden könnte als erhofft. Es war einfach zu traumhaft. Die Landschaft, sogar die Hunde … und Frederik. Das Verrückte war, dass er gar nicht mehr arrogant oder überheblich gewirkt hatte, sondern total freundlich und aufmerksam und … richtig nett. Immer wieder hatte er mir erklärt, wo wir uns befanden und welche Geschichten sich an der einen oder anderen Stelle verbargen – dass man sich erzählte, in der Burgruine auf einer kleinen Anhöhe hätte es früher gespukt; dass er vor zwei Jahren zwischen Bäumen und Sträuchern links von uns beobachten durfte, wie ein Rehkitz zur Welt gekommen sei, oder dass wir uns gerade nur zwanzig Kilometer von der norwegischen Grenze entfernt entlangbewegten.

Irgendwann drang Prinz Frederiks lang gezogenes »Haaalt!«

durch die Stille und die Hunde wurden langsamer, bis sie schließlich stehen blieben. Sie legten sich in den Schnee und hechelten, während ich angespannt sitzen blieb und abwartete, was passierte.

»Bist du bereit, auszusteigen?«, fragte er und kam zu mir.

»Was machen wir?«

»Erst mal die Hunde versorgen. Sie haben Durst.« Er öffnete den Reißverschluss. An meinem Fußende hatte er Wasserschüsseln gebunkert, sowie zwei große Lederbeutel, aus denen er Wasser in die Schüsseln goss. Diese Dinger mussten bestimmt schon uralt sein, so wie sie aussahen.

Ich wollte nicht ängstlich auf dem Schlitten hocken, mal davon abgesehen, dass ich hier viel weniger Bewegungsfreiheit hatte, als wenn ich aufstand. Also tastete ich nach dem Reißverschluss und spürte tatsächlich auch an der Innenseite einen Zipper, an dem ich zog.

»Hilf mir mal eben, dann sind wir schneller«, meinte Frederik, als er bemerkte, dass ich den Schlittensack geöffnet hatte, und nahm sich die ersten beiden Schüsseln, die er zu den vorderen Huskys trug.

Mein Puls schnellte in die Höhe. Sollte ich wirklich die Näpfe zu den Hunden tragen? Zumindest lagen die Tiere erledigt im Schnee und hechelten, als hätten sie gerade nicht die Kraft, noch einmal aufzustehen. Sie erhoben sich nur, um zu trinken, als der Prinz ihnen das Wasser vor die Nase stellte. Deshalb nahm ich all meinen Mut zusammen, griff nach einer Schüssel und ging zu dem mir am nächsten liegenden Tier.

Mit hoffentlich genügend Sicherheitsabstand stellte ich den Napf ab und schob ihn vorsichtig näher an den Hund. Er hob den Kopf und kam mir entgegen.

Vor Schreck zuckte ich zurück und landete auf dem Hintern, während der Husky aufstand und Anstalten machte, zu mir zu kommen – woran ihn die Leine am Geschirr und die anderen Hunde hinderten.

»Keine Sorge, Saphira wollte sich nur bei dir bedanken.«

»Saphira?«

»Ja, die Hündin, die du schon im Palastgarten kennengelernt hast.« Prinz Frederik ging neben ihr in die Knie, wuschelte ihr durchs Fell und klopfte ihr auf den Rücken. »Sie ist so weich, das musst du unbedingt mal fühlen.«

Ohne dass ich reagieren konnte, führte er meine Finger in Saphiras Fell. Es war tatsächlich unerwartet flauschig. Überrascht fuhr ich hindurch, bemerkte die Wärme der Hündin, die mit Trinken beschäftigt war und sich nicht stören ließ, und bildete mir ein, sogar den schnellen Herzschlag zu spüren. Noch viel präsenter war jedoch Frederiks Nähe, die mein eigenes Herz antrieb.

»Das fühlt sich fantastisch an, findest du nicht?«

Ich wandte den Kopf von Saphira zu ihm und versank augenblicklich in seinen Augen, in denen sich eine ähnliche Euphorie widerspiegelte, wie ich sie immer noch von der Fahrt empfand.

Mehr als ein Nicken bekam ich nicht zustande und ohne es zu wollen, senkte ich den Blick auf seine vollen geschwungenen Lippen. Mit einem Mal war ich gefangen in einem Sog, der mich gefühlt näher zu ihm zog.

»Fürchtest du dich noch vor ihnen?«, raunte er leise.

Langsam schüttelte ich den Kopf, denn das entsprach nicht einmal ansatzweise dem, was in mir vorging. Da war dieses Kribbeln, dieses Flattern, das jedoch kein bisschen mit Nervosität oder meiner Angst vor Hunden zu tun hatte. Ganz im Gegenteil.

»Siehst du? Ich hab ja gesagt, sie tun dir nichts.« Er kam näher. So nah, dass sein Atem über mein Gesicht strich und es wärmte. »Ich passe auf dich auf, Emelie. Versprochen.«

Es war verrückt, weil ich ihn so gut wie gar nicht kannte. Und doch vertraute ich ihm.

»Okay«, hauchte ich – als mich plötzlich ein Schreck durchfuhr und ich zurückzuckte, weil ich etwas an meinem Handrücken spürte. Etwas Feuchtes, Raues.

»Saphira, du Spaßbremse!« Frederik beugte sich lachend vor, um die Huskydame zu streicheln, die mir über die Hand geschleckt hatte. »Siehst du, wie sehr sie dich mag?« Er zwinkerte mir zu und erhob sich. »Komm mit, ich will dir was zeigen.«

Mit diesen Worten nahm er mich sanft an der Hand, half mir hoch und ging auf einen Hügel zu.

Immer noch summte alles in mir von all den Eindrücken – von der Fahrt, dem weichen Huskyfell und dem Moment, als wir uns so nah gekommen waren, dass sich beinahe unsere Lippen berührt hätten, bevor Saphira dazwischengefunkt hatte. Diese Anhöhe hochzustapfen war das beste Mittel, wieder klare Gedanken fassen zu können und mich auf das Wesentliche zu konzentrieren – dass ich gerade mit dem Prinzen von Fjarora in der Einöde unterwegs war.

»Was ist mit den Hunden? Laufen die nicht weg, wenn wir sie allein lassen?«

»Nein, keine Sorge. Und selbst wenn, hab ich einen Peilsender bei mir, mit dem man uns orten könnte. Falls wir also bis heute Abend nicht zurück im Palast sind, wird ein Suchtrupp losgeschickt.«

Ich war mir nicht sicher, ob mich das beruhigte. Vorhin im

Schlitten mit dem Fell und der Decke hatte ich nicht gefroren. Aber ich trug nur meine Jeans und einen normalen Wintermantel. Wenn die Sonne unterging, wurde es noch kälter. Allein bei der Vorstellung jagte mir ein Schauer über den Rücken.

»Was machen wir dort oben?« Schnaufend stapfte ich ihm hinterher. Grundsätzlich hatte ich keine allzu schlechte Kondition, doch hier war die Luft irgendwie anders. Die Kälte und das Bergaufgehen gaben mir den Rest. Frederik hingegen schien der Aufstieg gar nichts auszumachen. Klar, so wie er aussah, machte er das bestimmt andauernd.

»Das wirst du gleich sehen«, meinte er geheimnisvoll.

Ein letztes Mal warf ich einen Blick zurück zu den Hunden, die nach wie vor an Ort und Stelle lagen und völlig unbeeindruckt auf uns zu warten schienen. Dann hatten wir endlich die Spitze erreicht und … wow!

Sämtliche Worte, alle Gedanken, die ich eben noch gehabt hatte, verstummten mit einem Schlag. Vor uns tat sich *die Weite* auf. Und das wortwörtlich: eine gigantische Ebene voller Wald und zugefrorener Seen. Keine Ahnung, *wie* weit wir sehen konnten, aber es übertraf alles, was ich bisher zu Gesicht bekommen hatte. Das gesamte Land war schneebedeckt und ich hatte das Gefühl, Frederik und ich seien die einzigen Menschen auf dieser Welt.

»Und? Was sagst du?«

»Wow!«

Er lachte. »Ja, oder? Wie klein und unbedeutend man sich fühlt, wenn man hier steht, hab ich recht?«

»Ja, da wird einem erst richtig bewusst, wie riesig unsere Erde ist. Und wie wunderschön.«

»Nicht nur die Erde ist wunderschön.« Seine leisen Worte machten mich verlegen, noch mehr, als ich ihn anschaute und mir klar wurde, dass er seinen Blick auf mich gerichtet hatte.

»Wieso hast du mich hierher gebracht?« Mir war bewusst, dass ich mit dieser Frage den erneut beginnenden Zauber durchbrach, doch das alles verwirrte mich viel zu sehr.

Irritiert und vielleicht auch ein bisschen amüsiert, wischte er sich übers Kinn. Vermutlich war er es gewöhnt, dass sich eine Frau gleich an seinen Hals warf, sowie er mit ihr allein war. »Wieso fühlt sich das wie eine Fangfrage an?«

»Fährst du öfter mit deinen Eroberungen hier raus?«, stellte ich kühn die Frage, die mir im Kopf herumgeisterte.

»Ich …« Er lachte auf – verlegen oder ertappt? – und stemmte eine Hand in die Seite.

»Okay, danke. Das genügt mir als Antwort.« Eine von vielen zu sein, wenn es um einen Prinzen ging, war vielleicht für die meisten Frauen kein Problem. Mir jedoch war sein königlicher Status schnuppe. *Jeder* Kerl schoss sich ins Aus, wenn er mich zu einem Ort führte, den er bereits mit zig anderen vor mir besucht hatte, nur um sie rumzukriegen.

Entschlossen stapfte ich den Hang wieder hinab – was leider nicht so einfach war wie gedacht. Der Schnee gab unter mir nach und ich kam immer wieder ins Rutschen.

»Hey, jetzt warte mal …« Prinz Frederik schien seine Fassung wiedererlangt zu haben, denn nun eilte er mir hinterher, natürlich viel eleganter als ich. Ihm schien es auch völlig gleichgültig zu sein, dass er hin und wieder zu schlittern begann. Mit seiner Skihose war es ihm bestimmt egal, wenn er stürzte. Aber ich hatte keine große Lust, im Schnee zu landen und womöglich mit einer nassen Jeans zurückfahren zu müssen.

»Bleib doch stehen!« Er hatte mich eingeholt und stellte sich mir in den Weg. »Du interpretierst das völlig falsch.«

»Ach ja? Wie soll ich es denn interpretieren, wenn du mir indirekt zu verstehen gibst, dass du bereits mit so einigen Frauen hier draußen gewesen bist? Oh, und lass mich raten, wie es danach mit euch weitergegangen ist?«

»Wenn du denkst, dass ich sie im Anschluss verführt habe, liegst du falsch.« Seine Stimme klang fest und entschlossen, fast ein bisschen wütend. »Ja, ich war schon mit einigen Frauen mit dem Schlitten unterwegs. Aber auch mit meinen Kumpels. Und *genau hier* war ich bisher nur allein. Etwas weiter in diese Richtung steht eine Hütte, dort war ich mit zwei Frauen vor dir. Jedoch nicht, um mit ihnen zu … Du schätzt mich völlig falsch ein.«

Provozierend hob ich eine Augenbraue.

»Na gut, also … vielleicht liegst du mit deiner Vermutung nicht ganz daneben. Aber die zwei waren meine Freundinnen. Nicht gleichzeitig, nacheinander. Und selbst das klingt nicht richtig, wenn ich es so sage.« Er zerrte sich die Mütze vom Kopf und fuhr sich mit einer Hand durch die Haare. »Herrgott, ich … Mit meiner ersten Freundin war ich ein halbes Jahr zusammen. Wir waren siebzehn. Danach hatte ich erst mal genug von dem Beziehungsstress. Erst mit neunzehn war ich wieder bereit für etwas Festes. Sie war drei Jahre älter, wir waren gut achtzehn Monate lang ein Paar – und sie passte meinen Eltern nicht. Sie waren davon überzeugt, dass sie nur wegen meines Titels mit mir zusammen war. Was auch stimmte, aber damals wollte ich es nicht wahrhaben. Als ich jedoch feststellen musste, dass sie recht hatten, wurde ich vorsichtiger.«

Ich blieb nach wie vor zurückhaltend und schwieg. Schließlich hatte ich unzählige Fotos von ihm mit attraktiven Frauen gesehen.

Dass er zwischen den beiden Beziehungen und danach sein Junggesellenleben nicht genossen hatte, konnte er mir nicht erzählen.

»Okay, wenn du mir nicht glaubst, kannst du es gern googeln. Immerhin weiß die halbe Welt über mein Privatleben Bescheid.«

Ich zuckte mit den Schultern. »Ich nicht. Ich wusste ja nicht einmal, dass Fjarora einen Prinzen hat.« Entschuldigend presste ich die Lippen aufeinander.

Für einen Augenblick schaute er mich verdutzt an, dann lachte er. »Ja, so etwas in der Art hatte ich mir bereits gedacht, als du mich angefahren und nicht erkannt hast. Das ist mir noch nie passiert.«

»Tut mir leid, dass ich dein Ego angekratzt habe«, erwiderte ich und setzte in Gesellschaft des Prinzen meinen Weg nach unten fort.

»Im Gegenteil, ich finde es toll.«

»Was?«

»Dass ich für dich wie jeder andere bin. Es fühlt sich so herrlich … normal an.«

Für einen Moment dachte ich, dass er scherzte, doch als ich zu ihm schielte, wurde mir schmerzlich bewusst, dass es wirklich so war.

»Du hast mich noch kein einziges Mal mit Eure Königliche Hoheit angesprochen«, stellte er fest, als wir wieder bei den Hunden waren, die die ganze Zeit brav auf uns gewartet hatten.

Sofort schoss mir die Röte in die Wangen. »Das tut mir leid, ich habe … ich bin …«

»Nein, schon gut! Ich finde es großartig, einfach mal nur ich selbst sein zu können. Ohne Titel, ohne Erwartungen oder Pflichten, ohne Einschränkungen.« Er lächelte und ich glaubte ihm.

»Ich kann mir aber gut vorstellen, dass es nicht allen gefällt, wenn ich dich duze. Soll ich dich eigentlich Prinz Frederik oder nur beim Vornamen nennen?«

»Also da gibt es natürlich Vorschriften, und es wäre eventuell besser, wenn du diese in der Öffentlichkeit einhältst und mich mit meinem Titel ansprichst – außer du willst als Mittelpunkt des nächsten Skandals am Königshof enden.«

Entsetzt riss ich die Augen auf. »Auf gar keinen Fall! Aber ich weiß nicht, ob ich das kann. O Gott!« Ich schlug mir die Hände vors Gesicht. »Ich muss das kurz ausprobieren, okay?«

Belustigt nickte er.

Ich räusperte mich und musste plötzlich ein Lachen unterdrücken, weil ich mir ein wenig albern vorkam. Und Frederik machte es mir nicht gerade leichter, denn er amüsierte sich prächtig über meinen Versuch, ernst zu bleiben.

»Also …« Ich versuchte mich an einem kleinen Knicks. »Was steht als Nächstes auf Eurem Plan, Eure Königliche Hoheit?« Gespielt verlegen schaute ich ihn an. »War das so richtig?«

Er schmunzelte und kam auf mich zu. »Fürs Erste kann man es dabei belassen. Wobei mir *Frederik* besser aus deinem Mund gefallen hat.« Er kam mir wieder so nahe, dass sich mein Herzschlag verdreifachte. Mindestens.

»Das beantwortet meine Frage nicht«, bekam ich gerade so heraus.

»Genau genommen schon …« Mit einem intensiven Blick hob er langsam die Hand und beugte sich weiter vor – bis neben uns ein verzweifeltes Jaulen ertönte.

»Herrgott, Saphira, du wirst doch nicht etwa eifersüchtig sein?«

Unwillkürlich musste ich lachen, was dafür sorgte, dass der magische Moment zwischen uns zerstob.

»Echt jetzt, so ein Verhalten gehört sich nicht«, maßregelte er die Hündin weiter.

»Vielleicht befürchtet sie, dass wir die Zeit vergessen?«

»Ganz sicher nicht. Sie will mich nur nicht mit dir teilen.«

Wieder stieß Saphira eine Mischung zwischen Jaulen und Heulen aus, und ein paar der anderen Hunde stimmten mit ein.

»Ich fürchte, sie will, dass du ihre Freundin wirst.« Auffordernd schaute er mich an und zwinkerte mir zu. »Indem du ihr das Fell kraulst und einen weiteren Hundekuss von ihr akzeptierst.«

»Das …«

»Kannst du ganz bestimmt. Komm, ich bleibe bei dir.« Mit diesen Worten hob er mich einfach hoch, warf mich über seine Schulter und trug mich die letzten Schritte bis zu den Hunden.

Völlig überrumpelt schrie ich auf und trommelte auf seinen unteren Rücken. »Lass mich runter, Frederik!«

Doch das schien ihn nicht zu beeindrucken. Im Gegenteil, er machte sich noch einen Spaß daraus, indem er sich um die eigene Achse drehte. »Hat da jemand etwas zu mir gesagt?«

Lachend japste ich auf seiner Schulter. »Komm schon, bitte.«

»Da war es wieder, dieses Geräusch.«

Ich verdrehte die Augen. »Okay, was willst du? Oder sollte ich besser sagen, was wünscht Ihr, Eure Königliche Hoheit, Prinz Frederik?«

Augenblicklich ließ er mich nach unten. »Nope, *nur* Frederik.« Er kniete sich neben Saphira, sah zu mir auf und streckte mir einen Arm entgegen.

Kurz blinzelte ich, weil er mich erneut überrumpelt hatte. Zudem waren meine Knie weich, als ich neben ihm in die Hocke ging – mit Sicherheitsabstand zu den Hunden, auch wenn sich meine

Angst von heute Morgen in eine Art großen Respekt verwandelt hatte.

Frederik vergrub seine Finger im Fell und kraulte Saphira hinter den Ohren. Auch ich streichelte die Huskydame und war erneut fasziniert, wie unglaublich flauschig ihr Fell war.

»Sie will dich küssen«, erinnerte er mich. »Halte ihr die Hand hin. Schau, so.« Er machte es mir vor, doch in mir wehrte sich alles dagegen.

Durch ihr Fell zu streicheln war eine Sache, meine Hand vor ihr Maul zu halten, eine völlig andere. »Nein, ich … kann nicht. Tut mir leid, Saphira, ich hoffe, wir können trotzdem Freundinnen werden.«

Ich spürte Frederiks Blick auf mir, doch ich widerstand dem Drang, ihn anzusehen.

»Na gut, ich glaube, damit gibt sie sich vorerst zufrieden. Nicht wahr, Saphira?«

Sie sah ihn treuherzig an und neigte ihren Kopf von einer Seite zur anderen, als würde sie ihm ganz genau zuhören.

»Na komm, sammeln wir die Wasserschüsseln ein, bevor das Wasser gefriert.« Mit diesen Worten stand er auf und kippte den restlichen Inhalt der ersten beiden Schalen in den Schnee.

Ein letztes Mal kraulte ich Saphira am Rücken und half Frederik schließlich, alles wieder im Schlitten zu verstauen. Dann setzte ich mich auf das Fell und ließ mich erneut von ihm in die Decke einwickeln.

Verunsichert schaute ich ihn an. »Du bist doch jetzt nicht böse auf mich, oder?«

Fragend runzelte er die Stirn.

»Weil ich noch etwas Zeit brauche, meine ich. Mit den Hunden.«

Er hielt inne und sah mir tief in die Augen. »Niemals könnte ich wegen so etwas böse auf dich sein, Emelie. Du hast das richtig großartig gemacht und du kannst sehr stolz auf dich sein. Überleg mal, heute Morgen hättest du bestimmt nicht gedacht, dass du den Hunden freiwillig so nahe kommen und sie sogar streicheln würdest, oder?«

Langsam schüttelte ich den Kopf. »Nein, da hast du recht.«

Ein Lächeln huschte über sein Gesicht. »Siehst du?«

Statt noch etwas zu sagen, zog er den Reißverschluss zu, bis ich wieder völlig eingemummelt auf dem Schlitten saß.

Kurz darauf befanden wir uns auch schon auf dem Rückweg zum Palast.

Als wir dort ankamen, erwartete uns Arne bereits und kümmerte sich sofort um die Hunde, während Frederik mir vom Schlitten half.

»Was hast du jetzt vor?«, erkundigte er sich bei mir.

Zwar hatte ich geplant, im Anschluss die Bibliothek aufzusuchen, aber nun wollte ich erst etwas essen und die Eindrücke des Tages auf mich wirken lassen. »Ich … werde wohl zurück nach Hause gehen.« Irgendwie klang diese simple Aussage wie ein Geheimcode, der signalisierte, dass ich ihn noch zu mir einladen wollte.

Und tatsächlich ging er darauf ein. »Dann begleite ich dich«, meinte er entschlossen und völlig selbstverständlich. Oder wurde das als Gentleman von ihm erwartet, zumindest solange wir unter Beobachtung standen?

»Okay«, stimmte ich zögernd zu, ohne einen Blick in Arnes Richtung werfen zu können, der hoffentlich nicht etwas völlig Falsches in diese kleine Unterhaltung hineininterpretierte.

»Was ist los, wieso ziehst du den Kopf so ein?«, fragte Frederik, als wir den ersten Torbogen passiert hatten und an dem Rudel vorbeigingen, das wie am Morgen mit lautem Geheule auf uns reagierte.

»Nichts, ich ... fühle mich nur irgendwie beobachtet.«

Frederik stieß einen Pfiff durch die Zähne aus und die Hunde beruhigten sich. »Du machst dir viel zu viele Gedanken. Musst du morgen eigentlich wieder arbeiten?«

»Nein, die Konditorei hat am Sonntag geschlossen, genau wie der Laden.«

Er nickte knapp. »Dann hast du eine Fünftagewoche?«

»Normalerweise schon, ja. Dass ich heute nicht arbeiten musste, ist jedoch eine Ausnahme, weil ich noch neu bin und keines der laufenden Projekte übernehmen kann. Die Konditorei hat sechs Tage die Woche geöffnet und wir wechseln uns mit den freien Tagen ab. Nächste oder übernächste Woche könnte sich das aber ändern. Ich rechne damit, dass es bis nach dem Winterball eine Sonderregelung geben wird. Eventuell müssen wir auch mal am Sonntag arbeiten, falls es gegen Ende mit der Zeit knapp wird.«

»Und wie hast du das Praktikum bekommen?«

In wenigen Worten erzählte ich ihm von meinem zweiten Platz bei der Backshow und dass ich bereits gedacht hatte, meinen Traum von einer eigenen Konditorei aufgeben zu müssen – bis Ove mir eine Möglichkeit geboten hatte, meinem Ziel zumindest handwerklich ein kleines Stück näher zu kommen.

Inzwischen hatten wir das Kutscherhaus erreicht. Frederik begleitete mich sogar bis zur Tür. »Ich freue mich für dich, dass du das machen kannst, was du dir wünschst. Es ist … so unglaublich wichtig, mit Herzblut seiner Arbeit nachzugehen.«

»Ich bin auch sehr dankbar dafür.«

Wir schauten uns tief in die Augen und wieder war da dieses Kribbeln, diese Spannung zwischen uns.

»Für mich sind es die Hunde«, sagte er schließlich und ich brauchte einen Moment, um zu verstehen, worauf er hinauswollte. »Sie geben mir Kraft und Energie, sie sind mein Ein und Alles. Wenn ich die Wahl hätte, was ich mein Leben lang machen möchte, wäre es die Arbeit mit dem Rudel. Ich würde gern als Hundezüchter anfangen und könnte mir vorstellen, Touren mit dem Schlitten anzubieten, wie wir sie heute gemacht haben. Dadurch könnte ich Einwohnern und Touristen die Schönheit unseres Landes noch näherbringen und ihnen zeigen, wie wunderbar diese Tiere sind. Aber nicht auf der kommerziellen Schiene. Ich will die Huskys nicht ausbeuten oder ausnutzen. Sie sollen immer Spaß an der Sache haben und Hund sein dürfen. Du hast es heute selbst erlebt, eine Hundeschlittenfahrt ist unglaublich. Dazu die Natur. Man könnte die Fahrten sogar mit einer Übernachtung in einer urigen Hütte verbinden. Mit gegrilltem Fisch und gemütlichen Gesprächen. Und nachts die Nordlichter beobachten, sofern man Glück hat.«

Fasziniert hörte ich ihm zu. Es lag so viel Leidenschaft in seinen Worten. »Warum machst du das dann nicht? Du bist doch der Prinz, kannst du nicht alles tun, was du willst?«

Frederik schnaubte. »Schön wär's. Vermutlich hat jeder andere mehr Handlungsfreiheiten als ich. Aber so schnell gebe ich meinen Traum nicht auf. Und bis es so weit ist, werde ich wohl jemanden zum Üben brauchen. Ich hoffe, ich kann auf dich zählen?«

Mein Herz polterte in der Brust, obwohl ich mich selbst zu beruhigen versuchte. Seine Worte klangen wie leere Versprechen, wie die Anmachsprüche eines Profis. Doch der heutige Ausflug hatte mir gezeigt, dass nicht alles heiße Luft war, was aus seinem Mund kam. Aus dem Mund mit den vollen Lippen, zu denen mein Blick wie von selbst abrutschte, während sie sich zu einem Lächeln formten.

»Wir sehen uns, Emelie Hundeliebling.« Als wäre es ein süßes Versprechen, zwinkerte er mir zu.

Ein letztes Mal verlor ich mich in seinen blauen Augen, bevor er sich umdrehte und lässig durch den Garten davonging. Am Torbogen drehte er sich noch einmal um, dann verschwand er.

Verwirrt, aber auch glücklich und mit einem warmen, flatterigen Gefühl im Bauch blieb ich zurück.

## KAPITEL 11
# Frederik

Selbst als ich später in meinem Kaminzimmer war, bekam ich das Grinsen nicht aus dem Gesicht. Wie Emelie sich heute geöffnet und mutig auf die Hunde zugegangen war, würde ich wohl so schnell nicht vergessen – genauso wenig, wie wir gelacht hatten und uns ziemlich nah gekommen waren. Wenn ich die Augen schloss, roch ich nach wie vor ihren zarten Duft von Schnee und Blumen und spürte ihre Nähe.

Vermutlich war ihr gar nicht bewusst, *wie* groß der Schritt von ihr gewesen war, den sie heute gemeinsam mit mir gewagt hatte. Das machte mich unglaublich stolz auf sie. Und ich merkte immer deutlicher, wie sehr ich sie mochte. Vielleicht sogar mehr, als es gut war für die kurze Zeit, die wir uns kannten – und wie wenig wir voneinander wussten. Aber ich fühlte mich zu ihr hingezogen und hatte den Eindruck, dass es ihr ähnlich ging. Auch wenn sie heute leicht verärgert den Hügel hinabgestapft war, als wäre sie von mir und ihren Erwartungen enttäuscht worden. Zum Glück konnte ich ihr gleich darauf erklären, wie ich *wirklich* war – und dass sie mir zu glauben schien, bedeutete mir viel.

Ihre Narbe am Unterarm würde ich wohl auch so schnell nicht vergessen können. Unvorstellbar, dass ihr so etwas als kleines Mädchen passiert war. Wenn ich daran dachte, dass Finnja von einem fremden Hund gebissen werden würde …

Mein Herz und mein Magen zogen sich gleichzeitig zusammen.

Kein Wunder, dass Emelie so große Angst vor den Huskys hatte – und die war heute sicher nicht einfach verschwunden, auch wenn sie Saphira gestreichelt hatte. Dass sie nach wie vor lieber auf Nummer sicher ging und Abstand hielt, würde sich bestimmt nicht so schnell ändern. Abgesehen davon war der Respekt vor fremden Tieren wichtig. Ich hatte bereits genug Leute erlebt, die einfach auf meine Hunde zugelaufen waren, um sie ohne zu fragen zu streicheln. Bisher war es gut gegangen, aber es waren immer noch Tiere, die ihre Launen und Instinkte hatten und die manche Menschen schlichtweg nicht riechen konnten. Von daher war auch ich immer vorsichtig.

Als ich Saphira heute von Emelie herunterscheuchen musste, war ich ziemlich schockiert gewesen, was ich mit coolen Sprüchen zu überspielen versucht hatte. Keine Ahnung, wie ich reagiert hätte, wenn etwas passiert wäre. Ehrlich gesagt wollte ich mir nicht vorstellen, einen Hund für einen menschlichen Fehler bestrafen zu müssen. Von daher war ich wirklich froh, dass wir alle mit dem Schrecken davongekommen waren und Saphira so eine herzensgute Seele war.

Arne hatte ich bereits aufgetragen, den Zaun erhöhen zu lassen. Bis dahin war Saphiras Halsband so codiert, dass sie nicht durch die Hundeklappe kam, wenn Arne oder ich nicht da waren – was bestimmt bitter für die kleine Freiheitsliebhaberin war, aber es diente zu unser aller Sicherheit. Schließlich hatte sie nicht zum ersten Mal Unsinn angestellt.

Ein Klopfen an der Tür riss mich aus meinen Gedanken.

»Ja?«, rief ich und Anika streckte ihren Kopf herein.

»Darf ich reinkommen?«

Ich stand auf, da ich faul auf dem Sofa gelümmelt hatte. »Sicher. Möchtest du etwas trinken?«

»Nein, danke.« Sie schloss die Tür hinter sich. »Wie geht es dir?«

»Gut. Wieso fragst du?«, wollte ich misstrauisch wissen.

Sie ging an dem großen Kamin vorbei, in dem ein gemütliches Feuer prasselte, und setzte sich in einen Sessel. Über den Fernseher hatte ich eine Playlist laufen, leise Musik drang aus den versteckten Boxen.

»Nur so. Vielleicht, weil man sich erzählt, dass du seit Neuestem deine Fühler in Richtung Personal ausgefahren hast?«

Verärgert schob ich die Augenbrauen zusammen und schenkte mir aus der Wasserkaraffe auf dem Sideboard ein Glas ein. »Ach? Tut man das?« Ich fragte mich, wer uns gesehen haben konnte. Von Arne wusste ich, dass er völlig loyal war und garantiert nicht plaudern würde. Irgendwer musste uns von einem der Palastfenster aus beobachtet haben.

Anika runzelte die Stirn. »Also ist es wahr? Warst du heute mit der Neuen aus der Konditorei unterwegs?«

»Muss ich erst absegnen lassen, mit wem ich meine Freizeit verbringen darf?« Ich ließ mich auf die Couch sacken.

»Gar nichts musst du, Bruderherz, außer einen Gang zurückschalten, wenn ich mit dir rede. Ich bin weder hier, um dich anzufeinden, noch um dir irgendetwas zu verbieten oder dir Vorschriften zu machen.«

Genervt seufzte ich – und auch irgendwie erleichtert. Das war ein äußerst sensibles Thema und ich hatte das Gefühl, manchmal von einer Richtlinie zur nächsten zu stolpern und mich mehr und mehr in meinem Handlungsspielraum einschränken zu müssen. »Was willst du mir dann damit sagen?«

»Ich wollte lediglich wissen, was da zwischen euch läuft. So ganz von Schwester zu Bruder. Ist es etwas Ernstes?«

Im ersten Moment lachte ich auf. »Keine Ahnung, Anika, ich kenne Emelie kaum. Auf jeden Fall … fasziniert sie mich. Sie sieht *mich* und nicht den Prinzen, verstehst du?«

In ihren Augen regte sich etwas. »Dann achte gut auf sie, denn so jemand ist eine Seltenheit. Freut mich, dass du eine Frau kennengelernt hast, die nicht nur den Titel sieht. Aber …«

Verdammt, ich wusste, dass ein *Aber* folgen würde …

»Du solltest dir überlegen, wie du es Mutter und Vater beibringst, falls sich zwischen euch etwas entwickelt, das über den normalen Spaß hinausgeht.«

»Weil sie eine Bürgerliche ist?«

Anika schüttelte den Kopf. »Darum geht es nicht. Du weißt, die zwei sehen das längst nicht mehr so eng, wie es noch bei unseren Großeltern und Urgroßeltern der Fall war. Aber es könnte sein, dass sie nicht gerade erfreut darüber sind, wenn du dich in eine Angestellte verliebst. Sie könnten befürchten, dass Informationen an das restliche Personal dringen, die nicht für Außenstehende bestimmt sind. Also … du weißt, dass du dich nach wie vor bedeckt halten solltest, was die Entscheidungen und das Handeln der Krone betrifft.«

Gerade so konnte ich mir ein Augenrollen verkneifen. »Selbstverständlich. Abgesehen davon, dass diese Dinge in Emelies Augen keine Relevanz haben. Sie interessiert sich nicht für die Monarchie, wusste nicht einmal, wie sie uns richtig ansprechen soll. Von ihr geht sicher keine Gefahr aus.«

»Umso schlimmer, wenn sie *gar keine* Ahnung hat. So macht sie sich schnell zum Gespött – und dich natürlich gleich mit, weil garantiert angezweifelt wird, ob sie wirklich an die Seite von Prinz Frederik gehört.«

Darauf wusste ich nichts zu erwidern, denn ganz unrecht hatte Anika nicht. Selbst wenn es für Emelie bestimmt kein Problem darstellte, alles zu lernen, was die Etikette am Hof betraf.

»Hast du schon eine Begleitung für den Winterball?«, wechselte ich daher das Thema. Die vierjährige Beziehung zu ihrem Freund, Prinz Harald von Dänemark, war vor drei Monaten in die Brüche gegangen, nachdem sie festgestellt hatten, dass ihre Interessen und Vorstellungen von einer gemeinsamen Zukunft zu sehr voneinander abwichen.

»Noch nicht. Es könnte sogar sein, dass ich ohne Begleitung gehen werde. Mutter und Vater sind der Meinung, dass es eventuell schlechter für mich als Thronfolgerin ausgelegt werden könnte, wenn ich so kurz nach der Trennung einen anderen Mann an meiner Seite präsentieren würde, der womöglich nicht einmal als mein zukünftiger Partner infrage kommt.«

Ich nickte knapp. »Und was ist mit Harald?«

»Ich bitte dich! Denkst du, ich will allen vorgaukeln, dass es zwischen uns eine Versöhnung gegeben hat?«

»Okay, da ist was dran«, erwiderte ich lachend.

»Was ist mit dir und Britta?«

Nun verdrehte ich wirklich die Augen. »Gar nichts. Und das wird auch so bleiben. Selbst wenn Mutter der Meinung ist, dass sie eine gute Wahl sei.«

Anika schmunzelte. »Ist sie das nicht?«

»Nüchtern betrachtet ist sie es vermutlich. Aber ich erwarte mehr von einer Frau, als dass sie ihr Ansehen an meiner Seite steigern möchte.«

Meine Schwester presste die Lippen aufeinander. »Dem kann ich nichts entgegensetzen. Hör zu, noch etwas anderes. Heute habe ich zufällig deinen Freund Lars getroffen. Er hat gemeint, dass Großvaters alter Schlitten kaputt ist?«

Shit, das hatte ich bisher allen verschwiegen. Selbst wenn es nur eine uralte Holzkonstruktion war, hatte der Schlitten doch einen sehr hohen persönlichen Wert für mich gehabt. Vielleicht auch deshalb, weil ich immer schon eine starke Verbindung zu Großvater gespürt hatte.

Lars wusste das zwar, aber ich hatte ihm nicht gesagt, dass ich es vor der Familie verschweigen wollte. Genau genommen hätte das Teil in ein Museum gehört, aber es wäre eine Schande gewesen, den so gut erhaltenen Schlitten ungenutzt in einer Kunstsammlung herumstehen zu lassen. Zudem hatte es mir ein gutes Gefühl gegeben, ihn zu fahren. Es war, als hätte ich Großvater durch die Fahrten ein Stück Lebendigkeit verliehen.

»Ja, das … ähm …«

»Tut mir leid, ich weiß, wie viel es dir bedeutet hat, diesen Schlitten zu fahren.«

Überrascht schaute ich meine Schwester an. »Du bist mir also nicht böse, weil ich Großvaters Erbe zerstört habe?«

»Hast du es mutwillig getan?«

Ich verneinte.

»Dann bleibe ich dabei. Nein, ich bin deswegen nicht sauer auf dich. Vielleicht nur ein bisschen, weil du es mir nicht gesagt hast und ich so darauf gehofft hatte, dass du mich einmal mitnehmen könntest.«

»Wir wollen ihn eins zu eins nachbauen. Er wird genauso aussehen, aber stabiler sein.«

Anika nickte zufrieden. »Das klingt gut.« Sie stand auf und ich erhob mich ebenfalls. »Hab noch einen schönen Abend, Frederik.« Sie küsste mich auf die Wange, wie sie es manchmal tat, wenn wir unbeobachtet waren. Dann ließ sie mich allein.

Etwas später saß ich wieder auf der Fensterbank, das Kutscherhaus im Blick. Schon seit einer Weile stieg Rauch aus dem Schornstein und Licht brannte hinter der unteren Fensterreihe. Zu gern wäre ich bei Emelie, um sie besser kennenzulernen, aber ich war mir nicht sicher, ob ihr das alles zu schnell gehen würde. Immerhin hatte ich sie heute bereits mehrfach mit meiner Art überrumpelt. Da ließ ich ihr lieber etwas Freiraum und beschloss stattdessen, ihr zu schreiben.

> Ich soll dir liebe Grüße von Saphira ausrichten. Sie möchte wissen, ob du weitere Hundeküsse von ihr akzeptierst. :)

Keine Minute später kam schon ihre Antwort:

Wenn sie nicht wieder so stürmisch ist …

Ich bin mir sicher, sie kann sich zurückhalten. Du hast übrigens mächtig Eindruck bei ihr hinterlassen, als du dich in ihre Nähe getraut und sie gestreichelt hast.

Reden wir hier wirklich von Saphira oder von dir? ;)

Ha! Was hat mich verraten?

Nur so ein Gedanke.

Okay, vielleicht hast du uns beide positiv überrascht. Oh, und ich soll dir sagen, dass sie dich liebend gern wieder auf einen Ausflug mitnehmen würde. Also, möchtest du?

Klingt, als würde da erneut der Prinz aus dem Hund sprechen.

Verdammt, du bist gut! Aber du schuldest mir immer noch eine Antwort.

Muss ich mich sofort festlegen?

Natürlich nicht.

Danach blieb es eine Weile still und ich fürchtete, es übertrieben zu haben. Auf keinen Fall wollte ich, dass sie sauer auf mich war, weshalb ich ihr erneut schrieb.

> Wusstest du, dass ungefähr fünfzig Meter von dir entfernt ein Prinz auf seiner Fensterbank sitzt? Er starrt auf die zugezogenen Vorhänge des Kutscherhauses, in der Hoffnung, noch einmal die hübsche Frau zu sehen, die ihm heute den Kopf verdreht hat. Und dabei kommt er sich reichlich freaky vor …

> Oh, das darf er auch. Immerhin grenzt das schon fast an Stalking. ;)

Ich musste lachen, als eine weitere Nachricht von ihr einging.

> Angenommen, die hübsche Frau (danke für das Kompliment) schiebt eine der Gardinen zur Seite – wo würde sie nach dem Prinzen Ausschau halten müssen?

> Ich blinke mit dem Handy, okay? Zweite Fensterreihe von unten.

> Ich stehe auf, Moment.

Gleich darauf glitt der Vorhang zur Seite und sie richtete den Blick auf den Palast. Wie vereinbart aktivierte ich die Taschenlampe und verdeckte sie im Sekundentakt mit der Handfläche.

Es dauerte nicht lange, bis sie es sich lächelnd ebenfalls mit einem Kissen auf der Fensterbank gemütlich machte.

Ich hätte nie gedacht, dass ich so etwas mal sagen würde, aber es hat etwas Romantisches, in die Nacht hinaus auf einen Palast zu starren, wo ein Prinz am Fenster sitzt und mich beobachtet.

Gerade eben hast du noch von Stalking gesprochen. Da gefällt mir diese Variante deutlich besser.

Ich sah, wie sie lachte, und sofort wurde mein Wunsch drängender, sie bald wiederzusehen.

Wann treffen wir uns wieder?

Ich weiß es nicht … Hältst du das wirklich für eine gute Idee? Ich meine, immerhin backe ich für das Königshaus.

Das allein ist schon ein Pluspunkt. Meine Familie steht auf Süßes. Warum sonst hat dieser Palast seine eigene Konditorei, die den Winterball zu dem Ereignis des Jahres macht?

Ich dachte, ein Ball ist ein gesellschaftliches Ereignis, bei dem das Büfett nur eine Nebenrolle spielt?

Da kennst du meine Familie schlecht.

Sie hob den Blick und schaute eine Weile zu mir hoch.

Ich würde dich wirklich gern wiedersehen. Der Tag heute mit dir war schön und die Schlittenfahrt hat Spaß gemacht.

Aber?

Wieder zögerte sie mit der Antwort und ich wurde beim Warten fast verrückt.

Nichts aber. Ich dachte, jetzt kommt eine Einladung von dir?

Ihre Antwort gefiel mir.

Gut, dann bin ich morgen Abend bei dir und hole dich ab.

Und was unternehmen wir?

So weit hatte ich noch nicht darüber nachgedacht. Daher ließ ich mir mit der Antwort alles offen.

Lass dich überraschen …

Vergiss nicht, dass du mit der Hundeschlittenfahrt die Messlatte gewaltig hoch angesetzt hast.

Haha, ich gebe mir Mühe. ;)

Ich liebte es, sie im sanften Licht, das durch die Vorhänge auf ihr Gesicht fiel, lachen zu sehen. Und es wäre so schön gewesen, noch länger mit ihr zu schreiben. Da sie jedoch bereits das zweite Mal mit der Hand vorm Mund gegähnt hatte, wünschte ich ihr eine gute Nacht und zog mich schließlich vom Fenster zurück.

Aufgebracht fuhr ich mir mit beiden Händen durch die Haare und tigerte im Spielzimmer der Zwillinge auf und ab. »Finnja treibt mich irgendwann noch in den Wahnsinn … Du hast wirklich keine Ahnung, wo unsere Schwester steckt?« Ich hätte sie in wenigen Minuten zu Mutter bringen sollen, doch dazu musste ich meine kleine Schwester erst einmal finden – und ich hatte keine Ahnung, wie ich ihr Verschwinden erklären sollte.

Thorben sah mich unschuldig von unten an und schüttelte den Kopf. »Eben war sie hier und jetzt ist sie weg.« Er zuckte mit den Schultern und widmete sich seinem Lego-Raumschiff.

»Ich war nur kurz auf der Toilette!« Aufgebracht schaute ich Thorben an, doch dem schien es völlig egal zu sein, dass Finnja sich wieder einmal davongeschlichen hatte. Sie war eine kleine Träumerin und nutzte es schamlos aus, wenn man ihr für einen Augenblick keine Aufmerksamkeit schenkte. Grundsätzlich war das in ihrem

Alter kein Drama mehr – selbstverständlich durften sich die Zwillinge frei im Palast bewegen. Aber wegen Finnjas Gehörlosigkeit und weil sie gern die Zeit vergaß, während sie irgendwo herumstromerte, war das bei ihr noch mal ein anderes Thema.

Ich hatte sie schon im hintersten Winkel der Bibliothek gefunden oder draußen bei den ehemaligen Pferdeställen. Einmal hatte sie sich sogar im Personaltrakt versteckt und sich die Arbeitskleidung aus dem Schrank genommen, um Dienstmädchen zu spielen.

Dass ich meinen Sonntagvormittag mit der Suche nach ihr verbringen würde, hatte nicht auf dem Plan gestanden. Angespannt holte ich mein Telefon aus der Hosentasche. »Arne, Finnja ist mal wieder verschwunden. Kümmere dich um die Hunde und stell einen Suchtrupp zusammen.«

»Natürlich, Eure Königliche Hoheit. Irgendwelche Hinweise, wo sie stecken könnte?«

Ich seufzte schwer. »Leider nicht. Vor fünf Minuten war sie noch im Spielzimmer. Das ist der einzige Anhaltspunkt, den ich habe. Und schick jemanden zu Thorben, damit ihm nicht langweilig wird. Er ist noch hier.«

»Okay, wird erledigt.«

Ein knappes Danke murmelnd legte ich auf.

»Ich bin kein Baby, ich kann auch allein bleiben.«

»Genau. Sieht man ja, was dabei herauskommt, wenn ihr zwei kleinen Monster unbeaufsichtigt seid.« Ich kitzelte ihn, was er mit einem Lachen und ein paar Karateschlägen in die Luft beantwortete. »Okay, ich gehe jetzt Finnja suchen. Du bleibst hier und bewegst dich nicht vom Fleck, verstanden?«

»Jaaa«, brummte er beleidigt und verdrehte die Augen.

Ohne Zeit zu verlieren, trat ich in den Flur und rief Mutter an, um ihr zu sagen, dass wir uns etwas verspäten würden. Vielleicht fanden wir die kleine Abenteurerin ja gleich, dann hätte ich sie umsonst beunruhigt.

Unschlüssig sah ich mich zu beiden Seiten um. Jedes andere Kind hätte ich rufen können, doch das gestaltete sich bei Finnja schwierig. Außerdem bot der weitläufige Palast mit all seinen Winkeln und Gängen wunderbare Versteckmöglichleiten.

Der Geheimgang!

Vielleicht war sie dorthin gegangen, weil sie endlich herausfinden wollte, wie der Mechanismus funktionierte. Sie fürchtete sich zwar in dem dunklen Gang, aber sie liebte es, Geheimnisse zu ergründen und in Fantasiewelten einzutauchen. Vor einer Weile hatte ich sie ganz allein im großen Ballsaal aufgespürt, wo sie sich vorgestellt hatte, sie sei Belle aus *Die Schöne und das Biest.* Ein anderes Mal war sie im Gewächshaus gewesen, um den Tomaten beim Wachsen zuzusehen. Sie hatte sogar einmal gespielt, dass sie ein Husky sei, und hatte sich zu den Hunden ins Haus gelegt. Wir hatten sie bis spät in die Nacht hinein gesucht und waren fast gestorben vor Angst um sie.

Als ich den Geheimgang erreicht hatte, war die Tür zu und es gab keinen Hinweis darauf, dass sie hier gewesen sein könnte. Aber das musste nichts heißen, denn im Normalfall hinterließ sie keine Spuren. Als wollte sie nicht gefunden werden …

Ich öffnete die Tür, verschloss sie hinter mir wieder und lief den schmalen Gang entlang, bis ich am anderen Ende ankam. Doch hier steckte sie nicht.

Ohne Zeit zu verlieren, lief ich auch noch zu den anderen Geheimgängen, die ich kannte, jedoch kaum benutzte, da ich die Abkürzungen nicht brauchte. Schon gar nicht, wenn ich mit den Zwillingen unterwegs war. Aber wer konnte wissen, was Finnja alles ausgekundschaftet hatte.

Doch egal, wo ich Ausschau nach ihr hielt, ich konnte sie nicht entdecken. Mein anfänglicher Ärger verwandelte sich mehr und mehr in Sorge. Immer wieder begegnete ich Angestellten, die sie leider nicht gesehen hatten. Inzwischen wusste auch Mutter schon Bescheid, die nun ebenfalls aufgelöst nach ihr suchte.

Irgendwann fiel mir ein, dass sie vielleicht in den Laden gegangen sein könnte, der heute geschlossen hatte, sodass sie unbemerkt Verkaufen spielen oder sich ein paar Pralinen stibitzen konnte. Also lief ich nach unten, bis ich den langen Flur erreichte, in dem ich Emelie zum ersten Mal im Palast begegnet war.

Als ich gerade an der Konditorei vorbeilaufen wollte, bemerkte ich Licht – und hörte eine vertraute Stimme.

Abrupt blieb ich stehen und schaute zur Tür hinein. Tatsächlich standen dort Finnja und Emelie und unterhielten sich. Beide gestikulierten in Gebärdensprache und Emelie sprach parallel laut aus, was sie meiner Schwester sagte.

Nicht nur überrascht, dass Emelie an einem Sonntag in Arbeitskleidung in der Konditorei stand, sondern auch von der Erkenntnis, dass sie sich mit Finnja unterhalten konnte, sah ich den beiden zu. Schließlich beugte sich Emelie über einen der Tische und formte etwas aus einer weißen Masse, während Finnja ihr begeistert zuschaute, bevor sie selbst etwas knetete. Die beiden lachten und hatten Spaß zusammen, als würden sie sich schon ewig kennen.

Finnja hatte schon immer auf manche eine besondere Wirkung gehabt, genau wie sie diesen speziellen Draht zu den Hunden besaß, den nicht einmal ich hatte – was mich jedes Mal mit Stolz erfüllte.

Dass Emelie andere um den Finger wickeln konnte, war auch nichts Neues für mich. Und dass sich die beiden nun gefunden hatten und sich so gut verstanden, machte etwas mit mir. Es machte mich … glücklich.

KAPITEL 12

# Emelie

»Genau, immer fest kneten.« Ich zeigte die Worte in Gebärdensprache und war überrascht, wie leicht es mir fiel, obwohl ich sie so lange nicht gebraucht hatte – und sie mich an meine Omi erinnerte.

Als sie gestorben war, hätte ich nie gedacht, dass ich mich je wieder in der schwedischen Gebärdensprache unterhalten würde. Doch jetzt war es, als hätte ich nie aufgehört, sie zu verwenden. Ich hatte sie gelernt, da meine Omi seit ihrer Jugend taub war. Zu meinen Schwedischkenntnissen gehörte die Gebärdensprache einfach dazu, auch wenn ich sie nur mit Omi benutzt hatte.

Finnja war ein außergewöhnliches Mädchen. Sie hatte etwas an sich, was den meisten Menschen fehlte. Eine Feinfühligkeit und Weisheit, wie ich sie selten erlebt hatte. Sie faszinierte mich und gleichzeitig schien ich auf sie dieselbe Wirkung zu haben, denn sie hing an meinen Lippen und Händen und war total wissbegierig und neugierig, was das Kreieren der Schneesterne betraf.

Da die Bibliothek heute geschlossen hatte und ich zwei der Kalle-Norberg-Adressen abgeklappert hatte, ohne jemanden anzutreffen, war ich frustriert wieder zurück nach Hause gegangen. Dort hatte ich erst ein langes Gespräch mit Stefanie geführt, ehe ich beschlossen hatte, Madita einzuladen, um mir den restlichen Tag zu vertreiben. Doch meine Kollegin war heute bei ihrer *mamma* eingeladen, und auch wenn sie mir angeboten hatte, sie zu begleiten, wollte ich nicht den Familiensonntag stören. Im Kutscherhaus zu bleiben war mir jedoch zu langweilig geworden, weshalb ich beschlossen hatte, in die Konditorei zu gehen und weiter an der Deko für den Winterball zu arbeiten. Ich hatte gerade erst angefangen, als Finnja ihr neugieriges Näschen zur Tür hereingesteckt hatte. Es hatte keine Minute gedauert, bis ich herausgefunden hatte, dass sie gehörlos war. Umso überraschter war sie, als ich begonnen hatte, mich mit ihr in Gebärdensprache zu unterhalten.

Ich hatte ihr erklärt, was ich hier mache, und sie gefragt, ob sie Lust hätte, mir zu helfen. Das Leuchten in ihren Augen war so schön, dass mir ganz warm ums Herz wurde. Ich zeigte ihr, wo sie sich die Hände waschen konnte, und verriet ihr schließlich, wie sie Fondant und Blütenpaste kneten musste, um Eiskristalle, Blütenblätter und Schneesterne zu formen.

»Darf ich mir die alle mitnehmen?«, wollte sie wissen, nachdem sie drei Blüten und zwei Schneesterne fertig hatte.

»Natürlich! Sie gehören dir, immerhin hast du sie gemacht. Sie sind wirklich schön geworden. Eventuell solltest du über eine Karriere als Konditorin nachdenken.« Ich zwinkerte ihr zu und sie kicherte entzückt.

»Vielleicht. Ich finde auch Huskys toll. Ich liebe Hunde und möchte später mal mit meinen eigenen Hunden kranken und behinderten Kindern helfen. Das nennt man Hundetherapie. Ich weiß schon ganz viel darüber.«

»Das ist eine schöne Idee.«

Sie nickte. »Ich könnte ja beides machen. Dann bekommen die Kinder von mir einen Muffin mit einem kleinen Hund auf der Spitze als Abschiedsgeschenk.«

»Sieht so aus, als hättest du einen Plan.«

Sie nickte aufgeregt, als ich links von uns eine Bewegung wahrnahm. Sofort drehte ich den Kopf und entdeckte Frederik, der an der Tür lehnte und uns zusah.

»Oh, ich … ähm … Eure Königliche Hoheit.« Meine Wangen liefen rot an und ich schielte zu Finnja, die uns beide strahlend musterte.

»Du kannst ruhig Frederik zu mir sagen. Finnja verpfeift uns nicht, oder?«, sagte er zu mir und gleichzeitig in Gebärdensprache zu Finnja.

Sie schüttelte den Kopf, fuhr sich mit zusammengepresstem Zeigefinger und Daumen quer über den Mund und tat anschließend so, als würde sie einen Schlüssel über die Schulter werfen.

»Geheimnisse sind bei mir sicher«, erklärte sie und Frederik nickte zufrieden.

»Also … was treibt euch beide hierher?«, wandte er sich zuerst an mich und dann an Finnja.

»Emelie hat mir beigebracht, wie man Blumen und Schneesterne formt. Soll ich dir auch etwas machen?«

Stolz funkelte sie Frederik an, und als ich mich ihm zuwandte, erkannte ich in seinen blauen Augen die Liebe, die er für seine Schwester empfand.

Er kam zu uns. »Unbedingt! Kannst du mir so eine Blume machen?«

Finnja nickte geschäftig und begann sofort mit der Arbeit.

Frederik stützte sich mit den Unterarmen neben seiner Schwester auf die Arbeitsfläche und schaute ihr aufmerksam zu. »Wie lange ist sie schon hier?«, murmelte er leise und ohne mit den Händen zu gestikulieren.

»Seit … vielleicht einer halben Stunde?«

Er seufzte. »Der ganze Palast hat nach ihr gesucht. Die kleine Träumerin haben wir nicht zum ersten Mal nach stundenlanger Suche an den ungewöhnlichsten Orten gefunden. Zwar haben wir ihr jedes Mal erklärt, dass sie einfach nur jemandem Bescheid geben muss, wenn sie irgendwo allein spielen möchte, damit wir wissen, wo sie ist, und uns keine Sorgen machen müssen. Doch leider klappt das nicht so, wie wir uns das vorstellen.«

Ich schielte zu dem Mädchen, das mit der Zungenspitze zwischen den Zähnen gerade eines der filigranen Blütenblätter formte. »Tut mir leid, das wusste ich nicht. Ich hätte dir sonst natürlich sofort eine Nachricht geschickt, dass sie hier ist.«

»Schon gut, ich hab sie ja gefunden und die anderen darüber informiert. Aber wieso bist du hier? Hast du nicht heute frei?«

»Ja, das hab ich, aber …« Ich zuckte mit den Schultern. »Mir war langweilig allein und da ich hier niemanden außer dich und die Leute aus meinem Team kenne, die ich am Sonntag nicht nerven wollte, dachte ich, ich arbeite ein wenig an der Dekoration für den Winterball.«

»Bei mir darfst du dich immer melden«, meinte er und die Wärme, mit der er diese Worte sagte, breitete sich sofort in meinem Magen aus.

Das Klackern von Absätzen erklang in der Ferne und gespannt schaute ich zur Tür, in der kurz darauf eine Frau Anfang fünfzig auftauchte. Sie trug ein Kostüm und ihre aschblonden Haare hatte sie zu einem eleganten Knoten im Nacken gebunden.

Von meiner kleinen Recherche wusste ich, dass sie die Königin war, und vor lauter Nervosität, weil ich keine Ahnung hatte, wie ich reagieren sollte – nein, musste –, fiel mir mein Messer aus der Hand. Scheppernd landete es auf dem Boden.

Mit hochrotem Kopf bückte ich mich danach.

»Da ist ja meine kleine Abenteurerin. Oh, und du bist die neue Konditorin, nehme ich an?«

Hektisch knickste ich und hoffte einfach, dass ich mich nicht gerade blamierte oder irgendetwas falsch machte. »So ist es, Eure Majestät. Ich bin Emelie Hoffmann und darf hier ein Praktikum absolvieren.«

Die Königin lächelte mich freundlich an und streichelte Finnja über ihre langen Haare, die sie zu zwei französischen Zöpfen geflochten trug. Als sie ihre Mutter anschaute, sagte die Königin auf Schwedisch und in Gebärdensprache, dass es Zeit sei, zu gehen.

Finnja schob kurz die Unterlippe vor und schaute zu mir.

»Du kannst mir gern ein anderes Mal wieder helfen.« Auch ich hatte die Worte laut ausgesprochen und gleichzeitig gestikuliert, weil es für mich völlig selbstverständlich war.

»Oh, das freut mich aber, dass du in Emelie jemanden gefunden hast, mit dem du offenbar auf einer Wellenlänge bist.« Die Königin schaute von Finnja zu mir und schenkte mir ein dankbares Lächeln.

»Das ist deine Blume.« Finnja reichte die kleine Kreation ihrem Bruder, der sie begeistert entgegennahm und sie für ihre Arbeit lobte.

»Darf ich?« Das Mädchen zeigte auf ihre anderen Kunstwerke und ich nickte.

»Natürlich, wie versprochen.«

Enthusiastisch nahm sie das kleine Blech, das ich ihr extra dafür hingestellt hatte, und verabschiedete sich von mir. Auch die Königin wünschte mir noch einen schönen Tag, dann verschwanden die beiden und ließen Frederik und mich wieder allein.

Erleichtert atmete ich aus und die Anspannung fiel von mir ab, was ihn amüsierte.

»Lach nicht! Ich hatte wirklich Angst, mich zu blamieren ... Ich hab doch alles richtig gemacht, oder?«

»Du hast die Prinzessin geduzt und nicht mit Eure Königliche Hoheit angesprochen. Und genau genommen wäre auch zur Verabschiedung ein Knicks angebracht gewesen.«

Ich seufzte. »Verdammt, wie soll ich mir das alles jemals merken?«

Frederik lachte laut los. »Glaub mir, dafür kommst du sicher nicht in den Kerker.«

»Es gibt hier einen Kerker?« Meine Augen weiteten sich. Natürlich glaubte ich nicht, dass hier noch jemand in ein Verlies gesperrt wurde, aber allein bei der Vorstellung, dass es einmal so gewesen war, rieselte mir ein Schauer über den Rücken. Abgesehen davon war mir das alles so peinlich. Ich war die Umgangsformen am Hofe einfach nicht gewöhnt.

Frederik umrundete den Arbeitstisch und blieb vor mir stehen. »Hey, zerbrich dir nicht den Kopf deswegen. Du machst das toll.«

Zweifelnd schaute ich ihn an.

»Na gut, es ist Luft nach oben vorhanden. Aber es ist nichts, was du nicht lernen kannst.«

Es war süß von ihm, dass er mich aufbauen und trösten wollte. Dennoch half das nicht über das schlechte Gefühl hinweg, das ich in mir verspürte. »Ich werde Madita fragen, ob sie mir alles noch einmal genau erklären kann. Ich muss das echt üben. Sie meinte, es sei unwahrscheinlich, dass ich einem Mitglied der königlichen Familie über den Weg laufe. Inzwischen sieht es jedoch danach aus, als würde ich euch magisch anziehen.«

Ein Schmunzeln hob seine Mundwinkel. »Macht ganz den Eindruck, ja. Mal eine ganz andere Frage: Woher kannst du eigentlich die Gebärdensprache?« Er zog sich einen Hocker an den Tisch und setzte sich darauf, die Unterarme auf die Arbeitsfläche gestützt, während ich mich wieder den Blüten widmete.

»Von meiner Omi. Sie war gehörlos und die einzige Person aus Fjarora, zu der meine Mama Kontakt hatte, seit sie ihre Heimat nach dem Abbruch ihres Studiums verlassen hat.«

»Das klingt hart.«

Ich nickte. »War es bestimmt auch. Bis heute hat sie meinem Bruder und mir nicht verraten, was damals vorgefallen ist. Meine Eltern und meine Omi haben nie darüber gesprochen und all die Jahre nichts aus sich herauskitzeln lassen. Ich weiß nur, dass es einen heftigen Streit gegeben haben muss, der dafür gesorgt hat, dass meine Mama mit ihrem Vater und ihrem Bruder gebrochen hat. Nur ihre Mutter hatte nach wie vor Kontakt zu ihr gehalten und sie anfangs noch zu überreden versucht, zurück nach Hause zu kommen. Allerdings ist meine Mama sehr stur und war zudem mit meinem Bruder Philipp schwanger. Danach stand für sie fest, dass es nichts mehr gab, was sie nach Fjarora zurückbringen könnte.«

»Wie traurig«, sagte er und schien es wirklich so zu meinen. Betrübt schaute er mich an.

»Sehr. Ich will mir gar nicht vorstellen, wie schwer es für Omi gewesen sein muss, ihre Enkelkinder nur aus der Ferne aufwachsen zu sehen. Meine Mama hat ihr zuerst immer Briefe geschrieben und Bilder geschickt. Als es schließlich die Möglichkeit gab, sich über den Computer per Video zu unterhalten, wurde es etwas einfacher. Damals war ich vielleicht drei Jahre alt. Und weil ich immer selbst mit Omi reden wollte, habe ich wie selbstverständlich die Gebärdensprache gelernt. Ich habe Mama immer wieder in den Ohren gelegen, mir die Wörter zu zeigen, die ich brauchte, um Omi vom Kindergarten, der Schule und meinen Freunden zu erzählen.«

Ein Lächeln schob sich auf seine Lippen, während er mir aufmerksam zuhörte. »Und hast du sie mal besucht?«

»Nein, ich ... hatte dazu leider keine Gelegenheit mehr. Sie ist im August vor einem Jahr gestorben und ich bin das erste Mal in Fjarora.«

»Das tut mir leid.«

»Danke. Ich will die Zeit hier aber trotzdem nutzen, um meine restliche Familie kennenzulernen. Schon allein, weil ich endlich erfahren muss, weshalb meine Mama damals nach Deutschland gegangen und nie zurückgekehrt ist. Warum sie weder zu ihrem Vater noch zu ihrem Bruder Kontakt wollte.«

»Denkst du, dass die beiden ... also ...«

Nachdenklich schüttelte ich den Kopf. »Ich weiß nur, dass meine Mama nach wie vor unglaublich enttäuscht ist. Sie hat sich zurückgewiesen und wertlos gefühlt – und empfindet das immer noch so. Sie war jedenfalls nicht sehr begeistert, als sie von meinem Praktikum hier erfahren hat.«

»Weiß sie, dass du deine Familie suchst?«

»Nein. Sie würde das auch garantiert nicht wollen, geschweige denn mich dabei unterstützen. Also bleibt es einfach mein kleines Geheimnis.«

Eine Weile arbeitete ich schweigend weiter. Keine Ahnung, was Frederik von der ganzen Sache hielt. Sollte er meine Familie jetzt für völlig daneben halten, könnte ich es ihm nicht einmal verdenken.

Irgendwann stand er auf und kam auf meine Seite des Arbeitstisches. Sanft umfasste er meine Handgelenke und drehte mich zu sich um, bis ich ihn ansah. »Tut mir leid, dass deine Familiensituation so kompliziert ist. Wenn ich dir irgendwie helfen kann, sag es mir. Sei es bei der Suche nach Familienmitgliedern oder bei einem klärenden Gespräch mit deiner Mutter.«

Meine Mundwinkel zuckten nach oben, während seine Berührung durch meinen ganzen Körper kribbelte – doch das ließ ich mir nicht anmerken. »Das ist wirklich lieb von dir.«

»Ich meine es ernst. Sag mir die Namen deiner Großeltern und deines Onkels, und ich kümmere mich darum, die aktuellen Adressen herauszufinden – und sämtliche Informationen, die sonst noch interessant sein könnten wie das Vorstrafenregister oder …«

Ich riss die Augen auf. »Also das will ich definitiv nicht wissen. Es geht mich auch nichts an. Wenn sie mir etwas erzählen wollen, soll es von ihnen kommen. Ich mag dieses Nachbohren hinter dem Rücken anderer überhaupt nicht.«

Eine seiner Augenbrauen wanderte nach oben. »Dann hast du mich nicht gegoogelt?«

»Doch, aber ausschließlich Fotos. Ich wollte mir ein Bild von deinem Leben machen, ohne einen einzigen Artikel zu lesen.«

Frederik schaute mich an, als ob er mir nicht glaubte.

»Das ist mein Ernst, ich schwöre. Ich halte nichts davon, was die

Presse sich zusammenreimt. Schon gar nicht, wenn ich die Person privat kennenlernen und sie mir alles selbst über sich erzählen kann.«

»Du bist wirklich sehr außergewöhnlich, weißt du das?« Leise murmelte er diese Worte und kam mir dabei immer näher. »Wir sehen uns heute Abend. Richte dich auf sechs Uhr ein.« Sein Atem strich sanft über meine Lippen, wie der Hauch eines Schmetterlingsflügelschlags.

Mein Herz raste wie irre und ich brauchte einen Moment, bis ich wieder einen klaren Gedanken fassen konnte. »Willst du mir immer noch nicht sagen, was wir unternehmen?«

»Nein. Wart's ab.« Er zwinkerte mir zu und entfernte sich rückwärts, nicht ohne sich einen der halb fertigen Schneesterne aus Zuckermasse zu stibitzen und ihn in den Mund wandern zu lassen.

Gespielt empört starrte ich ihn an, bis er sich grinsend umdrehte und durch die Tür verschwand.

Noch Stunden später zerbrach ich mir den Kopf darüber, was er vorhatte. Wollte er mich in den Palast einladen? Allein bei dem Gedanken fühlte ich mich überfordert, denn ich war mir sicher, dass ich mich erneut blamieren würde. Vielleicht plante er eine weitere Schlittenfahrt, nur diesmal im Dunkeln? Oder – ganz romantisch – mit einer Pferdekutsche? Wobei ich nicht einmal wusste, ob sie hier Pferde hatten …

Zur Sicherheit schrieb ich ihm am späten Nachmittag eine Nachricht und fragte nach dem Dresscode für heute Abend. Seine Antwort brachte mich jedoch auch nicht weiter:

Zieh an, worin du dich wohlfühlst, aber ohne dass du schnell frierst.

Gut, das wäre meine Jogginghose, mein Lieblingsshirt und ein Hoodie, doch das meinte er bestimmt nicht …

Aber da er mich abholen wollte, könnte ich mich im schlimmsten Fall noch einmal schnell umziehen, falls ich bei der Kleiderwahl völlig danebengriff.

Doch so cool ich anfangs war, so nervös wurde ich um kurz vor sechs. Die Ungewissheit, was mich heute Abend erwarten würde – was *er* von *mir* erwarten würde –, machte mich fast verrückt.

Ich hatte mich für ein dunkelgrünes Strickkleid mit langen Ärmeln entschieden, das knapp über den Knien endete. Dazu hatte ich eine tolle gefütterte Strumpfhose und meine schwarzen Raulederstiefel angezogen und wartete nun hibbelig in der Vorhalle, wo ich zwischen Küche und Spiegel hin und her lief, um meine Nervosität halbwegs in den Griff zu bekommen.

Als es pünktlich um sechs klopfte, sank trotzdem mein Herz in den Magen und verursachte dort ein flaues Gefühl. Vielleicht hätte ich nicht von der schwedischen Punschrolle abbeißen sollen? Vorhin hatte ich es jedoch für eine noch schlechtere Idee gehalten, ohne eine kleine Mahlzeit das Haus zu verlassen, da ich ja nicht wusste, wann und ob wir etwas essen würden.

Impulsiv riss ich die Tür auf und stand Frederik gegenüber. Verdammt, konnte es sein, dass er immer attraktiver wurde, je öfter ich ihn sah? Seine Haare hingen ihm ins Gesicht und ich widerstand nur schwer der Versuchung, mit den Fingern hindurchzufahren und ihm die Strähnen nach hinten zu streichen, um in seinen tiefblauen Augen zu versinken. Sein dunkelblaues Hemd stand am

Kragen offen und lag eng an, genau wie seine Hose. Den Kurzmantel, den er darüber trug, hatte er nicht zugeknöpft – als wäre er eben schnell vom Palast zu mir gelaufen.

Sein Lächeln raubte mir den Verstand, während sein Blick von oben nach unten glitt und er mich ähnlich musterte wie ich ihn.

»Wow, du siehst …« Er schüttelte sprachlos den Kopf. »Irgendwie würde ich jetzt gern hierbleiben, doch … das würde meinen Plan zunichtemachen.« Er löste den Blick von mir und schaute zum Garderobenhaken. »Ziehst du diesen Mantel an?«, fragte er und zeigte darauf.

Als ich nickte, griff er danach und half mir hinein. Er legte mir sogar den Schal um den Hals und wartete, bis ich die Knöpfe geschlossen hatte.

»Bist du bereit für ein kleines Abenteuer?« Mit funkelnden Augen sah er mich an.

»Nein, aber legen wir los. Ich bin schon wahnsinnig gespannt.«

Er lachte und öffnete die Tür, bevor er mir seinen Arm anbot, bei dem ich mich unterhakte. Wir gingen hinaus in die Nacht und mein Herz klopfte schnell und aufgeregt mit den Flügelschlägen in meinem Bauch um die Wette.

## KAPITEL 13
# Frederik

»Wohin gehen wir?«

»Auf jeden Fall nicht in den Palast. Lass dich überraschen.« Ich zwinkerte geheimnisvoll und machte den Mantel zu.

»Und was, wenn dich jemand erkennt?«

Ich wuschelte mir durch die Haare und setzte meine Mütze auf. »Hey, ich bin doch nur ein junger Student … völlig uninteressant für die Leute.«

Kichernd schüttelte Emelie den Kopf. »Ob man uns das noch abnimmt, wenn wir einfach so durch das Palasttor oder den Personaleingang spazieren?«

»Du hast recht, aber auch dafür habe ich mir etwas überlegt.«

Wir gingen den schneebedeckten Weg bis zur Mauer des Schlossgeländes, wo es eine Statue gab, die aussah, als wäre sie mit dem Gemäuer verwachsen. Ich löste mich von Emelie, betätigte einen versteckten Mechanismus und die Figur schob sich leise knirschend zur Seite, bis ein geheimer Durchgang zum Vorschein kam.

Emelies Mund klappte auf und sie starrte mich sprachlos an. »So was gibt es wirklich?«

»Natürlich, was denkst du denn? Und jetzt komm, bevor uns doch noch jemand sieht und aufhält.«

Das ließ sie sich nicht zweimal sagen. Schnell huschte sie mit mir in den Durchgang, wo die Dunkelheit auf uns wartete. Sofort aktivierte ich das Licht an meinem Handy und leuchtete in die Finsternis.

»Nicht erschrecken, ich schließe jetzt die Tür.« Leise schob sich die Statue wieder an ihren Platz.

Emelie tastete nervös nach meiner Hand. »Okay, irgendwie hab ich die Hosen voll«, meinte sie flüsternd und lachte kurz auf, den Blick auf den Flur gerichtet, der sich schwarz vor uns erstreckte. Das Licht des Handys reichte nur ein paar Meter weit.

»Keine Sorge, dir passiert nichts. Ich kenne den Weg wie meine Westentasche.«

Sie hielt meine Hand ganz fest und ließ sich von mir durch die Dunkelheit führen, bis wir an der schmalen Wendeltreppe ankamen, die wir hinabsteigen mussten.

Emelie blieb nach wie vor in meiner Nähe und wir erreichten einen Gang, der schwach beleuchtet war.

»Jetzt sind wir gleich am Ziel.«

»Woher weißt du von diesem Geheimgang? Und gibt es vielleicht noch andere?«

»Im Palast gibt es einige. Sie dienten als Fluchtwege oder wurden von den Bediensteten innerhalb der Palastmauern als Abkürzungen genutzt. Den ersten habe ich zufällig entdeckt, da war ich noch ein Kind. Irgendwann habe ich mich bewusst auf die Suche gemacht und bin auf ein paar weitere versteckte Gänge gestoßen.

Ich vermute sogar, dass noch mehr existieren, von denen ich nichts weiß.«

»Habt ihr keine Pläne vom Schloss? Also … irgendwo muss es doch Aufzeichnungen dazu geben, oder nicht?«

»Ich habe in der Bibliothek mal ein altes Notizbuch gefunden, in dem ein paar Gänge vermerkt waren. Aber die meisten waren zugemauert oder ich konnte den Mechanismus zum Öffnen nicht finden. Oft sind es auch einfach versteckte Verbindungstüren zwischen zwei Räumen oder Fluren. So, wir sind da.«

Wir hielten vor einem Eisentor und ich drückte die alte Klinke herunter, durch die wir den dunklen Gang verlassen konnten.

»Wow … Wo sind wir?« Emelie sah sich in dem großen höhlenartigen Raum um, von dem die vordere Seite fast vollständig mit Efeuranken bedeckt war. Die Worte hatte sie geflüstert, vermutlich aus Angst, jemand könnte uns hören, denn jeder Schritt, den wir hier machten, hallte von den steinernen Wänden.

»Wir sind hier unter einer Brücke. Von außen sieht man den Eingang kaum, weil er so zugewachsen ist.«

»Und niemand hat Angst, dass unbefugte Personen einfach so in den Palastgarten spazieren?«

Ich zuckte mit den Schultern. »Wenn du nicht weißt, wie du den Mechanismus auslöst, mit dem sich das Tor öffnet, stehst du vor einer Wand.«

»Und das hat noch nie jemand herausgefunden?«

»Bisher offensichtlich nicht. Zumindest nicht, soweit ich weiß.«

Ich schob die Efeuranken zur Seite und wir betraten einen schmalen Pfad, der nicht so verwachsen war wie der Eingang. »Dort müssen wir hoch.«

Ich zeigte auf einen Weg, der unter einem Felsvorsprung zur Straße hinaufführte und deshalb zum Glück nicht stark schneebedeckt war. Diesmal griff ich nach Emelies Hand und verschränkte meine Finger mit ihren.

»Du machst es ja echt spannend«, meinte sie lächelnd.

»Hey, wenn du schon mal hier bist, sollte ich dir auch zeigen, was man in Fjarora unbedingt gesehen haben muss.«

»Und das wäre?«

Belustigt führte ich sie den Weg hinauf. »Du bist ganz schön ungeduldig.«

»Tja, was soll ich sagen … Oh, wow!« Sie stockte mitten im Reden und blieb stehen.

Vor uns lag der Marktplatz, auf dem seit gestern mehrere Holzhütten standen, an denen Glögg, Zimtschnecken, Weihnachtsgebäck, heiße Schokolade, deftige Brote und gegrillter Fisch verkauft wurden. Jede Hütte war mit Tannenzweigen und Lichterketten dekoriert und ein Chor machte sich gerade bereit, Weihnachtslieder zu singen.

Auch in der Markthalle daneben gab es viele kleine Stände. Hier konnte man fjarorische Handwerkskunst bestaunen und kaufen, genau wie handgezogene Kerzen, Weihnachtskränze, Geschmiedetes, Weihnachtsschmuck, Naturprodukte und vieles mehr.

»Ein Weihnachtsmarkt!«

»Na ja, es sind nur noch sechs Wochen bis Weihnachten, da startet traditionell der Weihnachtsmarkt in Fjarora.«

Wir schlenderten auf die Hütten zu und ließen uns vom Duft nach Bratkartoffeln, frischem Brot und süßen Speisen leiten.

»Hast du Hunger, willst du etwas essen?«

»Sehr gern. Was kannst du empfehlen?«

»Also dort vorn gibt es gegrillten Fisch und die Ofenkartoffeln mit Kräutersoße sind wirklich gut. Da drüben verkauft eine alte Frau Marzipan aus eigener Herstellung, bei ihr bekommst du auch *Dammsugare*. Die Käsesorten aus der Käserei sind ebenfalls sehr lecker, besonders auf frischem Brot. Oh, und gebrannte Mandeln! Die musst du probieren! Genau wie *Pepparkaka*, also Lebkuchen, wie ihr in Deutschland dazu sagt.« Mir lief das Wasser im Mund zusammen. »Was wir auf jeden Fall trinken müssen, ist Glögg. Ohne den skandinavischen Glühwein probiert zu haben, darf ich dich heute leider nicht wieder zurückbringen.«

Sie lachte. »Das klingt großartig. Ich möchte so viel wie möglich probieren.«

»Super, dann nichts wie los!« Begeistert steuerte ich die Hütte der Käserei an. Dass wir uns immer noch an den Händen hielten, war schön und ich mochte es, wie natürlich und zwanglos es sich anfühlte. Wenig später schlenderten wir, beide ein warmes Stück Brot mit geschmolzenem Käse in der Hand, durch die Markthalle. Wir bewunderten die Holzschnitzereien, sahen einem alten Mann zu, der Pullover mit komplizierten Mustern strickte, und unterhielten uns mit dem Schmied, der gerade einen Untersetzer aus gebogenem Eisen anfertigte.

»Ich glaube, der Mann hat dich erkannt«, raunte mir Emelie zu, nachdem wir uns verabschiedet hatten und wieder draußen auf dem Marktplatz waren. »Er hat dich so seltsam angesehen, wenn du geredet hast, als würde er seinen Augen nicht trauen.«

Belustigt zuckte ich mit den Schultern. »Dabei bin ich doch nur ein Student wie viele andere. Er hat mich bestimmt mit dem Prinzen verwechselt, das passiert mir öfter.«

Emelie lächelte und zog mich anschließend zu einem Stand, an dem heiße Schokolade und Glögg mit und ohne Alkohol verkauft wurde. Von Letzterem bestellte ich uns zwei Gläser, aus denen es dampfte und nach Zimt, Nelken und Kardamom roch, und wir stellten uns an eine der offenen Feuerstellen.

»Es ist richtig toll hier! So früh war ich noch nie in Weihnachtsstimmung«, meinte Emelie vergnügt.

»Ja, ich mag es hier auch sehr. Wobei, solltest du nicht schon allein wegen der Vorbereitungen für den Winterball auf die schönste Zeit des Jahres eingestimmt sein?«

»Das schon, es fühlt sich diesmal auf jeden Fall anders für mich an. Erzähl mir vom Ball. Wie ist es dort? Und war das schon immer ein so großes Event?«

Ich pustete über den Rand des Glases und nahm einen Schluck. Der Glögg schmeckte wunderbar süß und ich schaute Emelie zu, die mit dem Löffel darin rührte und die Rosinen und Mandeln aufwirbelte. »Den Winterball gibt es schon ewig. Ich glaube, seit über einhundertzwanzig Jahren. Zu Beginn war es ein reines Familienfest, irgendwann wurden einflussreiche Gäste dazu eingeladen und heute ist es ein … na ja, sagen wir, ein Fest zum Sehen und Gesehenwerden.«

»Ah, verstehe. Das heißt, es werden einige Prominente erwartet? Oder darfst du nichts verraten?«

»Es ist kein Geheimnis, dass die europäischen Königsfamilien geladen sind.«

Emelies Augen weiteten sich.

»Was nicht bedeutet, dass sie auch kommen. Meistens schicken sie nur ein oder zwei Mitglieder, die ihr Königshaus vertreten. Und es sind Leute aus Film und Fernsehen zu Gast, sowie einflussreiche Personen aus Wirtschaft und Politik.«

»Wow, das ist … beeindruckend. Und angsteinflößend.« Sie lachte auf.

»Ich bin mir sicher, dass du deinen Job gut machst. Ove hat dich nicht umsonst ins Team geholt. Er schart nur die Besten um sich – und da gehörst du ab sofort dazu.«

Verlegen lächelte sie und rührte in ihrem Getränk, ehe sie einen Schluck probierte. »Oh, das schmeckt richtig gut.«

»Ja, oder?«

Sie nickte. »Und du bist auch beim Winterball dabei?«

»Genau. Ich *muss* anwesend sein, ob ich will oder nicht.« Ich merkte, wie sich meine Mundwinkel zu einem gequälten Lächeln hoben.

»Du machst das schon. Ich kann dir zumindest verraten, dass es ein echt leckeres Dessertbüfett geben wird. Und wenn du einen Tannenbaum probierst, denkst du an mich.«

»Wieso? Machst du die?«

»Nicht allein, aber ja. In der Backshow habe ich auch einen Tannenbaum gebacken und mir damit wohl das Praktikum geholt.«

»Wann wird die Show ausgestrahlt?« Fragend schaute ich sie an.

»Ab Dienstag gibt es wöchentlich neue Folgen auf Netflix. Die Finalshow ist am zwanzigsten Dezember zu sehen. Erst dann darf ich auch offiziell darüber sprechen, wie weit ich es geschafft habe.«

»Verstehe.« Ich nippte am Glögg und löffelte Mandeln heraus, die ich genüsslich aß. »Du kannst auf jeden Fall stolz auf dich sein. Und die eigentliche Gewinnerin bist sowieso du.«

Sie lächelte nur schüchtern und erwiderte nichts. Wir wechselten das Thema und schlenderten noch ein wenig zwischen den

Hütten hindurch. Mit zwei Tüten gebrannten Mandeln setzten wir uns schließlich auf eine etwas abseits gelegene beheizte Bank. Dort waren wir ungestört, dementsprechend privater wurden unsere Gespräche. Wir unterhielten uns über Emelies Leben in Deutschland, während ich sie in meinen Alltag einweihte.

»Die meisten denken, dass es cool sei, ein Prinz zu sein oder eine Prinzessin. Ich meine … nicht nur Disney gaukelt uns vor, wie märchenhaft und romantisch das Leben als Mitglied eines Königshauses sei. Alle sind sorgenfrei und glücklich, genießen sämtliche Privilegien und es gibt immer ein Happy End. Aber seien wir mal ehrlich: Ich bin zweiundzwanzig und wohne noch bei meinen Eltern. Und daran wird sich vielleicht nie etwas ändern. Auch wenn ich innerhalb des Palastes einen eigenen Wohnbereich habe, meinen Rückzugsort. Ich muss mich nach wie vor an familiäre Vorschriften halten, die zum Teil hundert Jahre oder länger bestehen. Es wird von mir erwartet, ein vorbestimmtes Leben zu führen, während ich meine persönlichen Wünsche und Träume zurückstellen muss. Oder soll …«

»Das klingt irgendwie … traurig«, meinte sie leise und sah mich dabei betrübt an.

»Danke!« Ich warf mir eine Handvoll Mandeln in den Mund und sprach kauend weiter. »Vielleicht bin ich auch einfach zu verblendet; womöglich würde ich abseits des ganzen royalen Zirkus auch nicht meinen Traum leben können, weil ich viel zu hart arbeiten müsste, um Geld zu verdienen. Vermutlich wäre ich so sehr damit beschäftigt, Monat für Monat über die Runden zu kommen, dass ich keinen Platz für meine Hunde hätte. Zumindest nicht für sechzehn. Im Palast muss ich mir dagegen ständig anhören, dass ich mir als Prinz eine angemessene Aufgabe suchen sollte.

Weil ich ein Vorbild bin, ernst genommen werden soll. Als wäre Hundezüchter und Musher kein überaus verantwortungsvoller Beruf …«

Betreten schaute sie mich an.

»Tut mir leid, ich sollte dich nicht damit nerven. Es ist nur … bei dir habe ich das Gefühl, dass ich dir alles anvertrauen kann. Dass du mich verstehst.«

»Du nervst mich überhaupt nicht. Und ja, ich kann absolut nachvollziehen, wie du dich fühlst. Meine Eltern haben auch ganz andere Vorstellungen von meinem Leben. Egal, wie oft ich ihnen schon bewiesen habe, wie viel mir an der Konditorei liegt und wie gut ich darin bin, sie sehen mich nach wie vor in unserer Bäckerei – die mein Bruder bereits übernommen hat. Es ist *sein* Traum, nicht meiner, aber das verstehen sie einfach nicht. Zumal die Backkunst viel mehr zu bieten hat als Brote und Brötchen. Mein Herz will mehr … warum soll ich dem Gefühl nicht folgen?«

»Tut mir leid, dass sie das nicht sehen. Dabei bin ich mir sicher, dass niemand so schöne und leckere Schneeflocken aus Zucker macht wie du.«

»Du Charmeur.« Schmunzelnd stieß sie mich in die Seite. »Erzähl mir noch etwas von dir.«

»Was meinst du? Was möchtest du wissen?«

Sie zuckte mit den Schultern. »Keine Ahnung. Vielleicht etwas, was nicht jeder von dir weiß.«

»Ah … ein schmutziges Geheimnis also!«

»Es muss nicht schmutzig sein. Ich zum Beispiel mag Tomaten nur auf Pizza. Oh, und ich kann keine Erdbeeren essen, auf die reagiere ich allergisch. Meine Zunge schwillt an und wenn ich Pech habe, bekomme ich sogar an den Händen einen Ausschlag, also überall dort, wo ihr Fruchtsaft hingelangt ist. Und ich hab als Kind mal eine Maus geklaut.«

»Geklaut?«

»Ja, eine meiner Freundinnen hatte eine unglaublich süße kleine Maus als Haustier. Weil ich auch eine haben wollte, habe ich sie kurzerhand in meine Jackentasche gesteckt und den Reißverschluss zugemacht. Sie hat sich total wohlgefühlt, aber meine Mama hat erst mal einen Schreikrampf bekommen, als ich sie zu Hause aus der Tasche geholt habe. Dabei hatte ich noch nicht mal meine Notlüge erzählt, dass ich sie auf dem Nachhauseweg gefunden hätte.« Sie schob sich eine gebrannte Mandel in den Mund.

Amüsiert schüttelte ich den Kopf. »Also wenn du als Kind mit der bloßen Hand eine Maus gefangen hättest, dann … Respekt.«

»Ja, oder? Das musst du erst mal toppen können.« Auffordernd zwinkerte sie mir zu.

»Na gut, also lass mich mal überlegen. Was sonst niemand von mir weiß … Ich mag Rosinen nur im Müsli.«

»Ah! Deshalb hast du die im Glögg nicht gegessen.«

»Genau. Oh, und ich stehe total auf Heavy Metal. Aber ich höre die Musik nur noch über Kopfhörer. Meine rebellische Phase in der Pubertät in Kombination mit meinem Musikgeschmack hat meinen Eltern viele Nerven gekostet. Zumindest wären sie beunruhigt, wenn ich meine Lieblingssongs nach wie vor so laut hören würde, dass die Palastwände wackeln.«

»Vielleicht unterschätzt du sie?«

Ich legte den Kopf schräg. »Hm, schon möglich … Aber besser, ich fordere das Glück nicht heraus.«

Emelie griff nach meiner Hand und drückte sie. Eine seltsam

vertraute Geste, die ich sehr genoss, sodass es mir leichtfiel, mich ihr weiter zu öffnen.

»Als Kind habe ich ganz oft geträumt, ich würde auf einem Wolf durch die Wälder reiten. Ich habe mich jedes Mal darüber gefreut und bin völlig euphorisch und gleichzeitig unglaublich traurig aufgewacht, wenn der Traum vorbei war. Das hatte bestimmt auch etwas mit meiner Husky-Liebe zu tun, die ich von klein auf mit meinem Großvater geteilt habe.«

»Also für mich wäre das ein Albtraum gewesen.« Sie lachte.

»Oder er hätte dir deine Angst vor Hunden genommen.«

Unschlüssig schaute sie mich an. »Ich weiß nicht …«

»Du warst gestern so mutig, Emelie. Wenn du in den Huskys sehen könntest, was ich sehe, würdest du deine Scheu vergessen.«

»Mag sein. Aber das Erlebte sitzt einfach zu tief. Warum ich das gestern zugelassen habe …« Sie stockte.

»Es war doch nicht schlimm, oder?«

»Na ja, ich habe einfach die ganze Zeit gehofft, dass ich mich auf dein Wort verlassen kann. Dass du einschreitest, bevor etwas passiert.«

»Und das, obwohl dich Saphira kurz davor noch angesprungen hat. Überleg mal, was du dir zugetraut hast.«

»Das klingt nicht logisch, hab ich recht?«, fragte sie vorsichtig.

»Nicht alles, was wir tun, muss logisch sein. Manchmal folgen wir unserem Bauchgefühl und manchmal unserem Herzen.« Ich schaute ihr tief in die Augen und genoss dieses Flattern, das sie in mir auslöste.

Mit einem Lächeln auf den Lippen beugte sie sich zu mir, bis sich unsere Nasenspitzen fast berührten. Ich sah auf ihren rosigen

Mund, kam ihr noch ein kleines Stück entgegen, weil ich sie so gern küssen wollte.

»Was, wenn ich jetzt meinem Bauchgefühl *und* meinem Herzen folgen möchte?«, fragte sie leise.

Ich spürte ihren Atem auf meiner Haut, fühlte das Kribbeln in mir, das Prickeln zwischen uns.

»Dann würde ich sagen, das ist eine verdammt gute Idee.«

KAPITEL 14

# Emelie

Mein Herz pochte so wild, dass ich fürchtete, Frederik könnte es hören. Seine Worte hallten in mir nach und als ich meine Augen schloss, spürte ich seine Hand an meiner Wange. Leise seufzte ich auf, dann überwand ich mutig das letzte Stück.

Sanft trafen meine Lippen auf seine, die warm und weich waren. Als er sie öffnete, schmeckte ich den Glögg und … schmolz dahin. Zart stupste seine Zunge gegen meine und ich öffnete meinen Mund, um sie einzulassen.

Eine Glückswelle durchströmte mich, während Frederik mich hielt und wir uns küssten. Hitze wärmte mich von innen und nur leise drang das Glockenspiel zu mir durch, das auf der anderen Seite des Marktplatzes eingesetzt hatte.

Frederik küsste unglaublich gut und am liebsten hätte ich gar nicht mehr damit aufgehört. Doch ich bemerkte auch das Geraune und Gemurmel, das um uns herum zunahm – bis sich Frederik langsam von mir löste.

»Wir sollten zurück zum Palast«, raunte er an meinen Lippen.

Ich nickte langsam, obwohl ich zu gern noch hiergeblieben wäre. Keine Ahnung, ob er wirklich erkannt worden war oder die steigende Unruhe einen anderen Grund gehabt hatte. So oder so wollte ich morgen nicht das Stadtgespräch von Fjarora sein – und auch Frederiks Wunsch nach Privatsphäre konnte ich voll und ganz nachvollziehen. Also standen wir auf und gingen Hand in Hand den Weg zurück zum Palast, den wir gekommen waren.

»Stimmt es, was man sich erzählt?« Madita schaute mich erwartungsvoll an, als wir am Montag gemeinsam unsere Mittagspause verbrachten. Es war bereits halb drei, als wir im Speisesaal saßen, in dem alle Palastangestellten essen konnten. Deshalb hatte sich der Trubel hier bereits gelegt und nur wenige Tische waren besetzt.

»Was meinst du?«

Sie beugte sich zu mir, auch wenn niemand in unmittelbarer Nähe war, und raunte: »Dass du ein Date mit dem Prinzen hattest.«

Mist, man hatte uns also wirklich erkannt ... Sofort fragte ich mich, ob man uns nur zusammen gesehen oder auch beim Küssen beobachtet hatte.

»Aaah, ich war nur mit jemandem unterwegs, der dem Prinzen ähnlich sieht. Das hört er öfter«, nahm ich Frederiks Ausrede auf und machte eine wegwerfende Handbewegung, während Hitze in mir hochstieg und ich merkte, wie sich mein Puls beschleunigte.

Madita musterte mich einen Augenblick aus zusammengekniffenen Augen, eine aufgespießte Kartoffel vor ihrem Mund. »Du verarschst mich, oder?«

Ich presste die Lippen aufeinander, konnte mir jedoch das Grinsen nicht verkneifen.

»O Gott!«, flüsterte sie. »Ich wusste es! Ich wusste, dass das Gerücht stimmt. Und wie ist er? Wie habt ihr euch kennengelernt? Hier im Palast, nehme ich an?«

»Er ist ein Mensch wie jeder andere auch. Und nein, wir sind uns nicht hier begegnet.« Ich erzählte ihr von meinem kleinen Unfall auf der Fahrt vom Flughafen. »Behalte das aber bitte für dich. Ich möchte genauso wenig im Rampenlicht stehen wie er. Mal davon abgesehen, dass ich gar nicht weiß, wo uns das alles hinführt. Ich meine, ich mag ihn und er mich ebenfalls, aber …«

»Du willst nicht enttäuscht sein, sollte es sich in eine lockere Freundschaft oder so entwickeln, ich verstehe schon. Das würde mir genauso gehen. Und selbstverständlich bleibt es mein Geheimnis. Von mir erfährt niemand etwas.«

»Danke.«

»Gott, das ist alles so aufregend. Ich meine, er ist der Prinz! Stell dir mal vor, zwischen euch beiden entwickelt sich etwas Ernstes. Dann wirst du Teil der Königsfamilie. Also … zumindest wirst du überall dabei sein und …«

»Madita, darum geht es mir nicht. Und so sehe ich das auch nicht. Ich weiß nicht einmal, ob ich das will, weißt du? Ich meine, ich mag Frederik, den *Menschen*, mit all seiner positiven und euphorischen Art. Ich mag es, wenn er nachdenklich ist und er mir seine Sorgen anvertraut. Und ich mag seine Abenteuerlust. Dabei geht es nicht um seine Funktion als Mitglied der königlichen Familie.«

Sie schaute mich an, als ob ich nicht ganz dicht wäre. »Aber das kannst du doch nicht einfach ausblenden. Und es hat auch eine

Menge Vorteile. Ich meine, träumt nicht jedes Mädchen von ihrem Prinzen? Das war bei dir sicher nicht anders, oder?«

Ich zuckte mit den Schultern. »Kann sein, dass ich mir als Kind einmal vorgestellt habe, einem Prinzen auf seinem Schimmel zu begegnen. Aber ich wollte auch mal Meerjungfrau werden, verstehst du? Das sind Träume, die du als Kind hast, bis dir klar wird, dass die Realität völlig anders aussieht, als du es dir in jungen Jahren vorgestellt hast.«

»Also wenn du ihn nicht willst, finden sich bestimmt genug Freiwillige, die für dich einspringen.« Sie grinste verschmitzt und zeigte auf sich.

»Du hörst mir nicht zu, Madita.«

Sie seufzte. »Doch, du magst ihn so, wie er ist. Ohne den ganzen royalen Kram. Wobei für mich gerade das reizvoll an der Sache wäre.«

Schmunzelnd schüttelte ich den Kopf. »Wie du meinst.«

»Darüber kann man vermutlich ewig diskutieren. Übrigens, völlig anderes Thema: Arbeite lieber nicht noch mal am Wochenende, wenn wir frei haben. Sonst kommt Ove noch auf die Idee, dass wir mitmachen könnten. Und ehrlich, ich hätte kein Problem damit, aber Krister, Lilian und Caja brauchen ihre Freizeit. Wenn du sie ihnen nimmst, könnte es unangenehm werden.«

»Sorry, ich wollte nur vorankommen und ein bisschen üben, aber niemandem auf den Schlips treten.«

»Alles gut, keiner ist dir böse, im Gegenteil. Ich wollte nur sagen, dass du deine freien Tage auch als solche genießen solltest. Verbring die Zeit lieber mit dem Prinzen.« Sie zwinkerte mir zu. »Wir könnten auch etwas zusammen unternehmen oder wir festigen dein Wissen über das Königshaus inklusive der Verhaltensregeln. Die brauchst du ja jetzt umso mehr.«

»Ja, das sollten wir unbedingt machen, ich will mich auf keinen Fall blamieren.« Wenn ich nur daran dachte, wie nervös ich gewesen war, als mir plötzlich die Königin in der Konditorei gegenübergestanden hatte, wurde mir schon wieder übel.

»Dann machen wir das doch bei der nächsten Gelegenheit. Wann hast du diese Woche deinen freien Tag?«

»Donnerstag, und du?«

»Mittwoch. Ich könnte zu dir kommen, wenn du mit der Arbeit fertig bist.«

»Das klingt nach einem guten Plan«, sagte ich und war richtiggehend erleichtert, dass sie mir ihre Hilfe anbot.

War es am Montagvormittag noch halbwegs ruhig gewesen, bekam ich in den darauffolgenden Tagen einen Vorgeschmack auf das, was mich in den nächsten Wochen erwarten würde. Auf der Arbeit war es unfassbar stressig und meine Kollegen fragten mich zur Backshow aus, nachdem die erste Folge ausgestrahlt worden war. Sie waren beeindruckt von den Muffins mit dem Kern aus karamelisierten Erdbeerstückchen und dem Maracujatopping, die mich eine Runde weiter gebracht hatten.

Als am Mittwochabend Madita zu mir kam, war ich trotzdem froh, dass sie sich Zeit nahm, mir alles in Ruhe zu erklären. Wir saßen im Wohnzimmer, ein Feuer prasselte im Kamin. Ich hatte uns Tee gekocht und Madita hatte eine kleine Dose Kekse mitgebracht, die ihre Oma gebacken hatte. Kurz plauderten wir über die Show – sie lag mit ihrer Bewertung mancher Teilnehmer gar nicht so daneben –, aber natürlich durfte ich ihr nichts über den weiteren Verlauf verraten. Damit ich mich nicht doch noch aus Versehen verplapperte, weil sie immer tiefer nachbohrte, lenkte ich das Gespräch auf den eigentlichen Grund ihres Besuchs.

»Wieso kennst du dich eigentlich mit den ganzen Umgangsformen so gut aus? Also schon klar, du arbeitest für die Königsfamilie, aber du läufst ihnen ja nicht ständig über den Weg. Und dass du so gut über ihre Geschichte Bescheid weißt, ist wirklich … beeindruckend.«

»Meine *mamma* ist Friseurin, was bedeutet, dass sie den neuesten Klatsch und Tratsch nicht nur aus erster Hand erfährt, sondern in ihren Pausen auch die ganzen Frauenzeitschriften liest. Und zu Hause erzählt sie mir immer, was sie erfahren und gelesen hat. Tja, vielleicht liegt es an ihrer Passion für die Königsfamilie, dass ich mich ebenso dafür interessiere.«

»Auf jeden Fall bin ich dir wahnsinnig dankbar, da ich mich noch nie mit diesen Themen beschäftigt habe.«

Sie legte eine Hand auf meinen Oberschenkel. »Keine Sorge, du machst das schon. Ich bringe dir alles bei, was du wissen musst.«

Tatsächlich war das weit mehr, als ich erwartet hatte. Angefangen von den Mitgliedern der königlichen Familie über deren Aufgaben, Vorlieben und natürlich Skandale der letzten Jahre bis hin zur Geschichte Fjaroras erzählte sie mir alles. Nach nur fünf Minuten hatte ich mir Block und Stift geholt und das Wichtigste mitgeschrieben. Ich fühlte mich wie in der Schule im Geschichtsunterricht und war froh, als sie endlich beschloss, mich nicht länger mit Fakten und Zahlen zu quälen, sondern mit den royalen Verhaltensregeln.

Wir spielten mehrere Szenarien durch, von der Begrüßung bis zur allgemeinen Unterhaltung. Auch hier machte ich mir Notizen, während Madita in die Rollen der königlichen Familienmitglieder schlüpfte, mich testete und korrigierte, wenn ich einen Fehler beging.

Als sie sich kurz vor Mitternacht von mir verabschiedete, rauchte mir der Kopf. Hoffentlich würden die ganzen neuen Informationen auch hängen bleiben.

Ich begleitete Madita zur Tür. »Danke für alles. Wenn ich mich irgendwie revanchieren kann, lass es mich wissen.«

»Also … sollte das mit dir und Prinz Frederik tatsächlich etwas Ernsteres werden, würdest du meiner *mamma* eine riesige Freude bereiten, wenn ihr sie mal in ihrem Laden besucht. Ich denke, damit würde ihr größter Traum in Erfüllung gehen.«

Schmunzelnd nickte ich. »Mal sehen, was ich machen kann.«

Am nächsten Tag wollte ich ausschlafen, aber natürlich war ich um sieben Uhr wach – vermutlich, weil ich in den Tagen zuvor immer so früh aufgestanden war. Dabei hatte ich gehofft, mindestens bis neun im Land der Träume zu bleiben. Weil ich nun jedoch so zeitig munter war, konnte ich den freien Tag auch sinnvoll nutzen und mich endlich auf die Spur meiner Familie begeben. Doch vorher rief ich zu Hause an. Mir lag noch immer im Magen, dass meine Eltern mich nicht verstanden. Ich wünschte mir so sehr, dass sie begriffen, wie wichtig mir dieser Traum war und dass ich mich nicht davon abbringen ließ.

Dennoch klopfte mir das Herz bis zum Hals, als ich die Nummer der Bäckerei wählte, denn ich wusste, dass ich Mama, Papa und Philipp um diese Uhrzeit nur dort erreichen würde.

Tatsächlich ging mein Bruder ans Telefon, was mich etwas beruhigte. Mit ihm konnte ich reden.

»Hey, Philipp, wie geht es dir?«

»Emelie?«

»Ja!« Ich lachte. So lange lag es nun auch nicht zurück, seit wir uns zuletzt gesprochen hatten.

Es rauschte, als würde er sich das Telefon an die Brust halten. »Hey, Emelie ist dran!«, drang dumpf seine Stimme zu mir durch, bevor er sich wieder an mich wandte. »Alles klar da oben im Norden? Wie geht es dir?«

»Großartig, danke. Heute ist mein freier Tag und ich wollte gleich in die Stadt. Sind Mama und Papa auch da?«

»Sie stehen neben mir, willst du mit ihnen reden? Ach, warte, ich mach einfach den Lautsprecher an.«

»Emelie, wie geht es dir?« Mama klang besorgt und froh zugleich, mich zu hören.

»Gut, und euch?«

»Ganz gut, aber … Wir vermissen dich.« Ihre Stimme bebte leicht.

Sofort hatte ich einen Kloß im Hals. »Ich euch auch.«

»Dein Platz hier ist dir jederzeit sicher«, sagte Papa mit festem Ton und sorgte dafür, dass meine Rührung verflog.

»Das ist wirklich lieb, danke, aber ich fühle mich hier sehr wohl. Meine Arbeit macht unglaublich viel Spaß. Bald findet der Winterball im Palast statt, den die königliche Familie jährlich veranstaltet, und dafür bereiten wir ein gigantisches Dessertbüfett vor.«

»Wenn sie noch ein paar Semmeln brauchen, sollen sie sich bei mir melden. Das kannst du gern ausrichten.« Papas Stimme klang tief und ich war mir sicher, dass er es vollkommen ernst meinte.

»Danke, aber ich fürchte, mit Semmeln kommst du hier nicht weit.«

»Gut, dass du nicht mehr dort wohnst, Erika. Ich meine, was ist das für ein Land, in dem man keine Semmeln liebt?« Ich hörte ihn schnauben, kurz darauf klang es, als würde er sich um Kundschaft kümmern.

»Hör nicht auf ihn, Liebes. Aber ... du kommst nach dem Praktikum wieder zurück, nicht wahr?«

»Ich weiß es noch nicht, Mama. Gerade gefällt es mir sehr gut und ... Es ist wirklich noch zu früh, etwas dazu zu sagen.«

»Wir schaffen das hier schon ohne dich«, rief Philipp dazwischen und sorgte damit für ein Lächeln auf meinen Lippen.

»Ich verstehe, dass das alles aufregend für dich ist. Und sicher ist es eine große Chance, selbst wenn ich weiterhin deinen Vater in der Meinung unterstütze, dass hier deine Familie ist und du bei uns sein solltest. *Hier* ist dein Zuhause.«

»Und *hier* war einmal *dein* Zuhause, Mama. Ein Teil deiner und damit auch meiner Familie lebt immer noch in Fjarora.« Nervös setzte ich mich auf einen der Stühle in der Küche, weil meine Knie weich wurden. »Und ich möchte sie kennenlernen.«

Philipp stöhnte auf – bestimmt war er der Meinung, dass ich gerade einen Fehler machte.

»Ich habe Fjarora nicht ohne Grund verlassen, Emelie. Das weißt du. Schade, dass du das nicht respektieren kannst. Ich dachte, du hättest das verstanden und akzeptierst meine Einstellung dazu.«

Tränen stiegen mir in die Augen. »Natürlich respektiere und akzeptiere ich das. Aber es ist deine Entscheidung. Ich kenne ja nicht einmal den Grund dafür. Wieso darf ich meine Familie nicht trotzdem kennenlernen? Nichts über meine Wurzeln erfahren? Sag mir, was damals geschehen ist, damit ich dich verstehen und dein Handeln endlich nachvollziehen kann!«

»Sie hört dich nicht mehr«, sagte Philipp leise. Seine Stimme klang entschuldigend und mitfühlend. »Hör zu, lass das Thema einfach, okay? Die Situation hier ist sowieso reichlich angespannt, weil sie nicht verstehen wollen, dass du nicht in das Familienunternehmen einsteigen, sondern *auf Biegen und Brechen deinen Kopf durchsetzen willst*, wie Papa so schön sagt.«

Ich hielt ein Schluchzen zurück und wischte mir mit einer Hand über die feuchten Wangen. »Kannst du mir nicht helfen und herausfinden, was damals mit Opa und unserem Onkel vorgefallen ist?«

»Tut mir leid, Emelie, ich will mich da nicht einmischen. Aber du bist vor Ort, also … findest du bestimmt einen Weg. Hör zu, ich muss wieder an die Arbeit, okay? Melde dich doch mal abends, da habe ich mehr Zeit.«

Traurig verabschiedete ich mich von ihm.

Das war alles so unfair! Wieso waren meine Eltern so verbohrt, was gewisse Themen betraf? Und nicht einmal auf Philipp war Verlass …

Aber ich beschloss, mich nicht unterkriegen zu lassen. Ich suchte den Zettel mit den fünf Adressen, die ich unter dem Namen Kalle Norberg gefunden hatte, und machte mich nach einem kurzen Frühstück auf den Weg.

Als ich das erste Haus erreichte, wo ich vor einer Weile schon einmal geklingelt hatte, öffnete mir erneut niemand. Vielleicht lag es an der Uhrzeit, denn es sah hier nicht verlassen aus, im Gegenteil. Der Weg zur Haustür war geräumt und das Garagentor stand offen.

»Suchst du jemanden?« Ein alter Mann stand vor der Einfahrt gegenüber und richtete seine Brille auf der Nase.

»Ja, ähm … ich bin auf der Suche nach Kalle Norberg. Wohnt der hier?«

»Der Kalle … Ja, der ist hier zu Hause, aber er ist auf der Arbeit.«

Arbeit? Also mein Opa war ganz sicher zu alt, um zu arbeiten.

»Ach so, dann bin ich hier vielleicht doch falsch. Der Kalle Norberg, den ich suche, ist mein Opa.«

Der alte Mann lachte. »So alt ist Kalle nicht, nein. Du könntest es aber mal drüben hinter dem Bahnhof versuchen. Oder warte … da gibt es noch einen, der so heißt. Aber ob der alt genug ist, um dein Opa zu sein? Wie alt bist du?«

»Einundzwanzig.«

Er nahm seine Mütze ab und kratzte sich auf dem Kopf. »Nee, der ist zu jung.«

»Also soll ich die Adresse hinter dem Bahnhof streichen?«

»Nein, dort kannst du es versuchen. Ich meinte den anderen, der mir noch eingefallen war.«

»Vielen Dank!« Das war wenigstens etwas.

Der Mann winkte zum Abschied und ich beschloss, gleich das Haus hinter dem Bahnhof aufzusuchen, denn diesen Anhaltspunkt wollte ich nutzen.

Den Weg dorthin hatte ich jedoch unterschätzt. Das Navi auf meinem Handy hatte angezeigt, dass es nur fünfundzwanzig Minuten zu Fuß seien, doch kurz vor meinem Ziel war eine Brücke gesperrt, weshalb ich einen Umweg nehmen musste, der mich erneut knapp zwanzig Minuten kostete.

Mir war kalt und ich spürte meine Zehen nicht mehr, als ich

endlich an der Adresse ankam. Wenigstens hatte ich Glück und mir wurde die Tür geöffnet, als ich anklopfte. Eine ältere Frau stand mir gegenüber, mit weißblonden Haaren, die sie am Hinterkopf zusammengebunden hatte. Sie trug eine Schürze und mir wehte ein herrlicher Duft entgegen.

»Guten Tag, wohnt hier Kalle Norberg?«

»Ja, Moment. Kalle!«, rief sie über ihre Schulter. »Da ist jemand für dich an der Tür! Und wer bist du?«

»Nun, ähm … also sollte ich den richtigen Kalle Norberg gefunden haben, bin ich seine Enkeltochter. Emelie Hoffmann aus Deutschland.«

Die Frau musterte mich aus zusammengekniffenen Augen. »Ich fürchte, da bist du an der falschen Adresse, aber wer weiß das schon so genau bei meinem Kalle …«

In dem Moment trat ein älterer Herr an ihre Seite. »Ja bitte?«

»Das ist Elsa aus Deutschland.«

»Emelie«, korrigierte ich sie. »Und ich bin auf der Suche nach meinem Großvater, Kalle Norberg, den Mann von Lene Norberg.« Ich schielte zu der Frau, deren Stirn in Falten lag.

»Tut mir leid, aber der bin ich nicht.« Er legte seinen Arm um die Frau neben ihm und meine Hoffnung sank.

Kurz hatte ich vermutet – gehofft –, dass Opa eine neue Freundin hatte. Selbst wenn es mich schwer getroffen hätte, wie schnell er meine Omi ersetzt hatte. Auch wenn mich das nichts anging, wäre es eine Situation gewesen, mit der ich erst hätte zurechtkommen müssen.

»Aber ich glaube, ich weiß, wen du meinst«, fuhr er schließlich fort und hatte erneut meine Aufmerksamkeit.

»Ja?«

Er nickte. »Wenn deine Oma gehörlos war, habe ich deinen Opa gekannt. Also flüchtig.«

»Ah, Lene Norberg! Jetzt weiß ich, wen du meinst.« Erkenntnis blitzte in den Augen der Frau auf und … Mitleid?

»Wo kann ich ihn finden? Ich habe fünf Adressen im Internet gefunden, die …«

»Tut mir leid, aber die Adressen werden dir nichts nützen.« Nun schaute mich auch der Mann betrübt an. »Der Kalle Norberg, den ich meine, ist vor gut zwei Monaten gestorben.«

Mein Herz setzte einen Schlag aus. »Gestorben?«, wiederholte ich ungläubig.

Er nickte. »Mein Beileid. Soweit ich weiß, hatten die beiden jedoch einen Sohn. Holger?«

Die Frau stimmte ihm zu. »Ja, ich glaube, so heißt er. Aber er wohnt nicht mehr hier, er ist vor ein paar Jahren nach Schweden ausgewandert.«

»Göteborg, soweit ich weiß. Er ist Autor.«

»Journalist«, korrigierte die Frau ihren Mann.

»Okay, danke. Sie haben mir trotzdem sehr geholfen.«

Die beiden wünschten mir alles Gute für meine Suche und verabschiedeten sich von mir.

Auf dem Weg zurück zum Palast war mein Kopf voller Trauer um meinen Opa, den ich nie kennenlernen durfte, und voller Hoffnung, dass ich zumindest meinen Onkel finden würde, der mir eventuell mehr erzählen konnte – über meine Omi, meinen Opa und die ganze verrückte Situation, die dazu beigetragen hatte, dass meine Mama sich bereits so lange von Fjarora und ihrer Familie fernhielt. Vor allem hatte ich keine Ahnung, wie ich mit meiner Mama darüber reden sollte, dass ihr Vater gestorben war. Wusste sie davon und hatte es nur nicht erwähnt oder wäre sie genauso überrascht wie ich von dieser Neuigkeit? Würde sie ihn trotzdem verfluchen oder wäre sie traurig, weil sie nun keine Gelegenheit mehr hatte, sich vor seinem Tod mit ihm auszusöhnen?

Als ich eine halbe Ewigkeit später endlich wieder im Kutscherhaus war und meine Zehen vor dem offenen Kamin wärmte, fasste ich den Entschluss, dass sie es von mir erfahren *musste*. Trotzdem war ich nervös, als ich ihre Nummer wählte und darauf wartete, dass sie meinen Anruf entgegennahm.

»Emelie?« Sie klang noch immer leicht eingeschnappt, als sie sich meldete.

»Mama? Bist du mir noch böse wegen heute Morgen?«, tastete ich mich erst einmal vorsichtig heran.

»Nein, alles gut. Aber ich möchte dieses Thema nicht mehr …«

»Opa ist gestorben.« Okay, das mit der Feinfühligkeit sollte ich wohl noch üben. Allerdings musste ich sie unterbrechen, weil ich nicht erneut einen Streit darüber losbrechen wollte, ob es nun in ihrem Sinn lag, mit mir über ihre Familie zu sprechen oder nicht.

»Was?« Sie wirkte tatsächlich geschockt. Vermutlich wusste sie also wirklich nichts von seinem Tod.

»Ja. Ich war heute bei einem anderen Kalle Norberg, der Opa flüchtig kannte. Er hat mir gesagt, dass er vor gut zwei Monaten gestorben ist.«

Ich lauschte dem Schweigen am anderen Ende und meine Sicht verschwamm.

Mist, ich hätte es ihr behutsamer sagen müssen, hätte sie langsam darauf vorbereiten sollen. Ich konnte ihr nicht mal ins Gesicht sehen oder sie in den Arm nehmen – in einem Moment, in dem sie jemanden an ihrer Seite gebraucht hätte.

»Tut mir leid«, flüsterte ich ins Telefon. *Es tut mir leid, dass er gestorben ist und du ihn nicht mehr treffen konntest. Dass du keine Chance mehr hattest, all die Dinge aus der Welt zu schaffen, die zwischen euch standen. Es tut mir leid, dass ich es dir einfach so gesagt habe, so unsensibel und … egoistisch.*

Ihr Schniefen sorgte dafür, dass mein Herz noch schwerer wurde.

Verdammt …

»Das müssen wohl die Briefe und Anrufe gewesen sein, die mich aus Fjarora und Schweden erreicht hatten …«, murmelte sie so leise, dass ich mir nicht sicher war, ob ich sie richtig verstanden hatte. »Nun … Danke für die Information«, sagte sie schließlich lauter, doch sie konnte nicht verbergen, dass ihre Stimme zitterte. Dennoch klang sie überraschend gefasst.

Danke für die Information? Das war alles?

»Mama, ist alles okay? Kann ich … Ist Papa in der Nähe oder soll ich ihn anrufen?«

»Nein, schon gut. Ich muss jetzt auflegen.«

»Mama, warte!«

Doch sie hatte das Gespräch bereits beendet.

Schwer seufzend schaute ich eine Weile auf das schwarze Display. Dann beschloss ich, Philipp anzurufen.

»Ich bin noch auf der Arbeit, ist es dringend?« Mein Bruder klang gestresst und ich hörte im Hintergrund das geschäftige Treiben in der Bäckerei.

»Opa ist tot.« In wenigen Worten erzählte ich ihm von meinem Besuch bei dem falschen Kalle Norberg, was ich von ihm erfahren hatte und von dem Telefonat mit Mama. »Mein Anruf bei ihr war total unsensibel, aber ich hatte gehofft, dass wir darüber reden würden. Ich konnte ja nicht wissen, dass sie so reagieren würde.«

Philipp seufzte. »Vermutlich hätte ich es genauso gemacht wie du, Emelie, also mach dir kein schlechtes Gewissen. Ich sag es Papa und kümmere mich darum, dass jemand für sie da ist.«

»Glaubst du, sie ist sehr traurig?«

»Keine Ahnung, ehrlich. Innerlich vielleicht, doch womöglich wird sie uns ihre wahren Gefühle nicht zeigen. Ich weiß es echt nicht, aber … ich muss leider aufhören, ich werde hier gebraucht.«

»Schon gut. Danke fürs Zuhören und dafür, dass du ein Auge auf Mama hast.«

Wir verabschiedeten uns.

Mein Herz war nach wie vor schwer und ich trauerte weiter um den Verlust eines Menschen, den ich nie kennengelernt hatte.

Kurz entschlossen rief ich Stefanie an und hoffte, dass sie Zeit für ein Telefonat hatte. Als sie ranging, war ich unglaublich erleichtert, ihre Stimme zu hören. Ich erzählte ihr, was heute alles vorgefallen war, und fühlte mich danach befreit, aber auch unglaublich müde und ausgelaugt.

»Ach, Süße, es tut mir so leid mit deinem Opa. Ich hätte dir wirklich gewünscht, ihn kennenlernen zu dürfen. Aber mach dir wegen deiner Mama keine Vorwürfe. Es ist ja nicht so, dass du nie nach deiner – eurer – Familie gefragt hättest. Im Gegenteil, du hast es immer wieder versucht, und gerade jetzt, wo du das erste Mal in Fjarora bist, muss sie damit rechnen, dass du Kontakt zu Verwandten suchst. Dass es so ein Ende nehmen musste, konntest du ja nicht wissen – und wenn sie sich nicht so sehr gegen jegliche Verbindung wehren würde, hätte sie die traurige Nachricht nicht durch dich am Telefon erfahren müssen.«

Schwer seufzend knibbelte ich an der Daumennagelhaut. »Trotzdem war es unsensibel von mir, sie auf diese Weise mit den Tatsachen zu konfrontieren.«

»Du hast genauso einen Opa verloren wie sie ihren Vater. Sie hat ihre ganze restliche Familie, die sie in die Arme nehmen kann. Und wen hast du?«

Kurz dachte ich an Frederik, aber ihn würde ich nicht damit belasten wollen. Nicht jetzt, nicht heute.

»Niemanden!«, beantwortete sie an meiner Stelle ihre Frage. »Also hör auf mit dem schlechten Gewissen und fühl dich ganz fest von mir gedrückt, hörst du? Und wenn du jemanden zum Reden brauchst, ich bin für dich da. Fast immer.«

»Danke, das weiß ich zu schätzen.« Ich schmatzte ihr einen Kuss durchs Telefon, ehe ich ihr von meinem Date mit Frederik erzählte. Unsere Laune stieg an und sie freute sich mit mir, auch wenn ich ihr ganz klar sagte, dass ich keinerlei Erwartungen hatte und alles auf mich zukommen lassen wollte.

Als wir aufgelegt hatten, genoss ich den schönen Nachhall des Telefonats mit meiner Freundin. Doch dann rappelte ich mich hoch, um im Internet nach dem Journalisten Holger Norberg aus Göteborg zu suchen. Er war wahrscheinlich der Einzige, den ich noch zu diesem ganzen Familiendrama befragen konnte. Und tatsächlich wurde ich schnell fündig. Ich fand sogar Fotos von ihm, auf denen er eine gewisse Ähnlichkeit mit meiner Mama hatte. Das bildete ich mir zumindest ein. Er hatte kurze helle Haare und trug eine schwarze Brille mit dicken Rändern. Als ich ein aktuelles Foto anklickte, wurde ich auf eine Seite geleitet, die ihn als Journalisten vorstellte. Es dauerte nicht lange, bis ich eine Kontaktmöglichkeit gefunden hatte. Kurz entschlossen schrieb ich ihm eine E-Mail.

*Hallo Holger,*

*mein Name ist Emelie Hoffmann und ich bin die Tochter deiner Schwester Erika. Seit Kurzem arbeite ich in Fjarora und habe nun erfahren, dass du in Göteborg lebst. Vielleicht hast du Zeit und Lust, dich mit mir zu treffen? Ich würde dich gern kennenlernen, auch, weil ich mehr über meine Familie und über meine Wurzeln hier herausfinden möchte.*

*Viele Grüße*
*deine Nichte Emelie*

## KAPITEL 15
# Emelie

»Ove, darf ich mir Emelie für einen Augenblick ausleihen?« Eine Frauenstimme hinter mir sorgte dafür, dass ich in meiner Arbeit innehielt und mit dem Kneten der Zuckermasse stoppte.

»Eure Majestät, selbstverständlich.« Oves Antwort jagte meinen Puls in die Höhe und ich wirbelte herum.

Tatsächlich stand die Königin in der Konditorei und kam nun direkt auf mich zu. Aus dem Augenwinkel sah ich, dass sich Krister neben mir verbeugte, als ich auch endlich reagierte, das von Madita eingetrichterte Wissen abrief und einen Knicks machte.

»Wenn du mir bitte folgen würdest …« Die Königin deutete auf die Tür und ich verließ hinter ihr – und unter Beobachtung der anderen – die Konditorei.

Mein Herz raste und ich grübelte darüber nach, was der Grund für ihr Auftauchen sein könnte. Hatte sie von Frederik und mir gehört und wollte, dass wir uns nicht mehr sahen? Oder würde sie mich bitten, zukünftig auch Finnja mit Eure Königliche Hoheit anzusprechen? Doch dafür würde sie bestimmt nicht persönlich zu mir kommen, oder?

»Danke, dass du dir kurz Zeit nimmst. Ich weiß, ihr seid äußerst beschäftigt mit den Vorbereitungen für den Winterball, aber … darum geht es gerade nicht. Morgen feiert Finnja eine kleine Übernachtungsparty, zu der sie ein paar ihrer Freundinnen geladen hat. Sie hat sich gewünscht, dass du mit den jungen Damen backst.«

Überrumpelt schaute ich sie an. Mit so einer Bitte hätte ich nie gerechnet. »Selbstverständlich, Eure Majestät, das mache ich sehr gern«, antwortete ich, nachdem ich mich gefangen hatte. »Ich freue mich darauf.«

Die Königin nickte. »Gut. Ich schicke jemanden zu dir, der dich mit allen nötigen Informationen versorgt. Beginn, Anzahl der Gäste und so weiter. Und nun will ich dich gar nicht länger aufhalten.«

Sie wünschte mir noch einen schönen Tag und ich vergaß zum Glück nicht, erneut einen höflichen Knicks zu machen, bevor sie ging.

Zurück in der Konditorei fielen Madita und die anderen neugierig über mich her und quetschten mich aus, was die Königin von mir gewollt hatte.

Als ich es ihnen erzählte, lachte Krister. »Okay, kurz war ich neidisch, aber jetzt will ich doch nicht mehr mit dir tauschen.«

»Weißt du denn, dass Prinzessin Finnja gehörlos ist?«, wollte Lilian wissen.

Ich nickte. »Das ist kein Problem, ich beherrsche die Gebärdensprache. Wir haben uns auch schon kennengelernt.« In wenigen Worten erzählte ich von letztem Sonntag, als ich mit Finnja Schneesterne und Blumen geformt hatte, nicht ohne Madita einen Blick zuzuwerfen.

Doch die anderen schienen darüber nicht verärgert zu sein und meine Anspannung ließ nach, als Caja leise lachte, bevor sie schließlich mit dem Verzieren der Pralinen mit dunkler Schokolade begann. »Da siehst du mal, was du dir damit eingebrockt hast.«

»Hör nicht auf sie, da spricht der pure Neid. Im Grunde wollen sie doch alle mit dir tauschen«, meinte Ove schmunzelnd.

Krister schnaubte und Caja verdrehte die Augen, doch etwas in mir brachte mich dennoch dazu, ihm zu glauben.

Als ich am Abend endlich zu Hause war, schrieb ich Frederik eine Nachricht. Ich hätte zwar lieber seine Stimme gehört, aber ich hatte keine Ahnung, ob er telefonieren wollte oder konnte – oder ob es mir überhaupt erlaubt war, einfach seine Nummer zu wählen.

> Hej, wie geht es dir? Hoffentlich hattest du einen schönen Tag. Ich fürchte, ich muss dir für morgen Abend absagen, mir ist etwas dazwischengekommen. Emily

Wir hatten uns verabredet, am Samstagabend etwas gemeinsam zu unternehmen, doch das musste ich jetzt leider verschieben.

Ich ging in die Küche, um mir ein paar Scheiben Brot mit Schinken und Käse zu belegen, als mir eine eingehende Nachricht angekündigt wurde.

Hej, Emelie. Bis jetzt war mein Tag ganz okay. Aber was ist los? Ich hoffe, nichts Schlimmes?

Dass er sich sorgte, rührte mich.

Nein, alles gut. Aber heute war deine Mutter bei mir auf der Arbeit und hat mich gebeten, mit deiner kleinen Schwester und ihren Freundinnen auf der Übernachtungsparty zu backen.

Keine Minute später klingelte mein Telefon.

»Du hast dich also zur Strafarbeit überreden lassen?«, fragte Frederik, aber aus seiner Stimme konnte ich heraushören, dass er es nicht ernst meinte.

»Hm, ja. Eine Horde kleiner Mädchen in der Konditorei, die alles in ein Schlachtfeld verwandeln … Ich freue mich darauf.«

Er lachte. »Du bist bestimmt die Richtige für den Job.«

»Hoffentlich. Sonst lande ich womöglich doch noch im Kerker.«

»Keine Sorge, für dich würde ich ein gutes Wort einlegen«, witzelte er.

»Hey, ich verlasse mich auf dich!« Mein Herz machte einen Hüpfer. Es fühlte sich einfach gut an, mit ihm herumzualbern. Ich war mit ihm auf einer Wellenlänge.

»Ich wollte eben zum Rudel schauen. Hast du Lust, mich zu begleiten?«, fragte er unvermittelt.

»Ich weiß nicht …«

»Komm mit! Du musst nicht mit reinkommen, aber auf diese Weise würden wir uns kurz sehen.«

Das war natürlich ein sehr gutes Argument. »Okay, ich esse noch eine Kleinigkeit, dann ziehe ich mich an.«

»Sicher, lass dir Zeit. Ich hole dich ab, dann musst du nicht allein im Dunkeln raus.«

Wieder so eine Sache, die ich von meinen Ex-Freunden nicht kannte. Sie hätten sich mit mir vor Ort getroffen, ganz egal, wie finster es war und wie unwohl ich mich auf dem Weg dorthin fühlen könnte.

Keine fünfzehn Minuten später klopfte es an der Tür. Ich trug bereits meine Stiefel und öffnete Frederik, meinen Arm im Mantel, den ich gerade überziehen wollte.

»Hej.« Er strahlte mich an und half mir, mich fertig anzuziehen. »Bist du bereit?«

Geräuschvoll atmete ich durch. »Ja, gehen wir.«

Schmunzelnd nahm er meine Hand. »Du musst keine Angst haben, versprochen. Wenn es dir zu viel wird, sagst du einfach Bescheid, okay?«

Ich nickte knapp. Trotzdem ließ meine Aufregung nicht nach.

Frederik schien es zu merken, denn er sah mir fragend und zugleich beschwichtigend in die Augen, bevor er seine Finger mit meinen verschränkte und wir gemeinsam das Haus verließen.

Das große Gelände auf dem Weg zum Gehege war durch mehrere Scheinwerfer erhellt – zumindest so weit, dass wir nicht durch die völlige Finsternis tapsten. Mir fiel auf, dass der Zaun an einer Ecke verstärkt und erhöht worden war. Bestimmt war das die Stelle gewesen, an der Saphira ausgebüxt war. Unvorstellbar, dass sie es über die hohe Absperrung geschafft hatte.

Wie schon beim letzten Mal empfingen uns die Hunde mit lautem Gejaule, das schnell in ein Heulen überging. Doch Frederik ließ ihnen diesmal nicht so viel Zeit und stieß gleich einen Pfiff aus, um sie zu beruhigen. Vermutlich auch, weil es Abend war und sie nicht mehr so einen Lärm machen sollten.

»Ich gehe zu den Hunden rein. Du möchtest draußen bleiben, nehme ich an?«

»Dabei würde ich mich wohler fühlen, ja.«

»Dann machen wir es so.« Er drückte kurz meine Hand, bevor er das erste Tor der Schleuse öffnete und schloss, bis er schließlich durch das zweite trat und sofort freudig von den aufgeregten Hunden umringt wurde. Sie sprangen an ihm hoch und es war deutlich zu sehen, wie sehr sie ihn vergötterten.

»Hey, meine Jungs und Mädels, wie geht es euch?« Er streichelte sie und tobte mit ihnen über den Schnee, was ich mit einem Lächeln auf den Lippen verfolgte. »Ich sehe mal kurz ins Haus, ob alles in Ordnung ist«, rief er mir zu.

»Okay.« Ich grub meine Hände tiefer in die Taschen und wippte vor und zurück. Kälte stieg in mir hoch, genau wie die Neugier, was Frederik wohl da drin machte und wie es dort aussah.

Mir fiel auf, dass ein paar der Huskys in meiner Nähe blieben und mich neugierig musterten. Vier kamen zum Zaun und schnupperten in meine Richtung – und wenn mich nicht alles täuschte, war einer von ihnen Saphira. Mit ihrem ähnlichen weißgrauen Fell konnte ich sie jetzt bei Nacht jedoch noch weniger auseinanderhalten.

»Na, was sagt ihr dazu, dass ich euch heute wieder Besuch mitgebracht habe?« Frederik kam innerhalb des Geheges auf mich zu, gefolgt von einigen weiteren Huskys, die ebenso neugierig waren. »Sie scheinen dich zu mögen.«

Zweifelnd hob ich eine Augenbraue. »Ihre Freude wirkt doch sehr verhalten.«

»Na ja, bisher hattet ihr nicht wirklich Gelegenheit, euch richtig kennenzulernen. Aber wenn du deine Hand mal an den Zaun hältst, könnten sie daran schnuppern. Das wäre ein guter Anfang.«

Meine Hand vor die Schnauzen von so vielen Hunden zu halten, die sich noch dazu im Dunkeln vor mir scharten, war ungewohnt und irgendwie beunruhigend, auch wenn der Zaun zwischen uns war und Frederik bei ihnen stand. Sollte er merken, dass irgendetwas schieflief – was auch immer das sein könnte –, würde er es doch bestimmt frühzeitig erkennen und einschreiten, oder?

Ich zögerte.

Nahm all meinen Mut zusammen.

Mein Herz raste, als ich einen Handschuh auszog und meine Hand den Tieren entgegenstreckte. Immerhin hatte ich auch schon ohne Zaun neben ihnen gestanden und Saphira sogar gestreichelt.

»Du musst noch etwas näher kommen, mit so viel Abstand können sie dich gar nicht richtig riechen«, meinte Frederik.

Kurz schaute ich ihn zweifelnd an – hatten Hunde nicht eine besonders gute Nase? –, doch er nickte mir auffordernd zu. Also gab ich mir einen Ruck und trat näher an den Zaun heran.

Die Huskys drängten sich an den Maschendraht, aber die meisten schnupperten nur kurz und wandten sich dann desinteressiert ab. Mit einem Mal traf mich jedoch etwas Weiches, Warmes, Raues an den Fingern. Ich keuchte erschrocken auf und zog sofort die Hand zurück.

Frederik lachte. »Saphira steht darauf, dich zu küssen.« Er wuschelte der Hundedame durch das Fell, was sie dazu brachte, aufgeregt hin und her zu springen. »Und du bist dir sicher, dass du nicht zu mir möchtest? Ich passe auf, versprochen.«

»Nein, das ist …«

»Beim letzten Mal warst du ihnen auch so nah. Du hast dich von ihnen ziehen lassen und Saphira sogar gestreichelt. Selbst wenn du ein Stück T-Bone-Steak auf zwei Beinen wärst, würden sie dir nichts tun. Sie sind einfach zu gutmütig.«

Bei seinem Vergleich musste ich schmunzeln – und weil er sich nicht davon abbringen ließ, mich zu überreden, den nächsten Schritt zu machen.

»Na gut, aber du weichst nicht ein einziges Mal von meiner Seite. Und wenn ich raus will, lässt du mich sofort gehen.«

»Selbstverständlich.« Die Beleuchtung rund um das Gehege war gerade hell genug, dass ich sein Lächeln erkennen konnte. Er ging durch die Schleuse und machte das erste Tor hinter sich zu, sodass die Hunde nicht an ihm vorbei ins Freie huschen konnten. Schließlich öffnete er mir das vordere Tor und zog mich an sich, womit ich gar nicht gerechnet hatte.

»Hey …«, sagte er sanft. »Du musst keine Angst haben. Ich bin bei dir und wie gesagt, ich passe auf.«

Hektisch nickte ich, während mein Herz so heftig polterte, dass ich den Herzschlag bis in den Hals spüren konnte.

*Es wird genau wie beim letzten Mal*, redete ich mir gut zu, *und da ist ebenfalls nichts passiert.* Keiner der Hunde hatte mich angeknurrt oder sonst irgendwie in Panik versetzt – abgesehen von Saphira, die mir jedoch nichts Böses wollte, sondern mich nur abgeleckt hatte. Und das taten die Huskys auch bei Frederik, den sie so sehr verehrten.

»Bereit?«, erkundigte er sich noch einmal bei mir und ich signalisierte ihm durch ein Lächeln, dass es okay war.

Langsam öffnete er das zweite Tor, durch das wir gemeinsam gingen. Er blieb die ganze Zeit dicht neben mir, hielt meine Hand und ließ die Hunde nicht aus den Augen, nachdem er das Tor hinter uns geschlossen hatte.

Sie kamen zu mir, beschnupperten mich, umrundeten uns. Sie stupsten mich mit ihrer Schnauze an und sprangen neugierig an mir hoch, was meinen Puls in ungeahnte Höhen trieb. Doch Frederik ermahnte die Hunde, wenn sie zu aufdringlich oder übermütig wurden, und nach nicht einmal einer Minute war ihre Aufregung verflogen. Sie suchten sich ein Plätzchen auf der Terrasse, wo mehrere kleine Hundehütten nebeneinanderstanden, aus denen Stroh herausschaute, oder sie beobachteten uns interessiert mit einigem Abstand.

Nur ein Husky blieb dicht bei mir und stupste mich immer wieder an.

»Saphira hat echt einen Narren an dir gefressen«, meinte Frederik belustigt. »Keine Ahnung, aber sie liebt dich wohl.«

Als würde sie seine Aussage unterstreichen wollen, leckte sie mir erneut über die Finger. Kurz zuckte ich zurück, doch ich musste ehrlich zugeben, dass es ein schönes Gefühl war. Deshalb senkte ich mutig meine Hand und ließ ihre Liebkosungen zu.

Mit irre rasendem Herzen löste ich mich schließlich von Frederik und strich ihr sanft durch das Fell, das sich wieder unglaublich weich und warm und flauschig anfühlte.

Die Hundedame schmiegte sich an mich, als wäre sie ebenfalls glücklich darüber, dass ich meine Ängste mehr und mehr ablegte.

»Ich bin so … wahnsinnig stolz auf dich, Emelie. *Du* kannst stolz auf dich sein.«

Frederiks geraunte Worte sorgten dafür, dass ein gewaltiger Glücksrausch durch mich hindurchfegte. Denn er hatte recht. Dadurch, dass ich mich meinen Ängsten stellte, verloren sie nach und nach ihre Macht über mich. Das ging sogar so weit, dass ich einem anderen Hund neben mir die Hand hinhielt und ihn an mir schnuppern ließ. Als er mich neugierig anstupste, begann ich, ihn ebenfalls zu streicheln.

»Na, du Hübscher, wer bist denn du?«

»Das ist Arvid, Thorbens Herzenshund. Ein sehr ruhiger, schlauer Rüde.«

Auch er leckte mir kurz über die Hand, bevor er sich ein Plätzchen auf der Terrasse suchte.

»Willst du noch mit ins Haus kommen? Ich möchte die Wasserschüsseln auswaschen und neu befüllen. Du musst mir nicht helfen, aber ich möchte dich nicht hier allein lassen und dich jetzt wieder nach draußen zu sperren, fühlt sich genauso falsch an.«

Er war unglaublich süß, wie sehr er darauf achtete, dass ich mich wohlfühlte. Auch wenn er mich bei der ersten Begegnung mit den Hunden ins kalte Wasser gestoßen hatte, verhielt er sich rücksichtsvoll und nahm meine Ängste ernst.

»Okay, ich komme mit«, sagte ich. Nicht nur, weil ich neugierig war, sondern vor allem, weil ich dieses Gefühl, dieses Vertrauen in die Hunde und in mich selbst noch so lange wie möglich auskosten wollte.

Frederik nahm wieder meine Hand und gemeinsam gingen wir auf das Haus zu, aus dem uns durch die Hundeklappe ein Husky entgegenkam.

Tatsächlich staunte ich nicht schlecht, als wir eintraten. Frederik führte mich in den Raum links neben dem Eingang, dessen Boden mit gemütlich aussehenden Hundebetten ausgelegt war – in Bordeauxrot. Im nächsten Raum war Hundespielzeug verstreut, mehrere Bälle und Spielseile lagen auf dem Boden.

Schließlich erreichten wir die Küche. Sie sah zweckdienlich aus. Es gab eine große Küchenzeile mit viel Arbeitsfläche und gegenüber eine Konstruktion aus Holz, in der eine Menge Futternäpfe standen. Sie waren leer und sahen sauber aus – oder waren das die Wasserschüsseln, von denen Frederik gesprochen hatte?

»Trinken die Hunde hier?«

»Nein, komm mit.«

Frederik führte mich in einen weiteren Raum, ein Badezimmer mit einer seltsamen Duschkonstruktion. »Sollten sich die Hunde mal im Schlamm wälzen, können wir sie hier drin ganz leicht abduschen und waschen, ohne dass sie sich verletzen und wir von oben bis unten nass werden«, erklärte er. Vermutlich hatte er meinen fragenden Blick gesehen. »Und das sind die Wasserschüsseln.« Er zeigte auf mehrere Schalen, die sich aneinanderreihten und in denen Wasser stand. Per Knopfdruck löste er eine nach der anderen aus der Verankerung und kippte den Inhalt in die Rinne darunter. Mit dem Schlauch, der darüber an der Wand befestigt war, spülte er sie ab und rieb sie zusätzlich mit einem Schwamm aus. Anschließend füllte er eine nach der anderen wieder mit Wasser.

Die ganze Zeit über stand ich neben ihm, rieb meine kalten Hände aneinander und zog schließlich meine Handschuhe an.

»Ist es hier drin nicht zu kalt?« Ich hatte einen warmen Unterschlupf für die Hunde erwartet, doch hier drin war es fast so kalt wie draußen.

»Nein, die Hunde mögen es gern kühl. Sie sind die Kälte gewöhnt – müssen sie auch, wenn wir länger unterwegs sind und es den Komfort dieses Hauses für sie nicht gibt. Stell dir vor, sie würden es nicht anders kennen und in einem knapp zwanzig Grad temperierten Haus schlafen. Sie würden frieren, wenn sie am nächsten Morgen bei Minusgraden nach draußen gehen, wo sie sich sowieso die meiste Zeit aufhalten.«

Allein bei der Vorstellung schüttelte es mich, was ihn belustigte. »Keine Sorge, die Hunde haben ein dichtes Fell, denen ist nicht kalt. Im Gegenteil, sie lieben das Wetter.«

»Na, wenn du das sagst …«

Frederik grinste und machte dann mit dem Kopf eine Bewegung, ihm zu folgen. »Lass uns gehen. Außer du möchtest noch beim Rudel bleiben.«

Nach wie vor waren ein paar Hunde in unserer Nähe. Sie schnupperten neugierig an meinen Beinen oder beobachteten uns aus einiger Entfernung.

»Schon gut. Ich sollte meinen Mut vielleicht nicht zu sehr strapazieren und besser beim nächsten Mal wieder ein paar Schritte mehr wagen.«

Frederik wirkte sichtlich zufrieden. »Das klingt gut. Ich wasche mir noch schnell die Hände. Du auch, wenn du möchtest.« Er ging zu einem Waschbecken, über dem außer Reichweite der Hunde Seife und Handtuch hingen. Ich nutzte ebenfalls die Gelegenheit und kurz darauf verließen wir das Gehege – nicht ohne den Tieren eine gute Nacht zu wünschen.

Frederik begleitete mich zurück zum Kutscherhaus und blieb

ganz gentlemanlike vor der Tür stehen. »Das hast du heute richtig gut gemacht, Emelie. Ich bin immer noch begeistert von deinem Mut. Jetzt weißt du, dass dich die Hunde mögen; dass sie gutmütig sind, oder?«

»Ja, es war … eine aufregende, aber auch schöne Erfahrung. Danke dafür.«

Er lächelte und beugte sich zu mir vor. Ganz sanft berührten seine Lippen die meinen, als würde er fragen, ob ich für einen zweiten Kuss bereit war.

Leise seufzend ließ ich mich darauf ein und schlang meine Arme um seinen Nacken. Der Kuss war zart und sanft und wunderschön, und ich fragte mich, ob noch weitere folgen würden. Ob er ernste Absichten hatte und wohin sich das Ganze entwickeln würde.

Als Frederik sich von mir löste, hatte er ein süßes Lächeln auf seinen Lippen, das sich bestimmt so auf meinem Gesicht widerspiegelte. »Gute Nacht, Emelie. Und viel Spaß mit Finnja und ihren Freundinnen.«

»Den werden wir bestimmt haben. Was ist dein Ersatzprogramm für morgen?«

Er zuckte mit den Schultern. »Ich werde wohl länger als geplant mit Sven und Lars mit den Schlitten unterwegs sein.«

»Ah, okay. Aber nicht, dass du dich wieder vor das Auto einer Touristin wirfst, die dich rettet und dein Herz stiehlt.« Den letzten Part konnte ich mir einfach nicht verkneifen, weil ich wissen wollte, wie er darauf reagierte.

»Keine Sorge, das habe ich nicht vor. Erstens, weil mir das eine Mal eine Lehre war, und zweitens, weil mein Herz vielleicht schon jemandem gehört.«

Er schenkte mir ein unwiderstehliches Lächeln, bevor er ging, und meine Gedanken und Gefühle fuhren Achterbahn – auch als ich bereits in der Küche war und Teewasser kochte.

Nervös folgte ich Ove am nächsten Spätnachmittag von der Konditorei in die alte Küche, in der er vor Jahren angefangen hatte, für die königliche Familie zu backen, ohne den Köchen in die Quere zu kommen. Da die laufenden Vorbereitungen für den Winterball nicht gestört werden sollten und es zudem zu gefährlich wäre, sechs junge Damen zwischen all unseren Arbeitsgeräten und -materialien herumtanzen zu lassen, hatte er in Absprache mit der Königin beschlossen, das Partybacken dorthin zu verlegen. Der Raum war zu diesem Anlass extra gereinigt und mit den notwendigen Küchengeräten ausgestattet worden.

Noch gestern hatte ich mich mit Ove beraten, was ich am besten mit den Mädchen backen sollte, und mich schließlich für Muffins entschieden, die sie im Anschluss nach Lust und Laune verzieren konnten.

»Hier wären wir«, sagte er, als wir die Küche erreichten, die vielleicht ein Drittel so groß war wie die Konditorei. »Du findest hier alles, was du zum Backen brauchst. Sollte dir doch etwas fehlen, kannst du mich über die Sprechanlage rufen. Ich kann innerhalb weniger Minuten hier sein – selbst wenn ich schon zu Hause bin.«

Ich nickte und schaute mich in den Schränken und im angrenzenden Lagerraum um. Er hatte nicht übertrieben – es war alles da, was mein Konditorinnenherz begehrte. Fondant in verschiedenen Farben, Streusel in unzähligen Varianten, Bonbons, Kuvertüre, Marzipan, Blütenpaste, Lebensmittelfarben und Glitzerspray,

Torten- und Muffinformen … Beim Dekorieren waren der Fantasie der Kinder vermutlich keine Grenzen gesetzt.

»Danke. Prinzessin Finnja und ihre Freundinnen müssten gleich hier sein«, sagte ich. »Sie werden von Edita hergebracht. Sie bleibt auch die ganze Zeit hier und sorgt dafür, dass nichts aus dem Ruder läuft und die Kinder im Anschluss wieder auf Finnjas Zimmer landen. Ich bin nur nicht ganz sicher, was mit ihrem Bruder Prinz Thorben ist. Ob er auch dabei sein wird? Auf der Liste, die ich bekommen habe, stand sein Name jedenfalls nicht.«

Ove lachte. »Ich fürchte, ihn interessiert das nicht. Und wenn, lassen ihn die Mädchen womöglich nicht dabei sein. Aber wer weiß, vielleicht überraschen sie dich ja und er kommt mit.«

Ich nickte und schaute mich noch einmal um. »Okay, ich denke, ich komme ab sofort allein zurecht. Ich werde mich nur etwas umsehen, die verfügbaren Lebensmittel durchgehen und mir überlegen, welchen Teig ich mit den Kindern mache.«

Er wünschte mir viel Spaß und einen schönen Abend, bevor er ging.

## KAPITEL 16

# Frederik

Es war verrückt, dass mir Emelie nicht mehr aus dem Kopf ging. Bereits seit einer Stunde saß ich über meinen Büchern, doch der Stoff wollte einfach nicht hängenbleiben. Dass ich mich überhaupt nicht dafür interessierte, machte es auch nicht gerade leichter. Aber dafür waren vor allem meine Eltern verantwortlich, die darauf bestanden, dass ich dieses Wirtschaftsstudium absolvierte. Dabei hatte ich für meine Zukunft ganz andere Pläne.

Mir war klar, dass eine abgeschlossene Ausbildung wichtig war – selbst für mich als Prinzen. Trotzdem hatte ich diese Sperre in meinem Kopf, die mich besonders an Tagen kurz vor den Prüfungen verrückt machte, weil sie verhinderte, dass ich mich konzentrieren konnte.

Als es endlich vierzehn Uhr war, klappte ich den Wälzer über Unternehmensstrategien zu und zog mir meine Winterkleidung an – gerade rechtzeitig, denn es klopfte an der Tür und Lars und Sven traten ein.

»Ey, Mann, beeil dich, es ist sauheiß in den Klamotten«, jammerte Sven statt einer Begrüßung.

Sofort änderte sich meine Laune von genervt und gestresst zu beschwingt und motiviert. Ich freute mich auf den Nachmittag und konnte es kaum erwarten loszufahren.

»Ich bin gleich so weit, dann können wir die Hunde vor die Schlitten spannen.«

»Apropos, wann bauen wir denn deinen alten Holzschlitten nach? Morgen hätte ich Zeit.«

Ich setzte mir die Mütze auf und nahm die Handschuhe, dann scheuchte ich die beiden raus auf den Flur. »Morgen kann ich nicht. Ich melde mich bei dir, okay? Keine Sorge, ich will auf jeden Fall einen neuen, nur ist es gerade etwas … ungünstig an den Sonntagen.«

Wir liefen die Treppe hinunter über den roten Samtteppich, vorbei an zwei Bediensteten, die damit beschäftigt waren, die vergoldeten Rahmen der Ölgemälde abzustauben, und sich knapp verneigten.

»Wieso das denn? Sonntag hattest du doch sonst immer Zeit.«

Ich zuckte mit den Schultern. »Das hat sich jetzt geändert.«

Mir entging nicht, dass sich die beiden einen Blick zuwarfen, und bestimmt würden sie mich mit Fragen löchern, sowie wir ungestört mit den Hunden unterwegs waren.

Heute war kein strahlender Tag wie beim letzten Mal, als ich mit Emelie ausgefahren war. Wenn ich allein mit dem Schlitten fuhr, war mir das Wetter egal. Also meistens. Bei Schneefall und Nebel hielt ich die Runde eher kurz und war ausschließlich in Begleitung von Arne unterwegs, aber grundsätzlich konnte mich nichts davon abhalten, den Huskys ihren Auslauf zu geben. Demnach störte es mich nicht, dass der Himmel bedeckt war und die Sonne es nur hin und wieder schaffte, an den Wolken vorbeizublinzeln.

Als wir etwas später auf dem Platz zwischen dem Gehege und dem Tor die Hunde für unsere Abfahrt fertig angeleint hatten, kam Arne mit einer Tasche voller Proviant zu uns.

»Eure Königliche Hoheit, ich habe alles vorbereitet. Tee und Snacks sowie Wasser für die Hunde.« Er klopfte auf die Ledertasche und packte sie in einen der Schlitten. »Euren Tracker habt Ihr aktiviert?«

»Ja, der ist eingeschaltet.« Zum Beweis holte ich aus meiner Brusttasche das kleine Gerät, das grün blinkte.

»Dann wünsche ich den Herren viel Spaß«, meinte Arne.

»Danke. Wir sind spätestens gegen Abend zurück. Ich werde also beim Abendessen anwesend sein.«

Arne nickte, während wir zu unseren Schlitten gingen. Lars und Sven konnten sich ihre Grimassen natürlich nicht verkneifen. Typisch!

Meine Eltern legten großen Wert darauf, dass wir möglichst zum gemeinsamen Abendessen zu Hause waren. Meine Kumpels kannten diese Zwänge einfach nicht.

Als vorderster Musher gab ich das Startsignal und schob meinen Schlitten an, die anderen beiden folgten mir.

Kaum dass die Huskys losliefen und wir hintereinander über den Schnee glitten, wurde ich wieder von diesem unbändigen Freiheitsgefühl gepackt, das ich jedes Mal empfand, wenn ich unterwegs war. Ich liebte diesen Rausch der Gefühle, der mich einfach glücklich machte.

»Also, raus mit der Sprache, was ist dein Sonntagsgeheimnis?«, durchbrach Sven die angenehme Stille, als wir nach einer Weile eine

Pause einlegten und die Hunde mit Wasser versorgten, bevor wir selbst eine Kleinigkeit essen und trinken wollten.

»Ja, seit wann hast du Geheimnisse vor uns?« Lars grinste und ich wusste, die beiden würden erst Ruhe geben, wenn ich sie eingeweiht hatte.

Augenrollend seufzte ich und setzte mich auf den Schlitten. »Ich habe jemanden kennengelernt und sie hat meistens nur sonntags Zeit. Manchmal auch unter der Woche, aber ihre Arbeitstage sind lang und anstrengend, also …«

»Das klingt in der Tat sehr geheimnisvoll.« Sven verbarg die Ironie in seinen Worten nicht.

»Und wer ist sie?«, bohrte Lars weiter.

»Kennen wir sie?«

»Nein, sie ist nicht von hier.«

Die beiden warfen sich einen Blick zu.

»Warte … sag nicht, es ist immer noch diese Deutsche, die den Schlitten deines Großvaters zerlegt hat!« Lars starrte mich entsetzt an.

Ich räusperte mich und trank einen Schluck Tee. Und weil ich danach immer noch nicht wusste, was ich am besten dazu sagen sollte, biss ich von der Sesamstange ab und kaute.

»Echt jetzt?« Lars schüttelte ungläubig den Kopf, während Sven lauthals zu lachen begann.

»Ja, echt jetzt. Und genau genommen ist sie …«

»Heiß?«, wollte Sven wissen.

»Ja … Nein! Also … schon. Sie ist hübsch und süß und … mutig.«

»Mutig?«, fragte Sven irritiert und warf Lars einen Seitenblick zu, der genauso verwirrt wirkte.

»Sie ist etwas Besonderes … und ich mag sie«, sagte ich noch schnell, weil ich nicht unbedingt über ihre Angst vor Hunden sprechen wollte.

»Weil sie deinen Schlitten zertrümmert hat?«

»Nein, du Idiot. Weil sie anders ist«, sagte ich und schenkte Lars einen bösen Blick.

»Klar, sie ist eine Deutsche.« Sven schob sich ein Fleischbällchen in den Mund.

Ich stand auf und ging zu den Hunden. Es war sinnlos, mit den beiden zu reden. Neben Pirro kniete ich mich in den Schnee und fuhr ihm durch sein weiches Fell.

»Mann, jetzt sei nicht eingeschnappt. Das war nicht ernst gemeint!« Sven kam zu mir und stieß mir kumpelhaft gegen die Schulter. »Also … schon, aber du weißt ja, wie wir es meinen.«

»Du magst sie also?«, wollte Lars versöhnlich wissen und kam ebenfalls zu mir. Er ging neben Gemma in die Hocke und kraulte sie zwischen den Ohren.

Ich nickte. »Emelie ist es egal, dass ich ein Prinz bin. Genau genommen habe ich sogar den Eindruck, dass sie diese Tatsache lieber ausblenden möchte, weil es sie verunsichert.«

Sven runzelte die Stirn. »Wie geht es dir damit, dass sie dich als stinknormalen Menschen sehen will? Ich meine … du bist nun mal der Prinz. Ignoriert sie dadurch denn nicht, wer du bist und was dich ausmacht?«

Schnell formte ich einen Schneeball und verfehlte Svens Gesicht nur deshalb, weil er verflucht schnell ausgewichen war. »Es tut gut, einmal nicht diesen Stempel aufgedrückt zu bekommen, sondern einfach ich zu sein. So wie bei euch, mit dem Unterschied, dass sie eine Frau ist, die ich verdammt gern küsse.«

Dass die beiden nach diesem Geständnis lachten, war mir schon im Vorfeld klar gewesen.

»Wirst du sie zum Winterball einladen?«, wollte Lars wissen.

»Ich … weiß nicht. Darüber habe ich bisher nicht nachgedacht.«

»Da werden sich deine Eltern bestimmt freuen.« In Svens Stimme schwang eine gehörige Portion Sarkasmus mit.

»Solange ich Britta bekomme, ist alles gut«, meinte Lars schmunzelnd.

»Hast du sie schon gefragt?«

Mein Kumpel blähte die Wangen auf. »Nein, noch nicht. Ich habe ehrlich gesagt Schiss, dass sie nein sagt, weil sie darauf hofft, dass du sie fragst. Deshalb wollte ich erst abwarten, bis du eine offizielle Begleitung bekannt gibst. Dann steigen meine Chancen.«

»Geschickter Schachzug, es sei denn, jemand kommt dir zuvor und lädt sie ein.«

Lars riss die Augen auf. »Meinst du?«

Sven klatschte ihm von hinten gegen den Kopf. »Na hör mal, wer würde sich Britta nicht angeln wollen?«

»Hey, lass bloß die Finger von ihr, hörst du? Ich habe als Erster gesagt, dass ich sie als meine Begleitung möchte.«

Kindsköpfe …

»Genau genommen hat meine Mutter sie zuerst als *meine* Begleitung vorgeschlagen«, grätschte ich dazwischen, bevor sie sich noch wegen Britta prügelten.

Lars zeigte auf mich. »Aber du willst sie doch nicht.«

»Nein.« Und je länger ich darüber nachdachte, gefiel mir die Idee, Emelie zu fragen, immer besser.

Nachdem sich die beiden wieder etwas beruhigt hatten, packten wir zusammen und fuhren weiter. Doch meine Gedanken kreisten die ganze Zeit um den Ball. Selbst als wir Stunden später wieder am Palast waren, wo Arne uns entgegenkam, um uns mit den Hunden und den Schlitten zu helfen, fand ich die Vorstellung großartig, mit Emelie auf den Winterball zu gehen. Damit könnte der Abend vielleicht zum ersten Mal richtig Spaß machen …

Meine einzige Sorge war, dass sie Nein sagen könnte, weil sie sich unter den geladenen Gästen unsicher fühlen würde. Aber ich wollte mein Bestes geben, sie zu überzeugen und ihr damit einen unvergesslichen Abend zu schenken.

»Eure Königliche Hoheit, ich übernehme die restlichen Handgriffe, Ihr werdet bereits von Eurer Familie erwartet.«

»Danke, Arne.«

Bevor ich in den Palast ging, verabschiedete ich mich noch von Sven und Lars. »Das war ein genialer Nachmittag, Jungs. Den Hunden und mir hat es Spaß gemacht.«

»Jederzeit.« Lars klopfte mir auf die Schulter.

»Nur nicht sonntags«, grummelte Sven, was mich lachend den Kopf schütteln ließ. Dass ich an diesem Tag lieber Zeit mit Emelie verbringen wollte als mit ihnen, gefiel ihnen wohl immer noch nicht wirklich. Aber damit mussten sie sich abfinden.

Nachdem ich geduscht und mich angezogen hatte, machte ich mich auf den Weg zum Essen. Ich hörte Thorben aufgeregt erzählen, noch bevor ich den Speisesaal betreten hatte.

Der riesige Tisch, an dem locker dreißig Personen Platz hatten, war wie immer, wenn ausschließlich die Familie hier speiste, nur an einem Ende gedeckt. Mutter und Vater saßen bereits an ihren

Plätzen und mein kleiner Bruder weihte sie aufgeregt in die Pläne für *seine* Übernachtungsparty ein, die er für nächstes Wochenende vorgesehen hatte. Anika saß ihm gegenüber, nur Finnja fehlte, denn sie war mit ihren Freundinnen zusammen – sie bekamen heute Pizza geliefert und waren vorher auch noch mit Emelie zum Backen verabredet.

»Ah, endlich bist du da, Frederik. Nimm Platz, wir haben auf dich gewartet.« Vater deutete auf meinen Stuhl und ich setzte mich. Sofort hoben die Bediensteten die Deckel der Schalen in der Mitte des Tisches.

Ich lud Brokkoli und Kartoffeln auf meinen Teller, sowie Hühnchen und eine leckere Soße, die nach Honig und Dill schmeckte.

Unsere Eltern bestanden darauf, das gemeinsame Essen wie bei einer ganz normalen Familie zu gestalten, wo sich jeder seine Teller selbst befüllte. Sie wollten nicht, dass wir das Essen wie in einem Restaurant serviert bekamen. Dass unsere Mahlzeiten mit den Bediensteten, dem riesigen Tisch, den feinen Speisen und dem Silberbesteck trotzdem nicht vergleichbar waren, blendeten wir alle aus. So war unser Leben nun einmal …

»Außerdem will ich eine Hüpfburg haben. Oh, und Vater, denkst du, wir können Paintball spielen?«

»Auf gar keinen Fall!«, schaltete sich Mutter ein.

»Aber Finnja hat auch das Backen mit ihren Freundinnen. Ich will etwas, was uns Spaß macht.«

»Du kannst dir gern etwas überlegen, aber ihr schießt euch garantiert nicht gegenseitig ab«, hielt sie weiterhin dagegen.

»Das ist ja nur Farbe! Und wir tragen Schutzkleidung.« Thorben schob seine Unterlippe vor. »Bitteee!«

»Deine Mutter und ich unterhalten uns noch einmal darüber.« Vater schaute meinen Bruder streng an und er wusste, dass das Thema damit vorerst erledigt war.

»Wie war dein Tag?«, wandte sich Anika an mich.

»Gut. Ich war mit Lars und Sven mit den Schlitten unterwegs und habe die Zeit sehr genossen. Die Hunde hatten ihren Spaß und das Wetter war ganz okay. Zumindest hat es erst in der letzten halben Stunde ein wenig geschneit.«

»Herrlich, dass wir so viel Schnee haben. Ich liebe den Winter so sehr.« Anika strahlte über das ganze Gesicht. »Das macht gleich noch mehr Lust auf Weihnachten und den Winterball.«

»Ah, gute Überleitung, Anika.« Als meine Mutter nicht weitersprach, hob ich den Blick und bemerkte, dass sie mich anschaute.

»Hm?«, machte ich mit vollem Mund.

»Ich wollte mit dir noch einmal über deine Begleitung für den Ball sprechen, Frederik.«

Schnell schluckte ich den Bissen hinunter. »Das trifft sich gut. Ich nämlich auch.«

Mutter nickte. »Schön, dass du endlich einsichtig bist. Ich habe mir erlaubt, Britta für dich zu fragen, bevor es zu spät ist und sie jemand anderem zusagt. Sie freut sich sehr darauf, dich auf den Ball begleiten zu dürfen.« Zufrieden lächelte sie und spießte eine Karotte mit der Gabel auf.

»Du hast was?« Mit lautem Scheppern ließ ich das Besteck auf den Teller fallen.

»Du hast so lange gezögert, Frederik. Ich hab nur ein wenig nachgeholfen, ich weiß ja, dass du so etwas immer ewig vor dir herschiebst.«

Unbändige Wut stieg in mir auf. »Ich werde *nicht* mit Britta auf den Ball gehen. Wie kommst du auf die Idee, sie in meinem Namen zu fragen? Noch dazu, ohne das vorher mit mir zu besprechen?«

»Aber wir haben doch darüber gesprochen. Und keine Sorge, sie freut sich trotzdem. Immerhin kam die Einladung direkt von mir. Als Königin ist es ...«

»Es ist nicht deine Aufgabe, *meine* Begleiterin für diesen verdammten Ball einzuladen!« Meine Stimme donnerte wütend durch den Raum, bis auch das letzte Geräusch verstummte. Nicht einmal Thorben wagte es zu kauen. Alle schauten mich mit großen Augen an.

»Wie redest du mit deiner Mutter, Frederik?« Vater warf mir einen strengen Blick zu, doch ich ging nicht darauf ein.

»Ich bin zweiundzwanzig, verdammt noch mal! Ich kann selbst entscheiden, wen ich bitten möchte, mich zu diesem Scheißwinterball zu begleiten. Und das wird ganz sicher nicht Britta sein, die sich mir nur an den Hals wirft, weil sie scharf auf meinen *Titel* ist!«

»Woher willst du das wissen? So gut kennst du sie doch überhaupt nicht«, hielt meine Mutter dagegen.

»Glaub mir, in der kurzen Zeit, die ich letztens mit ihr verbracht habe, konnte ich mir ein ausreichendes Bild von ihr machen.«

»Du solltest andere nicht vorschnell verurteilen, Frederik.«

Ungläubig über ihre Worte schüttelte ich den Kopf. »Warst du dabei, als ich sie durch den Palast geführt habe? Hast du gehört, was sie zu mir gesagt hat? Dass sie mich nun männlicher und königlicher findet als damals? Und dass sie mich in der Bibliothek bedrängt hat und küssen wollte?«

Meine Geschwister verfolgten angespannt und neugierig unsere Auseinandersetzung, ohne sich einzumischen.

»Männlicher und königlicher ist ja nun wirklich ein schönes Kompliment«, meinte mein Vater.

Für diesen Kommentar hatte ich nur einen bösen Blick übrig.

»Ich werde *nicht* mit ihr zum Ball gehen! Du rufst sie an und sagst ihr, dass es sich um ein Missverständnis handelt.«

Um meine Worte zu unterstreichen, warf ich die Serviette von meinem Schoß auf den Teller und stand auf. Der Appetit war mir sowieso vergangen.

Ohne auf eine weitere Reaktion zu warten und die strenge Ermahnung meines Vaters ignorierend, der mich aufforderte, mich wieder zu setzen, eilte ich aus dem Saal.

Ich war so wütend! Selbst als ich in meinem Schlafzimmer ankam, hatten sich die überschüssige Energie und der Zorn in mir nicht gelegt. Also zog ich meine Sportklamotten an und ging in die Trainingshalle. Erst stellte ich das Laufband an, dann nahm ich mir den Boxsack vor. Als ich mich endlich völlig erschöpft und schweißgebadet auf den Boden sinken ließ, fühlte ich mich zumindest ein bisschen besser – auch wenn der Ärger und die Frustration noch immer in mir festsaßen.

Als ich mich nach dem Duschen wieder in mein Schlafzimmer zurückziehen wollte, hörte ich einen Staubsauger im Flur um die Ecke, drehte mich abrupt um und ging in die andere Richtung. Ich hatte gerade keine Lust, irgendjemandem über den Weg zu laufen. Mir fiel einer der Geheimgänge ein, der neben der alten Küche begann und in die Nähe meiner Privaträume führte – den würde ich nehmen, um niemandem zu begegnen.

Als ich erneut Stimmen und Geräusche hörte, verlangsamte ich meine Schritte und überlegte, ob ich umkehren sollte. Doch dann hielt ich inne – das war das Lachen von Kindern!

Ich folgte dem Lärm und blieb an der angelehnten Tür zur alten Küche stehen. Finnja war dort gemeinsam mit fünf Freundinnen zugange. Edita saß ebenfalls am Tisch, an dem alle emsig beschäftigt waren. Sie sah den Mädchen interessiert zu, die mit Spritzbeuteln Muffins verzierten, Zuckerstreusel darüberstreuten, violette Creme naschten oder eine Masse ausrollten, die wie Marzipan aussah. Doch in all diesem bunten Durcheinander hatte ich nur Augen für Emelie. Sie war das Zentrum dieser Show und schaffte es geschickt, die kleine Horde im Griff zu behalten und bei der Arbeit zu assistieren, ohne belehrend zu wirken. Wie selbstverständlich plauderte sie nebenbei mit ihnen und benutzte die Gebärdensprache.

Das letzte bisschen Groll, das in mir gebrodelt hatte, verebbte bei ihrem Anblick. Ich lehnte mich an den Türrahmen und beobachtete das laute Treiben mit einem Lächeln auf den Lippen.

Noch einmal dachte ich über das Gespräch während der Schlittenfahrt nach, als Lars mich gefragt hatte, ob ich Emelie zum Winterball einladen würde – und in diesem Moment war es für mich beschlossene Sache. Wenn ich zu diesem verdammten Ball gehen würde, dann nur in Begleitung dieser Frau, die mich zu einem anderen Menschen machte. Die *mich* mochte und nicht meinen Titel. Die mich zum Lächeln brachte, selbst wenn mir nicht danach war. Die das letzte bisschen Wut in mir verrauchen ließ, allein durch den Klang ihrer Stimme. Und durch die mein Herz schmolz, wenn ich sah, wie unglaublich großartig sie sich mit Finnja verstand.

## KAPITEL 17
# Emelie

Die Kaffeemaschine gluckerte vor sich hin, während ich zwei Eier in einen Topf mit kochendem Wasser auf dem Herd eintauchen wollte. Doch ein Klopfen an der Tür ließ mich innehalten.

Verwundert über den Besuch schaltete ich den Herd aus, zog meinen Morgenmantel enger und ging zur Tür. Bestimmt standen meine Haare in alle Richtungen ab. Ich hatte gestern Nacht noch geduscht und den ganzen Zuckerstaub aus den Haaren gewaschen, nachdem ich mich von sechs süßen Mädchen verabschiedet hatte. Bis halb zehn Uhr abends hatten wir in der Küche gearbeitet, gespielt und experimentiert. Und genascht, obwohl die Kinder ihr Abendessen bekommen hatten, als die Muffins im Backofen gewesen waren.

Es hatte unglaublich Spaß gemacht, auch wenn ich nach dem Aufräumen der Küche hundemüde ins Bett gefallen war. Deshalb hatte ich heute etwas länger geschlafen und war erst vor einer Viertelstunde aufgestanden.

Mit Besuch um kurz nach halb neun hatte ich trotzdem nicht gerechnet.

Als ich die Tür öffnete, stand mir ein verlegen grinsender Frederik gegenüber.

»Guten Morgen. Darf ich reinkommen?«, fragte er in dem Moment, als er bereits über die Schwelle trat und die Tür hinter sich schloss, um die Kälte draußen zu lassen.

Okay, auf diese Frage hatte er wohl keine echte Antwort erwartet.

»Guten Morgen! Was willst du denn so früh schon hier?« Belustigt musterte ich ihn von oben bis unten, bis ich eine Tüte in seiner Hand entdeckte.

»Ich wollte Frühstück vorbeibringen. Hoffentlich nicht zu spät?« Er schielte in die Küche, in der die Kaffeemaschine gerade mit einem letzten Zischen verstummte.

»Nein, du kommst genau richtig.«

Ich nahm ihm die Tüte ab, während er sich Mantel, Schal und Stiefel auszog und sich ein paar Schneeflocken aus den Haaren schüttelte.

Gestern Nachmittag hatte es zu schneien begonnen und seitdem tanzten die Flocken vom Himmel und tauchten alles in ein noch trüberes Licht. Der neu gefallene Schnee legte sich über Wege, Straßen, Sträucher und Bäume, als hätte es hier nicht bereits genug geschneit.

»Perfekt. Ich hab gesehen, wie du die Vorhänge im Schlafzimmer zur Seite geschoben hast, und bin auf gut Glück losgelaufen.«

»Und hast auf dem Weg hierher einen Bäcker überfallen?«

»Nicht ganz. Das Gebäck habe ich mir bringen lassen.«

»Ah, stimmt ja, du bist der Prinz«, zog ich ihn auf.

Irgendwie wirkte er verunsichert, als er sich durch die Haare fuhr. »So ist das nicht. Also ich hätte schon selbst etwas besorgt, aber …«

»Alles gut, ich mache nur Spaß. Kaffee?«

»Bitte.«

Ich gab ihm die Tüte zurück und wir gingen in die Küche, wo er das Gebäck zu den zwei Scheiben *Soft Bröd* in den kleinen Brotkorb legte, den ich vorhin auf den Tisch gestellt hatte.

»Eier?«

»Gern. Zwei Stück, bitte.«

Ich schaltete den Herd wieder ein und gab vier Eier in den Topf.

»Hätte ich es mir aussuchen können, wäre ich kein Prinz geworden. Und ich tue alles, um mich von diesem Irrsinn abzugrenzen.«

Keine Ahnung, warum er mir das sagte, aber er klang dabei, als würde er sich eine schwere Last von der Seele reden. Er hatte schon einmal anklingen lassen, dass er mit seinem Prinzendasein nicht besonders glücklich war, auch wenn er sich das nicht anmerken ließ. Aber dass er das Königshaus als Irrsinn bezeichnete, zeigte mir alles in neuem Licht.

»Das tut mir leid«, sagte ich, weil ich nicht wusste, wie ich sonst darauf reagieren sollte.

Frederik schüttelte den Kopf. »Nein, mir tut es leid. Ich sollte dich nicht damit nerven. Und ich bin auch nicht hier, um dich vollzujammern, sondern um mit dir einen schönen Tag zu verbringen. Ich hoffe, es ist okay, dass ich die erstbeste Gelegenheit genutzt habe, um zu dir zu kommen?«

Ich sah ihm tief in seine blauen Augen, die zum Teil hinter blonden Haarsträhnen versteckt waren.

»Ich freue mich sehr darüber. Auch wenn ich mich gerade etwas … na ja, underdressed fühle.«

Frederiks Blick glitt von meinem Gesicht über meinen Morgenmantel bis nach unten. »Ich mag die Schuhe«, sagte er schließlich.

Ich schaute auf die blassrosa Puschelteile, in denen meine Füße steckten. »Bei kalten Zehen werde ich ungemütlich«, antwortete ich schulterzuckend.

Frederik lachte. »Mich stört es nicht, aber wenn du dich unwohl fühlst, kannst du dich schnell umziehen. Ich behalte solange die Eier im Blick und … sehe nach, was dein Kühlschrank noch so für ein ausladendes Frühstück hergibt?«

Dass er es als Frage formulierte, gefiel mir. Denn selbst wenn er sich hier mehr zu Hause zu fühlen schien als vielleicht jeder andere, wollte er nicht zu sehr in meinen Privatbereich eindringen.

»Ja, das klingt gut. Ich brauche nur ein paar Minuten, bin gleich wieder da.«

Mit rasendem Herzen eilte ich die Treppe nach oben und ins Schlafzimmer, wo ich ratlos vor dem Kleiderschrank stehen blieb. Keine Ahnung, was er für heute geplant hatte. Aber da ich ihn nicht zu lange allein lassen wollte und mich zur Not auch noch einmal umziehen könnte, entschied ich mich für eine bequeme Jeggings und einen flauschigen Wollpullover mit weitem Rollkragen. Ich schlüpfte wieder in meine Kuschelhausschuhe und lief die Treppe hinab, wo Frederik bereits den Tisch in der Küche gedeckt hatte. Unsere Kaffeetassen standen neben dem Gebäck, umgeben von Butter, Käse und Honig … Sogar getrocknete Apfelringe, Haferflocken, Rosinen und Milch hatte er bereitgestellt.

Er zündete gerade eine Kerze an, als mir ein »Wow« entschlüpfte und gleichzeitig die Eieruhr klingelte.

»Ich mach schon«, sagte er schnell, goss das kochende Wasser ab und ließ kaltes über die Eier fließen, bevor ich sie in die Eierbecher setzte.

Wenig später saßen wir am Frühstückstisch, aßen, tranken, plauderten und lauschten nebenbei gemütlicher Musik aus Frederiks Handy.

»Oh, das Lied hat mir schon immer gefallen. Ich mag den Klang des Cellos«, sagte ich und seufzte, während eine akustische Version von Adeles »Hello« lief.

»Ja, ich auch.« Nachdenklich schaute Frederik in die Luft. »Spielst du ein Instrument?«

»Wenn Triangel im Kindergarten und zwei Jahre Blockflöte in der Grundschule zählen, dann ja. Und du?«

»Klavier und Geige.«

»Gut?«

Er nickte. »Ich hatte Unterricht, seit ich fünf war. Zuletzt mit siebzehn oder so.«

Obwohl es mich gewundert hätte, wenn es anders wäre, schluckte ich bei der Vorstellung, wie Frederik eines der Instrumente spielte. Überhaupt fand ich Männer, die musikalisch waren, außerordentlich sexy.

»Kannst du mir bei Gelegenheit mal etwas vorspielen?«

Er zwinkerte mir zu. »Sicher. Aber dazu müsstest du mit in den Palast kommen. Wenn es dich nicht stört, dass du vielleicht meiner Familie über den Weg läufst …«

Ich spürte, wie ich rot anlief. »Als kürzlich deine Mutter … also die Königin bei mir war und mich gebeten hat, mit Finnja und ihren Freundinnen auf der Übernachtungsparty zu backen, habe ich das auch überstanden. Ich denke, ich lerne dazu. Aber wäre es denn okay, wenn ich mich in euren Räumlichkeiten bewege? Immerhin bin ich nur eine unbedeutende Angestellte.«

Frederik stellte seine Kaffeetasse ab, griff über den Tisch nach meiner Hand und sah mir tief in die Augen. »Auf keinen Fall bist du unbedeutend, Emelie. Du leistest großartige Arbeit, sonst hätte dir Ove kein Praktikum angeboten und dich mit dieser verantwortungsvollen Aufgabe betraut. Und du bist auch nicht irgendeine Angestellte. Nicht für mich.« Er verwob seine Finger mit meinen und ließ meinen Blick nicht los.

»Wo stehen denn deine Instrumente?«

»Der Flügel steht im Weißen Salon. Die Geige ebenfalls, aber die könnte ich auch hierher mitbringen.« Nachdenklich runzelte er die Stirn.

Ich schüttelte den Kopf. »Nein, das wäre sicher nicht dasselbe. Ich würde mich freuen, wenn du mir im Weißen Salon etwas vorspielst. Fällt das dann unter Privataudienz?«

»Ganz eindeutig.« Er schmunzelte und ließ seine Finger sanft über meine Hände gleiten, bis sich ein Kribbeln in mir ausbreitete.

Mein Herz machte einen Satz. Keine Ahnung, ob vor Aufregung bei dem Gedanken daran, dass ich von Frederik zu einem ganz besonderen Konzert eingeladen worden war, oder weil seine Berührungen so intensive Gefühle in mir auslösten.

»Lass uns erst mal aufessen«, sagte er schließlich. »Ich habe nämlich etwas vor.« Er zog seine Arme zurück und warf mir einen geheimnisvollen Blick zu.

»Du machst es ja spannend. Muss ich mich dafür noch mal umziehen?« Würden wir nach draußen gehen und dort länger unterwegs sein, bräuchte ich auf jeden Fall wärmere Klamotten. Und für einen Palastbesuch hätte ich schnell ein hübsches Kleid angezogen und mir die Haare geglättet.

»Nein, du solltest unbedingt so bleiben, wie du bist.«

Ich sah ihn an – in der Hoffnung, einen klitzekleinen Hinweis zu bekommen oder erraten zu können, worauf er hinauswollte –, doch sein Gesicht ließ keine Schlüsse darauf zu, was er geplant haben könnte. Also beendeten wir unser Frühstück, während Frederik mich über den Fortschritt der Arbeiten für den Winterball ausfragte. Ich erklärte ihm, dass wir immer noch mit den Details und der Dekoration beschäftigt waren und das gesamte Backwerk erst kurzfristig anfertigen würden.

»Wow! Und du bist dir sicher, dass du während der letzten Tage vor dem Ball zum Schlafen kommen wirst?« Er stellte die Butter zurück in den Kühlschrank und räumte die Teller in die Spülmaschine.

»Ich hoffe es. Aber es wird definitiv die stressigste Zeit des Jahres. Ove meint, ich soll in den nächsten Tagen mal einen Tannenbaum vorbereiten, damit die anderen sehen, wie ich das Grundgerüst erstelle und den Baum forme. Dann kann das Team sie nach demselben System anfertigen. Die Tannenbäume werden ganz zum Schluss gebacken und dazu müssen wir alle an einem Strang ziehen. Die *Kanelbullar*, Cakepops, Pralinen, *Dammsugare* und alles, was gekühlt länger haltbar ist, können wir schon jetzt herstellen, die Muffins und die Torten müssen jedoch kurz vor dem Ball gebacken werden.«

Frederik fegte nachdenklich ein paar Krümel vom Tisch in seine Hand und wischte ihn anschließend mit einem feuchten Lappen ab. »Das bedeutet also, dass wir uns dann für ein paar Tage nicht sehen werden.«

»Vermutlich. Ich werde wahrscheinlich nur zum Schlafen zu Hause sein.«

Seine Mundwinkel hoben sich. »Ich schicke dir einfach jeden Tag Nachrichten, damit du weißt, dass ich an dich denke.«

Mir wurde ganz warm bei seinen Worten und ich konnte ein Lächeln nicht unterdrücken. Dennoch gab es da ein Thema, das mich seit unserem Ausflug auf den Weihnachtsmarkt beschäftigte.

»Hör mal, Frederik …«

»Hm?« Er wandte sich mir zu und zog mich an sich. Dabei kamen seine Lippen den meinen so nahe, dass ich kurzfristig vergaß, was ich ihn fragen wollte.

»Also … wie stellst du dir das mit uns beiden vor? Was bin ich für dich? Ich meine …«

Er strich mit seinem Mund an meinem entlang und ein kribbeliger Schauer breitete sich in mir aus.

»Sind wir jetzt ein Paar? Ich will nicht, dass du dich zu irgendetwas verpflichtet fühlst, aber …«

Sanft neckte mich seine Zunge und ich schaffte es nicht sofort, ihm zu widerstehen.

»Du küsst mich, du gehst bei mir ein und aus, bringst Frühstück vorbei …«

Frederik schien sein Ablenkungsmanöver zu amüsieren. Oder er wollte nicht darüber reden, denn er küsste mich erneut und erstickte jeglichen weiteren Gedanken, der in meinem Kopf herumschwirrte.

»Komm schon, hör auf! Das ist wichtig!«, sagte ich lachend. »Immerhin bist du, ob du es nun wahrhaben willst oder nicht, ein Mitglied der Königsfamilie. Ist es nicht so, dass auch das Volk interessiert, wen der Prinz küsst?«

»Nur, wenn er der Thronfolger ist«, raunte er an meinem Hals an einer Stelle, an der ich besonders empfindlich war.

Kichernd löste ich mich von ihm. »Frederik!«

Er seufzte lächelnd. »Ich will einfach mit dir zusammen sein, Emelie. Ohne den ganzen Druck von außen. Am liebsten würde ich jede freie Minute mit dir verbringen. Ich genieße die Zeit mit dir so sehr und möchte dich als meine –«

Ein Klopfen an der Tür unterbrach ihn.

»Wer könnte das sein?« Ich hatte schon nicht mit Frederik gerechnet. Dass nun noch jemand zu mir wollte – erneut unangekündigt –, überraschte mich.

Auf seinem Gesicht breitete sich ein geheimnisvolles Grinsen aus. »Die Überraschung ist da. Du solltest aufmachen.« Er zeigte zur Haustür, an der es gerade ein weiteres Mal klopfte.

Ohne länger zu warten, durchquerte ich die Küche und öffnete die Tür, wo … ich mich vor einer großen Tanne wiederfand.

»Guten Tag, Emelie, ich bringe dir deinen Weihnachtsbaum.« Arne tauchte hinter der Tanne auf. Neben sowie hinter ihm standen drei weitere Bedienstete mit mehreren Kartons.

»Perfekt, pünktlich auf die Minute, Arne. Kommt rein.« Frederik war neben mich getreten und sofort verbeugte sich das Personal. Nacheinander kamen sie ins Haus und schlüpften ganz selbstverständlich aus den Schuhen, ohne die Hände zu benutzen.

»Ich … verstehe nicht?«

Frederik legte den Arm um mich. »Hier muss doch noch weihnachtlich dekoriert werden. Und da ich bereits vermutet hatte, dass du vor dem Winterball kaum Zeit dafür haben wirst, dachte ich, ich kümmere mich darum.«

Blinzelnd schaute ich ins Wohnzimmer, wo Arne und die anderen drei den großen Tannenbaum in einen Weihnachtsbaumständer steckten und schließlich das Netz aufschnitten, das die Zweige zusammengehalten hatte.

Auf dem Boden daneben hatten sie die Kartons abgestellt, auf die Frederik nun zuging und den obersten öffnete. »Ah, sehr schön. Gute Wahl, Arne.«

Arne nickte und kaum waren die wenigen heruntergefallenen Tannennadeln zusammengefegt, verabschiedeten sich die Bediensteten höflich und waren so schnell aus dem Haus verschwunden, wie sie aufgetaucht waren.

»Und jetzt?«

Frederik grinste. »Jetzt verrätst du mir erst mal deinen Lieblingsweihnachtssong. Immerhin brauchen wir die perfekte musikalische Begleitung, wenn wir den Baum schmücken.«

Kurz lachte ich auf, weil ich nicht fassen konnte, was hier gerade passierte.

»Sag schon!«, drängte er mit einem süßen Lächeln und seinem Handy in der Hand.

»Okay, also …« Ich blies die Backen auf. »Dann würde ich sagen, *Baby, It's Cold Outside*.«

Frederik tippte, scrollte, und gleich darauf ertönten die ersten Klänge einer Version, die ich so noch nicht kannte. Aber ich mochte die Stimmen und sofort durchströmte mich die Vorfreude auf das Schmücken.

»Okay, also … ich danke dir. Damit hätte ich nicht gerechnet. Die Überraschung ist dir wirklich gelungen.«

»Das hab ich doch gern gemacht«, sagte er und küsste mich auf die Wange. »Dann schauen wir mal, was sich in den ganzen Kisten befindet.«

Begeistert klatschte ich in die Hände und verteilte die Kartons auf dem Boden, bevor ich nacheinander die Deckel entfernte. Zum Vorschein kamen die schönsten Kugeln in Eisblau und Silber, silberfarbene Perlenketten, kleine elektrische Kerzen, die fast echt aussahen und sich an die Zweige klipsen ließen, ein eisblauer Stern für die Spitze sowie versilberte und petrolfarbene Strohsterne. Ich entdeckte sogar kleine Ziegen aus filigranem Draht, von denen ich wusste, dass sie *Julbock* genannt wurden und eine Vorversion des Weihnachtsmannes waren, weil Mama sie jedes Jahr aus Stroh an unseren Weihnachtsbaum hängte.

In der nächsten Kiste fand ich in Silberfolie gewickelte Pralinen, die mir sehr bekannt vorkamen – hatte die Madita gemacht?

»Frederik, ich weiß echt nicht, was ich dazu sagen soll«, brachte ich völlig überwältigt hervor. Das alles war so viel schöner, als ich es erwartet hatte.

»Du musst gar nichts sagen. Lass uns einfach den Baum schmücken.« Er nahm die erste Kugel aus der Box und reichte sie mir.

Wenig später flackerte ein wohliges Feuer im Kamin. Frederik hatte begonnen, eine Weihnachtsplaylist zusammenzustellen, auf die inzwischen auch *Little Drummer Boy* und *Santa Tell Me* sowie einige schwedische Weihnachtslieder eingezogen waren.

Wir hatten großen Spaß, die Tanne zu schmücken, und erzählten uns währenddessen von unserer Kindheit. Wir sprachen über die Unterschiede der Weihnachtstraditionen in unseren Ländern und stellten fest, dass ich mehr über die Weihnachtstraditionen in Fjarora wusste als Frederik über das Weihnachtsfest in Deutschland. Zum Beispiel war mir nicht neu, dass sie hier wie in einigen anderen Teilen Skandinaviens am 13. Dezember, dem kürzesten Tag des Jahres, das *Luciafest* feierten. Die Heilige Lucia hatte der

Legende nach den Christen Essen gebracht, die sich in den römischen Katakomben verstecken mussten. Ein Mädchen, traditionell die älteste Tochter des Hauses, spielt dann Lucia in einem weißen Gewand mit einem roten Band um die Taille und einem Kranz mit Kerzen auf dem Kopf. Und zur Feier des Tages gibt es *Lussekatt*, ein Hefegebäck, das mit Safran gelb gefärbt wird. Auch Mama hatte es jedes Jahr gebacken und uns die Geschichte dazu erzählt.

Außerdem wusste ich von ihr, dass in Schweden und Fjarora heutzutage *Jultomte*, ein kleiner Kobold, die Weihnachtsgeschenke brachte. Er lebte der Legende nach in einem Stall und Frederik hielt daran fest, dass sich aus ihm die Figur des Weihnachtsmannes, wie wir ihn kannten, entwickelt hatte. Eine Behauptung, die ich erst nicht glauben konnte, aber als er mir die ganze geschichtliche Herleitung erklärte, geriet meine Überzeugung ins Wanken.

»Ove hat *Jultomte* übrigens am Rande erwähnt, als er über sein Kuchenkonzept für den Winterball gesprochen hat. Er möchte den kleinen Kobold mit weißem Bart und roter Mütze in der Winterlandschaft unterbringen.«

Frederik nickte nur knapp und irgendwie hatte ich das Gefühl, dass er nicht mehr wirklich zugehört hatte, sondern mit den Gedanken plötzlich ganz woanders war.

»Geh mit mir auf den Winterball, Emelie«, platzte es aus ihm heraus, als ich gerade nachhaken wollte.

Mein Mund klappte auf – vor Verwirrung, Überrumpelung und Unsicherheit.

»Nein, sag nichts. Es sei denn, deine Antwort ist *Ja.*« Er zog mich in seine Arme. »Ich meine das ernst, Emelie. Geh mit mir auf den Ball. Als meine offizielle Begleitung. Immerhin solltest du das wunderbare Kunstwerk, an dem du einen großen Anteil hast, an seinem

Bestimmungsort sehen. Das hast du dir verdient. Vor allem wünsche ich mir aber, dich auf dem Ball an meiner Seite zu haben.«

Unzählige Fragen tauchten in meinem Kopf auf, verwirrten mich, sorgten dafür, dass ich sprachlos blieb.

»Bitte.« Dieses eine Wort kam so flehend und gleichzeitig dermaßen bestimmt von Frederik, dass mir klar wurde, wie ernst er es meinte.

Und dass er sich davon nicht abbringen lassen würde.

KAPITEL 18

# Frederik

Ich sah in Emelies Augen und konnte die unzähligen Fragen und Gegenargumente darin lesen, die ihr durch den Kopf gingen. Am liebsten hätte ich all ihre Bedenken weggeküsst, doch ich wusste, dass sie einfach nur Zeit brauchte, um sich mit dem Gedanken anzufreunden. Ich wollte sie nicht drängen, hatte es aber auch ernst gemeint, dass ich ein *Nein* als Antwort nicht akzeptieren würde.

Mit ihr fühlte ich mich wohl und es stand ihr zu, das Kunstwerk auch auf dem Ball zu bewundern, die anstrengende Arbeitszeit sowie ihren Erfolg als angehende Konditorin zu feiern.

»Hast du denn schon mal auf dein Ergebnis bei der Show oder auf dein Praktikum hier angestoßen?«

»Nein, aber …«

»Siehst du? Ein weiterer Grund, mich auf den Ball zu begleiten. Du solltest unbedingt feiern, was du erreicht hast. Diese Chance, die du dir durch dein Talent selbst eröffnet hast. Genau genommen darfst du auf dem Ball gar nicht fehlen, denn jeder sollte die talentierte junge Frau kennenlernen, die das außergewöhnlichste Dessertbüfett gestaltet hat, das der Palast je zuvor gesehen hat.«

Nun verdrehte sie die Augen. »Es ist ja nicht so, als würde ich das alles allein machen. Die Idee stammt außerdem von Ove. Demnach müsste er deine Begleitung sein«, zog sie mich auf. »Und ich bin mir sicher, dass es auch auf den bisherigen Bällen besondere Süßspeisen, Torten und Leckereien gegeben hat.«

Ich lächelte schief, nahm mein Handy zur Hand, öffnete die Fotos und scrollte mich bis zum Dezember des Vorjahres hoch. Dann klickte ich auf ein Bild, auf dem das Büfett des vergangenen Winterballs zu sehen war.

Ein verblüfft-enttäuschtes »Oh …« war ihre erste Reaktion.

»Ganz genau. Du weißt, wie es dieses Jahr aussehen soll. Bisher hat es zwar auch immer auserlesene Torten und Hefebällchen und Hörnchen und Zimtschnecken gegeben, aber ein Konzept wie das aktuelle existierte nicht.«

Die verschiedenen Desserts waren auf großen Glasplatten präsentiert worden, alles hatte unglaublich gut ausgesehen, doch mit der Winterlandschaft, die diesmal geplant war, konnten die letzten Jahre ganz sicher nicht mithalten.

»Ove hat dich deshalb ins Team geholt, weil du mit deinen Bäumen etwas in ihm geweckt hast. Du bist wie eine Muse für ihn und hast dafür gesorgt, dass er endlich wieder über sich hinauswächst.«

»Willst du damit andeuten, dass ihn die Arbeit hier bisher zu wenig gefordert hat?« Ungläubig biss sie sich auf die Wangeninnenseite.

»Überleg mal, Emelie. Ein Konditorgenie wie Ove, der im Grunde *alles* machen könnte, übernimmt eine Stelle am königlichen Palast, um dort *nur* süßes Gebäck und Torten für die Königsfamilie und den palasteigenen Laden zu entwerfen. Klingt nicht gerade nach einer Aufgabe, die jemanden wie ihn auf Dauer fordert.«

»Darüber habe ich vor Kurzem auch nachgedacht«, gestand sie und steckte ein paar Weihnachtsbaumkerzen an die Zweige.

»Was meinst du?«

»Wie es nach dem Winterball für mich weitergeht. Ich meine, jetzt bin ich die dringend notwendige Verstärkung, die das Team für dieses Event braucht. Aber was ist danach? Wenn sich alles normalisiert hat, wenn sich alle wieder ausschließlich darauf konzentrieren, Pralinen, Torten und *Kanelbullar* für deine Familie und für den Laden herzustellen? Dann fallen sie in ihre eingespielte Routine zurück und mein Praktikum ist beendet.«

Verlegen wischte ich mir über den Nacken. Darüber hatte ich noch nicht nachgedacht. »Vielleicht redest du einfach mal mit Ove, wenn es passt. Ich könnte mir gut vorstellen, dass er den befristeten Praktikumsvertrag verlängern würde.«

»Keine Ahnung, ob ich das überhaupt will. Nicht falsch verstehen, ich arbeite gern hier. Das Praktikum ist großartig, ich kann mich beweisen und lerne wahnsinnig viel dazu. Ich fühle mich auch unglaublich wohl im Team. Aber mein Traum ist nach wie vor, eine eigene Konditorei zu eröffnen. Dafür fehlt mir nur das nötige Kleingeld – und die Unterstützung meiner Eltern, die in jedem Gespräch darauf beharren, dass ich wieder in die familieneigene Bäckerei zurückkehren sollte.«

Seufzend zog ich sie in meine Arme. »Tut mir leid, dass sie dich nicht unterstützen und dass dein Traum im Moment noch weit entfernt liegt.«

»Schon gut.« Sie klang entmutigt und ich hätte mich dafür ohrfeigen können, dass ich sie mit meinen Überlegungen daran erinnert hatte, dass sie in einer ähnlichen Lage war wie ich, was ihren Berufswunsch betraf. Auch wenn es bei mir nicht am Geld scheiterte …

»Aber nur weil du das Geld im Moment nicht hast, heißt es ja nicht, dass du nicht trotzdem deinen Traum weiterleben kannst. Ich meine, nach dem Ball und vor allem nach der Fernsehshow hast du dir garantiert einen Namen gemacht. Ich könnte mir vorstellen, dass die Leute eine Menge dafür zahlen würden, Torten bei dir zu bestellen. Das bedeutet ja nicht, dass du sofort eine Konditorei eröffnen musst. Vielleicht kannst du erst einmal die Bestellungen abarbeiten. Eventuell auch in einer Konditorei, in die du dich einmietest. Oder bei dir zu Hause, oder …«

Nachdenklich legte sie den Kopf schräg. »Ja, das wäre tatsächlich eine Idee …«

»Es wäre zumindest eine Überlegung wert. Natürlich nur, wenn Ove nicht doch andere Pläne in seinem Team für dich hat, die dich überzeugen. Pläne können sich immerhin ändern. So oder so solltest du mit zum Winterball kommen. Schon allein, um Kontakte zu knüpfen, um auf dich als Person, als Tortenkünstlerin aufmerksam zu machen. Das könnte für dein eigenes Geschäft sehr hilfreich sein.«

Ich sah ihr an, wie sie immer noch mit sich rang.

»Oder komm einfach mit, weil ich es mir wünsche. Weil ich allen zeigen will, welche großartige, bezaubernde junge Frau mir den Kopf verdreht hat und mich einfach glücklich macht.«

Ihre Mundwinkel zuckten, dann schlang sie ihre Arme um meinen Nacken. »Angenommen, ich würde zusagen …«, begann sie und mein Herz schlug sofort ein paar Takte schneller, »dann stünde ich vor dem Problem, dass ich die ganzen Gäste nicht kenne und dich mit ziemlicher Sicherheit vor irgendwelchen Adligen, wichtigen Leuten aus Wirtschaft und Politik oder sonstigen Celebrities blamiere.«

»Das wird nicht passieren«, raunte ich nah an ihrem Ohr. »Weil ich dich keine Sekunde allein lassen und dich allen vorstellen werde. Selbst dem Orchester, wenn es sein muss.«

Sie kicherte verhalten und ich liebte es, wie niedlich sie dabei aussah.

»Und was soll ich zu diesem Anlass anziehen? Ich hab zwar ein langes Kleid eingepackt, aber ich fürchte, dass es dafür nicht passend ist.«

»Ist das ein Ja? Begleitest du mich zum Ball?« Ich wagte nicht, mich zu sehr zu freuen, sondern stellte mich innerlich auf die nächste Abfuhr ein, damit sie mich nicht zu heftig traf.

»Ja, ich denke, ich werde deine Einladung annehmen. Vermutlich wird es das erste und letzte Mal in meinem Leben sein, dass ich auf eine Veranstaltung wie diese geladen werde und … ich möchte dir deinen Wunsch nicht abschlagen.«

Freude schwappte in mir über und ich konnte mich nicht zurückhalten, Emelie hochzuheben und einmal im Kreis herumzuwirbeln. Sie kreischte vergnügt und lachte, während ich mich fühlte, als hätte ich eine der genialsten Ausfahrten mit den Hunden in traumhafter Nordlichtnacht hinter mir.

»Danke, du weißt nicht, wie viel mir das bedeutet. Und mach dir keine Gedanken wegen des Kleides. Ich bin mir sicher, dass du zauberhaft aussehen wirst – selbst wenn du mit dieser Hose dort auftauchen würdest.«

Sie lachte und knuffte mich in die Seite.

»Na komm, lass uns die Lichter am Baum einschalten. Und dann sollten wir deine Entscheidung mit einem Glögg feiern.« Mit diesen Worten zog ich die Flasche aus einer der Kisten, die sie offenbar übersehen hatte, denn sie hob überrascht die Augenbrauen und nickte schließlich.

»Hier, das ist deine Aufgabe.« Sie reichte mir die Fernbedienung, mit der man die Lichter einschalten konnte.

»Nein, es ist dein Baum, also solltest du auch –«

»Jetzt drück schon auf den Knopf, Frederik!« Sie lachte. »Ich werde noch oft genug die Chance haben, sie einzuschalten.«

Dem konnte ich nicht mehr widersprechen. Ich nahm die Fernbedienung in die Hand und schlang den anderen Arm um Emelie, bis sie mit dem Rücken an meiner Brust lehnte. Meinen Kopf legte ich an ihren, sog tief ihren süßen Duft ein und schaltete schließlich die Lichter ein.

»Wow!«, war das Einzige, das ihr zuerst über die Lippen kam.

Auch ich war begeistert von dem Baum, der mit den filigranen *Julbock*-Drahtgeflechten und den gefärbten Strohsternen unglaublich edel aussah. Die unzähligen Lichter hüllten ihn in einen weichen Schein, der sich in den eisblauen und silbernen Kugeln widerspiegelte.

»Ich würde sagen, wir haben gute Arbeit geleistet.«

Emilie nickte und drehte sich in meinen Armen zu mir um. »Danke«, hauchte sie an meinen Lippen, ehe sie mich küsste und ihre Finger in meinen Haaren vergrub. Sie drückte sich an mich und eine Hitze erfasste mich, die mich zwang, wieder etwas Abstand zwischen uns zu bringen, weil ich mich sonst nur schwer hätte zurückhalten können, noch einen Schritt weiterzugehen.

»Was hältst du davon, wenn wir den Glögg aufwärmen und es uns danach auf der Couch gemütlich machen?«

Atemlos nickte sie und folgte mir in die Küche, wo sie aus einem Küchenschrank eine Dose mit Keksen hervorholte. Ich konnte Zimtplätzchen entdecken, *Pepparkakor*, Anisplätzchen und *Drömmar* – alles Sorten, die von unserem Konditorteam gebacken und im Laden verkauft wurden.

Liebevoll arrangierte sie alles auf einem Teller, den sie ins Wohnzimmer trug. Ich folgte ihr mit zwei Gläsern Glögg – meinen ohne Rosinen –, und wir setzten uns vor das knisternde Feuer. Ich lehnte schräg an der Rückenlehne, Emelie saß zwischen meinen Beinen. Ihr Rücken lag an meiner Brust und ich liebte es, dass sie mir so nah war. Immer wieder reichte sie mir einen Keks, während wir beide unseren Glühwein tranken und uns die Wärme des Getränks und des prasselnden Feuers einlullte. Alles wirkte so vertraut und völlig ungezwungen, als würden wir uns schon ewig kennen.

Wir redeten darüber, wie Weihnachten für uns als Kinder gewesen war und was die schönsten Erinnerungen an dieses Fest waren.

»Ich werde nie vergessen, wie ich mein erstes Fahrrad bekommen habe«, begann sie und ich richtete mich auf, um sie anschauen zu können, während sie mir diese Geschichte erzählte. Sie rutschte leicht herum, bis wir uns gegenübersaßen und uns tief in die Augen sahen, bevor sie fortfuhr. »Meine Eltern hatten es komplett in Weihnachtspapier eingewickelt. Also den Sattel, den Lenker, sogar die Klingel, alles war fein säuberlich mit Geschenkpapier umhüllt. Es war nicht zu übersehen, dass es nur ein Fahrrad sein konnte, aber mein Papa wollte mir die ganze Zeit weismachen, dass in diesem Geschenk ein Teddybär steckte. Erst nach dem Singen der Weihnachtslieder durfte ich es auspacken.«

Ich schmunzelte, als sie bei der Erinnerung leise zu lachen begann.

»Und was ist dein schönstes Erlebnis an Weihnachten?«

Darüber musste ich nicht lange nachdenken. Noch heute erinnerte ich mich gern an jenen Moment zurück, der mein Leben für immer verändert hatte. »Das war vor zwölf Jahren, als Snö aus einem der Geschenke gehüpft ist«, sagte ich voller Liebe für meinen ältesten Hund.

Emelies Mund klappte auf. »Dein erster Husky war ein Weihnachtsgeschenk?«

Kurz war ich verunsichert. War sie einfach überrascht, dass es ein Hund gewesen war? Oder fand sie einen Hund generell nicht gut als Weihnachtsgeschenk? Im Grunde musste ich ihr zustimmen, denn ein Tier war nicht wirklich ein ideales Geschenk. Dass es in meinem Fall etwas anders war, konnte sie immerhin nicht wissen.

»Ja, ich hatte mir schon lange einen Hund gewünscht und sie dachten wohl, dass ein Husky passend wäre, weil auch mein Großvater immer Schlittenhunde gehabt hatte. Bestimmt hatten sie sich ausgemalt, wie Snö mich auf einem kleinen Schlitten zog. Aber dass sich so eine große Liebe und Leidenschaft daraus entwickeln und es nicht bei einem Hund bleiben würde, hatten sie nicht geahnt.«

Erleichtert stellte ich fest, wie bewegt sie mich anschaute. »Das ist wahnsinnig süß. Und was für eine Geschichte! Man merkt einfach mit jedem Wort, wie sehr du deine Hunde liebst. Man muss dich nicht einmal mit ihnen sehen, das erkennt man allein in deinen Augen.«

Ihre Worte sorgten dafür, dass es in meiner Brust eng wurde. »Hat dir schon mal jemand gesagt, dass du wirklich unglaublich bist? So schön und einzigartig und warmherzig, mit dieser ganz speziellen Art, die mich die ganze Zeit in deine Nähe zieht …« Ich stellte meinen Glögg auf den Tisch und ihren gleich dazu.

Emelie schaute mich verwirrt und mit leicht geröteten Wangen an. Ob das von meinen Worten, von der Wärme des Feuers oder dem Glühwein kam, wusste ich nicht. Doch ich wusste, dass ich sie jetzt ganz nah bei mir brauchte. Dass ich sie halten und ihr zeigen musste, wie viel mir die Zeit bedeutete, die sie mir schenkte, wie viel sie mir bedeutete. Die Art, wie sie mich ansah, wie sie mit mir sprach. Dass sie mir den Wunsch erfüllte, mich auf den Ball zu begleiten. Dass sie zu mir stand. Zu *mir*, nicht zum Prinzen.

Ich zog sie auf mich, bis sie rittlings auf meinem Schoß saß.

»Frederik«, hauchte sie überrascht.

In der Hoffnung, dieses bittersüße, sämtliche Emotionen in mir aufwirbelnde Gefühl festhalten zu können, sah ich ihr tief in die Augen. Mit einer Hand in ihrem Nacken kam ich ihr entgegen, bis ihre Lippen auf meinen landeten.

Seufzend erwiderte sie den Kuss, schickte einen wohligen Schauer durch meinen ganzen Körper, und das Verlangen, ihr noch näher zu kommen, wurde mit einem Mal übermächtig.

Emelie legte ihre Hände an meine Brust, ließ sie sanft daran hinab und wieder hinaufgleiten. Hitze schoss durch mich hindurch und in dem Moment wurde mir klar, dass ich so schnell nicht wieder gehen wollte.

# KAPITEL 19
# Emelie

Frederiks Küsse waren weich und warm und drängend. Sie machten süchtig, sorgten dafür, dass ich mehr davon wollte. Mehr Küsse, mehr Frederik. Und während ich Angst hatte, er könnte mich aufhalten, mich zurückweisen, schob er sich über mich, bis ich mit dem Rücken auf der Couch lag.

Ein sehnendes Ziehen breitete sich in mir aus, als ich ihn auf mir spürte und mir seines Körpers nur allzu bewusst wurde.

Sein Blick war unfassbar zärtlich, als er mich anschaute und sanft an meiner Seite entlangstreichelte, über den Oberschenkel und wieder zurück.

»Dass Ove dich hierher geholt hat, ist wirklich das Beste, was mir je passieren konnte.« Seine Stimme war rau und ich konnte sein Verlangen darin hören. Er wollte mich – und mir ging es genauso.

»Und dass ich mich für diese Backshow beworben habe, war die beste Idee, die ich in meinem bisherigen Leben hatte. Sonst hätte ich Oves Angebot nie bekommen. Und stell dir vor, ich hätte ihm abgesagt …«

Sofort landete sein Finger auf meinem Mund. »Daran will ich nicht einmal denken.« Wieder lag so viel Liebe in seinem Blick, als er mich anschaute.

Ohne etwas darauf zu erwidern, musste ich ihn erneut küssen, musste ihn an mich ziehen, ihn berühren. Wie von selbst glitten meine Hände unter seinen Pullover und ich stöhnte frustriert auf, als ich darunter sein Hemd ertastete.

Ein leises Lachen bebte durch seinen Körper, doch er drückte sich tatsächlich hoch und zog sich den Pulli über den Kopf. »Verdammt heiß hier bei dir«, meinte er mit einem Zwinkern und trieb mir zum wiederholten Male die Röte in die Wangen.

»Das liegt unter anderem an einem ganz besonderen Mann …«

Frederik verzog das Gesicht und sah sich übertrieben theatralisch um. »Was? Wo steckt er? Na warte, wenn ich den erwische …«

Lachend zog ich ihn wieder an mich, auf mich, zwischen meine Beine. Augenblicklich wich der Schalk aus seinen Augen und Verlangen loderte darin auf.

Seine Berührungen jagten heiße Schauer durch mich hindurch und bevor ich etwas erwidern konnte, schob er eine Hand unter meinen Pullover, berührte mit seinen Fingerspitzen meine nackte Haut.

Ein sehnsuchtsvoller Laut drang über meine Lippen, den er mit seinem Mund über meinem auffing.

Seine Hand streichelte weiter hinauf über die Spitze des BHs und wieder hinab, während er mich gleichzeitig küsste und sich eine Gänsehaut über meinen ganzen Körper ausbreitete.

Fragend schaute Frederik mich an, als er meinen Pullover weiter nach oben schieben wollte, und ich nickte, half ihm, ihn mir auszuziehen.

An seinem Hals sah ich, wie er schluckte, bevor er sich über mich beugte und Zentimeter um Zentimeter von mir liebkoste. Hitze loderte in mir, während seine Lippen und seine Zunge über meine Haut tanzten und mich alles um mich herum vergessen ließen.

Als Frederik mich an meinem Hals neckte, knöpfte ich sein Hemd auf. Ich schob es ihm über die Schultern und strich sanft mit den Fingerkuppen über seinen muskulösen Oberkörper.

Zufrieden raunte er, drängte sich meinen Berührungen entgegen, und ich schloss die Augen.

Ich wusste nicht, ob das mit uns eine Zukunft haben würde. Ob wir überhaupt irgendwann offiziell ein Paar sein konnten oder ob das, was wir hatten, einfach nur ein intensiver Flirt war, den wir beide genossen, solange es uns möglich war. Dennoch wollte ich in dem Moment nichts sehnlicher, als Frederik ganz zu spüren.

Er stöhnte verhalten auf. »Emelie …«

Mein Herz stockte.

»Ich hätte nicht gedacht … Ich habe keine Kondome dabei.«

»Ich habe welche oben«, sagte ich und spürte, wie mir heiß wurde. »Nicht, dass ich das heute geplant hätte, aber ich hatte gehofft …«

Frederik erstickte die nächsten Worte mit einem Kuss. »Lass uns nach oben gehen.«

»Nein, bleiben wir hier. Ich hole sie schnell. Lauf nicht weg!«

Er nickte und küsste mich noch einmal kurz auf die Nasenspitze, bevor ich ins Schlafzimmer eilte und mit zitternden Fingern die Packung aus der Nachttischschublade holte.

Als ich wieder ins Wohnzimmer kam, saß Frederik auf dem Sofa und schaute mich abwartend an. Er hatte den Wohnzimmertisch beiseitegestellt und eine Decke auf dem Boden ausgebreitet.

»Für alle Fälle«, meinte er zwinkernd und öffnete die Arme, in die ich mich sinken ließ.

Sofort küsste er mich wieder und diesmal lag weniger Zurückhaltung darin. Er drängte sich gegen mich und ich liebte es, wie er auf mich reagierte.

Ich verteilte Küsse auf seinem Oberkörper und fand heraus, dass er eine Stelle über dem Schlüsselbein hatte, die besonders empfindlich war. Er zuckte und seufzte jedes Mal, wenn ich vorsichtig darüberfuhr – bis er mich mit einem Mal sanft packte und auf den Rücken legte. Überrascht keuchte ich auf und versank in dem Blau seiner Augen, als er über mir aufragte. Das Feuer knisterte neben uns im Kamin, genau wie die Luft zwischen uns, und ich wusste, er würde nicht länger warten wollen.

Er schob sich an mir hinab, verteilte Küsse über meinem Bauchnabel und wanderte tiefer. Er zog mir die Jeggings und den Slip von den Hüften und neckte mich mit seiner Zunge an der Stelle, die sich am meisten nach ihm sehnte.

Keuchend drängte ich mich ihm entgegen und bäumte mich unter ihm auf.

Mein Herz raste, meine Lunge gierte nach Sauerstoff und als alles in mir explodierte, murmelte ich wieder und wieder seinen Namen.

Nur langsam flaute dieses Gefühl in mir ab und am liebsten hätte ich es konserviert, um mich später noch einmal in gleicher Intensität daran zu erinnern.

Ich spürte Frederiks Lippen an meinem Bauch, zwischen meinen Brüsten und an meinem Hals, bevor er sich aufrichtete und ein Kondom überzog.

Ohne zu zögern, setzte ich mich rittlings auf ihn. Frederik schlang seine Arme um mich, ich ließ mich auf ihn sinken und … wow!

Ein tiefes Seufzen löste sich aus meiner Kehle, während mein Herz mit Frederik verschmolz. Alles in mir fühlte sich voll an – voller Liebe, voller Glück.

Er brummte genüsslich und legte seine Hände an meinen Po. Sehnsuchtsvoll vergrub ich meine Finger in seinen Haaren, liebte es, wie sie sich anfühlten. Liebte es, dass er mir so nah war, wie er mich dabei anschaute. Und in diesem Moment wusste ich, dass wir nichts Falsches taten. Es war so richtig, wie nur etwas richtig sein konnte.

Ich sah ihm in die Augen und hoffte, er würde in meinen sehen, was ich in seinen erkennen konnte. Wieder sammelte sich die Energie in mir, prickelte durch mich hindurch. Jeden Moment war ich erneut so weit …

Schon erfasste mich die Welle. Und als hätte Frederik darauf gewartet, ließ auch er sich fallen. Wir fielen gemeinsam, hielten uns gegenseitig fest, bis wir langsam wieder zu Atem kamen.

Viele Stunden später lag Frederik nur mit seinen Shorts bekleidet an mich gekuschelt auf der Couch und schlief. Die Reste des Essens, das wir uns gekocht hatten, standen auf dem kleinen Tisch, die Decke, die er auf dem Boden ausgebreitet hatte, war zerwühlt vom zweiten Mal.

Im Kamin glühten die letzten zwei Holzscheite vor sich hin, und vermutlich würde Frederik zurück zum Palast gehen, wenn ich ihn weckte. Doch noch wollte ich nicht, dass er mich verließ. Zu sehr genoss ich seine Haut an meiner, also streckte ich mich umständlich, um mein Handy zu erreichen, während ich mit der anderen Hand weiterhin sanft durch seine Haare fuhr.

Ursprünglich hatte ich vor, ein wenig durch meine Social-Media-Kanäle zu scrollen, weil ich dadurch erfuhr, was sich bei meiner Familie und meinen Freunden in der alten Heimat tat.

Doch eine neue E-Mail erregte meine Aufmerksamkeit und ich öffnete die App. Augenblicklich erhöhte sich mein Herzschlag, als ich sah, dass mein Onkel Holger mir geantwortet hatte. Fast hatte ich Angst, die Nachricht zu lesen, weil ich fürchtete, der Inhalt könnte mich enttäuschen. Aber die Neugier war größer …

*Liebe Emelie,*

*ich weiß gar nicht, was ich sagen soll, außer, dass ich mich sehr freue, von dir zu lesen. All die Jahre hatte ich gehofft, von euch Kindern zu hören, doch Erika war leider äußerst konsequent, was dieses Thema betraf.*
*Umso mehr würde ich mich freuen, dich endlich kennenzulernen. Mein Kalender ist derzeit voll mit Terminen, ich habe jedoch zwei Wochen vor Weihnachten geplant, nach Fjarora zu kommen. Wenn dir das also nicht zu spät ist, würde ich da ein Treffen vorschlagen. Dann habe ich auch ausreichend Zeit für ein Gespräch und für all deine und meine Fragen.*

*Liebe Grüße*
*dein Onkel Holger*

*P.S.: Du erreichst mich auch direkt unter der unten stehenden Nummer.*

Vor Aufregung war ich so schnell über den Text geflogen, dass ich ihn nun ein zweites Mal las. Er wollte mich ebenfalls kennenlernen! Endlich würde sich ein fehlendes Puzzlestück an seinen Platz schieben. Obwohl ich ihn am liebsten sofort getroffen hätte, war mir Mitte Dezember ganz recht. Immerhin wäre der Winterball da bereits vorbei und ich hätte genau wie er ausreichend Zeit, um ihm all die Fragen zu stellen, die mir bereits so lange auf der Seele brannten.

Kurz entschlossen speicherte ich seine Nummer und beschloss, ihm über sein Handy eine Antwort zu schicken.

Hallo Holger, zwei Wochen vor Weihnachten passt mir auch gut. Mach einfach einen Terminvorschlag und sag mir, wo du dich mit mir treffen möchtest.
Ich freue mich sehr auf dich!
Liebe Grüße

Einen Moment lang starrte ich noch auf die Nachricht, nachdem ich sie abgeschickt hatte, doch er schien sie nicht gleich zu lesen, geschweige denn zu antworten. Also legte ich das Telefon wieder beiseite, als sich Frederik neben mir regte.

»Oh, hi.« Er lächelte und drehte sich zu mir um, sodass er mich küssen konnte.

»Hej! Hast du gut geschlafen?«

Er nickte und stupste mit der Nase gegen meine. »Wie spät ist es?«

»Gleich halb acht.«

»Oh, fuck. Sorry. Mist … also … du weißt schon.« Er sprang auf und zog sich seine Hose an.

»Was ist los?« Irritiert schlüpfte ich ebenfalls in meine Jeggings und den Pullover.

»Ich hätte um neunzehn Uhr zum gemeinsamen Abendessen im Palast sein sollen.«

»Oh … Das tut mir leid. Wenn ich das gewusst hätte, hätte ich dich geweckt.«

Er küsste mich flüchtig auf den Mund, während er gleichzeitig sein Hemd zuknöpfte. »Schon gut, du kannst nichts dafür. Meine Eltern bestehen einfach darauf, dass wir möglichst oft gemeinsam zu Abend essen. Und heute habe ich mich nicht bei ihnen abgemeldet, also werden sie vermutlich auf mich gewartet haben.« Er verdrehte die Augen.

Schmunzelnd stand ich auf und reichte ihm seinen Pullover. »Ich finde es schön, dass sie Wert darauf legen. Ab sofort werde ich dich rechtzeitig zurück in den Palast jagen.«

»Also wird es eine Wiederholung des heutigen Tages geben?«

Dass in seiner Stimme so viel Hoffnung lag, gefiel mir. »Das wäre wirklich schön.«

Ein letztes Mal zog er mich an sich, um mich zu küssen. Dann eilte er in die Vorhalle, um sich Stiefel und Mantel anzuziehen.

»Hast du alles?«, fragte ich und sah mich um. Dabei fiel mir ein, dass er nur mit dem Gebäck in der Hand gekommen war, und sein Telefon hatte er bereits in die Gesäßtasche seiner Hose geschoben.

»Ja, ich denke schon. Bis auf dich, aber vielleicht kann ich dich meiner Familie nach dem Winterball als meine Freundin vorstellen. Davor … ist es eventuell nicht so ratsam.« Er schnaubte genervt. »Langes Thema, über das du dir nicht den Kopf zerbrechen musst. Bis später, ich rufe an …«

Er hauchte mir noch einen letzten Kuss auf die Lippen, bevor er hinaus in die Schneelandschaft eilte.

## KAPITEL 20

# Frederik

Meine Familie war schon mit dem Abendessen fertig und hatte sich zurückgezogen, als ich im Speisesaal ankam. Die Bediensteten waren gerade dabei, die Reste abzuräumen.

Als sie mich sahen, deckten sie sofort meinen Platz neu ein.

»Ich lasse Euch ein frisches Mahl zubereiten, Eure Königliche Hoheit.« Das Dienstmädchen machte einen Knicks, doch ich hielt sie zurück, als sie in Richtung Küche verschwinden wollte.

»Das muss nicht sein. Ich esse von dem, was übrig geblieben ist.«

»Aber …«

Ich schüttelte den Kopf. »Danke, ich bestehe darauf.« Ohne zu zögern, lud ich mir Gemüse und Fleisch auf den Teller und goss großzügig Soße darüber.

Bestimmt hatte sie ein schlechtes Gewissen, weil ich die lauwarmen Reste aß, aber mich störte es nicht. Überhaupt war ich mit den Gedanken gar nicht wirklich hier, sondern verlor mich in der Erinnerung an meinen Tag mit Emelie. Wenn ich gewusst hätte, dass ich meine Familie verpassen würde, wäre ich länger geblieben. Vielleicht sogar über Nacht …

Für das nächste Mal nahm ich mir vor, gleich klarzustellen, dass meine Eltern beim Abendessen nicht mit mir zu rechnen brauchten. Und Emelie würde sich hoffentlich freuen, wenn ich bei ihr übernachtete.

Allein die Vorstellung, neben ihr einzuschlafen und mit ihrem Gesicht vor meinem am nächsten Morgen aufzuwachen, war genau das, was ich mir wünschte.

Ich wollte sie einfach immer und jeden Tag bei mir haben. Ich wollte sie in meinem Leben, und selbst wenn ich ihr bisher nicht wirklich sagen konnte, wohin die Sache mit uns beiden führen würde, wusste ich, dass ich sie an meiner Seite wollte. Ganz offiziell und ohne Ablaufdatum.

Keine Ahnung, wie meine Eltern darauf reagieren würden, aber ich vermutete, dass meine Mutter Emelie bereits mochte. Sie hatte heute Morgen kurz anklingen lassen, wie schön Finnjas Abend mit ihren Freundinnen gewesen war und wie sehr sie sich darüber freute. Was immerhin auch Emelie zu verdanken war … Und da meine Familie Süßspeisen über alles liebte, wäre das nur ein weiterer Pluspunkt für sie.

Als ich mit dem Essen fertig war, das ich schnell und ohne es zu genießen hinuntergeschlungen hatte, stand ich auf und wollte mich in mein Kaminzimmer zurückziehen.

Doch als ich die Tür öffnete, zuckte ich zurück. Auf meiner Chaiselongue saß Britta, die mir freudestrahlend entgegenlächelte.

»Was machst du denn hier?« Dass meine Begrüßung keineswegs freundlich klang, war mir bewusst. Doch ich konnte einfach nicht verbergen, wie sehr es mich störte, dass sie ungefragt meinen Privatbereich betreten hatte.

»Da bist du ja! Ich habe auf dich gewartet.«

»Im Moment habe ich leider keine Zeit.« Demonstrativ hielt ich ihr die Tür auf, was sie nicht davon abhielt, zu mir zu kommen und sie wieder zu schließen.

»Aber nicht doch … Jetzt, wo du endlich hier bist …«

»Nur, dass ich dich nicht eingeladen habe.« In mir brodelte die Wut und wurde kein bisschen weniger, als sie noch näher trat.

»Deine Mutter hat mich zum Abendessen eingeladen. Ich hatte gehofft, dass wir uns sehen, aber nachdem du nicht aufgetaucht bist, war die Königin so freundlich, mir zu erlauben, hier auf dich zu warten.«

Ohne eine Antwort ging ich an ihr vorbei zum Fenster, um ausreichend Abstand zwischen uns zu bringen. Ich lehnte mich an die Fensterbank und starrte sie mit vor der Brust verschränkten Armen an. Sie schien das jedoch als Aufforderung zu verstehen – oder was auch immer –, denn sie kam zu mir und legte ihre Hände an meine Hüfte.

»Es ist für mich okay, wenn du dich zurückhältst. Ich kämpfe gern für meine Ziele.«

Fast musste ich die Augen verdrehen. Genervt umfasste ich ihre Handgelenke und schob sie sanft aber bestimmt von mir. »Das, was du dir ausmalst, wird nicht passieren, Britta. Ich habe kein Interesse an dir. Abgesehen davon gehört mein Herz einer anderen.«

Kurz zuckte sie zurück, als hätten meine Worte sie überrascht. Doch sie sammelte sich schnell wieder. »Nun … etwas in der Art habe ich schon vermutet und es aus deinem Mund zu hören, trifft mich heftiger als erwartet, aber … ich habe mich bereits auf ein solches Szenario eingestellt. Ich kann also damit leben, dass du eine andere liebst, selbst wenn du offiziell mit mir zusammen bist.«

Ungläubig raufte ich mir die Haare. »Du verstehst es nicht, oder? Ein *du und ich*, ein *wir*, wird es nicht geben. In keiner deiner zurechtgelegten Versionen. Auch nicht so, wie meine Mutter es sich vielleicht wünschen würde. Gar nicht. Und damit die Situation nicht noch peinlicher wird, werde ich jetzt Arne bitten, dich zum Ausgang zu begleiten.«

Nun wirkte sie doch sichtlich betroffen. In ihren Augen glitzerte es und sie blinzelte mehrfach. »Du willst mich also wirklich nicht? Nicht einmal auf dem Ball? Die Königin hat etwas diesbezüglich erwähnt und ich dachte, ich könnte dich eventuell überzeugen, wenn ich ihre Einladung zum Abendessen annehme und danach mit dir rede.«

Erschöpft seufzte ich auf. »Nein, Britta. Ich will dich weder jetzt noch in Zukunft. Auch nicht als meine Begleiterin zum Ball. Es tut mir leid, dass ich so deutlich sein muss. Ich weiß, dass meine Mutter Hoffnungen in dir geweckt hat, die ich einfach nicht erfüllen kann«, fügte ich versöhnlich hinzu, als ich merkte, dass meine Worte sie härter trafen als erwartet.

»Okay, dann …«

»Hör zu, also … ich könnte mir vorstellen, dass Lars dich eventuell gern mit auf den Ball nehmen würde.«

»Lars? Du meinst Lars Blomqvist?«

Ich nickte.

Nachdenklich legte sie den Kopf schräg. »Er hat mich heute Nachmittag besucht und gefragt, ob ich ihn zum Ball begleiten möchte. Ich hab nicht gleich zugesagt, weil … na ja, er ist kein Mitglied der königlichen Familie und ich war mir nicht ganz sicher, ob du mich nicht doch an deiner Seite haben möchtest.«

Ausdruckslos starrte ich sie an. Diese Aussage bestätigte nur, was ich bereits wusste: Es ging ihr nicht um *mich*. Es war der *Prinz*, der sie lockte, denn von mir als Person hatte sie keine Ahnung. Sie kannte meinen Status, meine Hülle, für alles andere interessierte sie sich nicht.

»Also gut … dann werde ich Lars zusagen …« Sie ließ den Satz offen in der Luft schweben, fast so, als wollte sie noch etwas hinzufügen. Erwartete sie etwa meine Zustimmung?

Da kam mir ein Gedanke …

»Diese Entscheidung liegt ganz bei dir. Wenn du Lars jedoch verarschst, wenn du seine Interessen nicht ernst nimmst und mit falschen Karten spielst, bekommst du ein ernsthaftes Problem mit mir. Behandle Lars mit Respekt und nimm seine Einladung nur an, wenn du ihn wirklich näher kennenlernen und Zeit mit ihm verbringen willst.«

Offensichtlich hatte ich meine Worte so scharf und drohend ausgesprochen, dass sie zurückzuckte und nickte. »Natürlich, ich … das verstehe ich.«

»Gut. Also dann, Britta, einen schönen Abend noch.« Ich wollte die Tür öffnen, doch sie hielt mich davon ab.

»Warte, kannst du …« Sie schielte zur halb offenen Tür und senkte die Stimme. »Kannst *du* mich bitte nach unten begleiten? Ich möchte nicht, dass Arne mich zur Tür bringt wie einen lästigen Köter, den du dir vom Hals schaffen willst.« Ihre Worte drangen gepresst und flüsternd über ihre Lippen. Ihre Wangen waren gerötet vor Scham und ich war mir sicher, dass ihr dieser peinliche Auftritt eine Lehre gewesen war.

»Eure Hoheit?«, hörte ich Arne vor der massiven Holztür.

»Schon gut, ich erledige das persönlich«, antwortete ich und merkte, wie Britta neben mir erleichtert ausatmete.

Schweigend half ich ihr in den Mantel, bevor wir zur Treppe gingen. »Wie bist du hergekommen?«

»Mit meinem Auto.«

Als wir am Ausgang waren, winkte ich dem Diener, der sofort davoneilte, um ihren Wagen zu holen. »Komm gut nach Hause, Britta. Und vergiss nicht, was ich dir gesagt habe.«

Betreten nickte sie, dann verabschiedete sie sich, wandte sich ab und wartete, bis sie in ihren BMW steigen konnte.

Ich hatte bereits den Rückweg eingeschlagen, da drehte ich um und peilte das Lesezimmer meiner Mutter an. Sie war fast jeden Abend dort und heute hatte ich einen wirklich triftigen Grund, mich mit ihr unter vier Augen zu unterhalten.

»Mutter«, sagte ich, nachdem ich an die halb geöffnete Tür geklopft hatte.

Sie hob den Kopf und nahm ihre Lesebrille ab. »Frederik? Schön, dass du auch endlich zu Hause bist. Du hast Besuch.«

»Nicht mehr. Ich habe Britta eben zur Tür gebracht. Genau deshalb bin ich hier.«

Kurz sah sie mich an, bevor sie ein Lesezeichen zwischen die Seiten legte, das Buch zuklappte und mir mit einer Hand bedeutete, mich auf den Sessel ihr gegenüber zu setzen.

Doch ich blieb lieber stehen. »Was ich darüber denke, dass du Britta über meinen Kopf hinweg zum Ball eingeladen hast, weißt du ja.«

»Ich habe meine Einladung zurückgezogen und sie zur Versöhnung heute Abend zum Essen zu uns gebeten. Wäre schön gewesen, wenn du mit uns am Tisch gesessen hättest.« Tadelnd sah sie mich an und verschränkte die Finger ineinander.

»Wäre auch *schön* gewesen, wenn ich von ihrer Anwesenheit erfahren hätte. Oder wenn du sie *nicht* in meine Privaträume geschickt hättest, obwohl du wusstest, dass sie scharf darauf ist, im Bett des Prinzen zu landen.«

Ihre linke Augenbraue zuckte nach oben. »Sie hat in deinem Bett auf dich gewartet?«

»Nein, das zum Glück nicht, aber es ist schlimm genug, dass sie ohne mein Wissen in mein Kaminzimmer durfte. Sie hat dort nichts verloren. Nicht mit mir und schon gar nicht ohne mich. Und du wusstest, was ich von ihr halte.« Mit aller Kraft versuchte ich, meine Stimme ruhig klingen zu lassen, was mir nur mäßig gelang. Ich zitterte am ganzen Körper, so sehr brodelte es in mir.

Meine Mutter stand auf und kam einen Schritt auf mich zu. Sie legte ihre Hände an meine Oberarme und schaute zu mir hoch. »Ich hatte gehofft, du könntest ein versöhnliches Gespräch mit Britta führen. Ihr Vater war ebenfalls nicht gerade begeistert davon, dass wir unsere Einladung zurückziehen mussten – und du weißt, wie wichtig eine gute Beziehung zu den Eklunds für uns ist.«

Die erfundene Affäre zwischen meinem Vater und Frida Eklund hatte für einigen Aufruhr im Volk gesorgt, bis sogar Niklas die Wahrheit angezweifelt hatte. Deshalb war der Kontakt für eine Weile ziemlich schwierig gewesen. Für die Krone war es aber äußerst wichtig, zu den wenigen Adelsfamilien in Fjarora gute Beziehungen zu pflegen. Und nicht zuletzt waren Frida und Niklas gute Freunde meiner Eltern, die sie bereits seit ihrer Jugend kannten.

Dass unsere beiden Familien besonders im Blickpunkt der Presse lagen, hatte sich bis heute nicht geändert. Jede Kleinigkeit, die nach außen drang, wurde sofort auf eine Waagschale gelegt und keiner von uns hatte Lust, der Klatschpresse erneut ein gefundenes Fressen zu liefern.

»Das hättest du dir überlegen sollen, bevor du solche Entscheidungen triffst, ohne vorher mit *mir* zu reden. Ich bin kein kleines Kind mehr und ich habe genauso Wünsche und Pläne, die du kennen und respektieren solltest. Gerade jetzt, wo du mir ständig mit meiner Zukunft in den Ohren liegst und ich sowieso das Gefühl habe, keine Entscheidungsfreiheit über mein Leben zu haben.«

»Das bedeutet also, dass du nach deinem Studium in die Wirtschaft gehen wirst?«

»Nein, verdammt!« Nun konnte ich mich nicht länger beherrschen. »Das soll heißen, dass ich über so viele Dinge wie möglich meine eigene Entscheidung treffen will. Ich fühle mich eingesperrt, manchmal habe ich das Gefühl, keine *Luft* mehr zu bekommen, weil mich das alles so einengt.«

Bedauern trat in ihr Gesicht. »Es tut mir leid, dass du in diese Familie geboren wurdest und anscheinend nur das Schlechte an der Monarchie siehst. Noch dazu als Zweitgeborener, der wahrscheinlich nie Anspruch auf die Krone haben …«

»Die Krone ist mir scheißegal!«

»Frederik!«, ermahnte sie mich, doch ich redete einfach weiter.

»Ich bin sogar froh, dass ich nicht an Anikas Stelle bin. Diese Verantwortung würde mich … erdrücken.«

»Ich glaube, ich kann nachvollziehen, wie es dir geht. Dass du den Wunsch hast, ein ganz normales Leben zu führen, wie alle anderen hier in Fjarora. Aber du bist nun mal ein Prinz. Mir ist klar, dass du viele Regelungen unfair findest oder dich eingeengt fühlst.

Einige dieser Richtlinien könnten wir ändern oder ausdehnen, andere jedoch …«

»Ich will kein Bürohocker werden«, erklärte ich und in meiner Brust zog sich alles zusammen bei der Vorstellung, sie könnte mir das gleich wieder ausreden wollen. »Bitte, Mutter, ich würde daran zugrunde gehen. Ich will meiner Leidenschaft mit den Hunden nachgehen. Wenn ich schon privilegiert bin, will ich wenigstens diesen Vorteil daraus haben, sonst bleiben mir nur Regeln und Verpflichtungen, die ich befolgen muss.«

Schweigend schaute sie mich an. Ich wusste nicht, ob sie mir am liebsten sagen würde, dass ich mich endlich damit abfinden sollte, oder ob sie nach Lösungswegen suchte, um den Weg, den ich für mich wählen wollte, der Öffentlichkeit gut zu verkaufen. Denn in ihren Augen war ich ein erwachsenes Mitglied der Königsfamilie, das *mit Hunden spielte.* Nicht auszudenken, was das Volk davon halten könnte …

»Übrigens habe ich bereits eine Begleiterin für den Winterball«, nutzte ich die Pause, um fortzufahren. »Und ich möchte, dass ihr sie akzeptiert. Weil sie mir … sehr viel bedeutet. Ich verlange, dass du und Vater ihr mit Respekt begegnet, sie freundlich und gleichwertig behandelt wie Britta oder jede andere, die ihr gern an meiner Seite gesehen hättet.«

»Wer ist sie?« Ihre Stimme klang fest, aber nicht streng.

»Emelie Hoffmann, die neue Konditorin.«

»Du willst ernsthaft eine Angestellte zum Winterball mitnehmen?«

»Ja, sie wird mit mir auf den Ball gehen. Schon allein deshalb, weil ich möchte, dass sie sieht, wie das große Kunstwerk bei den Gästen ankommt. Das hat sie sich nach der harten Arbeit verdient.«

Mutter schloss die Augen und schüttelte den Kopf. »Das hätten auch alle anderen verdient, die hart am Büfett gearbeitet haben. Ganz ehrlich, ich halte es für eine sehr schlechte Idee und ich … verbiete es. Ich möchte auf keinen Fall, dass diese Einladung die Runde macht und Neid und Missgunst unter den Angestellten weckt.«

»*Du* entscheidest, wer Gast ist und wer nicht! Und ich entscheide, wen ich als Begleitung einlade!«

»Wenn du dieses Mädchen mitnimmst und es sich herumspricht …«

»Es wird im Vorfeld niemand erfahren!«, versprach ich, während ich gleichzeitig überlegte, ob Emelie es nicht vielleicht schon jemandem anvertraut hatte.

Seufzend ging sie an mir vorbei und verschränkte die Arme vor der Brust, bevor sie sich wieder zu mir umdrehte. »Frederik, mein Sohn, ich bitte dich … Du kannst sie gern in deiner Freizeit treffen, aber nicht auf dem Ball.«

»Ich lasse mir das nicht verbieten, Mutter. *Ich* bin der Prinz und ich habe Emelie heute gefragt. Sie hat zugesagt und ich werde sie nicht wieder ausladen. Wenn du dennoch darauf bestehst, werde ich nicht auf den Ball gehen.«

Mit diesen Worten drehte ich mich um und verließ das Lesezimmer.

Ich hatte alles gesagt, was ich loswerden wollte. *Musste.*

Mir war klar, dass sie als Königin großen Wert auf die Traditionen, Regeln und Vorschriften der Monarchie legte, die jedoch zum größten Teil uralt und völlig verstaubt waren. Auch am Königshof sollte es Fortschritt geben. Veränderungen waren gerade in festgefahrenen Systemen schwer, aber dennoch notwendig. Alles um uns herum veränderte sich ständig, da war Stillstand einfach falsch.

Und ich wünschte, sie würde als Mutter meine Wünsche akzeptieren.

## KAPITEL 21
# Emelie

Mit klopfendem Herzen saß ich im Schlafzimmer am Fenstersims und starrte zu Frederiks hell erleuchtetem Fenster hinauf. Mehr als eindeutig hatte ich ihn dort mit einer anderen Frau gesehen. Ich musste beobachten, wie nah sie ihm gekommen war, wie er sie an den Handgelenken gefasst und sanft vom Fenster weggeschoben hatte. Was danach passiert war, wusste ich nicht, aber das war auch nicht nötig.

Mein Herz zerbrach in dem Moment und ich stand unter Schock. Gebannt hielt ich mein Telefon umklammert und wartete darauf, dass Frederik sich melden würde. Ich wollte, nein, ich konnte nicht glauben, dass er aus meinen Armen direkt in die einer anderen Frau gelaufen war. Nicht nach dem heutigen Tag. Nicht nachdem wir uns so nahegekommen waren. Er war so unglaublich süß gewesen und … verdammt, ich dachte, ich hätte in seinen Augen erkannt, wie viel ich ihm bedeutete.

Dass ich ihn nun mit einer anderen in seinem Zimmer gesehen

hatte, ergab für mich einfach keinen Sinn. Doch ich wollte nicht irgendwelche Schlüsse ziehen und meine Fantasie mit mir durchgehen lassen. Bestimmt gab es eine völlig rationale Erklärung dafür – die mir nur gerade nicht einfallen wollte, weil die Gedanken zu laut in meinem Kopf durcheinanderschrien. Weil mein Herz zu heftig polterte und weil die Angst sich immer weiter in mir ausbreitete, mir einflüsterte, dass er nur mit mir gespielt hatte.

Als mein Handy endlich vibrierte und mir sein Name auf dem Display angezeigt wurde, erschrak ich im ersten Moment so sehr, dass Übelkeit in mir hochstieg und ich zwei tiefe Atemzüge brauchte, um den Anruf annehmen zu können.

»Hej!« Frederiks Stimme klang müde und abgekämpft.

»Hi.« Mist, allein bei dieser kurzen Silbe brach meine Stimme.

»Hey, was ist los?«

»Ich … ich muss von dir wissen, ob du immer ehrlich zu mir warst. Bist. Sein wirst …«

Ich lauschte seinen Atemzügen, dann sah ich, wie sich der Vorhang an seinen Fenstern bewegte und er zu mir herübersah.

»Aber natürlich, Emelie. Immer. Ist etwas passiert?«

Kurz suchte ich nach einer Antwort, doch mir fiel nichts ein, weil gewisse sechs Wörter viel zu laut in meinem Kopf dröhnten. Also ließ ich sie heraus: »Wer war diese Frau bei dir?«

»Diese …« Er stockte. »Du hast uns gesehen?«

Gott, nein, das war nicht die Reaktion, die ich mir gewünscht hatte. Das war die, die ich *gefürchtet* hatte.

»Frederik …?« Ein Schluchzen löste sich aus meiner Kehle, als ich seinen Namen sagte, um eine Erklärung bittend.

»Das war Britta, eine Freundin der Familie. Also … ihr Vater ist ein Freund der Familie und … meine Mutter und Britta dachten, dass ich sie zum Winterball einladen soll. Aber beide wollten nicht wahrhaben, dass ich sie auf gar keinen Fall mitnehmen würde. Weder zum Ball noch sonst wohin.«

»Sie war in deinem Zimmer, Frederik. Und sie war … dir so nah …«

»Emelie, ich weiß, wie es für dich ausgesehen haben muss. Aber ich *schwöre*, dass ich ihre Annäherungsversuche abgewehrt habe. Sie hat im Kaminzimmer auf mich gewartet, ohne dass ich davon wusste. Ich habe ihr – zum wiederholten Mal – klargemacht, dass ich sie weder in meinem Leben noch auf dem Ball an meiner Seite haben möchte. Ich will *dich* dort haben. Nur dich, Emelie.« Er fluchte erneut. »Gott, ich … Soll ich noch einmal zu dir kommen, damit du mir in die Augen sehen kannst, wenn ich dir das sage? Britta ist nach Hause gefahren. Sie weiß jetzt, dass ich bereits eine Begleitung für den Winterball habe. Im Anschluss war ich auch gleich bei meiner Mutter und habe ihr dasselbe mitgeteilt.«

Mein Atem stockte. »Die Königin weiß, dass ich mit dir auf den Ball gehen werde?«

»Ja. Du musst dir also wirklich keine Sorgen machen. Weder was den Winterball betrifft noch was Britta angeht. Sie ist zwar nervig und anhänglich, aber sie scheint endlich verstanden zu haben, dass sie keine Chance bei mir hat. Nie haben wird …«

Ich schwieg, während die Worte langsam zu mir durchsickerten.

»Emelie, du glaubst mir doch, oder? Ich … bitte vertrau mir. Es würde mich zerstören, wenn du an meinen Gefühlen für dich zweifeln würdest.«

Frederik klang dabei so mitgenommen, dass sich mein Herz zusammenzog.

»Ich glaube dir«, sagte ich leise und spürte, dass sich diese Worte richtig anfühlten. Es war genau das, was ich empfand.

Ein erleichtertes Ausatmen drang an mein Ohr. »Gut. Das beruhigt mich sehr. Solltest du doch zweifeln, werde ich alles tun, um dir zu beweisen, dass es keinen Grund dafür gibt.«

»Ich glaube dir, Frederik«, wiederholte ich meine Worte von vorhin.

»Danke, das bedeutet mir viel. Hör mal, da wäre noch eine Sache …«

»Ja?«

Ich merkte, dass ihm das Thema unangenehm war, denn er druckste herum, ehe er endlich aussprach, was ihm auf der Seele lag. »Hast du schon jemandem gesagt, dass du mit mir auf den Ball gehst?«

»Nein. Sollte ich …?«

»Nein! Also … nein«, fügte er gefasster hinzu. »Bitte behalte es für dich. Ganz, meine ich. Rede möglichst mit niemandem darüber. Vor allem nicht in der Konditorei.«

Im ersten Moment traf mich seine Bitte tief. Ich fragte mich, ob er sich für mich schämte oder ob er sich auf diese Weise eine Hintertür offen hielt, mich doch noch kurzfristig auszuladen. Aber andererseits konnte ich mir das bei Frederik nicht vorstellen. »Wieso nicht? Etwa damit niemand neidisch wird?«, fragte ich schließlich, weil es die einzig logische Erklärung dafür war.

»Ja … na ja, also … meine Mutter fürchtet, dass es Missgunst unter dem Personal säen könnte.«

»Schon gut, ich kann mir das zwar nicht vorstellen, aber ich behalte es für mich. Wie Cinderella, oder?«

Frederik lachte. »So ähnlich, ja. Tut mir leid, dass ich dich in diese Situation bringe. Mir wäre es wirklich lieber, wenn es anders wäre. Wenn wir da rausgehen und aller Welt sagen könnten, was wir füreinander empfinden. Allerdings ist die Sache zwischen uns dafür vermutlich noch zu frisch. Also … gib dem Ganzen Zeit. Spätestens nach dem Ball wird sich herumsprechen, dass es eine neue Frau an meiner Seite gibt.«

Wie ich damit umgehen sollte, wusste ich noch nicht. Deshalb war es mir recht, nicht sofort mit jemandem darüber reden zu müssen. Zwar wusste Stefanie über uns beide Bescheid, aber erstens saß sie in Deutschland und hatte von der Monarchie in Fjarora genauso viel Ahnung wie ich vor meiner Anreise. Und zweitens war sie die loyalste Person, die ich kannte. Sie würde niemals meine Geheimnisse an irgendjemanden weitererzählen. Auch Madita wusste nicht viel, nur, dass Frederik und ich uns öfter sahen. Dennoch hatte mich niemand aus dem Team darauf angesprochen und ich ging auch nicht davon aus, dass Madita es an die große Glocke hängen würde. Wobei mir dann ihre Mutter einfiel, die Friseurin und ein großer Fan der Königsfamilie war … Würde Madita es ihr weitererzählen, wüsste womöglich bald ganz Fjarora über Frederik und mich Bescheid. Andererseits hatte sie genau wie ich eine Verschwiegenheitserklärung unterschreiben müssen, die besagte, dass alles, was hinter den Palastmauern geschah, auch hinter den Palastmauern bleiben musste …

»Mach dir keine Sorgen, ich werde es niemandem erzählen. Schon gar nicht auf der Arbeit.« Auf keinen Fall wollte ich wegen dieser Sache Missstimmungen ins Team bringen. »Übrigens hat Ove vorhin die Arbeitspläne für die nächsten Wochen per E-Mail geschickt.«

»Okay, das klingt … nicht sehr begeistert.«

»Doch, also … ich freue mich darauf. Immerhin sind es nur noch drei Wochen bis zum Ball und ich wusste, dass es verdammt stressig werden würde.«

»Aber?«

»Na ja, könnte sein, dass du mich nur beim Zubettgehen sehen wirst.«

Seine Stimme wurde ganz weich, als er mir antwortete: »Und wenn ich dich nur zudecken und dir eine gute Nacht wünschen kann … Ich bin da, wann immer du mich brauchst und bei dir haben willst.«

Das war der letzte Beweis dafür, wie viel ich ihm bedeutete.

»Das wäre schön.«

»Gut, dann machen wir das so.« Bei diesen Worten konnte ich hören, dass er sanft lächelte.

»Oh, übrigens habe ich meinen Onkel gefunden. Er will sich nach dem Winterball mit mir treffen«, erzählte ich ihm, was ich ihm vorhin nicht mehr hatte sagen können, weil er zu schnell aufgebrochen war.

»Hey, das freut mich für dich! Sehr. Dann wünsche ich dir … dass du eine schöne Zeit mit ihm haben wirst und dass er all deine offenen Fragen beantworten kann.«

»Das hoffe ich auch«, gestand ich.

Ich hatte nicht übertrieben. Jeden Morgen stand ich um halb sechs in der Konditorei, wo wir auf Hochtouren bis neunzehn Uhr abends arbeiteten. Manchmal sogar länger.

Mit Frederik hatte ich vereinbart, ihm immer eine Nachricht zu schreiben, sobald wir mit dem Aufräumen begannen. Und jedes Mal, wenn ich nach Hause kam, stand ein Abendessen für mich bereit, das er ins Kutscherhaus hatte liefern lassen.

Ich wusste, dass er dann meistens beim Familienessen saß, doch im Anschluss kam er auf direktem Weg zu mir. Wir verbrachten noch etwas Zeit zusammen, die wir beide sehr genossen, und bevor er ging, deckte er mich zu und wünschte mir eine gute Nacht. Meistens fiel ich keine zwei Minuten später in einen tiefen Schlaf.

Wenn wir es vorher abgesprochen hatten, übernachtete er auch bei mir. Es machte ihm nichts aus, bereits um halb neun ins Bett zu gehen und mir beim Schlafen zuzusehen, was irgendwie süß war. Und jeden Morgen, wenn ich aufwachte und ihn in meinem Bett liegen sah, verliebte ich mich mehr in ihn.

Als ich eines Abends nach einem weiteren anstrengenden Tag nach Hause kam, erwartete mich nicht nur ein Abendessen aus der königlichen Küche, sondern auch Frederik.

»Hej! Mit dir habe ich noch gar nicht gerechnet«, sagte ich lächelnd, nachdem ich die Tür hinter mir geschlossen hatte.

Er zog mich in seine Arme und küsste mich zärtlich. »Ich konnte es nicht erwarten, dich heute zu sehen. Außerdem habe ich ein Überraschungsgeschenk für dich und …« Fast ein wenig schüchtern wischte er sich über den Nacken. »Wenn du es auspackst, wollte ich unbedingt dabei sein und dein Gesicht sehen.«

»Okay …« Nun wurde ich nervös. Keine Ahnung, was Frederik mir schenken wollte.

Er führte mich ins Wohnzimmer. Seine Hände lagen über meinen Augen. Ich spürte die Wärme des Kamins und hörte die Holzscheite darin knacken, doch sonst fiel mir nichts Außergewöhnliches auf.

»Bereit?«, raunte er mir ins Ohr und es klang fast so, als würde er diese Frage auch an sich selbst richten.

Als ich nickte, gab er meine Sicht frei.

Die Lichter des Weihnachtsbaumes waren eingeschaltet, doch was meine Aufmerksamkeit am meisten erregte, war die große weiße Schachtel mit goldener Schleife, die auf dem Wohnzimmertisch lag.

»Frederik … was …?«

»Mach sie auf!«

Völlig überwältigt ging ich zum Tisch. Ich löste das Band, hob den Deckel an und … erstarrte. »Was ist das?«

»Hol es raus!«

»Ist das … ein Kleid?«

Frederik biss sich verlegen grinsend auf die Unterlippe. »Ich hoffe, es gefällt dir. Wenn nicht, haben wir noch Zeit, du kannst dir auch ein anderes aussuchen, falls du …«

Während er sich um Kopf und Kragen zu reden schien, holte ich das Kleid aus der Verpackung. Es war … atemberaubend. Das Oberteil war mit weißer Spitze gesäumt und ging ab der Hüfte in einen hellblauen bodenlangen Tüllrock über.

»Es ist wunderschön«, sagte ich ehrfürchtig und brachte Frederik damit zum Verstummen. »Hilfst du mir, es anzuziehen?«

»Natürlich.« Sofort nahm er mir das Kleid ab und sah mir zu, wie ich mich aus meinen Klamotten schälte. Zum Glück hatte ich mir noch auf der Arbeit den leichten Zuckerstaub aus dem Gesicht gewaschen. Abgesehen davon war ich nicht bekleckert, wie ich im Spiegel erkennen konnte, der neben dem Kamin aufgestellt worden war – als hätte Frederik geahnt, dass ich das Kleid gleich hier anprobieren würde.

»Die Schneiderin meinte, man müsste es über den Kopf ziehen«, erklärte er und raffte den Rock zusammen, um ihn mir überzustülpen. Schließlich zog er den Reißverschluss an meinem Rücken hoch.

Der Stoff lag kühl und wie angegossen auf meiner Haut. Die Spitze betonte meine Taille, sogar die Länge war perfekt, wenn ich meine hohen Schuhe dazu tragen würde.

»Woher wusstest du, was mir passen würde?«

Frederiks Mundwinkel zuckten. »Na ja, zum einen habe ich dein Kleid aus dem Schrank mitgenommen und der Schneiderin als Vorlage gegeben …«

Mein Mund klappte auf, doch das war noch nicht alles.

»Und zum anderen habe ich dich nach den Anweisungen der Schneiderin gemessen, als du geschlafen hast.«

»Du hast was?«

Leicht betreten lachte er auf. »Na ja, ich wollte dich unbedingt mit dem Kleid überraschen. Aber jetzt gerade bin ich mir nicht mehr so sicher, ob das so richtig war. Verzeih mir, falls ich zu weit in deinen Privatbereich vorgedrungen bin.«

Mir fehlten die Worte. Ich sah in den Spiegel, wo ich noch einmal feststellen musste, wie unglaublich gut mir das Kleid stand. Es war einfach perfekt für mich. Schlicht und trotzdem edel, ohne pompös zu sein oder zu viel Glamour zu verbreiten. Ein Kleid, das ich mir auch selbst so ausgesucht hätte.

»Die Vorstellung, dass du abgewartet hast, bis ich schlafe, um Maß an mir zu nehmen, ist tatsächlich ziemlich gruselig«, sagte ich und Frederik ließ beschämt den Kopf hängen. »Aber deine gute Absicht dahinter ist auch ziemlich süß«, fügte ich versöhnlich hinzu, zog ihn an mich und küsste ihn mit all der Liebe, die ich für ihn empfand. »Danke für diese wirklich schöne Überraschung.«

KAPITEL 22

# Emelie

Die Zeit bis zum Ball verging wie im Flug. Gefühlt bestand mein Leben gerade nur aus Arbeit und Schlafen. Dennoch konnte ich mich nicht darüber beklagen. Ich liebte mein Praktikum, und zu wissen, dass unsere Umsetzung des Themas noch besser aussehen würde als Oves Entwurf, war Ansporn genug, mit gleichbleibender Leidenschaft an den Zuckerskulpturen und Minibackwerken zu arbeiten.

Auch die anderen aus dem Team zeigten begeisterten Einsatz und ein ganz besonderer Spirit erfüllte jedes Mal die Konditorei, wenn wir einen neuen Arbeitsschritt fertiggestellt hatten. Als schließlich der Moment gekommen war, an dem wir die gigantische Winterlandschaft auf den großen Rollwagen anrichteten, waren wir vermutlich aufgeregter als die Kinder am Abend vor Weihnachten. Nach und nach wurden meine winterlichen Tannenbäume nebeneinander aufgestellt, umsäumt von Zimtschnecken, Plätzchen, Pralinen aus weißer Schokolade und Marzipanröllchen.

Cake-Pops schwebten dazwischen und sahen aus wie Schneebälle. Auch Lilians Idee hatten wir umgesetzt und mit Zuckerguss überzogene Lebkuchenschneesterne in verschiedenen Größen an einer Konstruktion über der Winterlandschaft im Ballsaal aufgehängt, sodass es aussah, als würde es schneien.

»Was würde ich dafür geben, das Gesicht der Gäste zu sehen, wenn der Vorhang fällt und das Büfett freigegeben wird«, raunte Krister Lilian zu, kurz bevor der gewaltige Stoff, der diesen Tisch verhüllen würde, an einer Halterung befestigt wurde, die sich auf Knopfdruck lösen sollte.

»Es wäre echt ein Traum, das Ganze bei der Enthüllung zu sehen.« Caja seufzte schwer.

»Ja, Boss!«, sagte Madita zu Ove. »Lässt sich da nicht was machen? Müssten wir nicht vor Ort sein, aus … na ja … Sicherheitsgründen? Falls im letzten Moment noch etwas schiefgeht?« Sie stieß Ove in die Seite und zwinkerte ihn übertrieben an.

»Tja, für so einen Fall der Fälle bin ich in Alarmbereitschaft. Hinter den Kulissen, in meiner Dienstkleidung, wo ich auch den Vorhang fallen lassen werde. Wenn ihr also dachtet, euch in Abendgarderobe unter die Gäste zu mischen …«

»Neeein, das wäre nie unsere Absicht gewesen.« Madita schüttelte viel zu auffällig den Kopf, sodass jedem von uns klar war, dass sie flunkerte. »Aber …«

»Nein, Madita, darüber wird nicht diskutiert. Die Königin wünscht kein Personal auf ihrem Ball, außer man gehört zu den Angestellten, die dort arbeiten und sich um das Wohl der Gäste kümmern.«

Leises betretenes Murmeln machte sich breit und in mir wuchs das schlechte Gewissen. Wenn die anderen erfuhren, dass es für mich eine Ausnahme gab, weil der Prinz mich zum Ball eingeladen hatte … Keine Ahnung, ob nicht vielleicht doch irgendwann hinter meinem Rücken schlecht darüber geredet wurde, dass ich eine Sonderstellung genoss. Immerhin wohnte ich schon im Kutscherhaus und die Tatsache, dass sich mir durch Frederik noch mehr Türen öffneten, machte die Sache nur noch unangenehmer für mich. Dabei wollte ich doch gar nicht anders behandelt werden – ich war genau wie alle anderen. Ja, ich war sogar nur eine Praktikantin, was mir im Grunde noch weniger das Recht auf solche Privilegien gab. Frederik setzte sich einfach über den Wunsch seiner Mutter hinweg – was mir jedoch nicht gefiel. Die Königin würde sicher keinen besonders guten Eindruck von mir bekommen, wenn ich auf ihren Ball ginge. Und *das* wollte ich auf keinen Fall.

Solange Frederik mich seinen Eltern nicht als seine Freundin vorstellte, war ich immer noch eine Palastangestellte. Eine, die womöglich auch in ihrem eigenen Team einen miesen Ruf bekommen würde. Selbst wenn Frederik vor seiner Familie und allen anderen bedingungslos zu mir stehen würde: Mein Auftritt auf dem Ball hätte zunächst einen negativen Beigeschmack, der in Zukunft nur schwer wieder zu beseitigen wäre. Und ganz ehrlich, von den Schwiegereltern des neuen Freundes *wollte* man gemocht werden. Alles andere würde die Beziehung belasten und auf Dauer gesehen auch zu Spannungen untereinander führen.

Schweren Herzens beschloss ich, Frederik abzusagen.

Ein letztes Mal sah ich mich in dem gewaltigen Ballsaal um. Die weißen Wände waren mit goldenem Stuck und Spiegeln verziert und an einem Ende war eine Bühne aufgebaut worden, auf der ein Flügel und ein Orchester Platz fanden. Außerdem stand vorn ein Mikrofon.

Im hinteren Bereich hatte man bestimmt dreißig oder mehr runde Tische aufgestellt, an denen zwischen zehn und zwölf Personen Platz hatten. Daneben waren die Tafeln für das Büfett und daran angrenzend, auf Höhe der Tanzfläche, befand sich unsere Winterlandschaft.

Ich drehte mich im Kreis und versuchte, mir vorzustellen, wie es hier heute Abend aussehen würde. Mein Herz wurde schwer bei dem Gedanken, Frederik allein gehen zu lassen, doch ich wollte die Sache für uns beide nicht noch schwieriger machen, als sie bereits war.

Schade war es auch um das schöne Kleid. Aber vielleicht würde sich eine andere Gelegenheit ergeben, bei der ich es tragen könnte.

Als wir ein letztes Mal alles auf die perfekte Ausrichtung kontrolliert und geprüft hatten, ob die Enthüllung mit dem Vorhang auch wirklich klappte, wenn der Schalter dafür gedrückt wurde, fielen wir uns in die Arme.

»Danke für eure großartige Arbeit. Dieses Jahr werden wir die Party rocken«, meinte Ove und zwinkerte uns zu. »Und jetzt geht und macht euch frisch. Zieht saubere Dienstkleidung an und kommt noch einmal her, gleich ist der Termin mit den Presseleuten, die Fotos von unserem Kunstwerk machen wollen. Eventuell werdet ihr auch interviewt, also bitte … blamiert mich vor der Kamera nicht mit euren Antworten.«

Caja riss die Augen weit auf. »Das Fernsehen kommt auch?«

Ove nickte. »Ja. Hab ich das noch nicht erwähnt? Sorry, ich wollte euch nicht nervös machen. Aber jetzt beeilt euch, ihr habt zehn Minuten.«

»Zehn Minuten?« Lilian schnaubte. »Du weißt schon, dass ich mindestens so lange für meine Haare brauche? Vom Make-up ganz zu schweigen.«

»Du vergeudest unnötige Zeit«, meinte Krister belustigt, während er sie in Richtung des Personalraumes zog.

»Halte sie hin, ich beeile mich«, rief sie Ove rückwärts laufend zu, den Finger drohend auf ihn gerichtet.

Tatsächlich kamen wir gerade rechtzeitig zurück. Wir Mädels hatten unsere Haare gemacht und Make-up nachgelegt, was Ove mit einem Augenrollen kommentierte und Krister mit heimlichen Blicken – vor allem in Richtung Lilian.

Als die Journalisten Fotos von uns machten und das Kamerateam uns interviewte, war ich mehr als aufgeregt. Aber wir brachten alles souverän über die Bühne.

Auf die Frage, wie ich es als Deutsche in die königliche Konditorei geschafft hatte, sprang Ove ein. »Ich habe sie in London in Action erlebt. Sie ist unfassbar talentiert, so etwas sieht man nur selten. Diese Kreativität kombiniert mit Fachwissen …« Er schüttelte den Kopf. »Sie ist handwerklich eine der begabtesten Konditorinnen, mit denen ich je zusammengearbeitet habe, und ich bin unglaublich stolz, Emelie Hoffmann in unserem Team zu haben.«

Bei seinem Lob spürte ich, wie mir die Hitze in die Wangen stieg.

Madita legte ihren Arm um mich und drückte mich. »Ove hat ja echt einen Narren an dir gefressen.« Sie sagte es bewundernd und in keiner Silbe schwang Neid mit.

»Du bist mindestens genauso gut, Madita. Und die anderen ebenfalls …«

Krister knuffte mir in die Seite. »Nicht so bescheiden. Er hat schon recht, auch wenn wir natürlich ebenso unsere Talente haben. Genieße deine fünf Sekunden Ruhm, ab nächster Woche wirst du wieder eine von uns sein.«

Morgen und übermorgen hatten wir frei – der Laden blieb an diesem Samstag ausnahmsweise geschlossen – und konnten zwei Tage mit herrlichem Nichtstun verbringen. Darauf freuten wir uns alle. Schließlich hatten wir uns das auch verdient.

Nachdem die Journalisten sich zurückgezogen hatten, um ihr Material zu sichten und sich für den roten Teppich vor dem Palast am Abend vorzubereiten, winkte uns Ove noch einmal zu sich, um mit uns zu sprechen.

»Großartige Arbeit, Leute. Ich bin wahnsinnig stolz auf euch und danke euch für euren Einsatz und euer Durchhaltevermögen.« Ove klopfte uns allen noch einmal auf die Schultern, bevor wir uns voneinander verabschiedeten.

Vermutlich sollte ich erleichtert sein, dass die stressige Zeit vorbei war und dass ich nun zwei Tage frei hatte, um abzuschalten, ehe es danach etwas ruhiger weiterging. Doch die Tatsache, dass ich auf dem Ball unerwünscht war, nagte an mir.

Kaum dass ich zu Hause war, rief ich Frederik an. Ich wollte es ihm gleich sagen und nicht erst in einer Stunde, wenn er mich abholen wollte, um mich zum Ball zu führen.

»Hej, schon aufgeregt?« Aus seiner Stimme konnte ich das Lächeln hören und sofort breitete sich eine wohlige Wärme in mir aus, die jedoch von der Wirklichkeit gebremst wurde.

»Hi. Ähm … deshalb rufe ich an. Ich muss dir etwas sagen …«

»O-oh!«, machte er, weil mein Tonfall ihm vermutlich schon verraten hatte, dass es gleich unangenehm werden würde.

»Tut mir leid, aber ich kann dich nicht auf den Ball begleiten, Frederik«, begann ich entschuldigend und voller schlechtem Gewissen.

»Was? Wieso? Ist etwas passiert? Geht es dir gut?«

Dass er sich sofort Sorgen um mich machte, rührte mich. »Nein, das heißt … ja, mir geht es gut, aber …« Verzweifelt überlegte ich, wie ich ihn am behutsamsten auf das Thema lenken könnte, das mir schon die ganze Zeit im Magen lag. Doch vermutlich gab es keine sanfte Art, es ihm mitzuteilen, weshalb ich es einfach geradeheraus sagte. »Ich habe gehört, dass auf dem Ball nur Angestellte erwünscht sind, die dort arbeiten und die Gäste bedienen. So möchte es deine Mutter … die Königin. Die Gastgeberin.«

Ich lauschte seinem schnellen Atem und je länger er schwieg, desto schlechter fühlte ich mich.

»Das ist richtig«, begann er schließlich und die Ernsthaftigkeit in seinen Worten gab mir den Rest. Eine Träne löste sich aus meinem Augenwinkel. »Das ändert allerdings nichts daran, dass ich meine Freundin zum Ball mitnehme, Emelie. Verstehst du? Du bist nicht als Angestellte dort, sondern als meine Begleiterin, als die Frau, die mich glücklich macht.«

Ich nickte und schüttelte gleich darauf den Kopf.

»Bist du noch da? Emelie?«

Seine Worte drangen kaum noch an mein Ohr, es fiel mir schwer, einen klaren Gedanken zu fassen, während ein Gefühlschaos in meiner Brust tobte.

»Ja, ich …« Meine Stimme klang brüchig und verriet, dass ich völlig aufgewühlt war und keine Ahnung hatte, wie ich mit der Situation umgehen sollte.

Ein Klopfen an der Tür ließ mich herumwirbeln.

»Mach auf«, flüsterte Frederik, bevor es erneut klopfte. Erst jetzt wurde mir klar, dass ich das Geräusch gleichzeitig über das Handy gehört hatte.

Zögernd kam ich seiner Bitte nach.

Frederik sah unglaublich gut aus. Er trug bereits seine Uniform mit den Abzeichen des Militärs, darüber hatte er seinen Mantel gezogen. Offensichtlich war er gerannt, denn er atmete schnell und sein Haar war zerzaust, als hätte der kräftige Wind daran gezerrt.

»Hey …« Frederiks Stimme wurde noch sanfter, als er mich sah. Er nahm das Telefon herunter und legte auf, ehe er seine Arme um mich schlang. »Was ist denn los? Wieso die großen Zweifel?«

Aufgewühlt weihte ich ihn in das ein, was Ove uns gesagt und welche Schlüsse ich daraus gezogen hatte.

»Ich möchte nicht, dass deine Eltern schlecht von mir denken, verstehst du? Ich glaube, wir werden so oder so vor einer Menge Probleme stehen, mit denen ein normales Paar nicht zu kämpfen hat … Also vorausgesetzt, du willst die Sache mit uns offiziell machen. Da sollte ich nicht auch noch die Ablehnung deiner Familie provozieren.«

Seine Zähne mahlten aufeinander, dann fuhr er sich mit einer Hand durch die Haare, was seine Frisur nur bedingt bändigte. »Mir ist klar, dass dich diese Gedanken belasten. Und es tut mir leid, dass du dich damit quälen musst. Aber meine Mutter weiß Bescheid, dass du mich zum Ball begleiten wirst, und *ja*, sie ist nicht gerade begeistert darüber. Aber wenn sie sauer ist, dann nur auf mich. Nicht auf dich, hörst du? Sie mag dich. Finnja schwärmt noch heute von dir, du hast also einen weiteren Fan in der Familie.« Er zwinkerte mir zu. »Und im Grunde will meine Mutter, dass ich glücklich bin. Wenn es – profan formuliert – eine Angestellte ist, in die ich mich verliebt habe, ist das nun mal so. Dermaßen verstaubt ist das Königshaus nicht mehr …«

»Was hast du gesagt?«

Seine Mundwinkel zuckten nach oben, dann legte er seine Arme auf meine Hüften und zog mich näher an sich. »Du hast schon richtig gehört, Emelie. Du hast mein Herz erobert und dagegen können weder meine Eltern noch sonst irgendjemand etwas unternehmen. Ich habe mich in dich verliebt und …« Er holte tief Luft. »Es würde mir wirklich schwerfallen, heute ohne dich auf den Ball zu gehen. Ich habe mich so darauf gefreut und du doch auch, oder etwa nicht?«

Zögernd biss ich mir auf die Unterlippe. »Doch, sehr.«

»Dann komm mit auf den Ball. Mit mir, als meine Freundin.«

»Als deine Freundin?«, fragte ich und hatte trotz allem für einen Augenblick Angst vor seiner Antwort.

»Als meine Freundin«, wiederholte er so bestimmt und entschlossen, dass es für mich keine Zweifel mehr gab.

Ich fiel ihm um den Hals und küsste ihn. Musste seine Lippen auf meinen spüren und als seine Zunge meine streifte, seufzte ich erleichtert auf.

Schwer atmend lösten wir uns schließlich voneinander. Frederik legte beide Hände an meine Wangen und sah mir tief in die Augen.

»Na gut, dann … gehe ich mal nach oben, um zu duschen und das Kleid anzuziehen. Wartest du hier auf mich?«

»Natürlich! Und dann gehen wir gemeinsam auf den Ball. Ich kann es kaum erwarten, dabei zu sein, wenn du die Reaktionen der Gäste bei der Enthüllung eures Kunstwerks miterlebst.«

Kurz lachte ich auf.

»Was ist?«

Ich schüttelte den Kopf. »Nichts, das … ist nur gerade völlig in den Hintergrund gerutscht.«

Sanft umfasste er meine Taille und zog mich noch einmal an

sich. »Das sollte es aber nicht, denn es ist das heutige Highlight – neben der schönsten Frau auf dem Ball.« Erneut küsste er mich, bevor ich mich lächelnd von ihm löste und eilig nach oben lief.

Während ich duschte, wartete er geduldig, dann half er mir, das Kleid anzuziehen. Ich legte noch einmal etwas Make-up auf, glättete meine Haare und warf einen letzten Blick in den Spiegel.

»Du siehst umwerfend aus. Nur eine Kleinigkeit fehlt«, meinte er und griff in die Innentasche seines Jacketts, aus der er eine Schatulle holte.

»Nein, Frederik …«, sagte ich leise, doch er unterbrach mich.

»Bitte, sag nichts. Die Kette und die Ohrringe sind geliehen. Von Anika. Ich habe sie gefragt, ob sie etwas Passendes zu deinem Kleid hätte und …«

»Deine Schwester hat mein Kleid gesehen?«

»Ja, und sie war begeistert. Sie freut sich darauf, dich heute kennenzulernen. Also trag den Schmuck heute Abend. Für mich.«

Vorsichtig nahm ich die Schatulle entgegen und öffnete sie. Eine unfassbar teuer aussehende Kette aus unzähligen funkelnden Steinen kam zum Vorschein. Die Ohrringe passten perfekt dazu und würden vermutlich ungefähr bis an den Rand meiner kinnlangen Haare reichen. »Sind das Diamanten und … Saphire?«, fragte ich ehrfurchtsvoll.

»Weiße und blaue Diamanten.« Er nahm die Kette heraus und zwinkerte mir über den Spiegel zu, bevor er sie in meinem Nacken schloss.

Meine Hände zitterten ein kleines bisschen, als ich die Ohrringe anlegte. Zuerst wagte ich kaum, den Kopf zu drehen, aus Angst, der Schmuck könnte herunterfallen.

»Entspann dich, Emelie.« Frederik lachte. »Die Verschlüsse halten bombenfest, es sei denn, du gerätst in eine Auseinandersetzung mit einer meiner heimlichen Verehrerinnen.«

Seine Mundwinkel zuckten und ich verpasste ihm einen spielerischen Schups für diesen Scherz, während ich insgeheim hoffte, dass nicht wirklich eine oder mehrere Frauen einen Zickenkrieg anfingen.

Angenehme Streichmusik drang aus dem Ballsaal, vermischt mit dem Gemurmel der ersten Gäste. Meine Nervosität hatte ein neues Level erreicht und ich war wirklich kurz davor, auf dem Absatz umzukehren und mich im Kutscherhaus zu verkriechen – hätte ich Frederik nicht eng an meiner Seite. Er hielt meine Hand, ließ mich keine Sekunde los und strahlte so viel Stolz aus, dass ich fürchtete, ihn zu sehr zu verletzen, würde ich meiner Angst und Unsicherheit nachgeben.

Als wir durch die breite Flügeltür des Ballsaals traten, zwischen den beiden Dienern hindurch, die sich vor Prinz Frederik verbeugten, fühlte ich mich tatsächlich für einen Moment wie Cinderella. Nur dass draußen nicht die Kürbiskutsche auf mich wartete und ich auch nicht um Mitternacht wieder zu Hause sein musste, weil sich mein Kleid zurück in alte Lumpen verwandelte.

»Dort vorn siehst du Stephanie Linden-Åström, Erbin des Motorenherstellers *Linden*, der zu den größten Europas gehört«, raunte Frederik mir zu, während er mit dem Kopf eine leichte Bewegung nach links machte. Ich schaute zu der Frau in den Fünfzigern und war froh, dass er sein Versprechen hielt, mir zu sagen, wer die Gäste waren. »Und der Mann neben ihr ist Jörg Petersen. Von ihm hast du vielleicht schon mal gehört, er ist einer der angesagtesten Modedesigner und hat im September auf der *Fashion Week* mit seiner neuesten Kollektion für Aufregung gesorgt. Ich stelle dich ihnen später vor.«

»Ja, ich glaube, er kommt mir bekannt vor.« Im Geiste machte ich mir eine Notiz, um den Namen später wieder zuordnen zu können.

»Ah, ihr seid da!« Die Stimme kam von rechts und Frederik und ich wandten uns gleichzeitig in diese Richtung.

Prinzessin Anika, Frederiks große Schwester und Thronfolgerin, kam auf uns zu. Ihr Kleid in einem sanften Fliederton, das mit filigraner Spitze und Perlen besetzt war, sah wirklich traumhaft aus.

Sofort machte ich einen Knicks.

»Anika, darf ich dir meine Freundin Emelie vorstellen? Emelie, meine Schwester, Prinzessin Anika.«

»Eure Königliche Hoheit, es ist mir eine Ehre, Euch kennenzulernen.«

»Die Freude ist ganz meinerseits.« Sie lächelte mich freundlich und gleichzeitig neugierig an. »Ich muss zugeben, dass ich es nicht erwarten kann, mich mit dir zu unterhalten. Immerhin hat es keine Frau vor dir geschafft, meinen Bruder so sehr zu beeindrucken.«

Frederik schnaubte, während sie ihn neckend anschaute. Dann wandte sie sich wieder mir zu. »Hättest du Lust, mich auf einen Drink an die Bar zu begleiten?«

O Gott, das ging mir viel zu schnell. Sie wollte unter vier Augen mit mir reden, das war mir klar, allerdings hatte ich gar nicht richtig Zeit gehabt, mich auf eine Situation wie diese vorzubereiten. Andererseits war es unmöglich, ihr den Wunsch zu verwehren. Und vermutlich wollte sie *jetzt* mit mir sprechen, weil es später zu voll sein würde. Bestimmt hatte sie Verpflichtungen auf dem Ball und im Moment war so wenig los, dass wir für ein paar Minuten ungestört wären.

»Sehr gern«, antwortete ich deshalb und war überrascht, als Frederik mir noch einen Kuss gab, bevor er mich mit seiner Schwester gehen ließ.

Sie war fünfundzwanzig und dennoch strahlte sie eine Reife und Stärke und … Macht aus, die mich beeindruckte und zugleich einschüchterte.

»Was möchtest du trinken?«

»Vielleicht einfach ein Wasser, denke ich.«

»Zwei Champagner, bitte«, wandte sie sich an den Mann hinter dem Tresen und zwinkerte mir zu. »Du wirkst ziemlich verkrampft und angespannt – was du nicht sein musst. Keine Sorge, wir sind alle nur Menschen.«

»Trotzdem seid Ihr die Königsfamilie *und* die Familie meines … Freundes.« Das letzte Wort brachte ich nur zögerlich über die Lippen. Denn auch wenn Frederik mich gerade vor den Augen seiner Schwester geküsst hatte, wusste ich nicht, inwieweit er sie bereits über seine Gefühle für mich in Kenntnis gesetzt hatte.

Prinzessin Anika lachte leise. »Das stimmt. Allerdings freue ich mich für euch beide. Seit Frederik dich kennt, ist er viel …« Sie legte den Kopf schief. »Ruhiger? Entspannter? Reifer? Ich weiß es nicht, irgendwie trifft jedes dieser Worte zu. Vor allem jedoch wirkt er glücklicher. Und ich habe wirklich den Eindruck, dass du ihm sehr am Herzen liegst. Er hat einen Streit mit der Königin vom Zaun gebrochen, weil er unbedingt *dich* als seine Begleiterin haben wollte.«

Röte stieg mir ins Gesicht und ich war froh, dass wir in dem Moment unsere Gläser serviert bekamen. Prinzessin Anika prostete mir zu und nachdem die prickelnde Flüssigkeit meine Kehle hinabgeflossen war, trank ich gleich noch einen Schluck.

»Was ich damit sagen möchte: Ich hoffe, dir ist es ernst mit ihm. Ich will nicht, dass du ihm das Herz brichst. Nach all den Jahren, in denen er nicht wusste, was er mit sich und seinem Leben anfangen soll, hat er nun endlich eine Konstante darin gefunden. Und da du aus Deutschland bist …«

»Oh, also ich liebe es hier. Und ich … liebe Frederik. Im Moment zieht mich nichts zurück in meine Heimat. Meine Familie will mich in unserer Bäckerei haben, in der ich für mich keine Zukunft sehe.« Ich biss mir auf die Lippe. Hatte ich zu viel Persönliches preisgegeben?

Ein wissendes Lächeln trat auf ihr Gesicht, vermutlich deshalb, weil sie die Parallelen zwischen Frederik und mir erkannte. »Und wo siehst du deine Zukunft?«

Dass sie mir so unverblümt auf den Zahn fühlte, beeindruckte mich. Sie hielt sich nicht mit unnötiger Konversation auf, sie fragte direkt, was sie wissen wollte.

»Dort, wo mein Herz ist – und das hat Frederik.«

Zufrieden nickte sie. »Dann herzlich willkommen in Fjarora, Emelie. Übrigens: schönes Kleid. Der Schmuck passt hervorragend dazu.«

»Oh, danke. Und vielen Dank auch für das Leihen, ich … es ist mir eine Ehre, ihn tragen zu dürfen.« Verlegen tastete ich nach der Kette, die sich unverändert schwer auf meinem Dekolleté anfühlte.

»Eure Königliche Hoheit«, raunte ein Mann im Smoking neben ihr. Er war vielleicht Anfang dreißig, hatte karamellfarbene Augen, verwegen zerzauste dunkelblonde Haare und einen Dreitagebart, der ihm richtig gut stand. Das Headset in seinem Ohr und das Kabel, das davon ausgehend im Kragen des Jacketts verschwand, lenkten meine Aufmerksamkeit auf eine kleine schwarze Stelle an seinem Hals. Das musste eine Tätowierung sein, die unter dem Hemdkragen hervorblitzte.

»Sofort, Jesper …« Prinzessin Anika seufzte kurz auf. »Tut mir leid, ich muss mich auch schon wieder verabschieden, mein Bodyguard ist heute etwas nervös. Er hat erst vor einem halben Jahr angefangen, für mich zu arbeiten, und mich noch nicht inmitten *so* vieler Leute erlebt.« Sie deutete auf den Mann, der keine Miene verzog. »Und kein Problem, zu meinem Kleid hätte der Schmuck heute sowieso nicht gepasst. Also … Ich wünsche dir eine schöne Zeit auf dem Ball und bin wahnsinnig gespannt auf das Dessertbüfett.« Sie lächelte mir zu. »Wenn du mich nun entschuldigst, ich muss meinen Verpflichtungen nachgehen.« Freundlich nickte sie mir zu und ich machte einen Knicks vor ihr. Anschließend ging sie auf eine Gruppe Männer Anfang fünfzig zu, die sich ehrfurchtsvoll vor ihr verneigten.

Ich leerte mein Glas und atmete erleichtert durch. Im Anschluss bestellte ich mir ein Glas Wasser. Auf keinen Fall wollte ich beduselt sein und irgendetwas sagen oder tun, was mir morgen peinlich sein könnte.

»Na? Hast du alles gut überstanden?« Frederik legte eine Hand um meine Taille und zog mich an sich. Dass er selbst hier keine Scheu zeigte, mich zu berühren und zu halten, gefiel mir. Er machte kein Geheimnis daraus, was zwischen uns war – genau wie ich es mir erhofft hatte.

»Ja, es war ein sehr nettes Gespräch.«

»Ich hoffe, sie hat nichts Schlimmes über mich erzählt.«

Schmunzelnd schüttelte ich den Kopf. »Das überlässt sie vermutlich lieber dir.«

»Gut für sie«, meinte er feixend und verschränkte seine Finger mit meinen. »Komm mit, jetzt beginnt der *spaßige* Teil. Ich stelle dich den Leuten vor und du bekommst einen ersten Einblick in meine Welt.«

Mein Herz machte einen kleinen Sprung und ich wusste nicht, ob es vor Aufregung oder Vorfreude war. Denn dass Frederik mich so selbstverständlich an seiner Seite haben wollte, bedeutete mir mehr, als ich in Worte fassen konnte.

KAPITEL 23

# Frederik

Emelie machte das wirklich gut. Ich stellte sie einer Menge Leute vor und sie hielt sich souverän. Sie beantwortete die neugierigen Fragen der Gäste und wenn jemand wissen wollte, was sie beruflich mache, erzählte sie dermaßen eindrucksvoll von ihrer Arbeit, dass ich unglaublich stolz auf sie war. Und das traf offenbar auch auf sie selbst zu. Das sah ich ihr an und hörte es aus ihren Worten heraus. Sie wirkte überhaupt nicht mehr verunsichert und ihre Bedenken, dass ihre Anwesenheit auf dem Ball für Probleme sorgen könnte, schienen sich in Luft aufgelöst zu haben.

Sie passte sich dem gesellschaftlichen Small Talk unglaublich gut an und tat dabei nie so, als hätte sie von allem eine Ahnung. Zu Stephanie Linden-Åström sagte sie geradeheraus, dass sie nichts von Motoren verstand, was Stephanie mit einem freundlichen Lächeln beantwortete und zugab, dass sie es nicht einmal schaffte, Teig für Kuchen oder Torten anzurühren, weil sie diesbezüglich zwei linke Hände besaß. Auch als Jefferson Mazur das Thema auf Pferderennen lenken wollte, sagte sie ganz direkt, dass sie sich damit nicht auskannte. Mit ihrer unverblümt ehrlichen und bodenständigen Art wickelte Emelie alle um den Finger.

Meine Eltern hatten wir bis dahin nur aus der Ferne gesehen – sie waren genau wie Anika damit beschäftigt, sich mit den Vertretern der anderen anwesenden Königshäuser zu unterhalten. Finnja und Thorben durften noch nicht an diesem gesellschaftlichen Event teilnehmen. Auch Anika und ich hatten warten müssen, bis wir sechzehn waren – wobei meine große Schwester diesen Tag viel inständiger herbeigesehnt hatte als ich.

Ich war zwar damals neugierig gewesen, wie es wirklich sein würde, doch meine Befürchtung, dass es genau genommen stinklangweilig war, hatte sich schnell bestätigt. Erst als ich mit neunzehn zum ersten Mal Lars und Sven einladen durfte, war der Winterball um einiges unterhaltsamer geworden und hatte sich für mich nicht mehr ausschließlich wie ein übles Muss angefühlt.

Auch heute waren die zwei hier – Lars tatsächlich mit Britta an seiner Seite. Er strahlte bis über beide Ohren, während Britta sich nicht anmerken ließ, ob sie es nun gut oder schlecht fand, nicht mit mir hier sein zu können. Stattdessen hatte sie ihre ganze Aufmerksamkeit auf meinen Freund gerichtet, der diese sichtlich genoss.

Sven war mit Evelyn Parker hier, der Tochter einer englischen Juweliersfamilie. Ich kannte sie vom Sehen und war überrascht, dass er die dunkelhaarige Schönheit aus gutem Hause eingeladen hatte, ohne vorher etwas davon zu erwähnen. Die beiden amüsierten sich offenbar prächtig und konnten kaum die Finger voneinander lassen – was mich für Sven freute.

Ich wollte ihnen gerade Emelie vorstellen, als ich sah, dass meine Eltern einen freien Moment hatten. Das musste ich nutzen, denn ich wusste, dass bald der erste Gang serviert werden würde – und nach dem Essen wäre es noch schwerer, mit ihnen zu reden. Die Leute würden das Dessertbüfett stürmen, die Musiker würden Tanzmusik spielen und ich hatte keine Ahnung, ob sich danach noch die Gelegenheit ergeben würde, sie in einem ruhigen Moment zu erwischen.

»Komm mit, ich stell dich meinen Eltern vor«, raunte ich Emelie ins Ohr.

Sie schaute mich an und sofort bemerkte ich, wie die Nervosität in ihr anstieg.

»Keine Sorge, sie werden dich mögen.«

»Deine Mutter hat vorhin bereits mehrfach in unsere Richtung geschaut. Ich wäre mir da gerade nicht so sicher …«

Emelie hatte nicht ganz unrecht. Meiner Mutter stieß es nach wie vor übel auf, dass eine Angestellte auf dem Ball war, aber ich hoffte einfach darauf, dass Anika bereits ein gutes Wort für Emelie eingelegt hatte – was unter anderem ein Grund dafür gewesen war, weshalb ich das Gespräch zwischen meiner Schwester und Emelie gleich zu Beginn zugelassen hatte. Denn an Emelies Miene hatte ich ablesen können, dass sie damit im ersten Moment überfordert gewesen war.

Ich bot Emelie meinen Arm an, sie hakte sich unter und stieß ein leise gemurmeltes »O Gott« aus, das mich schmunzeln ließ. Sanft streichelte ich über ihre Hand, um sie zu beruhigen.

»Mutter, Vater, darf ich euch meine Begleiterin und Freundin Emelie Hoffmann vorstellen? Emelie, das sind meine Eltern, König Eggert der Erste und Königin Ingard.«

Emelie machte einen Knicks vor den beiden.

Mein Vater lächelte sie freundlich an. »Schön, dich endlich kennenzulernen, Emelie. Ich habe bereits einiges von dir gehört. Du hast einen nicht unwesentlichen Teil zum Highlight des heutigen Tages beigetragen?«

»Freut mich, dass es sich herumspricht, Eure Majestät. Und ja, an der Entstehung und Gestaltung des Dessertbüfetts habe ich mitgewirkt.«

Irritiert schaute ich sie an. Sie machte nicht mehr den Eindruck, als würde sie stolz von ihrer Arbeit erzählen, sondern eher zurückhaltend, als müsste sie sich und ihr Können in den Hintergrund stellen.

»Sie ist unglaublich talentiert. Ihr werdet es später sehen, wenn die Winterlandschaft enthüllt wird. Sie hat einen Großteil der kleinen Details gefertigt, wie die Schneeflocken und die Tannenbäume. Und die Schneebälle, die wie echt aussehen …«

»Nicht doch, du verrätst noch alles«, raunte sie mir leise zu, aber ich war mir sicher, meine Eltern hatten es trotzdem gehört.

»Du brauchst dich nicht zu verstecken, Emelie«, sagte ich. »Ove hat dich schließlich nicht umsonst in sein Team geholt.« Ich wollte meinen Eltern unbedingt klarmachen, dass sie nicht nur eine simple Angestellte war. Sie sollten in ihr sehen, was ich ebenfalls in ihr erkannt hatte: dass sie eine starke, unabhängige junge Frau war, die einfach perfekt an meine Seite passte.

»Prinzessin Finnja hat mir einiges von der Übernachtungsparty erzählt, in der du die Kinder betreut und mit ihnen gebacken hast«, ergriff meine Mutter das Wort und sofort mahlten meine Zähne aufeinander. Bei ihr klang es so, als würde sie darauf hinweisen wollen, dass Emelie eben doch *bloß* eine Angestellte war, die im Auftrag der Königsfamilie Kuchen backte und mit den Kindern spielte.

»Sie spricht in den höchsten Tönen von dir und ich kann es kaum erwarten, das Kunstwerk zu sehen, von dem Ove schon sehr lange erzählt«, fügte mein Vater hinzu. »Also meine Neugier ist geweckt.«

Dankbar lächelte ich ihm zu.

»Ich hoffe, dass Euch die Desserts zusagen. Die kleinen Tannenbäume sind übrigens mit einer Creme gefüllt, die nach *Vanillekipferl* schmecken, einer Plätzchensorte, die in Deutschland sehr beliebt ist. Und die Füllung der großen Bäume schmeckt nach Lebkuchen mit leichtem Kirscharoma.«

»Hast du gehört, Ingard, das klingt äußerst verlockend und genau nach unserem Geschmack.«

Meine Mutter nickte nur knapp und wollte gerade etwas erwidern, wurde jedoch von Björn, unserem Sicherheitschef, unterbrochen, der ihr etwas zuraunte.

Ihr Gesicht wurde ernst. »Finnja ist verschwunden ... Sie ist wahrscheinlich immer noch beleidigt, weil sie nicht auf den Ball durfte. Hoffentlich ist sie nicht weggelaufen.«

»Ich gehe sie suchen«, sagte mein Vater, ohne zu zögern. »Sie ist bestimmt wieder auf einer ihrer Fantasiereisen hier irgendwo im Palast. Mach dir keine Sorgen, Ingard.«

»Du weißt nicht, wie wütend sie vorhin war ...«

»Mit Verlaub, Eure Majestät, aber Ihr habt Verpflichtungen hier auf dem Ball«, mischte sich Björn respektvoll ein. »Ich denke, es wäre besser, mein Team weiter nach ihr suchen zu lassen und die Gäste nicht nervös zu machen.« Björn sah meine Eltern eindringlich an. Natürlich wollte er eine unnötige Aufregung vermeiden – oder übereifrige Gäste, die sich anbieten würden, bei der Suche zu helfen. Immerhin würden dann unzählige fremde Leute durch den

Palast laufen und er hätte keine Chance, den Überblick zu bewahren und die Sicherheit aller Anwesenden zu gewährleisten.

»Sie ist unsere Tochter«, zischte meine Mutter wütend, als wäre es undenkbar, als Eltern *nicht* nach Finnja zu suchen.

»Nein, Björn hat recht. Ihr bleibt hier und kümmert euch darum, dass die Gäste nichts mitbekommen. Ich suche nach ihr und kenne Winkel im Palast, von denen sonst niemand weiß.« Ich schielte in Björns Richtung und er hob fragend eine Augenbraue. »Wir finden Finnja, versprochen …«

Meine Eltern schauten sich kurz an und in ihren Augen konnte ich erkennen, wie sehr sie mit sich rangen. Bestimmt war es schwer für die beiden, zu feiern und so zu tun, als sei alles in bester Ordnung. Aber jetzt zu verschwinden, würde nur zu Unruhe und Spekulationen führen, und das sahen sie ein.

»Na gut, wir bleiben. Geht und findet Finnja.«

Beherzt nickte ich.

»Ich komme mit!« Emelie stand Entschlossenheit ins Gesicht geschrieben. Ich hatte ihr versprochen, den ganzen Abend nicht von ihrer Seite zu weichen. Wenn ich jetzt ging, würde sie den Ball ebenfalls verlassen. Sie jedoch zurück ins Kutscherhaus zu schicken und dort allein und voller Sorge warten zu lassen, konnte ich mir nicht vorstellen. Dazu war Emelie eine zu mitfühlende, fürsorgliche Person.

»Okay«, erwiderte ich nach kurzem Zögern – und damit war es beschlossen.

»Hoffentlich ist ihr nichts zugestoßen«, raunte Emelie neben mir beinahe atemlos, nachdem wir in gespielt gemütlichem Tempo aus dem Ballsaal geschlendert und anschließend mit dem Sicherheitschef in sein Büro gehetzt waren.

»Wir gehen davon aus, dass sie sich nur irgendwo im Palast versteckt hat, wo wir sie bisher nicht finden konnten«, meinte Björn mit geschäftigem Gesichtsausdruck.

Das beruhigte mich nur bedingt. »Wie lange ist sie schon verschwunden?«

»Edita ist vor einer knappen halben Stunde bei uns aufgetaucht. Sie hatte sich wohl nur kurz mit dem Koch unterhalten, ob er auf Wunsch der Kinder heute *Köttbullar* machen könnte, und als sie zurückkam, war Finnja weg. Sie hat mich auf direktem Weg kontaktiert und ich habe sofort einen Teil meiner Männer ausschwärmen lassen. Sie suchen auch weiterhin systematisch den Palast ab.«

Ich nickte. »Inwiefern sind euch die Geheimgänge bekannt?«

Wieder zuckte seine Augenbraue in die Höhe. »Glaubt mir, Eure Hoheit, wir kennen sie *alle*. Auch jene, die Ihr noch nicht entdeckt habt.«

Kurz stutzte ich, doch jetzt darüber nachzugrübeln, war nicht der richtige Zeitpunkt. »Okay, was können wir tun?«

»Ihr kennt Eure Schwester besser als sonst jemand. Vielleicht fällt Euch ein, wo sie sich versteckt haben könnte?«

»Beim Rudel«, sagte ich wie aus der Pistole geschossen.

Björn nickte. »Gut, dann seht bitte dort nach ihr. Ich bleibe hier und koordiniere alles. Ihr habt Euer Telefon bei Euch?«

»Ja. Komm, Emelie, wir sollten keine Zeit verlieren, falls sie wirklich draußen in der Kälte ist.«

Wir eilten aus Björns Büro und liefen durch die leeren Flure bis zu jener Abkürzung, die ich mit den Zwillingen genommen hatte, als sie in ihrer Lernpause zu den Hunden mitgekommen waren. Ich betätigte den Mechanismus und wir durchquerten den

Geheimgang so schnell wie möglich. Am anderen Ende angekommen schaute ich kurz zu Emelie. »So kannst du nicht raus«, sagte ich.

»Wenn ich jetzt zurück zum Kutscherhaus laufe, verlieren wir unnötig Zeit.«

Das war ein Argument. Wieso hatten wir nicht gleich an warme Sachen gedacht? Ich überlegte kurz. »Komm mit, ich weiß, was wir machen«, sagte ich dann.

Wir änderten die Richtung und ich ging mit ihr in die Kammer, in der ich meine Winterkleidung auszog, wenn ich vom Schlittenfahren zurückkam. Weil ich heute Nachmittag unterwegs gewesen war, sollten die Sachen hier noch zum Trocknen hängen.

Tatsächlich, als ich die Tür öffnete, sah ich meine Jacke, Hose und die Boots auf den Heizstäben. Zu unserem Glück hing daneben die Kleidung von gestern, die noch niemand weggeräumt hatte – vermutlich, weil die Bediensteten mit den letzten Vorbereitungen für den Winterball beschäftigt gewesen waren.

»Das ist alles besonders warm«, sagte ich und zwinkerte ihr zu.

Ich half ihr in die Jacke und stellte die Boots vor sie. »Die sind dir zwar zu groß, aber mit den Absatzschuhen kannst du unmöglich raus in den Schnee.«

Das sah Emelie sofort ein und sie raffte den Tüll ihres Kleides, um in die Stiefel zu steigen.

Auch ich zog mir eine Jacke über, dann traten wir in die Kälte hinaus.

»Das Hundehaus ist dort vorn«, sagte ich zu Emelie, die sich kurz orientierungslos umsah.

Der Mond stand zwar hell am Himmel, trotzdem war ich froh, die Taschenlampe am Handy zu haben. Wir näherten uns dem Rudel, das uns freudig begrüßte. Inzwischen heulten die Huskys nicht einmal mehr, wenn Emelie dabei war.

»Kommst du mit rein?«, fragte ich sie. Nach wie vor hatte sie ihre Scheu vor den Hunden nicht ganz abgelegt, auch wenn sie mir erzählt hatte, dass sie nach der Arbeit ein paar Mal bei ihnen vorbeigeschaut und sie an ihrer Hand hatte schnuppern lassen. Damit das Rudel sie besser kennenlernte und weil sie selbst ihre Angst in den Griff bekommen wollte.

»Schau du drinnen nach, ich gehe inzwischen die Wege hier draußen ab. Vielleicht sehe ich Fußspuren oder …« Sie zuckte mit den Schultern.

»Okay. Aber nimm mein Telefon mit, damit du ein bisschen Licht hast. Und entferne dich nicht zu weit vom Gehege, ich will nicht *zwei* meiner Herzensfrauen suchen müssen.«

Ein süßes Lächeln hob für eine Sekunde ihre Mundwinkel, bevor sie nach dem Handy griff und nickte. »Ich bleibe in der Nähe.«

Kurz gab ich ihr noch einen Kuss, dann entriegelte ich die Tür per Fingerabdruck. Durch die Schleuse hatten mich bereits ein paar der Huskys entdeckt. Freudig drängten sie sich von innen gegen die zweite Tür, durch dessen Sicherheitsglas ich sie sehen konnte.

Nach Finnja zu rufen machte keinen Sinn. Sie würde meine Anwesenheit erst bemerken, wenn ich in ihrer Nähe war und sie mein Stampfen oder andere spürbare Geräuschquellen wahrnehmen würde – was neben den Tieren jedoch nicht machbar war. Das würde die Hunde nur unnötig beunruhigen. Und selbst wenn sie anhand des Verhaltens der Hunde mitbekommen sollte, dass jemand nach ihr suchte, könnte es sein, dass sie heimlich das Versteck wechselte, weil sie gerade mit niemandem reden wollte.

Also lief ich alle Räume ab, doch je weiter ich kam, desto mehr wurde mir bewusst, dass sie nicht hier war.

»Frederik!«, drangen Emelies aufgebrachte Rufe zu mir durch. Sofort war ich alarmiert. Hatte sie eine Spur gefunden oder war ihr etwas passiert? Oder Finnja? Vielleicht hatte Björn angerufen, weil sie inzwischen aufgetaucht war?

Schnell lief ich zurück nach draußen, wo sie mir aufgeregt entgegenkam.

»Was ist?«, fragte ich mit rasendem Herzen.

»Komm mit, ich glaube, ich habe was entdeckt!«

Sie winkte und eilte voraus.

Ich folgte ihr um das Gehege herum, bis sie stehen blieb und auf etwas im Schnee zeigte.

»Diese Spuren sind nicht von einem Erwachsenen. Habe ich recht?«

Ich trat näher, nahm ihr das Handy ab und ging vor einem der Schuhabdrücke in die Hocke, um ihn genauer zu betrachten. »Ja, die sehen wie die von Finnjas Stiefeln aus. Komm, wir folgen ihnen.«

»Sie könnten natürlich auch von heute Nachmittag sein«, meinte Emelie vorsichtig.

»Vielleicht. Vielleicht aber auch nicht. Wir werden es herausfinden.«

Ich verschränkte Emelies Finger mit meinen, während ich mit der anderen Hand das Handylicht auf den Weg vor uns gerichtet hielt, der hinter dem Tor im Zaun um das Palastgelände direkt in den Wald hineinführte. Hier der Spur zu folgen war jedoch nicht mehr so einfach. Zwischen den dicht stehenden Bäumen lag bedeutend weniger Schnee und die Spuren waren zum Teil durch Moos,

Blätter und Wurzeln nicht immer so deutlich zu sehen wie auf der verschneiten Wiese.

»Sollen wir vielleicht einen der Hunde für die Suche dazuholen?«, schlug Emelie vor.

»Nein. Vermutlich würde das nichts bringen. Huskys sind keine guten Fährtenleser und mein Rudel hat das nie gelernt. Aber ich rufe mal Björn an und informiere ihn über die Spur.«

Emelie machte ein zustimmendes Geräusch und ich wählte die Nummer des Sicherheitschefs.

»Eure Hoheit, wie ist die Lage?«

»Wir folgen einer Spur, die in den Wald hineinführt.«

»Okay, das klingt gut. Haltet mich auf dem Laufenden. Wie kann ich Euch finden, falls Ihr Erfolg habt?«

»Emelie und ich tragen meine Winterjacken, die ich zu den Ausfahrten nehme. Vielleicht über den Peilsender?«

»Gute Idee. Ist er auch aktiviert?«

»Nein, Moment …« Ich reichte Emelie mein Telefon und öffnete meine Jacke, doch die Brusttasche war leer. Mist, hoffentlich lag der Peilsender nicht im Palast. Ich tastete in Emelies Jacke nach der Innentasche. Als ich ihre warme Haut am Dekolleté mit meiner kalten Hand streifte, erschauderte sie. Zum Glück fand ich hier das kleine Teil und schaltete es ein. Anschließend nahm ich mein Handy wieder an mich.

»Jetzt ist er aktiv.«

»Sehr gut, ich empfange ein Signal. Beeilt Euch. Sollte sie tatsächlich da draußen sein, ist sie in Gefahr. Ein kleines Mädchen hat in der Nacht bei dieser Kälte wirklich nichts im Wald verloren.«

Ich nickte, obwohl er das nicht sehen konnte, und murmelte eine knappe Verabschiedung.

Schweigend gingen wir weiter und je tiefer wir vordrangen, desto unruhiger wurde ich. Björns Worte kreisten immer lauter in meinem Kopf und die schlimmsten Bilder schoben sich vor mein inneres Auge. Ich wusste, dass nicht weit von hier ein Bach war. Seine Quelle war warm, doch bis hier in den Wald war das Wasser bereits abgekühlt, wenn auch nicht so kalt, dass er durchgehend zugefroren sein würde. Er war nicht breit, aber wenn sie ohne Taschenlampe unterwegs war, könnte sie ihn übersehen. Sie könnte hineinfallen und … Es waren schon Leute in kleinen Lachen ertrunken, weil sie beim Sturz bewusstlos geworden sind.

Mein Puls stieg immer mehr an und ich zwang mich, stehen zu bleiben und zu lauschen. Vielleicht hörten wir sie ja irgendwo wimmern oder weinen. Um Hilfe rufen … Das war eines der ersten Wörter, die eine Logopädin ihr beigebracht hatte, damit sie sich im Notfall auch mit Leuten verständigen konnte, die der Gebärdensprache nicht mächtig waren. Dass sie wirklich einmal in einer Situation stecken würde, in der sie die Lautsprache brauchen könnte, hätten wir damals ganz sicher nicht zu denken gewagt.

»Was machen wir?«, fragte Emelie flüsternd, doch ich legte meinen Zeigefinger gegen meine Lippen.

»Vielleicht hören wir sie ja«, hauchte ich zurück.

Aber bis auf die nächtlichen Waldgeräusche blieb es still.

## KAPITEL 24

# Emelie

Die Schwärze des Waldes war mir unheimlich, genau wie das Knistern und Rascheln und Rauschen, das rund um uns zu hören war. Äste, die unter der Schneelast ächzten. Der Wind, der durch die Bäume pfiff. Tiere, die auf Nahrungssuche waren – alles Geräusche, die Finnja nicht hörte. Sollte sie hier wirklich irgendwo sein, hoffte ich, dass es nicht zu gruselig für sie war. Als neunjähriges Mädchen hätte ich mich jedenfalls nicht im Dunkeln allein in den Wald getraut. Sogar jetzt mit einundzwanzig würde ich hier auf keinen Fall ohne Begleitung unterwegs sein wollen. Nicht einmal bei Tageslicht …

»Gott, hoffentlich finden wir sie«, murmelte ich mehr zu mir selbst als zu Frederik. Welche Sorgenqualen er gerade durchlitt, wollte ich mir gar nicht erst vorstellen. Keine Ahnung, wie ich damit umgehen würde, wenn ich wüsste, dass Philipp verschwunden wäre und wir ihn in einer eisigen Winternacht suchen müssten – noch dazu, ohne dass er uns hören könnte.

Immer wieder unterdrückte ich den Drang, Finnjas Namen zu rufen.

»Wir werden sie finden.« Frederik klang entschlossen, vielleicht, weil er sich dadurch selbst beruhigen wollte. »Und wir werden sie wohlbehalten zurück nach Hause bringen.«

Nun fiel mir doch ein Zittern in seiner Stimme auf und ich drückte seine Hand ein bisschen fester, um ihm zu signalisieren, dass ich für ihn da war – egal, wie das alles enden würde.

»Schau mal, dort vorn!« Frederik hob sein Telefon an und leuchtete auf eine Stelle am Boden, wo der Schnee seltsam zusammengedrückt war, als wäre hier etwas oder jemand gestürzt. Was nicht ganz ungewöhnlich wäre, denn hier ragten Wurzeln auf, die vermutlich von der frisch gefallenen Schneeschicht bedeckt gewesen waren, sodass man sie nicht hatte erkennen können. In der Dunkelheit noch weniger als bei Tageslicht.

Wir legten an Tempo zu, denn die Spur, die von hier wegführte, zeigte nur einen klaren Schuhabdruck. Der zweite war verwischt, als würde jemand sein Bein nachziehen. Als wir an eine Stelle kamen, wo der Boden abschüssig war und erst ein paar Meter weiter unten wieder eben verlief, stockte mein Atem. Dort lag ein zugefrorener Teich.

»Sie muss da hinunter sein«, sagte Frederik. Die Angst, die er um seine Schwester hatte, war deutlich in seiner Stimme zu hören.

»Da!« Mein Herz raste, als ich auf eine Gestalt zeigte, die am Rand des Teichs auf einem umgestürzten Baumstamm kauerte.

»Finnja!« Nun rief Frederik doch ihren Namen, während er mit mir gemeinsam den Hang hinuntereilte und schließlich seine Hand aus meiner löste, bevor er auf sie zulief. Er fiel vor ihr auf die Knie, ohne darauf zu achten, dass er die Hose seiner Uniform dadurch komplett durchnässte und verschmutzte. Aber das war in diesem Moment auch völlig egal.

Finnja schluchzte und schlang sofort ihre Arme um ihn. Sie trug zwar einen Wintermantel, doch der war über und über mit Schnee bedeckt. Sie musste die Böschung hinabgestürzt sein und bestimmt war ihr die Kälte bereits bis in die Knochen gekrochen.

»Leuchte mich mit der Taschenlampe an«, sagte Frederik und reichte mir sein Telefon, als ich bei ihnen angekommen war.

»Was ist passiert, wie geht es dir? Bist du verletzt?«, fragte er seine Schwester in Gebärdensprache.

»Ich bin weggelaufen und habe mich verirrt. Dann bin ich gestürzt und jetzt tut mir mein Fuß weh.« Sie hob ihr rechtes Bein, während Tränen über ihr Gesicht liefen.

»Und sonst? Tut dir noch etwas weh?«

»Nein, mir ist nur kalt«, antwortete sie.

Frederik atmete geräuschvoll aus. »Wir bringen dich zurück zum Palast, dort kann sich jemand deinen Fuß anschauen, okay? Ich werde dich tragen, in Ordnung?«

Sie nickte beschämt und schaute kurz zu mir. »Ich habe euch den Ball versaut«, meinte sie und schluchzte ein weiteres Mal auf.

»Hey …« Frederik küsste sie auf die Stirn. »Mach dir darum keine Sorgen. Der findet doch jedes Jahr statt.«

Kurz zuckten ihre Mundwinkel nach oben, bevor sie nur noch mehr weinte.

Frederik sah zu mir, bevor er Finnja hochhob. »Kannst du Björn anrufen und ihm Bescheid sagen? Er sieht, wo wir sind, dann könnten sie gleich am Tor auf uns warten. Du müsstest uns nur den Weg leuchten.«

»Natürlich, kein Problem.«

Er nannte mir seinen Code und ich entsperrte mit klammen Fingern das Telefon. In der Anrufliste drückte ich auf Wahlwiederholung, bevor ich den Lautsprecher einschaltete.

»Eure Hoheit?« Die Stimme des Sicherheitschefs klang ruhig und doch schwang Sorge darin mit.

»Hier ist Emelie. Wir haben Finnja gefunden und sind auf dem Rückweg zum Palast. Sie hat sich den Fuß verletzt und sie friert. Abgesehen davon scheint es ihr gut zu gehen.«

»Gott sei Dank! Sie haben sie leicht verletzt gefunden und sind auf dem Rückweg«, erklärte er jemandem vom Telefon abgewandt, was auch die Person im Hintergrund zu einem erleichterten Ausruf brachte. »Der königliche Arzt ist bereits informiert. Wir werden Euch mit der Königin entgegenkommen.«

»Vielen Dank, Björn«, sagte Frederik an meiner Stelle. »Wir sind in gut fünfzehn Minuten zurück.«

Sie sprachen noch kurz über den genauen Treffpunkt, schließlich legte ich auf und konzentrierte mich darauf, den Weg so gut wie möglich für uns auszuleuchten.

Währenddessen schluchzte Finnja leise vor sich hin. Tröstend streichelte ich über ihre Knie, um sie zu beruhigen und ihr klarzumachen, dass alles wieder gut werden würde. Doch der Schock saß vermutlich noch zu tief.

Die Aufregung war groß, als wir endlich aus dem Wald traten. Björn erwartete uns, gemeinsam mit der Königin, die völlig aufgelöst auf uns zulief und in Gebärdensprache auf Finnja einredete. »Bin ich froh, dass du wieder da bist, mein Schatz. Wir haben uns solche Sorgen um dich gemacht. Geht es dir gut?«

Die Kleine nickte und erklärte kurz, dass ihr Fuß wehtat und sie nicht mehr allein zurücklaufen konnte.

Vermutlich erst recht nicht, nachdem sie den Hang hinabgestürzt war, überlegte ich, doch das behielt ich für mich. Ich wollte der Königin keine zusätzlichen Sorgen bereiten.

»Wir bringen sie am besten erst hier ins Behandlungszimmer, damit ich mir einen ersten Eindruck von der Verletzung machen kann. Danach sehen wir weiter«, sagte nun ein Mann im Smoking, der sich bis jetzt im Hintergrund gehalten hatte. Ich hatte ihn auch auf dem Ball gesehen, doch Frederik war nicht mehr dazu gekommen, ihn mir vorzustellen. Er musste der königliche Arzt sein.

Schnell eilten wir durch einen Seiteneingang ins Warme, wo ich erleichtert aufseufzte. Meine Finger waren taub vor Kälte, weil ich bis zuletzt mit dem Handy den Weg beleuchtet hatte.

»Vielen Dank, du kannst nun gehen«, sagte die Königin an mich gewandt, während Frederik mit Finnja bereits einige Schritte in dem prunkvollen Palastflur vorausgeeilt war. Ihre Stimme klang nicht böse oder abwertend, sondern dankbar und freundlich. Trotzdem trafen mich ihre Worte.

»Ich …« Zögernd schaute ich Frederik nach. Nein, wollte ich sagen. Weil ich bei ihnen bleiben und mich vor allem vergewissern wollte, dass Finnja in Ordnung war.

Frederik hatte mich wohl gehört oder bemerkt, dass wir nicht länger hinter ihm waren, denn er war stehen geblieben und hatte sich umgedreht. »Was ist? Kommt ihr?« Sein Ton war irgendwie … provozierend und brachte mich dadurch noch mehr in die Zwickmühle. Bestimmt stand das Wort der Königin über seinem.

Unter anderen Umständen, bei einer anderen Familie, hätte ich mich vermutlich über den Wunsch der Mutter meines Freundes hinweggesetzt. Doch hier und jetzt zögerte ich.

»Selbstverständlich bekommst du einen Finderlohn von uns. Björn wird sich darum kümmern«, erklärte die Königin.

»Was? Nein! Auf keinen Fall, ich will kein Geld. Ich habe gern geholfen, ich …«

»Was ist los?« Frederik kam zurück, immer noch Finnja auf den Armen. »Emelie gehört zu mir. Sie kommt mit uns.«

Finnja hatte alles neugierig verfolgt und erklärte nun mit den Händen: »Emelie soll bleiben. Bitte, Mama, ich brauche sie. Sie hat mich gemeinsam mit Frederik gerettet.«

Ich merkte, dass die Königin einen inneren Kampf ausfocht, aber offensichtlich konnte sie ihrer Tochter diesen Wunsch nicht ausschlagen.

»Gut. Du kannst mitkommen.« Sie wandte sich ab.

Hoffentlich war sie jetzt nicht in ihrem Stolz verletzt, denn das hatte ich nicht gewollt. »Nein, schon gut, ich gehe. Das ist eine Familiensache, da gehöre ich nicht dazu. Danke für die Jacke … und dir alles Gute und gute Besserung, Finnja«, sagte ich schließlich in Gebärdensprache.

Die kleine Prinzessin stieß einen gequälten Laut aus und bewirkte damit, dass wir alle zu ihr sahen. »Ich will, dass du bleibst. Bitte, Emelie.«

Der Ausdruck in ihren Augen war so herzzerreißend, dass ich verzweifelt zu Frederik schaute. Doch auch sein Blick war flehend, also wandte ich mich erneut der Königin zu.

Sie seufzte tief. »Finnja scheint dich wohl sehr ins Herz geschlossen zu haben. Wie auch immer, viel wichtiger ist, dass Doktor Borg sich endlich Finnjas Fuß anschaut.« Sie machte eine versöhnliche Geste und bedeutete mir vorauszugehen.

Ich machte einen Knicks und formte ein »Danke, Eure Majestät« mit den Lippen, was sie mit einem sanften Lächeln beantwortete.

Wir eilten weiter den Flur entlang, bis wir ein modern eingerichtetes Behandlungszimmer erreichten. Doktor Borg wusch sich die Hände, während Frederik seine Schwester auf die Liege setzte, wo der Arzt sie untersuchen konnte. Die Königin half ihr aus dem Mantel und Björn schlang eine Decke um ihre Schultern.

Leicht überfordert beobachtete ich alles.

Die Königin setzte sich auf einen Stuhl neben Finnja, den ihr Björn zurechtgestellt hatte. Frederik streichelte seiner Schwester beruhigend über den Rücken, während sich Sorgenfalten auf seiner Stirn abzeichneten.

»Darf ich dir den Stiefel ausziehen?«, fragte Doktor Borg die Prinzessin. »Ich passe auch gut auf, dass ich dir nicht wehtue, okay?«

Sie nickte mit verzagtem Gesichtsausdruck und schaute zu mir. Sofort war ich auch an ihrer Seite. »Keine Angst, alles wird gut«, sagte ich zu ihr und nahm dann ihre Hand, die ich tröstend drückte.

Finnja wimmerte leise, als Doktor Borg ihr den Stiefel vom Fuß zog. In mir krampfte sich alles zusammen, so sehr litt ich mit der Kleinen mit.

Um sie abzulenken – und um mich ein wenig zu beruhigen –, ließ ich ihre Hand los und begann, ihr meine Geschichte zu erzählen. »Weißt du, ich habe mich auch mal am Fuß verletzt, genau wie du.«

»Ja?« Fragend schaute sie mich an.

»Ja. Ich war ungefähr in deinem Alter und habe mit meinem Bruder Philipp Fangen gespielt. Er ist vier Jahre älter und war damals schon riesig im Vergleich zu gleichaltrigen Kindern. Wir haben uns jeden Tag geärgert und Streiche ausgeheckt. Wobei Philipps immer besser waren und ich sehr oft schlechter weggekommen bin als er.« Ich schmunzelte bei der Erinnerung an diese Zeit, obwohl ich damals oft geflucht und sogar manchmal geweint habe, wenn er es zu weit getrieben hatte. »Einmal hat er mit einem Eimer eiskaltem Wasser hinter der Hausecke auf mich gewartet und mich voll erwischt. Zum Glück war Sommer, aber natürlich wollte ich das nicht so auf mir sitzen lassen. Also bin ich ihm hinterhergerannt, quer durch den Garten, über die Liegen, auf denen unsere Eltern sich immer sonnten, wenn sie ihren freien Tag hatten, und über die Blumenbeete hinweg.«

Finnja schlug sich eine Hand vor den Mund und kicherte.

»Nur dass ich bei meinem Sprung über die Blumen mit dem Fuß zur Hälfte auf den Steinen aufgekommen bin, die das Beet einfassten. Ich bin umgeknickt und gestürzt. Das hat so wehgetan.«

Mitfühlend schaute Finnja mich an. »Ja, so ging es mir heute auch, als ich über die Wurzel gestolpert bin. Und was ist dann passiert?«

»Unsere Eltern haben mein Weinen gehört und sind gleich in den Garten gelaufen. Philipp hat eine Standpauke bekommen und Papa ist mit mir ins Krankenhaus gefahren. Dort hat man meinen Fuß geröntgt, aber zum Glück hatte ich mir nur die Bänder überdehnt.«

»Gute Überleitung«, brachte sich der Doktor ein. »Ich fürchte, auch hier sind es die Bänder. Ich würde Prinzessin Finnja gern im Krankenhaus röntgen, wenn das für Euch in Ordnung ist, Eure Majestät.«

»Natürlich. Ich komme mit«, fügte die Königin schnell hinzu, als sie Finnjas verzweifelten Blick sah.

»Tut mir so leid, dass ich dir deinen Winterball kaputt gemacht habe.«

»Ach, Schätzchen. Wir haben dich zurück und dir geht es soweit gut. Nur das zählt. Dein Fuß wird heilen, alles andere ist im Moment nicht so wichtig. Beim nächsten Mal hörst du einfach auf mich und läufst nicht einfach weg.«

Tränen stiegen Finnja in die Augen. »Das wollte ich nicht. Ich mache es nie wieder, versprochen.« Dann wandte sie sich an Frederik und mich. »Bei euch möchte ich mich auch entschuldigen. Ihr müsst auf den Ball verzichten, weil ich unbedingt hin wollte. Ich habe nicht nachgedacht, als ich weggelaufen bin.«

»Mach dir keine Gedanken, Süße, Hauptsache, es geht dir gut und du wirst wieder gesund.« Frederik schenkte ihr ein aufmunterndes Lächeln.

»Danke, dass ihr mich gesucht und gefunden habt.« Sie sah von ihrem Bruder zu mir.

»Gute Besserung, du kleiner Wirbelwind. Und wenn du möchtest, können wir gern noch einmal gemeinsam Muffins backen.«

»Au ja!« Endlich lächelte sie wieder. »Trägst du mich zum Auto, Frederik?«

»Na klar!« Er knuffte seiner Schwester in die Seite und wandte sich kurz zu mir. »Wir sehen uns später.«

Ich nickte und winkte Finnja zum Abschied zu.

Kurz entschlossen ging ich zum Kutscherhaus zurück. Der Ball war für mich sowieso gelaufen, nachdem mein Kleid dermaßen von unserem Ausflug in den Wald zerstört war. Abgesehen davon hatte ich keine Ahnung, ob Frederik Lust hatte, sich umzuziehen und erneut dorthin zu gehen, während er auf die Rückkehr seiner Schwester aus der Klinik wartete.

Zu Hause angekommen zog ich die Jacke aus und hängte sie in die Garderobe. Gleich morgen würde ich sie Frederik zurückbringen. Im Schlafzimmer legte ich den Schmuck ab, zog das Kleid aus und hängte es auf einen Bügel, bevor ich in bequeme Sachen schlüpfte. Wie sollte ich den zarten Stoff wieder sauber bekommen? Vermutlich musste das Kleid in die Reinigung – und selbst dann würde man sehen, dass ich damit nicht nur auf dem Ball gewesen war, denn der Tüllrock war an einigen Stellen zerrissen.

So schade um das schöne Kleid …

Seufzend ging ich in die Küche, um mir einen Tee zu kochen. Als ich das heiße Wasser gerade in die Kanne gießen wollte, klopfte es an der Tür.

Frederik stand davor. Er hatte sich umgezogen und bis auf die Tatsache, dass seine Haare ein bisschen zerzauster aussahen, war ihm von der Aufregung der letzten Stunde nichts mehr anzusehen. In den Händen hielt er einen Kleidersack. »Dein Ersatzkleid wurde soeben geliefert«, verkündete er feierlich.

»Mein … was?« Völlig überfordert ließ ich ihn ins Haus.

»Ich hatte zwei Kleider für dich gekauft, für den Fall, dass dir das erste nicht gefallen sollte. Zum Glück, sonst müssten wir jetzt wirklich vom Ball fernbleiben.«

»Aber …«

Schmunzelnd unterbrach er mich. »Zieh es an und lass uns auf den Ball gehen. Finnja wird im Krankenhaus gut versorgt und Mutter meinte noch einmal am Telefon, dass wir uns keine Sorgen machen müssen. Bestimmt kommen die beiden bald wieder nach Hause. Wir haben zwar die Enthüllung des Dessertbüfetts verpasst, aber wir sollten es trotzdem bewundern dürfen und die Reaktionen der Leute sehen.«

Erneut wollte ich etwas erwidern, doch mir fehlten die Worte, als er ein wunderschönes Kleid in zartem Rosa aus dem Kleidersack befreite. Es war schulterfrei und in Trompetenform geschnitten, mit feiner Spitze am Oberteil und einer kleinen Schleppe.

»Frederik, ich weiß nicht, was ich sagen soll … es ist mindestens genauso traumhaft wie das andere Kleid.«

»Dann zieh es über und lass uns tanzen.«

Das ließ ich mir nicht zweimal sagen.

Als wir zurück in den Ballsaal kamen, verlor niemand ein Wort über unsere Abwesenheit oder den Wechsel meines Kleides – zumindest nicht in unserer Gegenwart. Was sich die Gäste darüber zusammenreimten, wollte ich gar nicht wissen. Selbst dass die Königin nicht hier war, kam nicht zur Sprache. Alles lief reibungslos ab und von Finnjas kleinem Abenteuer ahnte offenbar niemand etwas.

»Erweist du mir die Ehre für diesen Tanz?« Frederik verneigte sich galant vor mir, als ein junger blonder Mann gemeinsam mit drei weiteren Personen auf uns zukam.

»Da seid ihr ja!« rief er.

»Wir haben euch schon überall gesucht«, meinte der andere, der etwas größer war als der erste. Beide verneigten sich knapp vor Frederik, während die beiden Frauen an ihren Seiten einen Knicks vor ihm machten und mich anschließend interessiert musterten.

»Emelie, darf ich dir meine besten Freunde Sven und Lars vorstellen, sowie ihre Begleiterinnen Britta und Evelyn. Leute, das ist meine Freundin Emelie.«

»Freut mich, euch kennenzulernen.«

»Die Freude ist ganz meinerseits«, meinte Sven, der größere der beiden. »Frederik hat schon so viel von dir erzählt, dass ich ganz gespannt auf dich war. Fast dachte ich, ihr habt euch abgeseilt …« Er grinste und seine Begleiterin, Evelyn, warf ihm einen tadelnden Blick zu.

»Nein, wir waren nur etwas erledigen«, erklärte Frederik gelassen. Vielleicht lag es daran, dass er der Prinz war, oder an der Art, wie selbstverständlich er die Worte klingen ließ, aber keiner seiner Freunde ging erneut darauf ein. »Ich hoffe, ihr amüsiert euch«, wandte er sich schließlich an die beiden jungen Frauen.

»Alles ist großartig hier«, meinte Evelyn, die mit leuchtenden Augen ihren Blick durch den Saal schweifen ließ.

Britta hingegen sah mich auf seltsame Art und Weise an. Mir war klar, dass sie die Frau war, die ursprünglich Frederiks Begleitung hätte sein sollen – oder wollen. Doch als ihr bewusst wurde, dass ich mich von ihr nicht einschüchtern ließ, sondern weiterhin freundlich lächelte, wandte sie sich wieder Lars zu und schmiegte sich an ihn.

»Vor allem das Dessertbüfett. Es ist genial.« Mir fiel auf, dass Sven diese Worte direkt an mich richtete.

Errötend bedankte ich mich bei ihm. »Die Arbeit war eine große Herausforderung für das gesamte Team, aber ich denke, wir können stolz auf das Ergebnis sein.«

»Auf jeden Fall. Ich habe bereits einiges probiert und alles ist einsame Spitzenklasse. Nicht wahr, Britta?« Lars sah seine Begleiterin an. Er hatte nichts von dem Blickwechsel zwischen uns mitbekommen.

»O ja«, meinte sie. »Wirklich sehr leckere Kuchen, die du da gebacken hast.«

Den leicht bissigen Unterton ignorierte ich. Dennoch atmete ich erleichtert auf, als Frederik nun endlich seinen Tanz einforderte.

Die beiden anderen Paare schlossen sich uns kurzerhand an und wir gingen gemeinsam auf das Parkett.

Frederik war ein guter Tänzer – natürlich. Souverän führte er mich über das Parkett und ich war froh, dass meine Eltern mich mit fünfzehn in die Tanzschule geschickt hatten. So musste ich mich wenigstens nicht blamieren.

»Du bist der heimliche Superstar auf diesem Ball«, meinte Frederik schmunzelnd, als er mich in eine Drehung führte. »Hast du mitbekommen, dass deine Arbeit *überall* Gesprächsthema ist? Nicht nur meine Freunde sind begeistert von den Desserts.«

»Es ist nicht nur *meine* Arbeit. Alle in der Konditorei haben Großartiges geleistet. Aber ja, ich freue mich, dass es so gut bei den Gästen ankommt.«

»Tut mir leid, dass Britta sich erneut seltsam verhalten hat. Ich fürchte, sie ist immer noch ein kleines bisschen eifersüchtig.«

»Schon gut. Du bist mit *mir* hier. Und sie scheint ja trotzdem an Lars Gefallen zu finden.«

Frederik brummte. »Das will ich auch für sie hoffen.«

»Wie meinst du das?«

In wenigen Worten erzählte er mir von der Unterhaltung mit ihr, in der er sie ermahnt hatte, nicht mit Lars' Gefühlen zu spielen.

»Ich denke, das hat sie sich zu Herzen genommen.«

»Wie kommst du darauf?«, wollte Frederik wissen. Der Song war zu Ende und wir applaudierten, ehe er mir seinen Arm anbot und ich mich unterhakte.

»Weil ich gesehen habe, wie sie Lars ansieht.«

Frederik führte mich vom Parkett und hielt dabei Ausschau nach den beiden. Er brummte zustimmend, als er sie entdeckte. »Ja, vermutlich hast du recht. Aber jetzt lass uns endlich deine Köstlichkeiten probieren.«

Er führte mich direkt zu der riesigen Tafel, wo bereits ein Teil der Pralinen, *Kanelbullar*, Cakepops und *Dammsugare* fehlten. Auch zwei der Tannenbäume waren angeschnitten worden – ich vermutete, dass Ove das übernommen hatte, der mir erst jetzt in der Nähe der süßen Winterlandschaft aufgefallen war.

»Eure Königliche Hoheit.« Er deutete eine Verbeugung an, dann wandte er sich an mich. »Emelie, ich wusste gar nicht, dass du hier bist.«

»Sie ist meine Begleiterin. Ich habe sie eingeladen und sie hat tatsächlich zugesagt.« Dass Frederik sofort für mich einsprang und an meiner Stelle antwortete, um Ove jeglichen Wind aus den Segeln zu nehmen, fand ich irgendwie süß.

»Ich wollte es vor den anderen nicht erwähnen, damit niemand enttäuscht ist«, erklärte ich verlegen.

Er lächelte und nickte wissend. »Schon gut, da müssen sie durch.«

»Hast du die Reaktionen der Gäste bei der Enthüllung gesehen?«

»Ja, sie waren … begeistert. Überwältigt. Schwer beeindruckt. Einige wollten nicht, dass ich die Bäume anschneide, weil sie so schön aussehen.«

Kichernd schaute ich auf die Winterlandschaft. Ove hatte wirklich darauf geachtet, die Leckereien so zu entfernen, dass nicht zu viel zerstört wurde.

»Was darf ich Euch anbieten?«, fragte er Frederik, der sich interessiert vorbeugte und alles genau betrachtete.

»Ich möchte ein Stück von allem, an dem Emelie gearbeitet hat.«

Ove lachte. »Eure Hoheit, ich fürchte, ich muss Euch warnen – das ist nicht wenig.«

»Kein Problem, du weißt doch, ich esse gern.« Er klopfte sich auf seinen flachen Bauch, an dem ich bisher kein einziges Gramm Fett hatte entdecken können.

»Und du? Was darf ich dir geben?« Abwartend schaute Ove mich an, nachdem er Frederik einen voll beladenen Teller gereicht hatte.

»Ich hätte gern ein Stück vom Lebkuchenbaum. Oh, und vielleicht noch eine Zimtschnecke«, ergänzte ich.

Mit den Tellern in den Händen setzten wir uns an einen freien Tisch in der Nähe der Bühne. Einige der Gäste warfen immer wieder Blicke in unsere Richtung. Dass ich an Frederiks Seite im Licht der Aufmerksamkeit stand, war vermutlich unvermeidbar. Zumindest lächelten mir die Gäste freundlich zu und niemand starrte unangenehm.

»Also dieser Kuchen hier ... der ist Weltklasse.« Frederik deutete auf den Vanillekipferl-Tannenbaum, den ich auch wirklich sehr gelungen fand.

»Freut mich sehr, dass es dir schmeckt.«

»Das Rezept ist von dir?«, wollte er wissen.

»Ja. Also die Idee. Das Rezept habe ich gemeinsam mit Ove ausgearbeitet.«

Frederik nickte anerkennend. »Weißt du eigentlich, wie stolz ich auf dich bin? Das ist wirklich eine Gabe.«

»Ich habe doch nur gebacken, nur meinen Job erledigt«, sagte ich verlegen.

Langsam schüttelte er den Kopf, beließ es jedoch dabei. »Weißt du was? Wir sollten Finnja einen Teller herrichten lassen. Bestimmt mag Thorben auch etwas.«

»Eine sehr gute Idee«, stimmte ich ihm zu.

## KAPITEL 25
# Frederik

Nach zweiundzwanzig Uhr war der offizielle Part der Königsfamilie vorbei. Es war eine lange bestehende Tradition, dass wir uns zumindest bis zu dieser Zeit auf dem Ball aufhalten sollten, danach jedoch gehen konnten, wann wir wollten.

In den letzten Jahren waren vor allem meine Eltern noch bis zwei Uhr morgens geblieben, wenn die Pforten geschlossen wurden. Doch diesmal verließen Vater, Anika und ich gemeinsam mit Emelie pünktlich zum Glockenschlag den Ballsaal.

Die offizielle Version für die Abwesenheit meiner Mutter lautete, dass sie sich mit einem Migräneanfall in ihre Gemächer zurückgezogen hatte. Niemand hatte die Richtigkeit der Worte infrage gestellt, und selbst als wir gleichzeitig den Winterball verließen, schöpfte niemand Verdacht. Im Gegenteil, uns wurden noch Besserungswünsche für die Königin mit auf den Weg gegeben, die wir dankend entgegennahmen.

»Ich sollte jetzt vielleicht gehen«, meinte Emelie, als ich Anika und Vater nach oben folgen wollte. Wahrscheinlich war es ihr unangenehm und sie fühlte sich fehl am Platz, doch das war völlig unnötig.

»Nein, ich möchte, dass du bleibst«, erklärte ich entschlossen. »Du hast geholfen, Finnja zu suchen und hast sie in Doktor Borgs Behandlungszimmer aufgemuntert. Außerdem sehe ich dir an, dass du dich genauso um sie sorgst wie wir. Bitte warte gemeinsam mit uns auf ihre Rückkehr.«

»Frederik, ich …«

»Mein Bruder hat recht, Emelie. Du solltest mitkommen. Bestimmt freut sie sich, wenn sie dich sieht. Außerdem willst du ihr doch sicher persönlich den Dessertteller überbringen.«

Dass auch Anika dafür war, freute mich. Und sie hatte gute Argumente.

Mein Vater war bereits vorausgegangen, aber ich war mir sicher, dass er nichts dagegen hätte, wenn Emelie mit uns auf Finnja wartete.

Endlich nickte sie und nahm meine Hand, die ich ihr reichte.

Als wir den Weißen Salon betraten, sah Emelie sich mit ehrfürchtigem Blick um. Die *Vorstellung*, dass vor Hunderten von Jahren in Räumen wie diesem die Königsfamilie gelebt hatte, war eine Sache. Aber zu *wissen*, dass es auch heute noch so war und dass sich am Stil nur wenig verändert hatte, war etwas anderes.

Die Wände waren mit weißen Tapeten überzogen, in denen aufwendige Muster aus goldenen Fäden eingewebt waren. Auf dem hellen Natursteinboden lagen mehrere große Teppiche, die dem Raum Wärme und eine besondere Atmosphäre verliehen. Die deckenhohen Fenster waren von cremefarbenen Vorhängen gesäumt, in die ebenfalls ein filigranes Muster eingearbeitet war. Die Möbel bestanden aus dunklem Kirschholz, während die Sessel, das Sofa und die Chaiselongue mit weißgoldenem Stoff überzogen waren.

»Sind das deine Vorfahren?«, flüsterte Emelie mir zu und deutete auf die großen Porträts an den Wänden, die zwischen Landschaftsbildern von Monet, Berg und Churberg hingen.

»Ja. Das dort ist König Sigsten der Zweite und daneben sein Cousin Herzog Hafthor von Magnusson. Da drüben siehst du Prinzessin Hillevi. Angeblich hatte sie eine Affäre mit dem Stallburschen. Und mit dem Gärtner. Und mit dem Leibdiener des Königs.«

Emelies Lippen formten sich zu einem *O* und ich grinste.

»Ja, das war hier früher manchmal spannender als in jeder Soap.«

Wir setzten uns vor den großen Kamin, in dem ein Feuer prasselte. Es wurde Tee serviert und Emelie und Anika unterhielten sich über den Ball und die Eigenheiten der Gäste. Es machte den Eindruck, als würden die beiden auf einer Wellenlänge liegen, was mir sehr gefiel.

Als die Tür geöffnet wurde, sprangen wir alle fast gleichzeitig auf. Doch es war nur ein müder Thorben, der von Edita zu uns gebracht wurde.

»Eure Majestät, Königliche Hoheit, es tut mir leid, dass ich so spät noch störe, aber Prinz Thorben wollte unbedingt bei Euch auf seine Schwester warten.«

»Das ist doch völlig verständlich. Komm her, mein Sohn, und setz dich zu uns.« Vater winkte ihn zu sich, was Thorben sich nicht zweimal sagen ließ. Er lief los, kletterte auf Vaters Schoß und schmiegte sich an ihn.

Dass Thorben die Sache mindestens genauso mitnahm wie uns alle, war mehr als klar. Und wie sehr er sich an Vater kuschelte, zeigte, dass er etwas Trost brauchte, denn das hatte er schon länger nicht mehr gemacht. Seit einiger Zeit fühlte er sich viel zu cool für elterliche Zärtlichkeiten. Heute schien er jedoch eine Ausnahme zu machen.

Edita verabschiedete sich und Thorben begann, uns mit unzähligen Fragen zu löchern. Darüber, wie wir Finnja gefunden hatten, ob sie bereits steif gefroren war, ob ihre Lippen blau gewesen waren und ob sie geweint hatte.

Ich ging geduldig auf alles ein, als sich die Tür zum zweiten Mal öffnete und Finnja hereinhumpelte, gefolgt von Mutter. Erneut sprangen wir auf und eilten auf die beiden zu.

Thorben rannte seiner Schwester entgegen und umarmte sie fest. »Mach so was nie wieder, hörst du?« Seine Hände zitterten dabei, seine Stimme klang belegt und erleichtert. Dann sah er an ihr hinab. »Tut es sehr weh? Hast du gar keinen Gips bekommen?«

»Nein, nur meine Bänder sind etwas überdehnt«, sagte sie in Gebärdensprache und schielte mit einem Lächeln auf den Lippen zu mir.

»Zum Glück ist nichts gebrochen oder gerissen, aber sie muss den Fuß für einige Zeit schonen.« Mutter erzählte noch, wie nett sich alle um Finnja gekümmert hatten, und wir waren alle froh, dass ihr kleines Abenteuer doch recht glimpflich ausgegangen war.

»Vielen Dank für deine Hilfe, Emelie. Du bist ohne zu überlegen mit Frederik losgezogen, um meine Tochter zu finden. Das rechne ich dir hoch an.« Während meine Mutter sprach, verstummten die Gespräche der anderen. »Ich bin froh, dass du an Frederiks Seite bist. Schade, dass ich die Enthüllung des Dessertbüfetts verpasst habe. Aber ich bin sicher, dass die Gäste ihre Freude daran hatten.«

»Ich habe wirklich gern bei der Suche geholfen, Eure Majestät, und würde es jederzeit wieder tun. Und zum Dessertbüfett: Frederik und ich haben für Euch einen großen Teller mit Gebäck beladen lassen. Ganz besonders für Prinzessin Finnja, aber natürlich ist genug für alle da.«

Mit diesen Worten öffnete sich die Tür ein weiteres Mal und Arne rollte einen Servierwagen herein, auf den Ove in unserem Auftrag eine wirklich große Auswahl zusammengestellt hatte.

Sie nickte lächelnd. »Das ist wirklich sehr aufmerksam von euch, vielen Dank.«

Sofort stürzte sich Thorben auf die Leckereien und auch alle anderen bedienten sich noch einmal an den süßen Köstlichkeiten. Finnja probierte überall ein Stück und als sie pappsatt war, bestand sie darauf, dass ich sie gemeinsam mit Emelie ins Bett brachte – was wir ihr natürlich nicht verwehren konnten.

»Meine Familie mag dich.« Ich stand mit Emelie in ihrem Schlafzimmer und öffnete gerade den Reißverschluss ihres Kleides. Meine Lippen tanzten dabei über ihre nackte Schulter und ihren Nacken, was ihrer Stimme ein leicht bebendes Timbre verlieh, als sie antwortete: »Wenn du es sagst.«

»Doch, daran gibt es keinen Zweifel. Finnja hat sowieso seit der Übernachtungsparty einen Narren an dir gefressen. Bei Anika hast du den guten Eindruck verstärkt, den sie von meinen Erzählungen hatte. Und meine Eltern … nun, sie schätzen deinen Einsatz und deine Hilfe heute sehr. Und der Weg ins Herz meines Vaters geht über leckeres Essen. Den hast du dir sowieso schon verdient.« Bei dem Gedanken an das große Lob, das der König mir zugeraunt hatte, nachdem er sich zum zweiten Mal Nachschlag geholt hatte, musste ich schmunzeln.

Sie drehte sich in meinen Armen um und sah mich an. »Danke. Für alles. Für den Abend, die Kleider, den Schmuck. Oh, den habe ich übrigens schon wieder sicher in der Schatulle verstaut. Richte deiner Schwester noch einmal ein großes Dankeschön aus. Und … drück Finnja von mir, hörst du? Was für ein verrückter Abend.« Sie legte ihre Hände an mein Jackett und strich gedankenverloren darüber. »Bleibst du noch hier?«, fragte sie dann mit einem sehnsuchtsvollen Unterton in der Stimme.

»Wenn du möchtest, übernachte ich heute bei dir.«

In dem Moment, als sie nickte, landeten meine Lippen auf ihren.

»Warst du bei Emelie?«, fragte mein Vater, als ich am nächsten Morgen den Speisesaal betrat, wo sich die Familie bereits zum Frühstück eingefunden hatte. Sein Tonfall klang neutral, aber ich war mir trotzdem nicht sicher, ob ihm meine Antwort gefallen würde – auch wenn ich dachte, dass er Emelie akzeptierte und mochte.

»Ja, warum?«

Statt etwas zu erwidern, nickte er nur und schenkte sich Kaffee aus der Kanne nach, die ein Dienstmädchen vorhin auf den Tisch gestellt hatte.

»Seid ihr zwei jetzt ein verliebtes Paar?«, wollte Finnja wissen und gähnte hinter vorgehaltener Hand.

Sofort waren alle Blicke auf mich gerichtet.

»Ja, sind wir.« Mein Herz raste bei der Antwort, denn ich hatte keine Ahnung, wie meine Familie reagieren würde.

Finnja nickte zufrieden und grinste.

»Cool«, murmelte Thorben.

Anika zwinkerte mir zu. »Ich mag sie.«

»Ja, ich glaube … Emelie passt gut zu dir«, stimmte meine Mutter ihr zu. Bevor ihre Worte richtig bei mir angekommen waren, sprach sie bereits weiter. »Es tut mir leid, dass ich erst anderer Meinung war und sie nicht als deine Begleiterin auf dem Ball akzeptieren wollte. Aber ich habe gesehen, wie viel sie dir bedeutet. Und dass du glücklich bist, ist für mich das Wichtigste.«

Dankbar lächelte ich ihr zu. Ihre Worte und ihre geänderte Einstellung bedeuteten mir viel.

Schließlich schauten alle Vater an. Sein Wort stand immer noch über allem. Über den Rand seiner Tasse hinweg sah er in die Runde. Auch das letzte Scheppern des Bestecks verstummte. Nur ein leises Schlürfen war zu hören, als er von seinem Kaffee trank.

»Wieso sollte ich dem jungen Glück im Wege stehen?«, sagte er schließlich. »Ihr seid alt genug, selbst zu wissen, was ihr wollt. Meinen Segen habt ihr.«

Erst jetzt merkte ich, dass ich die Luft angehalten hatte. Erleichtert atmete ich aus. Alle anderen aßen unbekümmert weiter, doch mein Herz wollte sich nicht so rasch beruhigen. Erst hatte es so schnell geschlagen, weil ich nicht sicher war, ob jemand etwas gegen eine Beziehung zwischen Emelie und mir haben könnte, nun ließ sich sein Tempo aus lauter Freude nicht drosseln.

Das Frühstück schmeckte gleich viel besser, nachdem dieses Thema endlich vom Tisch war. Meine Eltern würden Emelie und mich später zu einem Gespräch holen, um ein offizielles Statement festzulegen. Denn nach dem Ball war es nur eine Frage der Zeit, bis die Presse Wind davon bekam. Es wäre gefährlich, Spekulationen aufkommen zu lassen, wer die Frau an meiner Seite gewesen war und in welchem Verhältnis wir zueinander standen. Besser wäre es, wenn Emelie gleich bei einer Pressekonferenz als meine Freundin vorgestellt werden würde und wir dabei nichts dem Zufall überließen, sondern unsere PR-Managerin die Presse in die von uns gewünschte Richtung lenkte.

Nachdem sich der Frühstückstisch geleert hatte – die Zwillinge waren spielen gegangen, wobei Finnja auf ihren Fuß aufpassen sollte, Anika hatte sich in ihre Privaträume zurückgezogen und Mutter zum Schreiben einer Rede verabschiedet, die sie für den Vorweihnachtsabend vorbereiten musste –, räusperte sich mein Vater.

»Du hast gestern großen Einsatz gezeigt, Frederik. Dir und Emelie haben wir es zu verdanken, dass wir Finnja wieder in unsere Arme schließen konnten.«

»Für mich stand völlig außer Frage, nach meiner Schwester zu suchen, Vater. Ich liebe sie aus ganzem Herzen und ich würde nie zulassen, dass ihr etwas passiert.«

Vater brummte zustimmend. »Ehrlich gesagt war ich mir nicht sicher, ob du in der Lage bist, Verantwortung zu übernehmen. Du warst zwar beim Militär, aber du hast dich in den letzten Monaten und Jahren ausschließlich von der leichtfertigen Seite gezeigt.«

»Worauf willst du hinaus?« Ein Gefühl sagte mir, dass es hier nicht um die Sache mit Finnja ging, sondern etwas ganz anderes dahintersteckte.

»Deine Mutter und ich haben uns unterhalten und wir möchten, dass du endlich auch deine Rolle als Prinz einnimmst und nach außen präsentierst. Du hast jetzt eine Freundin, was das Volk bestimmt freuen wird. Romantische Geschichten kommen immer gut an; wenn eine royale Hochzeit ansteht oder Nachwuchs erwartet wird. Bitte fühl dich nicht unter Druck gesetzt, das hat alles Zeit. Was ich allerdings sagen möchte, ist, dass nun der Moment gekommen ist, an dem du dir ernsthafte Gedanken über deine berufliche Laufbahn machen solltest. Deine Beziehung mit Emelie ist immerhin ein anderes Thema als die offiziellen und beruflichen Verpflichtungen, die von dir als Prinz erwartet werden. Und damit meine ich nicht deine Pläne mit den Hunden. Die Tiere sind ein Hobby – zumindest in unserer Position. Also überlege dir bitte, wo du dich in Zukunft beruflich siehst. Immerhin dauert dein Studium nicht ewig. Wenn du erst mal deinen Abschluss in der Tasche hast, wirst du eine Stelle antreten, die deinem Ansehen gerecht wird.«

Je länger Vater redete, umso mehr Wut stieg in mir auf. Ich erhob mich und warf die Stoffserviette auf meinen Teller, mitten auf das Marmeladenbrot.

»Ich fasse es nicht, dass ich jetzt auch mit dir diese Diskussion führen muss. Meine Entscheidung steht: Ich werde mich mit der Huskyzucht selbstständig machen. Und ich werde Schlittenfahrten für Touristen und Einheimische anbieten, ob dir und Mutter das passt oder nicht. Ich liebe diese Arbeit und es gibt nichts, was mich mehr erfüllt. Interessanterweise versteht Emelie als Einzige meinen Traum und unterstützt ihn. Was ich von meiner Familie nicht behaupten kann … Mal davon abgesehen, dass ich meine anderen Verpflichtungen dadurch nicht vergesse. Ich stehe trotzdem jederzeit für Staatsbesuche, Auslandsreisen und karitative Einsätze zur Verfügung und werde diesen Teil meiner Position nicht vernachlässigen.«

»Deine Freundin hat aber keine Ahnung von der Verantwortung, die du als Prinz trägst. Du bist eine Person der Öffentlichkeit, deine Wünsche und Träume stehen dabei nicht im Vordergrund.«

Ich hatte genug. Ohne etwas zu erwidern, wandte ich mich von ihm ab und eilte aus dem Speisesaal. Etwas Ähnliches hatte ich schon oft genug von meiner Mutter gehört und ich hielt das keine Sekunde länger aus.

## KAPITEL 26
# Emelie

»Ist es wahr, was man sich so erzählt?« Maditas Stimme klang reichlich aufgeregt, während ich mit ihr am Samstagmorgen telefonierte und nebenbei die Waschmaschine startete.

»Keine Ahnung, was hast du denn gehört?« Ich hatte zwar so eine Vermutung, aber ich wollte natürlich erst sichergehen, dass wir nicht aneinander vorbeiredeten.

»Dass du auf dem Winterball warst – als offizielle Begleiterin des Prinzen.«

Nun konnte ich das Grinsen nicht länger zurückhalten. »Spannend, *wie schnell* die Stille Post hier in Fjarora funktioniert.«

»Oh. Mein. Gott. Dann stimmt es also wirklich! Du musst mir alles erzählen. Wie hat es sich ergeben? Wie war es? Was hast du für ein Kleid getragen? Hast du es hier in Fjarora gekauft? Und wieso hab ich nichts davon gewusst? Hast du Ove gesehen? Und wie hat er reagiert, als ihr euch begegnet seid?«

»Tut mir leid, ich darf dir aus Sicherheitsgründen keine deiner

Fragen beantworten. Immerhin ist deine Mutter die Inhaberin der fjaroranischen Buschtrommel und könnte dafür sorgen, dass sich die Informationen innerhalb kürzester Zeit verbreiten.« Ich zog sie nur auf, denn ich wollte sie noch ein wenig zappeln lassen.

Doch Madita nahm es mir ab und schnaubte. »Ich werde ihr nichts verraten, Emelie. Du erinnerst dich an die Verschwiegenheitsklausel, die du ebenfalls unterschrieben hast? Die greift auch in diesem Fall. Würde herauskommen, dass ich etwas weitererzählt habe, was innerhalb der Palastmauern passiert ist, wäre ich meinen Job in wenigen Sekunden los. Ich würde vermutlich nie wieder in einer ähnlichen Position arbeiten können – mal davon abgesehen, dass es nicht viele Königshäuser gibt, die ihre eigene Konditorei haben. Und in einem normalen Laden zu arbeiten würde mich umbringen.«

»Das weiß ich doch … also dass du nichts erzählen würdest«, sagte ich schnell, da ich nicht wollte, dass unser Verhältnis darunter litt. Und weil es stimmte. Auf Maditas Loyalität war Verlass.

Lächelnd erzählte ich ihr von den zwei Kleidern und dem Schmuck, von Frederiks Vorstellrunde auf dem Ball und vom Tanzen. Finnjas Verschwinden ließ ich jedoch unter den Tisch fallen und erklärte den Wechsel der Kleider mit einem ziemlich hässlichen Fleck, der sich nicht hatte verbergen lassen.

»Der Prinz lädt dich zum Ball ein und schenkt dir gleich zwei Kleider … ich fasse es nicht.«

»Na ja, ich sehe sie nach wie vor als Leihgabe und nicht als mein Eigentum.«

»Dem Prinzen gehören sie ja wohl auch nicht. Ich denke nicht, dass er sie demnächst anziehen will.«

Wir kicherten bei der Vorstellung.

»Nein, aber ich fühle mich ein bisschen unwohl bei dem Gedanken, dass er mir einfach so Kleider schenkt. Ich habe keine Ahnung, wie viel sie gekostet haben, aber ich bin mir sicher, dass sie außerhalb meiner Preisklasse liegen. Außerdem habe ich ein schlechtes Gewissen, weil ich eines davon zerstört habe.«

Madita machte ein brummendes Geräusch. »Denkst du nicht, dass der Fleck in der Reinigung wieder rausgeht?«

Wäre es wirklich nur ein Kaffee- oder Soßenfleck, wäre das sicher kein Problem. In Maditas Vorstellung war es also nicht schlimm und ich musste aufpassen, dass ich mich nicht noch mehr verplapperte.

»Ja, mal sehen«, antwortete ich daher ausweichend.

»Und wie haben die Gäste auf unser Kunstwerk reagiert? Vom Dessertbüfett hast du noch gar nicht gesprochen.«

»Na ja … ich … ähm … war bei der Enthüllung leider nicht dabei.«

»Du warst … was?«

»Ja, ich musste … mich doch umziehen gehen.« Meine Wangen liefen rot an, weil mir diese Flunkerei nicht ganz leichtfiel.

»Ach du heilige … Du hast den wichtigsten, spannendsten Moment des Winterballs verpasst, weil du einen Fleck auf dem Kleid hattest?«

Ich unterdrückte ein Stöhnen und presste den Handballen gegen die Stirn. »So in der Art«, brachte ich angespannt hervor, weil es bestimmt besser war, sie in diesem Glauben zu lassen, als die Wahrheit auszuplaudern.

Wenn schon auf dem Ball so ein Geheimnis aus Finnjas Verschwinden gemacht worden war, war es sicher besser, diese Version zu wählen.

»O Mann, Emelie! Und lass mich raten, der Prinz war die ganze Zeit bei dir?«

Hitze schoss mir in die Wangen, was Madita zum Glück nicht sehen konnte. Doch sie redete auch gleich weiter, sodass mir ein weiterer peinlicher Moment erspart blieb.

»Da bist du als Einzige von uns auf dem Ball und dann kannst du trotzdem nicht mehr erzählen, als das, was wir wahrscheinlich von Ove erfahren werden.«

»Sorry?«, brachte ich versöhnlich hervor.

Madita lachte. »Na egal, ich hoffe, den Leuten hat es zumindest geschmeckt.«

»Ja, auf jeden Fall, soweit ich das mitbekommen habe.«

Sie schien sich immer noch prächtig zu amüsieren. »Wenigstens etwas … Echt, du bist unglaublich. Wer hätte geahnt, welche Wirkung ein Fleck auf unsere Emelie haben kann?«

Das brachte mich nun auch endlich wieder zum Lachen.

»Was hältst du davon, wenn wir uns am Nachmittag zu einem Bummel auf dem Weihnachtsmarkt treffen?«, schlug ich vor, da ich noch ein paar Weihnachtsgeschenke einkaufen wollte und sich das herrliche Wetter heute dazu perfekt anbot.

Madita stimmte sofort begeistert zu und ich freute mich auf die Zeit mit meiner Freundin abseits unserer Arbeit.

❄ ❄ ❄

Kurz nach dem Telefonat mit Madita meldete sich Ove bei mir, der das Team zu einer Besprechung in die Konditorei rufen wollte. Wir hatten zwar ein freies Wochenende, aber er meinte am Telefon, dass es gut wäre, die anderen aus dem Team über meinen Besuch auf dem Ball inklusive meiner Beziehung zum Prinzen einzuweihen, bevor sie es aus der Presse erfahren würden.

Alle staunten nicht schlecht, als Ove sie über die Neuigkeit informierte. Ihre Befragung verlief ähnlich wie mit Madita am Telefon – mit dem Unterschied, dass sie sich auch für mich freuten, sich in erster Linie jedoch auf Ove stürzten, um seine Version zu hören. Worüber ich ganz froh war, da ich nicht in die unangenehme Situation geriet, noch einmal diese haarsträubende Fleckgeschichte zu erzählen.

»Dann bist du jetzt echt mit dem Prinzen zusammen?«, fragte Caja schließlich.

»Ja, also … es wird morgen eine Pressekonferenz geben, in der ich offiziell als die neue Freundin von Prinz Frederik vorgestellt werde.«

Caja blies die Backen auf. »Na viel Spaß. Für mich wäre es nichts, dermaßen im Rampenlicht zu stehen.«

»Keine Ahnung, wie es mir damit gehen wird«, gestand ich ehrlich. »Ich weiß nur, dass ich geschult werde, was den Umgang mit den Journalisten betrifft. Vermutlich ist mir noch gar nicht so richtig bewusst, was das alles für mich bedeutet und wie es mein Leben verändern wird, aber … ich liebe ihn und das ist doch das Wichtigste, was zählt, oder?«

Lilian seufzte mitfühlend auf und mir entging nicht, dass sie dabei kurz einen Blick zu Krister warf, der schmunzelnd den Kopf schüttelte.

»Eines kannst du dir merken, Emelie, ich werde mich garantiert nicht vor dir verbeugen.« Krister grinste schief und fing sich von Lilian einen leichten Klaps ein. »Ich meine ja nur, falls ihr irgendwann mal heiratet und du eine Herzogin oder was auch immer wirst.«

»Das steht jetzt doch noch gar nicht zur Debatte«, schaltete sich Ove ein. »Abgesehen davon wirst du dich in Emelies Gegenwart genauso verhalten müssen wie dem Rest der Königsfamilie gegenüber, wenn sie in ihren Kreis aufgenommen wird. Ob dir das nun passt oder nicht. So, wenn ihr keine Fragen mehr habt, die den Ball oder die Winterlandschaft betreffen, würde ich euch nun endlich in euer wohlverdientes Wochenende schicken. Ihr dürft euch schon mal Gedanken darüber machen, was ihr euch für den Frühlingsball vorstellen könntet und wie wir dann das Dessertbüfett gestalten wollen. Die Messlatte liegt hoch, nachdem wir die Gäste mit unserem Winterkunstwerk dermaßen beeindruckt haben.«

»Ich dachte immer, das ist dein Job, Boss?« Madita feixte.

»Ihr helft mir, Ideen zusammenzutragen. Das war auch diesmal so, es war euch bloß nicht bewusst.« Er zwinkerte ihr zu. »Abgesehen davon habe ich durch die Arbeit an der Winterlandschaft gemerkt, welches Potenzial tatsächlich in euch steckt.«

»Hört, hört!«, sagte Krister und lachte.

»Könnte auch sein, dass ich einfach nur feststellen will, wie kreativ ihr seid, wenn ich euch völlig freie Hand lasse. Versteht es also als Test.«

»Und was, wenn ihn einer von uns nicht besteht?« Das kam von Caja.

»Ihr seid alle viel zu gut, um nicht zu bestehen. Aber eventuell könnte euer Gehalt neu eingestuft werden, gemessen an eurer Kreativität zum Beispiel.«

Keine Ahnung, ob er das ernst meinte, doch Lilians Mund klappte auf und Krister brummte etwas, das ich nicht verstand.

»Was ist mit Emelie?«, fragte Caja schließlich und sofort schlug mein Herz schneller.

»Was soll mit ihr sein? Fürchtest du die starke Konkurrenz?« Ove schmunzelte.

»Nein, also …« Cajas Wangen färbten sich rosa. »Ich wollte wissen …« Sie atmete tief durch. »Tut mir leid, Emelie, ich wollte fragen, ob du überhaupt mit dem Praktikum weitermachst. Beziehungsweise, wie es danach weitergeht, denn das läuft ja im Januar aus. Ich meine, jetzt, wo du doch mit Prinz Frederik …«

»Ach so … Vorerst habe ich nicht vor, aufzuhören. Ein Leben ohne diesen Traumjob kann ich mir auch gar nicht mehr vorstellen. Im Grunde konzentriere ich mich erst mal auf das Jetzt. Über die Zukunft kann ich mir immer noch Gedanken machen.« Dass ich gar nicht wusste, wie es für mich nach dem Praktikum weiterging, verschwieg ich. Ebenso, dass ich keine Ahnung hatte, wie die Königsfamilie dazu stand, dass die Freundin des Prinzen eine Angestellte des Palastes war. Darüber hatten Frederik und ich noch nicht gesprochen.

»Was mich betrifft, bist du immer im Team willkommen. Wir brauchen dich weiterhin, selbst wenn es die nächsten Wochen wieder ruhiger wird. Wenn also deine drei Monate abgelaufen sind, könntest du einen Arbeitsvertrag bekommen, der belegt, dass du Fjarora nicht auf der Tasche liegst. Dann könntest du unbefristet hierbleiben – wobei das als offizielle Freundin des Prinzen sowieso kein Problem mehr darstellen sollte. Ob du dann noch hier arbeiten möchtest, ist natürlich ein anderes Thema, aber wie gesagt, meine Türen stehen dir jederzeit offen.« Ove schenkte mir ein freundliches Lächeln und sorgte dafür, dass meine Sorgen, die ich insgeheim über die noch unklare Zukunft hatte, zerstreut wurden.

Den anschließenden Ausflug auf den Weihnachtsmarkt genoss ich sehr. Madita und ich kauften Weihnachtsgeschenke und aßen leckere Waffeln, zu denen wir Glögg tranken. Es tat unglaublich gut, mit ihr zu plaudern, und ich war froh, in ihr eine Freundin gefunden zu haben.

Am Abend hätte ich gern noch Frederik gesehen, doch er hatte Verpflichtungen im Palast. Ich vermutete, dass es um die morgige Pressekonferenz ging, aber da er am Telefon sehr gestresst klang, wollte ich ihn nicht länger aufhalten. Er versprach mir dafür, mich am nächsten Tag abzuholen, bevor wir uns der Öffentlichkeit stellen würden. Das beruhigte mich zwar nur bedingt, aber es fühlte sich gut an, dass er sich nach wie vor so um mich sorgte.

Am nächsten Tag wachte ich unglaublich aufgeregt auf. Als ich nach dem Frühstück mit Stefanie telefonierte, konnte sie gar nicht fassen, was ich ihr erzählte.

»Du bist jetzt richtig mit ihm zusammen? Also so, dass es jeder wissen darf?«

»Ja, aber es muss noch offiziell verkündet werden, also erzähle es bitte nicht herum. Gleich habe ich das Gespräch mit der Pressesprecherin des königlichen Palastes. Der König und die Königin sind auch dabei. Und natürlich Frederik. Zum Glück, denn ich bin mit den Nerven völlig am Ende, weil danach die Pressekonferenz stattfindet. Also bitte, hab ein paar aufbauende Worte für mich, bevor ich hyperventiliere.«

Meine Freundin holte geräuschvoll Luft. »Du packst das, Süße. Du liebst ihn und er dich ebenfalls. Das ist das Wichtigste. Und seine Eltern sind offensichtlich nicht dagegen, sonst hätten sie sich schon quergestellt, oder?«

Ich brummte zustimmend, auch wenn ich mir nicht sicher war, ob auch die Königin hundertprozentig hinter Frederiks Entscheidung für mich stand.

»Na siehst du. Du wirst sie alle verzaubern. Ich meine … wow! Da beginnst du dieses Praktikum, um berufliche Erfahrungen zu sammeln, und endest als Freundin des Prinzen!« Sie quietschte aufgeregt.

»Du weißt schon, dass mich deine Euphorie nicht wirklich beruhigt?«, warf ich belustigt ein.

»Oh, tut mir leid. Komm, mach mit! Einatmen …« Sie holte geräuschvoll Luft. »Ausatmen.« Mehrfach atmete sie tief ein und aus und ich tat es ihr nach.

»Besser?«, wollte sie schließlich wissen.

»Ein wenig, ja.« Ich lächelte

»Gut. Dann geh und rocke diese … ähm … Pressekonferenz oder was auch immer du gleich hast, und zeig allen, dass du die Richtige an der Seite des Prinzen bist.«

Ihre Worte sorgten erneut dafür, dass mir schwindelig wurde – aber diesmal im positiven Sinne.

»Danke, Steffi. Ich hab dich lieb.«

»Ich dich auch. Und melde dich, sobald die Katze aus dem Sack ist, okay? Dann kannst du mir ja noch mal in Ruhe erzählen, wie alles gelaufen ist.«

»Mach ich. Kann aber etwas dauern, da ich mich später noch mit meinem Onkel treffe.«

»Du … was?«, fragte sie verwirrt. »Heute hast du es aber drauf, mir eine Neuigkeit nach der anderen um die Ohren zu werfen.« Sie lachte. »Na gut, melde dich so bald wie möglich und erzähl mir, wie *alles* gelaufen ist, okay? Ich platze hier sonst vor Neugier.«

Schmunzelnd versprach ich ihr, sie so schnell wie möglich auf den neuesten Stand zu bringen, und verabschiedete mich von ihr, nicht ohne ihr noch einmal fürs Zuhören und Mutmachen zu danken.

Kurz darauf holte mich Frederik ab. Obwohl ich wusste, dass ich im Anschluss eingekleidet und von einem Stylisten für die Kameras hergerichtet wurde, hatte ich mich für ein elegantes Kostüm entschieden und etwas Make-up aufgelegt. Denn immerhin würde ich gleich mit dem König, der Königin und der Pressesprecherin einen Termin haben.

»Hey!« Er begrüßte mich mit einem Kuss und einer liebevollen Umarmung. »Wie geht es dir?«

Gestresst atmete ich aus. »Frag nicht.« Immer noch flatterte mein Herz und meine Hände waren eiskalt vor Aufregung.

»Es gibt keinen Grund, nervös zu sein. Du bist großartig und wirst bestimmt alle mit deinem Charme um den Finger wickeln.«

»Was, wenn ich irgendetwas Doofes sage?«

»Wirst du nicht. Ich bin bei dir und zur Not springe ich ein, wenn du nicht weiterweißt. Oder wir brechen ab, aber auf keinen Fall wirst du in Verlegenheit gebracht. Glaub mir, wir arbeiten nur mit Profis zusammen. Unsere Presseabteilung ist top, auf die können wir uns verlassen.«

Knapp nickte ich und tatsächlich beruhigten mich seine Worte. Schließlich gingen wir zu dem Treffen, wo er mich Hildis, der Pressesprecherin, vorstellte. Als auch Frederiks Eltern anwesend waren, bekam ich eine Einweisung in all die Dinge, die ich beachten musste: mein Auftreten, das Begrüßen, wann ich wem den Vortritt lassen und auf welche Fragen ich selbst reagieren sollte. Im Anschluss gingen wir den Fragenkatalog durch, der bereits vorbereitet und von der Pressesprecherin sowie vom Königspaar abgesegnet worden war. Die meisten Fragen durfte ich selbst beantworten, doch dann kam eine Frage, auf die ich selbst keine Antwort wusste.

»Wirst du auch in Zukunft weiterhin als Konditorin für den königlichen Palast tätig sein?«, las ich vor und spürte gleichzeitig, wie meine Wangen rot anliefen. Hilfesuchend sah ich zu Frederik, der mich wohlwollend anlächelte. »Nun, ich ... würde schon gern weiterhin meiner Arbeit nachgehen, wenn das für Euch in Ordnung ist«, sagte ich schließlich an die Königin und den König gewandt. »Ove hat mir angeboten, nach dem Praktikum zu verlängern und ... auch wenn es nach wie vor mein Traum ist, irgendwann einmal eine eigene Konditorei zu führen, würde ich sein Angebot gern annehmen.« Dass mir für die Umsetzung meines Herzenswunsches das nötige Kleingeld fehlte, erwähnte ich nicht. Auf keinen Fall wollte ich, dass die beiden dachten, ich wäre mit Frederik zusammen, weil ich mir durch ihn eine Finanzspritze erhoffte. Denn das war nicht meine Absicht – das Geld für meine Konditorei wollte ich mir auf jeden Fall selbst erarbeiten.

»Nun ... dann würde ich sagen, dass du bei dieser Aussage bleibst«, begann die Königin nach kurzem Zögern. »Du arbeitest vorerst weiterhin in der königlichen Konditorei. Mehr muss die Presse nicht erfahren.«

Die Pressesprecherin nickte knapp und notierte meine Antwort auf dem Protokoll.

Unter dem Tisch drückte Frederik meine Hand und ich merkte, wie meine Anspannung nachließ.

Die restlichen Fragen waren schnell erledigt und als sich die Königin und der König mit Hildis zurückzogen, um die letzten Details zu besprechen, beugte sich Frederik zu mir. »Siehst du? Lief doch großartig. Jetzt bist du bestens vorbereitet. Sollte doch jemand etwas fragen, was wir nicht besprochen haben, wird sich Hildis sofort einschalten und um eine andere Frage bitten. Du musst – oder sollst – auf nichts anderes antworten. So bleiben wir auf der sicheren Seite.«

»Kommen deine Eltern mit?«

Frederik schaute zu den beiden hinüber, die sich gerade von der Pressesprecherin verabschiedeten. »Nein, heute nicht. Heute stehen wir beide im Mittelpunkt. Würden sie mitkommen, würden sich die Fragen an die beiden richten. Das wollen wir vermeiden. Immerhin sind wir alt genug, um unsere eigenen Entscheidungen zu treffen. Also … solange sie vom Palast abgesegnet sind.« Er zwinkerte mir zu und langsam begann ich zu verstehen, wie sein Leben – und zukünftig auch meines? – aussah.

Es dauerte nicht lange, bis wir in getrennte Räume geführt wurden, wo man uns für unseren Auftritt vorbereitete. Ich bekam ein schickes Kostüm einer fjaroranischen Modedesignerin zur Verfügung gestellt. Anschließend kümmerte sich eine Visagistin um das Make-up, ein Stylist um meine Haare und auch sonst lief alles äußerst organisiert und professionell ab. Währenddessen warf ich noch einmal einen Blick in den Fragenkatalog mit meinen Antworten, auf die wir uns vorhin mit Hildis geeinigt hatten.

Frederik, der in der Maske neben mir saß, spürte meine Aufregung. »Keine Sorge, die Ankündigung wird kurz und schmerzlos verlaufen«, beruhigte er mich erneut, drückte meine Hand und lächelte mir zu.

Gott, er war so süß! Mein wilder Herzschlag beruhigte sich dennoch nur bedingt.

Als Make-up und Haare saßen, wurden wir zu einem Saal im

Palast gebracht, der laut Frederik extra für öffentliche Auftritte wie diesen vorgesehen war. Durch die Tür hörte ich, wie Hildis die Anwesenden begrüßte und uns ankündigte, ehe ich an der Seite von Frederik eintrat. Sofort brach ein Blitzlichtgewitter über uns herein und ich hoffte einfach nur, nicht wie ein verschrecktes Reh im Scheinwerferlicht neben Frederik zu wirken, weil ich die ganze Zeit verzweifelt die Augen zusammenkniff.

Wir gingen auf eine Art Bühne, wo wir vor ein Mikrofon traten. Die ganze Zeit über konzentrierte ich mich darauf, freundlich zu lächeln und meine Nervosität so gut wie möglich in Schach zu halten.

Nachdem sich die anfängliche Aufregung um uns gelegt hatte, wurden die ersten Fragen gestellt, die sich zu meinem Glück wirklich mit meinen vorab besprochenen Antworten deckten. Ich spürte Frederiks Anwesenheit neben mir. Er strahlte eine Ruhe und Selbstsicherheit aus, die sich nach und nach auch auf mich übertrug. Und während ich bei den ersten Fragen noch unsicher war, fiel es mir von Mal zu Mal leichter, auf die Journalistinnen und Journalisten einzugehen. Bestimmt kam mir hier meine Erfahrung mit Kameras während der Backshow zugute.

Im Anschluss gab es einen weiteren Fototermin mit dem Fotografen der königlichen Familie und nicht einmal zwanzig Minuten später war alles überstanden. Dass ich schon morgen mein Gesicht in den Zeitungen sehen würde, verunsicherte mich, aber Frederik beteuerte, dass es sich damit wahrscheinlich auch schon erledigt hatte.

»Ich verstehe, dass du mich beruhigen möchtest. Dennoch kommt es mir seltsam vor, dass mich der ein oder andere auf der Straße erkennen und Fotos von mir machen könnte – auch wenn das wohl ab sofort zu meinem Leben gehören wird«, sagte ich, als wir wieder allein waren. Wir standen in einem ruhigen Winkel in einem der langen Palastflure, abseits von Hildis, die sich mit dem Königspaar über den Ablauf des Fototermins austauschte. »Ich bereue nichts, aber ich weiß, dass meine neue Bekanntheit ein Punkt ist, an den ich mich einfach noch gewöhnen muss«, fügte ich hinzu, weil ich merkte, dass sich Sorgenfalten auf Frederiks Stirn bildeten.

Ob mir das jemals ganz gelingen würde, wusste ich nicht. Immerhin war das Interesse der Allgemeinheit einem Eindringen in meine Privatsphäre gleichzusetzen, mit dem ich bis vor Kurzem nicht rechnen konnte.

»Ich verstehe dich, Emelie. Wirklich. Aber zum einen kann ich dir versichern, dass die Paparazzi hier bei Weitem nicht so aufdringlich sind wie beispielsweise dem englischen Königshaus gegenüber. Zum anderen verspreche ich dir, immer für dich da zu sein. Ich werde dir helfen, mit deiner neuen Bekanntheit zurechtzukommen, und wenn du Sorgen hast oder dich unwohl fühlst, reden wir darüber. Jederzeit.«

Ich nickte und merkte, wie ich mich langsam wieder entspannte. Echt verrückt, wie sich innerhalb so kurzer Zeit so viel verändert hatte …

»Aber jetzt lass uns erst mal den Kopf freikriegen. Was hältst du von einer Ausfahrt mit den Hunden?«

»Das klingt großartig, aber … ich kann nicht, weil ich mich doch gleich mit meinem Onkel treffe.«

Irritiert schaute er mich an. »Oh, ich wusste nicht, dass das heute ist.«

»Tut mir leid, ich dachte, ich hätte dir das Datum genannt.«

Frederik schüttelte den Kopf. »Nein, ist nicht schlimm. Im Gegenteil, ist doch großartig, dass du endlich mehr über deine Familie erfährst. Du solltest nur nichts Persönliches über das Königshaus ausplaudern. Mir ist klar, dass du das nicht tust, aber manchmal rutscht einem unbeabsichtigt etwas heraus. Deshalb erwähne ich es nur zur Sicherheit. Außerdem gilt ja auch nach wie vor die Verschwiegenheitsklausel, die du für dein Praktikum unterschrieben hast.«

»Ich würde nie …«, begann ich etwas zu aufgebracht, weshalb mir Frederik gleich ins Wort fiel.

»Ich weiß«, sagte er beruhigend. Er küsste mich versöhnlich und begleitete mich zur Garderobe, wo ich wieder mein Kostüm anzog, bevor er mich zurück zum Kutscherhaus brachte. Dann verabschiedete er sich von mir und wünschte mir eine schöne Zeit mit meinem Onkel.

Tatsächlich war ich vor dem Treffen mit Holger nervöser, als ich es vor dem Pressetermin gewesen war.

Auf dem Weg zum Café, in dem ich mit ihm verabredet war, hatten mir ein paar Leute, denen ich begegnete, freundlich und neugierig zugelächelt. Offensichtlich hatte sich seit dem Ball die Neuigkeit doch schon verbreitet und die Gerüchteküche brodelte kräftiger, als vermutet. Eine ältere Dame hatte sogar vor mir geknickst, was sich reichlich seltsam anfühlte. Sofort hatte ich ihr mit hochrotem Gesicht gesagt, dass das nicht nötig sei.

Demnach war ich froh, als ich endlich in dem Tee-Café ankam, auch wenn ich zehn Minuten zu früh war. Ich bestellte einen fruchtigen Schwarztee mit Orangengeschmack und behielt gespannt den Eingang im Blick. Kurz darauf trat ein Mann durch die Tür und scannte den Raum. Er war es, da war ich mir sicher. Immerhin sah er genauso aus wie auf dem Foto, das ich von ihm im Internet gesehen hatte.

Als er mich entdeckte, hoben sich seine Mundwinkel zu einem Lächeln und er eilte auf mich zu. »Emelie, schön, dich endlich kennenlernen zu dürfen.«

»Hej, Holger … oder soll ich dich Onkel Holger nennen?« Mit der Hand bedeutete ich ihm, Platz zu nehmen.

»Ganz, wie du möchtest. Auf keinen Fall solltest du dich dazu gezwungen fühlen.«

»Okay, also … ich denke, ich lasse es einfach auf mich zukommen.«

Er nickte lächelnd und bestellte einen Grüntee mit Zitronengras bei der Bedienung.

»Herzlichen Glückwunsch zur Bekanntgabe deiner Beziehung mit dem Prinzen«, sagte er, als wir wieder allein waren. »Ich habe es gestern in der schwedischen Pressemitteilung gelesen, in der zu einer Pressekonferenz in den Palast geladen wurde. Einer meiner Kollegen war vor Ort, sein Name wird dir aber sicher nichts sagen. Jedenfalls freue ich mich für dich, auch wenn ich damit so gar nicht gerechnet hatte.«

Erneut schoss mir Röte in die Wangen. »Danke. Ich bin auch immer noch völlig überwältigt von allem und kann noch nicht wirklich realisieren, was das für mich in Zukunft bedeutet. Das war so nicht geplant, er ist … in mein Leben geplatzt und … wir haben uns verliebt. Bei unserer ersten Begegnung wusste ich nicht einmal, dass er der Prinz ist. Oh, du wirst doch alles vertraulich behandeln, was ich dir erzähle, oder?«, fragte ich schnell, denn mir fielen Frederiks Worte wieder ein, die augenblicklich für ein schlechtes Gewissen sorgten. War das ebenfalls eine Sache, die ich nicht verraten durfte? Aber er zählte immerhin zur Familie und sogar Stefanie hatte ich davon erzählt …

»Selbstverständlich, Emelie. Ich habe mich nicht mit dir getroffen, um etwas über das Königshaus zu erfahren. Dass du dort arbeitest, weiß ich übrigens auch erst seit gestern. Und dass das alles für dich neu und verwirrend ist, kann ich mir denken. Was sagen denn deine Eltern dazu?«

Verlegen biss ich mir auf die Lippen. »Die wissen es noch nicht. Ich hatte bisher nicht den Mut, ihnen die Neuigkeit mitzuteilen. Unser Verhältnis ist gerade etwas … angespannt.«

Holger runzelte die Stirn. »Du solltest es ihnen unbedingt sagen. Vor allem auch deshalb, weil du bestimmt nicht möchtest, dass sie es in der Zeitung lesen, oder?«

»Nein, da hast du recht.« Selbst wenn meine Eltern nach wie vor kein Verständnis für meine Berufswahl und mein Auslandspraktikum hatten, wäre es eine äußerst schlechte Idee, einfach abzuwarten, bis sie die Neuigkeit aus den Medien erfahren. »Ich rufe sie gleich nach unserem Treffen an.«

Holger schenkte mir einen aufmunternden Blick. »Was hat deine Mutter denn alles über mich erzählt? Oder über ihre Familie hier in Fjarora.«

»Leider nicht viel. Ich weiß nur, dass sie nach ihrem Schulabschluss nach Deutschland gegangen ist, nachdem es einen Streit gegeben haben muss. Ich bin mir nicht mal sicher, inwiefern er dich betroffen hat. Sie hat bloß durchsickern lassen, dass sie ihrem – eurem – Vater nicht verzeihen kann. In all den Jahren hat sie ausschließlich zu Omi Kontakt gehalten, also zu eurer Mutter. Aber keine Ahnung, ob du das wusstest.«

»Wer, denkst du, hat ihr mit dem Computer geholfen, für Software-Updates gesorgt oder für eine ausreichende Internetverbindung, damit ihr videotelefonieren könnt?«

Mein Mund klappte auf. »Dann wusstet ihr also darüber Bescheid? Opa ebenfalls?«

»Anfangs wusste er nichts davon. Aber irgendwann hat er es mitbekommen. Unsere Mutter musste ihn ziemlich bearbeiten, damit er sich still verhält und nicht ins Bild läuft. Jedenfalls war er von da an jedes Mal dabei, wenn ihr euch unterhalten habt. Er war total begeistert von dir und Philipp, und es hat ihn immer sehr viel Kraft gekostet, sich nicht bemerkbar zu machen. Wir hatten einfach Angst, dass Erika den Kontakt komplett abbrechen könnte – und das hätte unsere Mutter nicht verkraftet. Sie hat die ganzen Jahre wahnsinnig darunter gelitten, dass Erika nicht bereit war, sich mit Vater und mir zu versöhnen.«

Verständnislos schüttelte ich den Kopf. Das alles traf mich heftiger als erwartet und unwillkürlich fragte ich mich, wie mein Leben aussehen würde, wenn sie nicht so stur wäre. »Was ist denn zwischen meiner Mama und euch vorgefallen?«

»Sie hat euch wirklich nie davon erzählt?«

Ich verneinte und nippte an meinem Tee, als Holger seinen serviert bekam. »Das Thema war bei uns zu Hause tabu. Sie hat sich jedes Mal unglaublich aufgeregt, wenn wir nachgefragt haben – auch als wir noch Kinder waren. Papa meinte immer nur, dass er sich nicht einmischen würde und dass wir froh sein sollten, zumindest regelmäßig von unserer Oma zu hören.«

Nun war es Holger, der sprachlos den Kopf schüttelte und erst eine Weile in seiner Tasse rührte, bevor er zu erzählen begann. »Ich war dreiundzwanzig, deine Mutter neunzehn, als unser Opa starb. Wusstest du, dass er eine kleine Uhrenmanufaktur besessen hatte?«

Ich verneinte. Alles war völlig neu für mich und dementsprechend gierig saugte ich jedes Wort, jede Information über meine Familie in mich auf.

»Als er in den Ruhestand ging, hat er sie verkauft und dafür eine hübsche Summe kassiert. Erika hat unseren Opa geliebt und war immer gern bei ihm. In dem Jahr vor seinem Tod hat sie sich für ein Auslandssemester in Deutschland entschieden, wo sie euren Vater kennengelernt hat. Zu Beginn dachte sie wohl, dass es nur ein flüchtiges Abenteuer war und ihr Leben in Fjarora weitergehen würde, aber nach ihrer Rückkehr hielt sie es kaum zu Hause aus. Sie erzählte uns, dass sie sich verliebt hatte und zurück nach Deutschland gehen wollte. Kurz darauf starb Opa und als das Testament verkündet wurde, war das Vermögen zwischen unserem Vater und mir aufgeteilt worden – ohne Erika zu berücksichtigen. Im ersten Moment war sie verwirrt und fest davon überzeugt, dass es sich um einen Irrtum handeln musste. Immerhin hatte sie Opa nie einen Grund gegeben, sie aus seinem Testament zu streichen. Aber dann hat sich herausgestellt, dass unser Vater Opa darauf gedrängt hat, es zu ändern. Weil er damit erreichen wollte, dass sie nicht endgültig nach Deutschland zieht. Er wollte sie an Fjarora und an die finanzielle Sicherheit der Familie binden, indem er ihr das Erbe unterschlagen hat. Angeblich hatte er sie mehrfach belauscht, als sie mit eurem Vater telefoniert und darüber gesprochen hat, welche Möglichkeiten sie hätte, doch zu ihm zurückzugehen. Dass er nach Fjarora kam, stand nicht zur Debatte, da er sich bereits eine Existenz mit der Bäckerei aufgebaut hatte. Also wollte sie zu ihm, denn die räumliche Trennung hatte ihnen bestätigt, dass ihre Liebe anscheinend größer war, als sie zuerst vermutet hatten. Mit ihrer Auswanderung hatte sie unseren Vater jedoch unglaublich verletzt, denn er wollte immer, dass wir in Fjarora bleiben. Außerdem war er davon überzeugt, Erika würde ihr Studium in Deutschland nicht fortführen, sondern abbrechen und für Johannes in der Bäckerei arbeiten. Das alles hatte für viel Aufregung und Diskussion zu Hause gesorgt, immerhin hatten unsere Eltern für ihr Studium bezahlt. Für deinen Großvater standen eine gesicherte Zukunft und die Familie über allem. Er war sogar dagegen gewesen, dass Erika dieses Auslandssemester macht, und hat die Tage gezählt, bis sie wieder zu Hause war.«

»Sein Plan ist reichlich nach hinten losgegangen«, murmelte ich völlig erschlagen von den Neuigkeiten.

Holger lachte freudlos auf. »Du sagst es. Jeder weitere Versuch, seine Fehlentscheidung wieder gutzumachen, war erfolglos. Erika kann sehr … stur sein. Das musste auch ich erfahren, als sie entschieden hat, dass ich ebenfalls Schuld an ihrer Misere hatte. Schließlich bin ich in Fjarora geblieben und habe unseren Vater nicht an seinem Vorhaben gehindert. Dass ich davon genauso wenig gewusst hatte wie sie, wollte sie nicht hören.«

Mit aufeinandergepressten Lippen nickte ich. »Ich weiß genau, wovon du sprichst. Und irgendwie kann ich Mamas Verhalten mir gegenüber jetzt noch weniger verstehen. Sie ist sehr enttäuscht, dass ich ausgerechnet in Fjarora arbeite. Das hat sich zwar nur zufällig so ergeben, doch ich spüre inzwischen, dass ich hierher gehöre. Ich fühle mich hier wohl und … zu Hause.« Tief holte ich Luft und blinzelte aufsteigende Tränen fort. »Und dann ist da noch Papa, dessen Erwartungen ich enttäuscht habe, als ich ihm klarmachen musste, dass ich *keine* Bäckerin bleiben möchte. Dass mein Herz für die Patisserie schlägt und ich mir eine eigene Konditorei wünsche. Das hält er mir bis heute vor und ich fürchte, dass er in dieser Hinsicht genauso stur ist wie Mama. Ich verstehe nur nicht, wieso sie zulassen, dass sich bei mir ein Szenario wiederholt, das meine Mama so ähnlich selbst durchmachen musste.«

Holger seufzte und kratzte sich nachdenklich am Kinn. »Ich kenne Erika leider inzwischen zu wenig, um die Situation einschätzen zu können. Aber rede noch einmal mit ihr. Sie hat ihrer Heimat aus denselben Gründen wie du den Rücken zugekehrt: weil sie sich verliebt hat. Vielleicht überzeugt sie ja dieses Argument.«

Holgers Worte hallten noch in mir nach, als ich wieder zurück im Kutscherhaus war. Wir hatten uns über so vieles unterhalten. Ich hatte von meinem Leben in Deutschland und meiner jüngsten Vergangenheit hier in Fjarora erzählt und erfahren, dass er verheiratet war, ein Haus in Schweden besaß und zwei Söhne hatte – ich war also sogar Cousine.

Wir hatten uns versprochen, in Kontakt zu bleiben, und er hatte mich für Anfang des neuen Jahres eingeladen, seine Frau und seine Söhne kennenzulernen. Ich war unglaublich gespannt darauf, einen weiteren Teil meiner Familie zu treffen.

Als ich mich auf die Couch setzte, rief ich erst bei Frederik an und erzählte ihm von dem Treffen mit Holger und was er mir über den Familienstreit erzählt hatte. Die Sache hatte mich ziemlich aufgewühlt und endlich war für mich das Handeln meiner Mutter klarer – auch wenn ich nach wie vor nicht verstand, warum sie den

Kontakt komplett abgebrochen hatte. Durch ihre Sturheit hatte sie so viel von ihrer Familie versäumt.

Frederik hörte mir die ganze Zeit zu und war wie immer für mich da. Er hatte sogar angeboten, zu mir zu kommen, doch ich wollte vorerst allein sein.

Im Anschluss brachte ich auch Stefanie auf den neuesten Stand, die begierig alle Neuigkeiten aufsog. Wir redeten lange über alles, was sich in den letzten Stunden in meinem Leben getan hatte, und als ich mich von ihr verabschiedete, rauchte mir der Kopf.

Dennoch stand mir noch ein Telefonat bevor. Das wichtigste des Tages, und als ich Mamas Nummer wählte, war ich hoffnungsvoll. Denn ja, womöglich ließ sich mit der Neuigkeit von Frederik und mir wirklich endlich die Missstimmung zwischen uns kitten – wenn sie verstand, dass ich genau wie sie der Liebe folgte und auf mein Herz hörte. Vielleicht konnte ich sogar von Holger erzählen, aber das würde ich im Gespräch einfach auf mich zukommen lassen.

Als ich mich im Menü zur Telefonnummer meiner Mama navigierte, leuchtete auf dem Display ihr Name auf. Irritiert schmunzelte ich und mein Puls stieg augenblicklich in schwindelnde Höhen.

»Hey, was für ein Zufall, ich wollte dich gerade anrufen«, sagte ich mit rasendem Herzen und in der Hoffnung, dass sich endlich alles zum Guten wenden würde.

Aber bereits bei ihren ersten Worten merkte ich, dass ihr Anruf einen ganz anderen Grund hatte.

»Emelie, dein Vater … Er hatte einen schweren Unfall. Gerade wird er ins Krankenhaus gebracht und … Mein Gott, ich weiß nicht … Ich kann nicht …«

Alles in mir zog sich schmerzhaft zusammen. »Was ist passiert?

Was für ein Unfall? In der Bäckerei? Und wo ist Philipp?« Ich war aufgesprungen und lief rastlos auf und ab. Das Wohnzimmer, das mit der Dekoration, dem Weihnachtsbaum und dem Kamin immer Wärme ausgestrahlt hatte, wirkte auf einmal kalt und bedrückend auf mich.

»Philipp holt uns gerade Kaffee. Dein Vater war mit dem Fahrrad unterwegs. Ein Auto hat ihn angefahren. Er wollte nur ein paar Besorgungen machen … Der Fahrer hat ihn voll erwischt. Er hat ihn beim Abbiegen einfach übersehen und … Gott, keine Ahnung, wie schwer er verletzt ist. Er wird gerade notoperiert. Ich hoffe einfach, dass er … also … dass es …« Wieder schluchzte sie und in dem Moment wurde mir klar, dass ich sofort nach Hause musste. Ich dachte an Oma, die ich nie umarmen konnte, und an Opa, der gestorben war, bevor ich ihn hätte kennenlernen können. Ich dachte an alles, was Holger mir über den Streit erzählt hatte und dass ich auf keinen Fall denselben Fehler machen wollte wie meine Mama.

»Ich nehme den nächsten Flieger nach München«, sagte ich entschlossen und spürte im selben Augenblick, wie ein Teil in mir zerbrach. Wie sollte ich mir in Fjarora eine Zukunft aufbauen, wenn meine Familie so weit weg von mir war? Wenn jederzeit etwas passieren konnte, das unwiderruflich war. Doch ich drängte das Gefühl zurück. Denn jetzt zählte nur eins: Ich musste nach Hause.

## KAPITEL 27
# Frederik

Ungläubig stand ich neben Emelie und sah zu, wie sie hektisch ihre Klamotten in den Koffer warf. »Du packst *alles*?«

Ich konnte nicht verhindern, dass meine Stimme ernst klang. Andernfalls hätte sie gezittert und dadurch verraten, wie sehr mich die Tatsache durcheinanderbrachte, dass sie nicht nur mit Handgepäck zurück nach Deutschland reisen wollte. Dass ihr Handeln so … *endgültig* wirkte.

»Ja, ich … weiß leider nicht, wann ich wiederkommen kann.«

»Aber du kommst doch wieder, oder?«

Kurz hielt sie inne, bevor sie den weichen Wollpullover mit Rollkragen einpackte, der mich an viel zu schöne Zeiten mit ihr erinnerte. »Stell mir bitte nicht solche Fragen, Frederik. Mein Papa hatte einen Unfall und wird notoperiert. Bitte zwing mich nicht, mich jetzt zwischen dir und meiner Familie zu entscheiden.«

Betreten knirschte ich mit den Zähnen. »So meinte ich das nicht, Emelie. Mich verunsichert nur, dass du alles packst. So, als würdest du Fjarora für immer verlassen. Als würdest du *mich* verlassen.«

Leise seufzend schloss sie den Deckel des Koffers und kam zu mir. Zärtlich legte sie ihre Hände an meine Wangen und sah mir tief in die Augen. »Ich liebe dich, Frederik.« Mehr sagte sie nicht, aber ihr Tonfall ließ vermuten, dass sie fest an uns glaubte. Dass die Gefühle, die wir füreinander hatten, nicht so schnell zerstört werden konnten. Dennoch lag ein Abschied in der Luft …

Mit einem Mal wurde mir ganz schwer ums Herz. Weil ich Emelie gleich zum Flughafen fahren würde. Weil ich nicht wusste, wann ich sie wiedersehen würde. Weil sie so sehr unter der Ungewissheit litt, was ihren Vater betraf. Weil die Sorgen sie zerfraßen und ich Idiot sie auch noch dermaßen selbstsüchtig unter Druck setzte.

Ich küsste sie, legte all die entschuldigenden Gefühle in den Kuss, die ich nicht über die Lippen brachte, und hoffte, dass sie verstand, dass ich hier war und auf sie warten würde.

Als ich ihr angeboten hatte, sie zu begleiten, hatte sie strikt abgelehnt. Es gab noch andere familiäre Dinge, die sie zu Hause klären wollte – und wenn es dabei um ihren Onkel und ihren verstorbenen Opa ging, wollte ich nicht im Weg stehen oder zusätzlichen Wirbel in die Familie bringen.

Als ich nach Emilies aufgelöstem Anruf zu ihr gekommen war, hatte sie bereits mit Ove telefoniert, um ihn über die Lage in Kenntnis zu setzen. Auch ihm hatte sie erklärt, dass sie leider nicht wisse, wann sie zurückkommen würde.

Dass sie wirklich Abschied nahm, wurde mir auf der Fahrt zum Flughafen noch bewusster, denn je näher wir kamen, desto emotionaler wurde sie.

»Bestell bitte Finnja, Thorben und Anika liebe Grüße. Drück

deine kleine Schwester ganz fest von mir und sag ihr, es tut mir leid, dass ich keine Zeit mehr hatte, Muffins mit ihr zu backen. Deinen Eltern richte bitte ein großes Dankeschön aus. Für ihre Gastfreundschaft und ihr Vertrauen in mich. Ihr habt mich in eure Familie aufgenommen und …« Ihre Stimme brach und sie musste sich räuspern. »Ich durfte eine so wundervolle Zeit bei euch verbringen. Und streichle die Hunde von mir. Sie haben mir so geholfen, meine Angst zu überwinden …«

Ohne Vorwarnung hielt ich am Straßenrand. »Okay, steig aus, Emelie.«

Überrumpelt schaute sie mich an.

»Na los, raus aus dem Wagen.« Ich wartete nicht länger, sondern öffnete die Tür und ging um das Auto herum. Entschlossen machte ich die Beifahrertür auf, nahm sie an der Hand und zog sie in meine Arme.

»Was wird das, Frederik?«

Schweren Herzens sah ich ihr tief in die Augen. Weil ich sichergehen wollte, dass sie verstand, was ich ihr gleich sagen würde. Weil ich darin erkennen musste, ob ihr bewusst war, dass jedes Wort von mir auch so gemeint war. »Du fliegst jetzt zurück zu deiner Familie, Emelie. Weil sie dich braucht, weil dein Vater dich braucht. Du bist für sie da, so lange es nötig ist. Und dann, wenn alles geklärt ist und es deinem Vater wieder besser geht, kannst du jederzeit zu uns zurückkommen. Niemand wird dir böse sein, denn wir alle freuen uns auf dich. Du gehörst jetzt zur Familie, Emelie. Ove wird deinen Platz im Team ebenfalls nicht einfach neu besetzen. Oder glaubst du, dass dir irgendjemand Vorwürfe machen würde, weil du für deine Familie da sein willst?«

Tränen sammelten sich in ihren Augen und sie zuckte mit den

Schultern. Da wurde mir klar, dass sie einfach unter Schock stand und sie die ganze Situation vollkommen überforderte.

Sanft küsste ich sie auf die Lippen. »Nein, Emelie. Im Gegenteil. Wir machen uns Sorgen um dich und sind in Gedanken bei dir und deinem Vater. Wir alle hoffen, dass er schnell wieder gesund wird und dass du noch ganz viele Jahre mit ihm hast.«

Ihr Damm brach und Tränen fluteten ihr Gesicht. »Was, wenn nicht?«

Ich legte meine Arme um sie und zog sie an mich, um sie zu trösten. »Daran wollen wir nicht denken, okay? Du steigst jetzt gleich in das Flugzeug und bist in wenigen Stunden bei deiner Familie. Dort erfährst du, wie es deinem Vater geht. Ich glaube einfach daran, dass alles nur halb so schlimm ist – und das solltest du auch. Stell es dir fest vor! Du musst selbst daran glauben, dass es so ist.« Vermutlich redete ich gerade großen Mist, doch ich fürchtete, Emelie könnte sonst auf dem Weg nach Hause zusammenbrechen. Würde ich mitkommen, hätte ich für sie da sein können – aber sie musste allein da durch. Auf keinen Fall wollte ich, dass es ihr noch schlechter ging, wenn niemand bei ihr war, der ihre Hand halten und sie trösten konnte. »Und wenn du zurückkommst, werde ich dich vom Flughafen abholen. Alle werden dich sehnsüchtig erwarten und sich freuen, wenn du wieder hier bist. Ove, dein Team. Meine Eltern, meine Geschwister. Könnte sogar sein, dass du von Finnja aus dem Auto direkt in die Backstube gezerrt wirst.«

Endlich schmunzelte sie.

»Vor allem werde *ich* hier auf dich warten und die Tage zählen, bis ich dich erneut in die Arme schließen kann. Und solltest du deine Meinung ändern und mich doch bei dir in Deutschland haben wollen, sag Bescheid. Ich bin innerhalb weniger Stunden bei dir.«

Sie schnaubte und schüttelte den Kopf. »Du bist verrückt, Frederik.«

Da konnte ich ihr nur zustimmen. »Verrückt nach dir. Ich würde alles für dich tun. Du kannst immer auf mich zählen, Emelie.«

Sichtlich erleichtert nickte sie und wischte sich die Tränen von den Wangen. Ich hielt sie noch einen Moment in den Armen, dann stiegen wir wieder ins Auto.

Dass ich sie gleich allein fliegen lassen musste, brach mir das Herz. Doch sie wusste nun, dass ich immer für sie da war. Mehr konnte ich jetzt nicht für sie tun.

Der Abschied am Terminal fiel mir unendlich schwer. Wir küssten uns ein letztes Mal und es fühlte sich trotz allem wie ein endgültiges Lebewohl an. Doch ich ließ mir nichts anmerken und sah ihr hinterher, bis sie von der Flugbegleiterin nach draußen auf das Rollfeld geführt wurde und schließlich aus meinem Sichtfeld verschwand.

Ich hatte veranlasst, dass sie mit einer Privatmaschine zurückflog, da der nächste Linienflug kein Direktflug gewesen wäre und sie über zwölf Stunden verloren hätte. Zeit, die sie nicht hatte. Denn ich war natürlich nicht so naiv, wirklich zu glauben, dass es völlig ausgeschlossen war, dass ihr Vater nicht überlebte. Ich wusste genauso viel wie sie, aber schwerer Unfall und Notoperation klang nicht gut …

Zurück im Palast fühlte ich mich seltsam leer. Ich richtete meiner Familie aus, was Emelie mir aufgetragen hatte, und zog mich im Anschluss zurück. Heute Morgen auf der Pressekonferenz war alles in bester Ordnung gewesen. Wir waren glücklich gewesen und hatten Pläne für unsere Zukunft geschmiedet. Ich hatte Emelie an meiner Seite, in meinem Leben gesehen. Noch vor wenigen Wochen hätte es in meinen Ohren völlig absurd geklungen, mich Hals über Kopf zu verlieben, während ich jetzt kaum glauben konnte, dass Emelie nicht mehr hier war. Und ich hoffte so sehr, dass sie bald zu mir zurückkommen würde – so egoistisch das in diesem Moment auch war. Ich fühlte mich, als hätte man einen Teil von mir ebenfalls in das Flugzeug verfrachtet, das nun bereits in der Luft war und sich von mir fortbewegte.

Kurz darauf ertappte ich mich dabei, wie ich in das leer stehende Kutscherhaus zurückging. In der Küche starrte ich auf den Esstisch, an dem wir nach unseren gemeinsamen Nächten gefrühstückt hatten – oder ich zumindest einen Kaffee getrunken hatte, bevor ich in den Palast gegangen war, um mit meiner Familie im Speisesaal zu essen.

Ich betrachtete den Weihnachtsbaum, dessen Lichter nicht ihren üblichen Glanz verströmten, und spürte, wie dabei erneut ein Stich durch mich hindurchfuhr, weil ich wieder daran denken musste, wie wir ihn gemeinsam geschmückt hatten. Als ich spürte, wie es in meinen Augen unangenehm zu brennen begann, beschloss ich, wieder zu gehen. Draußen sog ich die eiskalte klare Luft in meine Lunge, doch dieses bedrückende Gefühl, das mir die Brust zuschnürte, ließ sich nicht vertreiben.

Instinktiv führte mich mein Weg zu meinen Hunden. Sie schienen meine innere Zerrissenheit zu spüren, denn als ich im Haus auf den Boden sank, drängten sie sich sanft an mich. Ich schlang die Arme um Saphira und Gemma und ließ mich von ihnen trösten, und doch half ihre Liebe nur bedingt.

*Reiß dich endlich zusammen!*, ermahnte ich mich. Immerhin hatte ich Emelie gesagt, dass alles gut werden würde. Dass wir uns bald wiedersahen. Daran musste ich genauso glauben …

Auch am nächsten Tag war ich in Gedanken bei Emelie. Sie hatte mir am Abend kurz nach der Landung geschrieben, dass sie gut angekommen war, und sich bei mir bedankt. Sie wollte sich so schnell wie möglich wieder bei mir melden und ich hoffte, sie hätte dann positive Neuigkeiten.

Entsprechend abwesend erreichte ich den Speisesaal, um mit meiner Familie zu frühstücken. Die Zwillinge fehlten, was etwas ungewöhnlich war, doch erst als meine Eltern und meine ältere Schwester verstummten und sich alle Blicke auf mich richteten, war meine Aufmerksamkeit geweckt.

»Was ist?«, fragte ich alarmiert.

Wussten sie mehr als ich? War etwas mit Emelies Vater? War er …

»Setz dich, Frederik«, sagte meine Mutter. Ihr Ton klang nicht danach, als würde sie mir gleich etwas Schreckliches mitteilen müssen, sondern als hätte ich etwas ausgefressen.

Schweigend nahm ich auf meinem Stuhl Platz und schaute neugierig von Anika, die mit einem seltsam enttäuschten und aufgewühlt wirkenden Gesichtsausdruck den Kopf schüttelte, zu Vater, der die Arme vor der Brust verschränkt hatte. Auch Mutter funkelte mich entrüstet an.

»Hast du gewusst, dass sich deine *Freundin* gestern mit einem Journalisten getroffen hat?«, waren die ersten Worte, die Mutter an mich richtete.

Irritiert versuchte ich, zu verstehen, was hier vor sich ging, bevor ich antwortete. »Nein, davon hat sie mir nichts gesagt. Ich weiß nur von einem Onkel, der extra aus Schweden hergekommen ist und den sie vorher noch nie gesehen hat.«

Mutter hob eine Augenbraue und sogar Vater runzelte die Stirn.

»Okay, kann mir mal jemand sagen, was das alles soll?«

Anika warf eine Boulevardzeitung quer über den Tisch zu mir. Mit aufgerissenen Augen starrte ich auf das Titelbild. Meine Schwester stand, nur mit Spitzenunterwäsche bekleidet, vor dem Spiegel ihres Schminktisches. Sie hatte den Blick gesenkt und legte gerade ihren Schmuck ab. Der Frisur nach zu urteilen – wenn ich mich richtig erinnerte –, musste die Aufnahme direkt nach dem Winterball entstanden sein.

*So lebt Prinzessin Anika – Einblicke in das Leben einer Thronfolgerin* war die Überschrift. Dem Hinweis folgend, dass auf den Seiten sechs und sieben mehr zu sehen war, schlug ich das Heft auf. Weitere private, sicher nicht für die Öffentlichkeit bestimmte Fotos waren dort abgebildet. Nicht nur vom Abend des Balls, doch alle mussten in den letzten Tagen und Wochen entstanden sein. Ganz klar konnte sie nur jemand gemacht haben, der Zutritt zum Palast hatte. Trotzdem war ich davon überzeugt, dass meine Familie falschlag mit ihrer Vermutung.

»Das war garantiert nicht Emelie, wenn es das ist, worauf ihr hinauswollt.« Mit rasendem Herzen schaute ich alle drei an. »Sie würde niemals …«

»Und dennoch hatte sie Zugang zu unseren Räumlichkeiten. Du bist laut Björn mit ihr durch die Geheimgänge geschlichen und sie hat gestern nach dem Treffen mit dem Journalisten fast fluchtartig das Land verlassen. Sehr verdächtig, wenn du mich fragst.« Mutters Worte klangen scharf und anklagend.

»Ihr Vater hatte einen Unfall! Er wurde notoperiert. Wie könnt ihr behaupten, sie hätte das nur erfunden? Lasst doch von Björn ihre Geschichte überprüfen! Ich bin mir sicher, dass sich die Sache schnell klären wird.«

»Und dass sie sich mit einem Journalisten getroffen hat, hältst du für einen Zufall? Oder wie erklärst du dir das? Sorry, aber es ist für meinen Geschmack doch ziemlich auffällig, findest du nicht?«, schaltete sich nun Anika ein. »Tut mir leid, dass ich dir das sagen muss, denn ich hatte wirklich gedacht, dass Emelie perfekt an deine Seite und in unsere Familie passt. Schade, dass ich mich offenbar getäuscht habe.«

Unter dem Tisch ballte ich die Hände zu Fäusten. »Ich kann nicht glauben, dass ihr Emelie so etwas zutraut. Nach allem, was sie für uns getan hat. Wie sie für den Winterball gearbeitet hat. Wie sie bei Finnjas Übernachtungsparty mit den Kindern gebacken hat. Dass sie ohne zu überlegen mitgekommen ist, um Finnja zu suchen. Wie sie Finnja beruhigt hat, als sie von Doktor Borg untersucht wurde. Ihr habt sie nicht gesehen, als sie ihren Koffer gepackt hat oder wie verzweifelt sie auf dem Weg zum Flughafen war. Sie hat geweint vor Sorge um ihren Vater.«

»Oder weil ihr bewusst geworden ist, was sie dir, was sie *uns* für Geld angetan hat.« Anika stand auf, warf ihre Serviette auf den Tisch und verließ den Speisesaal.

Sprachlos starrte ich ihr hinterher.

Vater räusperte sich leise. »Ich weiß, du liebst sie, Frederik. Sie hat einen netten Eindruck gemacht, aber du kannst nicht abstreiten, dass das alles sehr schnell gegangen ist. Im Grunde kennen wir sie alle nicht. Sicher wurde sie im Vorfeld von Björn geprüft. Keine Vorstrafen zu haben, bedeutet jedoch nicht, dass nicht irgendwann eine erste Straftat möglich ist. Niemand von uns kann in ihren Kopf sehen. Sie hat bei dem Backwettbewerb auf das Preisgeld spekuliert, um eine eigene Konditorei zu eröffnen. Nachdem sie den ersten Platz verpasst hat, kam ihr Oves Praktikumsangebot bestimmt genau recht, um ihren Traum doch noch zu erfüllen. Es wäre für sie ein Leichtes gewesen, sich hier im Palast Zutritt zu den Gemächern deiner Schwester zu verschaffen und Fotos von ihr teuer an die Presse zu verkaufen, immerhin ist Anika die Thronfolgerin.«

Ein dicker Kloß drückte schmerzhaft gegen meinen Hals. Selbst als ich mehrfach schluckte, verschwand er nicht. »Emelie ist nicht so eine …«

Ich ärgerte mich darüber, dass meine verteidigenden Worte viel zu halbherzig klangen. Als fürchtete ich insgeheim, dass meine Eltern doch recht haben könnten, und ich mir die Wahrheit nur nicht eingestehen wollte.

»Wir werden dieser Sache nachgehen. Bis dahin lass dich bitte nicht von deinen Gefühlen leiten. Mir ist bewusst, dass du Emelie in Schutz nehmen willst, weil du glaubst, sie zu kennen. Aber mal ehrlich, Frederik, ich bin schon so lange mit deinem Vater verheiratet und es hat wirklich ewig gedauert, bis ich ihn in- und auswendig kannte.«

Er hob die Augenbraue und schaute sie an. »Denkst *du.* Ich habe immer noch Geheimnisse vor dir.«

Ein kurzes vertrautes Lächeln huschte über ihre Lippen, bevor sich mein Vater an mich wandte. Er setzte an, noch etwas zu sagen, doch ich kam ihm zuvor.

»Wenn ihr euch so sicher seid, dass Emelie etwas damit zu tun hat, frage ich mich, wo eure Beweise sind. Immerhin ist sie nicht die einzige, die hier im Palast arbeitet und diese Fotos hätte machen können.«

Meine Eltern schauten mich schweigend an. Keine Ahnung, ob sie noch mit irgendwelchen Gegenargumenten kommen würden, doch ich wollte nichts mehr hören. Keine Sekunde länger hielt ich es hier aus, solange sie Emelie im Verdacht hatten.

Aufgebracht stürmte ich aus dem Speisesaal und hetzte zurück in meine Privaträume. Das alles wurde mir zu viel. Es war zu verwirrend, denn ich wollte nicht an die Theorie meiner Familie glauben, auch wenn ein winziger Teil von mir ihre Argumentation nachvollziehen konnte. Doch ich würde nicht hier sitzenbleiben und ausharren, bis alles immer schlimmer wurde. Ich würde selbst herausfinden, was Emelie damit zu tun hatte – und zwar auf direktem Wege.

Kaum war ich zurück in meinem Kaminzimmer, setzte ich mich mit meinem Handy auf die Chaiselongue.

Bitte melde dich so schnell wie möglich bei mir. Ich muss etwas mit dir besprechen.

Mir tat es leid, dass ich die Worte so formulieren musste. Aber ich hatte immer noch nichts von ihr gehört, obwohl sie mir versprochen hatte, mir Bescheid zu sagen, wenn sie wusste, wie es ihrem Vater ging. Bedauerlicherweise verstärkte diese Tatsache den miesen Gedanken, dass die Theorie meiner Eltern stimmen könnte …

Zu meiner Erleichterung antwortete sie mir gleich darauf.

Was ist los? Ist etwas passiert?

Können wir telefonieren?

Wenig später klingelte mein Handy und ich war erleichtert, dass sie mich wirklich anrief.

»Hej«, raunte ich ins Telefon. Meine Stimme klang so verzweifelt und voller Sehnsucht, wie ich mich fühlte.

»Hi!« Auch in dieser kleinen Silbe steckte so viel Liebe.

»Wie geht es deinem Vater?« Mein Puls beschleunigte sich und ich hatte Angst vor ihrer Antwort. Angespannt hielt ich den Atem an, während ich hörte, dass Emelie tief Luft holte, bevor sie zu erzählen begann.

»Sein Zustand ist stabil, er hatte Glück im Unglück. Keine inneren Verletzungen und der Helm hat seinen Kopf geschützt, aber sein Gesicht sieht richtig schlimm aus. Und was für ihn vermutlich noch schlimmer ist: Sein rechter Ellenbogen und das Handgelenk sind gebrochen und er hat einen offenen Trümmerbruch an der Elle, den sie operieren mussten. Heftig, aber wir sind einfach froh, dass er lebt und sonst keine Verletzungen hat.«

Geräuschvoll stieß ich die Luft aus meiner Lunge. »Okay, das ist wenigstens ein kleiner Trost, oder? Also in Anbetracht dessen, wie übel es ihn erwischt hat.«

»Ja, ich denke schon. Wie er jedoch die Nachricht mit seinem Arm verkraftet … Ich will es mir noch nicht vorstellen. Die Bäckerei muss jedenfalls für lange Zeit ohne ihn auskommen. Falls er überhaupt wieder zurück in die Backstube kann.«

»Wovon hängt das ab?«

»Von vielen Faktoren vermutlich. Wie rasch alles heilt, wie gut er sein Handgelenk wieder mobilisieren kann – ob er es überhaupt wieder einsetzen kann wie früher. Das muss er erst mal verarbeiten.«

Ich gab nur ein zustimmendes Murmeln von mir. Die Angst und Sorge, dass mir mein Leben nun endgültig zu entgleiten drohte, überwältigte mich fast. Denn es klang nicht danach, als würde sie so schnell nach Fjarora zurückkommen …

Womöglich verlor ich die Frau, die ich liebte, an ihren Vater, der sie auf diese ironisch groteske Weise doch noch an die familiäre Backstube binden würde.

Unmöglich schaffte ich es im Moment, die Anschuldigungen meiner Familie anzubringen und nachzufragen, was sie dazu sagen konnte. Zu sehr lähmte mich die Angst, dass Emelie bald wirklich nur noch zu meiner Vergangenheit zählte. Und das inzwischen aus zweierlei Gründen.

Mühsam brachte ich hervor, dass sie sich bei mir melden sollte, sobald sie etwas Neues erfuhr, ehe ich mich von ihr verabschiedete. Dabei fühlte es sich noch endgültiger an als beim letzten Mal. Es war, als hätte ich mein Herz verloren.

Wann, zur Hölle, war mein Leben zu dieser Katastrophe geworden?

## KAPITEL 28
# Emelie

Nach einem leisen Klopfen betrat Philipp das Krankenzimmer, in dem unser Papa lag. »Wie geht es ihm?«

Mit schwerem Herzen schaute ich auf das Krankenbett. Für einen Moment war er bereits wach gewesen, hatte jedoch zu benebelt von den Schmerzmitteln gewirkt, als dass wir ihn sofort mit der Realität konfrontieren wollten. Zudem war er gleich wieder weggeschlummert. Sein Gesicht war zerkratzt und geschwollen und noch immer konnte ich nicht glauben, dass er abgesehen von seinem Arm keine weiteren schweren Verletzungen hatte. Bei dem Unfall musste er mehrere Schutzengel bei sich gehabt haben.

»Unverändert, schätze ich. Er schläft.«

Mein Bruder setzte sich neben mich und nickte.

Seit dem gestrigen Telefonat mit Frederik hatte ich das Gefühl, etwas zwischen uns zerstört zu haben, obwohl ich es nicht direkt ausgesprochen hatte. Aber ich konnte nicht so tun, als sei alles in Ordnung, wenn ich gleichzeitig fürchtete, dass wir keine Zukunft mehr hatten. Ich wurde hier gebraucht und ich konnte meine Familie nicht alleinlassen. Nicht noch einmal wollte ich so etwas erleben wie bei Papa – dass ich nicht da war in einem Moment, in dem ich es hätte sein sollen.

Dennoch hatte ich den Eindruck gehabt, dass Frederik meine Zweifel bereits herausgehört hatte. Außerdem hatte es sich angefühlt, als hätte er mir noch etwas sagen wollen, die Worte jedoch zurückgehalten. Ob aus Rücksicht auf mich oder weil er es sich anders überlegt hatte, wusste ich nicht. Jedenfalls hatte ich bisher weder die Zeit noch den Kopf dafür gehabt, darüber nachzudenken.

»Ich habe den Dienstplan jetzt geändert.« Philipp zog sich einen Stuhl an Papas Bett und setzte sich mir gegenüber. Mit gerunzelter Stirn beugte er sich vor, verschränkte die Finger und legte das Kinn darauf, die Ellenbogen auf seinen Oberschenkeln abgestützt. »Wie lange kannst du bleiben und uns aushelfen?«

Mein Herz verkrampfte sich. »Aushelfen? Papa liegt hier, nach diesem schweren Unfall. Sein Arm ist …« Ich stockte, schluckte, schielte in seine Richtung, doch er schien nach wie vor zu schlafen. Trotzdem konnte ich die Tatsache nicht aussprechen, da ich nicht wollte, dass er es gleich hörte, falls er wach wurde. »Ich kann euch unmöglich im Stich lassen, Philipp«, sagte ich schließlich eindringlich. »Vielleicht ist es mein Schicksal, dass ich nun doch bleibe und Papas Arbeit übernehme.« Ich stieß ein Lachen aus, das eher wie ein Schnauben klang. »Auf keinen Fall werde ich einfach nach Fjarora zurückkehren, verstehst du? Ihr braucht mich hier. Was wäre ich für ein Mensch, wenn ich euch nicht unterstützen würde?«

Diese Worte verlangten mir viel ab, aber es war nun mal die Wahrheit. Papa würde bestimmt zwei Wochen im Krankenhaus bleiben müssen. Dann durfte er zwar nach Hause, würde jedoch einen Gips tragen, der seinen ganzen Arm ruhigstellte und erst nach sechs bis acht Wochen abgenommen werden konnte. Danach müsste er zur Reha, um erst einmal wieder zu lernen, alle Gelenke und seine Finger zu bewegen.

Unmöglich konnte ich meine Familie sich selbst überlassen, während ich meinem Herzen folgte und zurück zu Frederik ging. Manchmal musste man Dinge tun, die einen unglücklich machten, um andere nicht zu verletzen. Denn das würde sich noch schlimmer anfühlen.

Philipp schaute mich eine Weile an, als wäre er anderer Meinung, doch er sagte nichts dazu. Vielleicht, weil er wusste, dass ich recht hatte. Und weil er bestimmt froh über meine Hilfe war – immerhin hatte Papa nach wie vor einen nicht unwesentlichen Anteil an der Arbeit in der Bäckerei. Auch wenn Philipp das Geschäft inzwischen leitete, war Papa nun mal mit Leib und Seele Bäcker. Sein Baby aus den Händen zu geben und es vollständig seinem Sohn zu überlassen, war ihm bisher nicht leichtgefallen. Nun musste er es gezwungenermaßen.

Meine Entscheidung bedeutete nicht, dass ich meine eigenen Träume für immer über den Haufen werfen würde. Aber im Moment war nun mal nicht der richtige Zeitpunkt, mir darüber Gedanken zu machen, denn es gab viel Wichtigeres. Ich wollte für meine Familie da sein, bis es Papa besser ging. Danach konnte ich immer noch überlegen, wie es für mich weitergehen könnte.

Dass ich nicht wusste, welche Auswirkungen das Ganze auf meine Beziehung mit Frederik hatte, machte mir schwer zu schaffen. Aber ich würde es ihm nicht vorhalten, wenn er nicht so lange auf meine Rückkehr warten wollte … falls das nach der Genesung meines Papas überhaupt noch infrage kam.

Mama kam wieder in das Zimmer und riss mich aus meinen Gedanken. Sie war die ganze Nacht über hier gewesen und hatte sich ein wenig die Beine vertreten, während Philipp nur kurz vorbeigekommen war, weil er versuchte, das Geschäft irgendwie am Laufen zu halten.

»Hey! Wie geht es dir?« Sie umarmte Philipp, der genauso müde aussah wie wir. Bestimmt hatte er kein Auge zugetan, sondern an den Dienstplänen gearbeitet, um die Angestellten so einzuteilen, dass zumindest für die nächsten zwei bis drei Tage der Laden ohne uns geöffnet bleiben konnte.

»Ganz okay.« Er informierte Mama über die geänderten Schichten im Betrieb, nannte ein paar Namen der Leute, die für sie im Laden und für ihn und Papa in der Backstube einsprangen.

Aufgelöst nickte sie und schaute anschließend zu mir. »Du bleibst vorerst?«, fragte sie in einem hoffnungsvollen Unterton, der dafür sorgte, dass sich mein Herz noch gequälter zusammenzog.

»Ja.« Alles in mir rebellierte, ruderte, wollte die Antwort zurücknehmen. Doch ein kleiner Teil in mir nickte anerkennend, weil ich es geschafft hatte, erneut auszusprechen, was sich nicht vermeiden ließ.

Tränen glitzerten in ihren Augen, als sie den Mund öffnete, um mir etwas zu sagen. Doch in dem Moment drang ein Brummen aus Papas Richtung und augenblicklich schauten wir alle zu ihm. Er hustete kurz, dann blinzelte er und sah uns an.

»Papa!« Sofort griff ich nach seiner gesunden Hand.

»Ich rufe die Schwester.« Philipp beugte sich über das Bett, um den Rufknopf zu drücken.

»Johannes! Wie fühlst du dich?«, stieß Mama aus.

»Ein bisschen überfahren«, sagte Papa, sodass wir alle unwillkürlich lachen mussten.

»Kannst du dich noch an etwas erinnern?«, wollte Mama wissen.

Er runzelte die Stirn. »Bin ich im Krankenhaus?«

Wir nickten und Papa schien einige Sekunden lang angestrengt nachzudenken. »Ich war mit dem Fahrrad unterwegs …« Es klang eher wie eine Frage. »Was ist passiert?«

»Im Grunde hattest du großes Glück, aber … es tut mir leid. Dein rechter Arm … er ist … also ihn hat es ziemlich heftig erwischt. Aber sonst geht es dir gut.« Mamas Stimme zitterte.

Papa schielte zu seinem Arm. Der gebrochene Knochen wurde von außen mithilfe eines Eisengestells fixiert. Immer wieder musste ich hinsehen, obwohl mir dabei jedes Mal ein Schauder über den Rücken lief.

Papa atmete geräuschvoll aus, dann sah er wieder uns an. »Sonst geht es mir gut?«, wiederholte er, vielleicht um sich zu vergewissern, dass es wirklich so war.

»Ja.« Auch Philipps Stimme klang brüchig. »Keine inneren Verletzungen, keine Kopfverletzung. Nur ein paar Schrammen und Prellungen.«

Papa atmete tief aus und schloss die Augen. »Okay.«

In dem Moment betrat die Schwester mit einem Arzt das Zimmer und wir wurden aufgefordert, etwas Platz zu machen, damit Papa untersucht werden konnte.

Später am Abend saß ich in der Küche meiner Eltern über den neuen Dienstplan gebeugt, den Philipp erstellt hatte. Er reichte vorerst über drei Wochen und er hatte jeden Tag neben meinem Namen ein Fragezeichen gemacht. Als wäre er sich immer noch nicht sicher, ob ich wirklich bleiben würde, um zu helfen. Dabei stellte sich diese Frage im Moment gar nicht. Bisher hatte ich meine Träume verfolgt und zumindest Philipp hatte mich darin bestärkt. Doch jetzt war es anders. Meine Familie war auf mich angewiesen, mehr denn je. Und sie stand ganz eindeutig an erster Stelle.

Mama wollte bei Papa bleiben, aber Philipp hatte mich mit ihr nach Hause geschickt, damit sie sich endlich hinlegen und etwas schlafen konnte, während er ihren Platz im Krankenhaus übernahm und bei Papa blieb.

Meine Gedanken schweiften zwischen Deutschland und Fjarora hin und her. Hoffentlich verkraftete Papa seine neue Situation halbwegs gut. Ich hatte wirklich Angst, dass er sich völlig aufgeben könnte … Die Bäckerei bedeutete ihm alles und dass ihm sein Lebensinhalt nun für unbestimmte Zeit genommen worden war, musste unglaublich schlimm für ihn sein.

Ich dachte an Frederik und an unser Telefonat, das mich noch immer beschäftigte. Irgendetwas hatte er sagen wollen, es jedoch nicht getan. Vielleicht aus Rücksicht auf mich? Doch nun wollte ich seine Stimme hören, brauchte sie, selbst wenn ich wusste, dass ich mich damit quälen würde. So schnell unser Märchen an Fahrt aufgenommen hatte, so ruckartig war es zum Stillstand gekommen. Wer wusste schon, wie es weitergehen würde?

»Wie geht es dir? Hast du Zeit?«, fragte ich vorsichtig, nachdem er meinen Anruf entgegengenommen hatte.

»Sicher.« Er klang seltsam gezwungen, was mich irritierte.

»Was ist los?«

»Nichts, ich … Wie geht es deinem Vater? Ist er schon aufgewacht?«

In wenigen Worten brachte ich Frederik auf den neuesten Stand. »Im ersten Moment hat er ziemlich gefasst reagiert. Aber ich vermute, dass er noch unter Schock steht oder uns nicht zeigen will, wie es wirklich in ihm aussieht. Dass er auf unbestimmte Zeit nicht mehr in der Bäckerei arbeiten kann, muss er sicher erst verdauen.«

»Und … wie geht es jetzt weiter? Mit dir, meine ich. Mit uns …«

»Frederik, ich …«, begann ich gepresst und mein Herz brach in dem Moment ein kleines bisschen mehr. »Meine Familie braucht mich vorerst hier. Ich kann sie nicht im Stich lassen. Es wäre falsch von mir, nicht in der Bäckerei zu arbeiten – auch wenn es nicht das ist, was ich machen möchte, verstehst du? Ich kann nicht nach Fjarora zurückkehren, während hier Chaos herrscht – und das wird noch eine Weile so bleiben. Bis Papa wieder halbwegs auf dem Damm ist, vergehen Monate … Und er würde es nicht verstehen, wenn an seiner Stelle jemand eingestellt wird, obwohl ich für ihn einspringen kann. Ich möchte ihm auf keinen Fall das Gefühl geben, ihn und die Bäckerei im Stich zu lassen. Das wäre für seinen Heilungsprozess bestimmt nicht förderlich. Die Situation ist für alle wahnsinnig belastend und … na ja, ich könnte es nicht mit meinem Gewissen vereinbaren, wenn ich meiner Familie jetzt nicht beistehe.«

Frederik schwieg und sein Schweigen brachte mich fast um. Als er endlich zu reden begann, atmete ich auf, doch die Erleichterung hielt nicht lange an. »Hör zu, Emelie, ich kann dich gut verstehen. Du möchtest deine Familie beschützen und sie in dieser schweren Zeit unterstützen. Genau das möchte ich für meine Familie auch. Ich habe keine Ahnung, ob du mitbekommen hast, was hier gerade los ist, aber wenn nicht …« Den Rest des Satzes ließ er offen in der Luft schweben.

»Was … in Fjarora los ist?« Seit ich in München gelandet war, hatte sich alles um Papa und die Bäckerei und meine Familie gedreht. Sonst hatte ich nichts um mich herum mitbekommen.

Frederik atmete geräuschvoll aus. »Okay, sitzt du?«

»Ja.« Nervös ließ ich das Wort wie eine vorsichtige Frage klingen.

»Nun, also … Am Tag nach deiner Abreise wurden Fotos von Anika in einem der Klatschblätter veröffentlicht. Sie ist in Unterwäsche auf dem Titelblatt zu sehen und es gibt weitere private Aufnahmen von ihr auf einer Doppelseite im Innenteil.«

Erschrocken sog ich Luft ein. »Mein Gott, wie schrecklich! Wer tut so etwas?«

»Tja, genau das ist die Frage.« Wie kalt seine Worte klangen, machte mich stutzig.

»Moment, du glaubst doch nicht, dass ich …« Alarmiert stand ich auf, konnte nicht fassen, was er mir gerade unterstellte.

»Nein, Emelie, ich glaube es nicht«, rief er und fügte dann leiser hinzu: »Ich will es nicht glauben. Aber bedauerlicherweise deutet vieles darauf hin und … meine Familie sieht es leider genauso.«

Schockiert schlug ich mir eine Hand vor den Mund. »Wieso sollte ich so etwas tun?«

»Weil du bei der Backshow das Preisgeld nicht gewonnen hast, um deine eigene Konditorei zu eröffnen. Mit den an die Boulevardpresse verkauften Fotos kannst du dir diesen Traum endlich erfüllen. Das ist ihre Argumentation.«

Seine Worte trafen mich hart.

»So etwas würde ich nie tun, Frederik. Das weißt du. Mal davon abgesehen, dass ich niemanden von der Boulevardpresse kenne.« Weder in Deutschland noch in Fjarora …

»Holger Norberg?«

»Mein Onkel arbeitet in Schweden für eine Tageszeitung. Ein seriöses Blatt, das …«

»2002 bis 2005 war er Redakteur bei der Frauenzeitschrift *Kattis* – dem Schmierblatt, das die Krone in den Schmutz gezogen hat.«

Mein Mund klappte auf, weil ich etwas erwidern wollte, doch irgendwie schaffte ich es nicht, einen zusammenhängenden Satz zu formen. Stattdessen setzte ich mich wieder.

»Es tut mir so leid, Emelie. Ich glaube dir nach wie vor, aber … meine Familie leider nicht. Und es fällt mir echt schwer, sie von deiner Unschuld zu überzeugen, verstehst du? Du hast das Land verlassen, gleich nachdem du dich mit deinem Onkel getroffen hast, und auch sonst passt alles etwas zu offensichtlich zusammen.«

»Du weißt, dass es so nicht ist«, brachte ich gepresst hervor.

»Tue ich das wirklich, Emelie? Ja, ich will dir glauben, aber es spricht leider auch vieles gegen dich.«

Als hätte er mich geschlagen, zuckte ich zusammen. »Du denkst, ich lüge?«

»Nein, Emelie, das wollte ich damit nicht sagen. Es ist nur so, dass …« Sein schweres Seufzen hallte in mir wider. »Du musst verstehen, dass mir die Hände gebunden sind, weil ich mich nicht gegen meine Familie stellen kann. Genau wie du deiner Familie jetzt nicht einfach den Rücken zukehren solltest. Sie braucht dich und meine Familie … braucht mich. Die Krone braucht einen Prinzen, der zu ihr steht. Ich muss mich allem fügen, was meine Eltern beschließen, solange es keine Beweise für deine Unschuld gibt.«

Seine Worte dröhnten in meinem Kopf, während mir übel wurde. Kraftlos sackte ich zusammen.

»Was willst du mir damit sagen, Frederik?«

Sein Schweigen wirkte schier endlos. Ich hörte das Blut in meinen Ohren rauschen, spürte mein Herz, das sich schmerzhaft jeden Schlag in der Brust abmühte.

»Es tut mir leid, aber unter diesen Umständen kann ich nicht mit dir zusammenbleiben. Ich wünschte, es wäre anders, aber …« Nun verschlug es ihm auch die Sprache. Mir wurde klar, dass es ihm genauso schwerfiel wie mir.

Tränen verschleierten meine Sicht.

»Also … mach's gut, Emelie.« Seine Stimme bebte. Dass er nicht zu mir stehen, sich nicht für mich entscheiden konnte – oder durfte –, zerriss mir das Herz. Denn nun gab es endgültig kein Zurück mehr nach Fjarora für mich.

»Frederik …«, stieß ich aus, doch da hatte er bereits aufgelegt.

Zitternd hob ich meine Hand an den Mund, doch das Schluchzen, das sich nach oben drängte, konnte ich nicht zurückhalten. Meine Sicht verschleierte und heiße Tränen hinterließen ihre Spuren auf meinen Wangen – als Mama in der Küche auftauchte.

»Liebes, was ist los?« Sie sah müde aus, ihre Haare standen in allen Richtungen ab, doch sie machte nicht den Eindruck, als hätte sie geschlafen. Eher, als hätte sie sich von einer Seite auf die andere gewälzt. »Ist es wegen Papa? Er ist ein starker Mann, er wird es schon überstehen.«

Ich nickte, schüttelte anschließend den Kopf und warf mich in ihre Arme. Ihr sanftes Streicheln an meinem Rücken war tröstlich und sorgte dennoch dafür, dass ich noch mehr weinte. Es war befreiend, selbst wenn der Schmerz in meiner Brust nicht verschwand.

Aber die Gedanken wurden ruhiger, der Schock wich und die unausweichliche Situation festigte sich in mir.

Als ich mich halbwegs beruhigt hatte, putzte ich mir die Nase. »In Fjarora habe ich mich verliebt. In das Land, in die Landschaft und … in einen Mann.« Ich dachte daran, dass es sicher nicht mehr lange dauern würde, bis die Medien voll davon waren – wenn nicht bereits überall darüber berichtet wurde und nur Mama es nicht mitbekommen hatte, weil sie durch Papas Unfall genau wie ich alles andere ausgeblendet hatte. »In den Prinzen.«

»Was?«

»Prinz Frederik und ich waren … zusammen. Ein Paar.« Ein trauriges Lächeln huschte über meine Lippen, ehe ich ihr erzählte, wie wir uns über den Weg gelaufen waren und uns verliebt hatten.

»Und jetzt hat er dich sitzen lassen, weil du nach Deutschland zurückgekehrt bist?«

Schulterzuckend schüttelte ich den Kopf. »Nein, so war es nicht. Aber … wir haben uns getrennt.« Mehr sagte ich jedoch nicht dazu. Mama sah mich mitleidig an, doch was tatsächlich dahintersteckte, brachte ich nicht über die Lippen. Die Vorwürfe seiner Familie und die Tatsache, dass er sich deshalb von mir getrennt hatte, musste ich erst verdauen. Stattdessen lenkte ich das Gespräch auf ein anderes Thema. »Mama, ich habe mich kurz vor meiner Abreise mit Holger, deinem Bruder, getroffen.«

Sie wich zurück, geschockt, überrascht. In ihren Augen konnte ich erkennen, wie enttäuscht und verletzt sie war. »Und was hat er dir erzählt?«, wollte sie mit schnippischem Unterton wissen.

»Du weißt, dass es nicht um Schuldzuweisungen geht, oder? Das, was passiert ist, tut mir leid für dich. Es war sicher nicht richtig, aber Opa hat dich geliebt. So sehr, dass er dich nicht verlieren wollte. Er hat gehofft, dass du in Fjarora bleibst, wenn du finanziell nicht unabhängig bist.«

Sie schnaubte auf. »Und du findest das gut und nachvollziehbar?«

»Nein, das habe ich nicht behauptet. Aber ich denke, es ist Zeit, damit abzuschließen. Ich verstehe deine Wut, deinen Groll auf deine Familie. Holger konnte jedoch nichts dafür und Opa – dein Papa – ist tot. Er ist gestorben, ohne dass er dich noch einmal in die Arme nehmen konnte. Ohne dass er dir hätte sagen können, wie stolz er inzwischen auf dich war und wie sehr er dich und seine Enkelkinder geliebt hat. Mama, er war bei den Videotelefonaten im Hintergrund dabei. Er hat dich gesehen und gehört, genau wie Philipp und mich. Und sein Herz ist jedes einzelne Mal ein bisschen mehr gebrochen.« Nun flossen wieder Tränen – aber diesmal auch bei Mama.

Sie schloss die Augen, dann schlug sie beide Hände vor ihr Gesicht, während sie bitterlich weinte. Tröstend schlang ich meine Arme um sie, hielt sie, während sie all den Schmerz und die unnötige Wut auf ihren Vater und ihren Bruder herausließ.

»Sie haben dich immer geliebt und immer vermisst, Mama. Es tut mir so leid, dass du deinen Papa nicht mehr sehen konntest.« Meine Stimme klang belegt von den Tränen.

Ohne darauf zu antworten, saßen wir eine Weile Arm in Arm da und streichelten uns über den Rücken. »Mir tut es ebenfalls leid, auch dass die Beziehung zu Prinz Frederik zerbrochen ist, Liebes.«

»Und mir tut es leid, dass ich dir wehgetan habe, weil ich nach Fjarora gegangen bin.«

Seufzend strich sie mir eine Haarsträhne aus dem Gesicht. »Nein, Emelie, dafür solltest du dich nicht entschuldigen. Du bist deinem Herzen gefolgt und das war gut so. Ja, ich war sauer und enttäuscht, als du ausgerechnet dort dieses Praktikum angenommen hast, aber … nicht, weil du weggegangen bist. Nicht ausschließlich deshalb, sondern hauptsächlich, weil dadurch alte Wunden aufgerissen wurden. Dafür kannst du nichts, das ist allein mein Problem. Eines, das ich viel zu viele Jahre in mich hineingefressen habe, anstatt endlich Gras darüber wachsen zu lassen.«

Eine Weile hingen wir still unseren Gedanken nach, dann fragte sie: »Wie ist Holger so? Wie sieht er denn aus?«

Mit einem Lächeln auf den Lippen nahm ich mein Handy wieder zur Hand und suchte sein Foto im Internet.

Wir saßen noch bis weit nach Mitternacht in der Küche und redeten. Über alles, was damals vorgefallen war, über ihre Kindheit und Jugend in Fjarora und über meine Zeit dort in der Palastkonditorei … und bei Frederik. Ich erzählte ihr vom Winterball und von seinem Rudel, von Finnja, Thorben und von Anika. Nur die Vorwürfe behielt ich für mich. Ich wollte nicht, dass sie schlecht über die Königsfamilie dachte.

Irgendwann war Philipp nach Hause gekommen. Erst hatte er nicht verstanden, wieso Mama die Zeit nicht nutzte, um zu schlafen, bis er mitbekam, was los war. Er holte drei Weingläser, öffnete eine Flasche und schenkte uns ein, bevor er sich zu uns setzte, zuhörte und Fragen stellte.

Dass Mama von Fjarora erzählte – dass wir zum ersten Mal so viel über unsere Wurzeln erfuhren –, schien uns noch mehr zusammenzuschweißen. Und ich liebte es, ihren Erzählungen zu lauschen, sie mit meinen Erfahrungen zu verknüpfen und mein Bild von Fjarora zu erweitern.

Die Tage vergingen, während Papa nach wie vor im Krankenhaus lag. Heute in einer Woche war Weihnachten. Die Leute waren gut gelaunt und in dieser besonderen Stimmung, die kurz vor den Feiertagen immer herrschte. Es war einiges los auf den Straßen, da alle mit den letzten Besorgungen beschäftigt waren. Geschenke und Tannenbäume wurden gekauft, das Festtagsmenü geplant und in der Bäckerei lief die Weihnachtsplaylist. Die Kunden gaben für den vierundzwanzigsten Dezember und teilweise sogar schon für Silvester ihre Bestellungen auf, um ausreichend frisches Gebäck zu Hause zu haben.

Als es zu schneien begann, leuchteten die Augen der Menschen und der magische weihnachtliche Zauber lag deutlich in der Luft. Nur bei mir kam er nicht an. Der Schnee erinnerte mich an Fjarora – und war doch nicht damit zu vergleichen. Ich musste an den Weihnachtsbaum im Kutscherhaus denken und daran, wie Frederik und ich ihn geschmückt hatten. An die Abende, die wir vor dem Kamin verbracht hatten, als alles noch in Ordnung gewesen war. Als wir glücklich gewesen waren …

Jedes Mal, wenn ich mich nicht unter Kontrolle hatte, wenn ich zuließ, dass meine Gedanken in diese Richtung drifteten, tat es unglaublich weh. Es stach in meiner Brust, drückte unangenehm in der Kehle und brannte in den Augen. Also zwang ich mich dazu, mich mit anderen Dingen zu beschäftigen. Zum Beispiel mit der Tatsache, dass Papa sich von der Operation gut erholte, obwohl er im Krankenhaus alles schweigend über sich ergehen ließ. Er war noch nie ein Mann der großen Worte gewesen, doch nun sprach er noch weniger, wenn wir bei ihm waren.

Seine erste und einzige Frage, wenn wir ihn abwechselnd besuchten, galt immer der Bäckerei. Vielleicht hatte er Angst, dass der

Laden ohne ihn zum Stillstand kam. Eventuell wollte er auch nur die Bestätigung dafür bekommen, um schneller gesund zu werden. Oder er musste hören, dass er sich keine Sorgen zu machen brauchte und in Ruhe genesen konnte.

Mama, Philipp und ich hatten vereinbart, nichts zu beschönigen, auch wenn Papa sich unbedingt Zeit nehmen sollte, alles zu verarbeiten, zu überstehen und wieder zu Kräften zu kommen. Auf keinen Fall wollten wir, dass er übereilt etwas tat, was seiner Gesundheit am Ende schaden könnte. Mama redete viel mit den Ärzten und Therapeuten, während Philipp und ich, so gut es ging, die Arbeit unserer Eltern im Laden übernahmen.

Der Vorteil am Stress war, dass ich nicht ständig in Versuchung kam, mir über Frederik und unsere Trennung den Kopf zu zerbrechen. Nur manchmal driftete ich mit den Gedanken ab und ließ den Schmerz in mir zu. Ich hatte nicht einmal die Kraft, mit Stefanie zu telefonieren, auch wenn ich sonst immer mit ihr über alles reden konnte. Aber ich musste wohl – genau wie Papa – erst einmal selbst alles verdauen und begreifen, in welche Richtung sich mein Leben verändert hatte.

»Alles okay bei dir?«, wollte Philipp in einer Mittagspause wissen. Er war in das Personalzimmer gekommen, in dem ich geistesabwesend saß. Vermutlich hatte er mir angesehen, dass ich gerade wieder der schönen Zeit nachtrauerte, zu der es kein Zurück mehr gab. Er setzte sich zu mir und ohne, dass er mir eine Frage stellte, hatte ich mit einem Mal das Bedürfnis, alles bei ihm abzuladen, was ich vor Mama verheimlicht hatte – die Fotos, die von Prinzessin Anika aufgetaucht waren, die Vorwürfe der Königsfamilie, dass ich dafür verantwortlich sei und Geld für die Aufnahmen kassiert hätte.

»Und? Hast du?«

»Was? Bist du irre? So was würde ich nie machen! Ich *liebe* Frederik und ich habe auch seine Familie ins Herz geschlossen. Keine Ahnung, wer ihnen das angetan hat. Ich war es jedenfalls nicht.«

»Mach ihnen klar, dass du damit nichts zu tun hast. Tu alles dafür, dass sie dir glauben. Du bist unschuldig? Dann beweise es und kämpfe um deinen Prinzen.«

Kurz schnaubte ich auf. »Wenn es so einfach wäre … Im Palast bin ich inzwischen vermutlich als schlimmste Stalkerin der Königsfamilie aller Zeiten abgestempelt. Ich traue mich nicht einmal, Frederik eine Nachricht zu schicken, geschweige denn, ihn anzurufen.«

Philipp hob eine Augenbraue. »Du hast dich in dieser Backshow den besten Konditorinnen und Konditoren aus ganz Europa gestellt. Als eine Frau, die sich alles selbst beigebracht hat. Und jetzt wirfst du so schnell die Flinte ins Korn? Ich bin enttäuscht von dir …«

# KAPITEL 29
# Emelie

Philipp hatte recht. Ich sollte nicht so schnell aufgeben. Allerdings war das leichter gesagt als getan. Ich wusste ja nicht einmal, ob ich noch ohne Probleme in Fjarora einreisen durfte. Womöglich würde man mich gleich nach der Landung verhaften …

Um Frederik zu kämpfen, kam mir völlig aussichtslos vor. Seine Familie hatte sich eine Meinung über mich gebildet, an der sich nur schwer rütteln ließ. Selbst wenn er an meine Unschuld glaubte, waren sie enttäuscht von mir, obwohl ich nichts getan hatte. Und ich wusste nicht, wie ich sie vom Gegenteil überzeugen sollte.

Dafür meldeten sich mit einem Mal Leute bei mir, von denen ich ewig nichts gehört hatte. Zum einen, weil das Finale der Backshow bevorstand und sich inzwischen herauskristallisiert hatte, dass ich es so weit geschafft hatte. Gefühlt jeder, der meine Nummer hatte, wollte mir gratulieren und mehr über meine Leidenschaft erfahren – weil ich doch eigentlich die Bäckerstochter war und mich die meisten nur in Papas Laden erlebt hatten. Von meiner tatsächlichen Berufung wusste nur ein kleiner Kreis, für den ich vor der Show kunstvolle Torten und leckere Desserts gezaubert hatte.

Zum anderen waren die Berichte über den Prinzen von Fjarora und mich inzwischen auch bei uns in einigen Klatschzeitschriften aufgetaucht. Die Bilder aus dieser glücklichen Zeit zu sehen, die längst vergangen war, tat weh. Noch mehr, dass mich die Leute im Laden darauf ansprachen. Eine Kundin wollte sogar ein Foto mit mir machen, aber zum Glück kam Philipp in dem Moment aus der Backstube und erklärte ihr höflich, dass das nicht erlaubt war. Sie schien die Notlüge zu glauben, entschuldigte sich und verabschiedete sich höflich, bevor sie die Tüte mit dem Schwarzbrot nahm und wieder verschwand.

Doch das war noch nicht einmal das Schlimmste. Das Telefon im Laden lief heiß. Journalisten riefen an und baten um Interviews – aber ich hatte weder Lust, über die Backshow zu sprechen, noch auch nur ein Wort über Frederik und mich zu verlieren.

Demnach war ich richtiggehend erleichtert, als ich mich am Wochenende vor der Ausstrahlung des Finales mit Stefanie traf. Sie war zu Besuch bei ihren Eltern und wir beschlossen, in einem Café über alles zu reden, was sich in der Zwischenzeit bei uns ereignet hatte.

Sie saß bereits an einem der Tische, als ich den Laden betrat. Als sie mich sah, stand sie auf und wir fielen uns in die Arme.

»Gott, es tut so gut, dich zu sehen«, murmelte ich in ihr Ohr.

Tröstend strich sie mir über den Rücken. »Ich freue mich auch, dass wir es zu diesem Treffen geschafft haben, *Miss Busy.*« Sie zwinkerte mir zu und wir setzten uns.

Ich gab meine Bestellung auf und als wir endlich allein waren, sah sie sich um. »So schlimm ist es ja noch gar nicht. Ich dachte, man würde dich mit Fotoapparaten verfolgen und dich für Autogramme belagern.« Sie verzog ihr Gesicht zu einer Grimasse und da wusste ich, dass sie nur einen Scherz machte.

»Ehrlich, wenn es so wäre, hätte ich darauf bestanden, dass wir uns bei mir oder bei dir zu Hause treffen. Aber selbst jetzt ist es sehr anstrengend.«

»So schlimm?« Stefanies Blick wurde mitleidsvoll.

Ich verdrehte die Augen. »Frag nicht. Erzähl mir lieber etwas von dir. Wie läuft es mit Constantin?«

Sofort hatte sie ein breites Grinsen auf den Lippen. »Großartig! Ich bin nur übers Wochenende hier und vermisse ihn schon. Das ist echt verrückt.«

»Ist es nicht«, sagte ich leise und spürte den schmerzhaften Stich in meiner Brust, als ich an Frederik dachte. Doch ich wischte die Gedanken weg. Jetzt wollte ich erst einmal mehr von Stefanie hören.

»Entschuldige«, lenkte sie jedoch sofort ein. »Vielleicht sollte ich vor dir nicht von meinem Freund schwärmen. Das war unsensibel.«

»Nein, schon gut. Wirklich. Ich freue mich für dich. Für euch beide.« Ich versuchte mich an einem Lächeln, was wohl missglückte, denn Stefanie schaute mich nur noch trauriger und mitleidiger an als zuvor. Als sich dann auch noch eine Träne aus meinen Augen löste, fluchte ich leise. Ich hätte gedacht, dass ich besser mit allem zurechtkam.

»Mist, Emelie. Tut mir leid, ich hätte echt nicht damit anfangen sollen. Aber schau, sobald es deinem Papa wieder besser geht, kannst du zurück zu deinem Prinzen. Und vielleicht kann er dich ja auch zwischenzeitlich mal besuchen.«

Das gab mir den Rest. Schnell kramte ich in meiner Handtasche nach einem Taschentuch, da nun all der Schmerz aus mir herausbrach. Vielleicht war das Café doch keine so gute Idee gewesen.

Die Bedienung stellte sichtlich verunsichert die Getränke vor uns ab und erkundigte sich, ob alles in Ordnung sei.

Zum Glück hatte Steffi eine Ausrede parat und die Frau ließ uns wieder allein. Doch dann beugte sich meine Freundin zu mir und nahm meine Hände in ihre. »Was ist los, Emelie? Rede mit mir!«

Nun konnte ich nicht länger verheimlichen, was in meinem Leben gerade schieflief. Also erzählte ich ihr alles. Von meiner Angst, Papa könnte die neuen Umstände nicht gut verkraften. Dass Frederik am Telefon mit mir Schluss gemacht hatte und mir der Medienrummel gerade einfach zu viel wurde. Dass ich mich über mein Ergebnis bei der Backshow freuen sollte, ich es aber noch kein einziges Mal wirklich geschafft hatte, meine Platzierung zu feiern – und dass ich mich deswegen schlecht fühlte. Denn alle gratulierten mir zum Einzug ins Finale und zu meiner Beziehung zu Frederik, die nicht mehr existierte, aber das wusste natürlich noch niemand. Irgendwie hatte ich das Gefühl, die ganze Zeit strahlen zu müssen, um die Erwartungen der Leute zu erfüllen. Dabei war mir nur nach Heulen zumute und am liebsten hätte ich mir die Decke über den Kopf gezogen, wären da nicht meine Verpflichtungen in der Bäckerei und meiner Familie gegenüber.

»Ach herrje, Süße, unfassbar, womit du dich herumschlagen musst. Vor allem, dass Frederik nicht offiziell hinter dir stehen kann, sondern sich der Meinung seiner Familie anschließen muss.«

Schnell schüttelte ich den Kopf. »Nein, er glaubt mir nach wie vor. Das ist wirklich mein einziger Trost. Aber was bringt mir das, wenn es für uns keine Zukunft gibt?«

Stefanies Stirn schob sich in Falten, was den mitfühlenden Ausdruck auf ihrem Gesicht nur noch verstärkte. »Deine Zukunft liegt immer noch in deiner Hand. Egal, in welche Richtung sie sich entwickelt, sie tut es nicht ohne dich.«

Stefanies Worte hallten noch in mir nach, als ich später nach einem Zwischenstopp in der Bäckerei auf dem Weg zu Papa war. Mama hatte mir noch Socken für ihn mitgeben wollen und ich war froh, als ich dem Andrang im Laden wieder entkam. Zwar wirkte sich das Interesse an meiner Person positiv auf die Verkaufszahlen aus, dennoch konnte ich das alles gerade gar nicht gebrauchen. Am liebsten hätte ich mich in irgendeinem Loch verkrochen und dort abgewartet, bis sich der Rummel gelegt hatte.

Ich hatte erwartet, Papa ein wenig von der Bäckerei zu erzählen, ihm das Kissen zu richten, ihm Tee nachzuschenken und die restliche Zeit gemeinsam mit ihm zu schweigen. Doch etwas war heute anders. Das fiel mir sofort auf, als ich sein Zimmer betrat.

Er saß aufrecht in seinem Bett, als hätte er bereits auf mich gewartet.

»Emelie, wie geht es dir?«

Überrascht, dass er *mir* die Frage stellte, die ich sonst immer an ihn richtete, wenn ich ihn besuchte, setzte ich mich auf den Stuhl neben ihm.

»Gut, und dir?«

»Nein, ich meine … wie geht es dir wirklich?«

Mein Herzschlag beschleunigte sich und ich überlegte, worauf er hinauswollte. Hatte Mama mit ihm geredet? Oder gar Philipp? Oder stand mir mein Kummer bereits so offensichtlich ins Gesicht geschrieben?

»Ich … weiß nicht«, sagte ich und meine Stimme klang irgendwie erstickt. Sofort standen mir Tränen in den Augen, die ich schnell wegzublinzeln versuchte, bevor sie das Chaos in meinem Inneren verrieten.

Er seufzte tief. »Hör zu, Emelie, ich muss mich bei dir entschuldigen.«

Okay, das kam unerwartet.

»Vielleicht sollte ich dir gestehen, dass ich inzwischen ein großer Fan der Backshow bin. Ich habe keine einzige Folge verpasst und … du bist wirklich äußerst talentiert. Das hat mich völlig überwältigt.« Er lachte kurz auf, was mich nur noch mehr verwirrte und sprachlos machte. »Ich wusste schon immer, dass du gut bist, aber … ich wollte es nie so richtig wahrhaben, weil es bedeutet hätte, dich ziehen zu lassen. Doch jetzt bin ich nur noch unglaublich stolz auf dich. Das wollte ich dir sagen. Und ich bin sehr gespannt auf das Finale morgen.«

Nun konnte ich meine Tränen nicht länger zurückhalten. Sie flossen über mein Gesicht und Papa beugte sich ächzend vor, um sie mir von den Wangen zu wischen.

»Nicht weinen, Emelie. Ich … bin ein Idiot. Das alles hätte ich dir schon viel früher sagen sollen.« Er seufzte. »Weißt du, im Grunde habe ich alles, was ich mir je erträumt habe. Zwei gesunde Kinder, auf die ich stolz bin, eine Frau, die ich liebe – und die mich verrückterweise auch immer noch liebt –, eine eigene erfolgreiche Bäckerei, die mein Sohn weiterführen wird. Außerdem habe ich eine überaus talentierte Tochter, die in meine Fußstapfen treten möchte.« Mein Mund klappte auf, um ihm zu widersprechen, doch er ließ mich nicht zu Wort kommen. »Indem sie ihre Leidenschaft zum Beruf macht.«

Nun sah ich auch in seinen Augen Tränen schimmern. »Papa …« Mehr brachte ich nicht über die Lippen. Stattdessen stand ich auf und fiel ihm um den Hals.

»Ich bin so stolz auf dich«, wiederholte er, als müsse er die vielen Male nachholen, in denen er dieses Lob bisher versäumt hatte.

»Ich hab dich lieb«, murmelte ich an seiner Schulter.

»Ich dich auch, Emelie. Und ich will, dass du wieder glücklich bist. Dich traurig zu sehen bricht uns allen das Herz. Also flieg, verdammt noch mal, zurück nach Fjarora, schnapp dir deinen Prinzen und lebe deinen Traum.«

»Wie bitte?« Überrascht löste ich mich von ihm.

»Du hast schon richtig gehört«, sagte er schmunzelnd und reichte mir ein Taschentuch, bevor er sich selbst eines nahm und sich geräuschvoll schnäuzte. »Philipp hat mir alles erzählt. Aber hey, wir Hoffmanns lassen uns doch nicht so schnell unterkriegen, oder? Also kämpfe für dein Glück. Erkläre seiner Familie, dass du unschuldig bist und dass du ihn liebst.«

»Und was ist, wenn sie mir nicht zuhören wollen? Wenn sie mir nicht glauben wollen? Ich habe keinerlei Beweise.«

Papa schüttelte den Kopf. »Das werden sie, sonst muss ich wohl oder übel nach Fjarora fliegen und ihnen klarmachen, dass meine Tochter keine Lügnerin oder Betrügerin ist. Abgesehen davon brauchst du nur Zeugen und Beweisstücke. Du musst dich richtig dafür *einsetzen.* Außer natürlich, du willst mit dieser Unterstellung leben.«

»Nein! Selbstverständlich nicht, aber …«

»Dann findest du einen Weg.«

»Und was ist mit der Bäckerei? Ihr braucht mich doch, Papa. Ich kann jetzt nicht einfach weg. Philipp und Mama arbeiten so viel, sie …«

»… können jederzeit zusätzlich jemanden einstellen. Ich bin sowieso noch eine Weile weg vom Fenster und du hast Wichtigeres zu tun. Die schaffen das auch ohne uns beide.«

Ungläubig schüttelte ich den Kopf. »Du warst doch immer dagegen. Und du weißt, wie schwer es ist, qualifizierte Arbeitskräfte zu finden. Gerade bei uns im Dorf.«

»Ach, das wird schon. Lass das mal unsere Sorge sein. Abgesehen davon führt Philipp vermutlich in dem Moment ein Gespräch mit einem Bewerber, der einen äußerst guten ersten Eindruck gemacht hat. Er kann mich zumindest so lange in der Backstube vertreten, bis ich wieder einsatzfähig bin. Falls ich das überhaupt noch möchte. Noch kann. Das wird sich mit der Zeit zeigen. Jetzt habe ich erst mal andere Sorgen, nämlich, wie meine Tochter wieder glücklich wird«, fügte er mit einem Lächeln hinzu. »Also los, buch einen Flug, pack deine Sachen! Und dann zeigst du es der Königsfamilie.« Er zwinkerte mir tatsächlich zu.

»Aber … in fünf Tagen ist Weihnachten! Da sollte ich doch hier sein, bei euch. Bei meiner Familie.«

Papa verdrehte die Augen. »Komm schon, wir haben sowieso damit gerechnet, dass du nur kurz über die Feiertage hier sein wirst, wenn überhaupt. Und falls es dich überrascht, auch nächstes Jahr ist wieder Weihnachten. Jetzt zählt nur, dass du alles geradebiegst, solange es noch geht.«

Ich war einfach nur überwältigt von seinen Worten. Verwirrt. Sprachlos. Dankbar. Und ein kleines bisschen hoffnungsvoll.

Noch auf dem Weg von der Klinik in München nach Hause rief ich Madita an. Mein Herz klopfte aufgeregt und ich stellte schmerzlich fest, wie sehr ich das Team und die Arbeit in der Konditorei vermisste. Wie sehr ich *meine* Arbeit dort vermisste. Doch das Baden in Selbstmitleid wurde unterbrochen, als Madita meinen Anruf entgegennahm.

»Mein Gott, Emelie! Wie schön, von dir zu hören! Wie geht es dir?«

Dass sie sich so über meinen Anruf freute, ließ gleich wieder einen Kloß in meinem Hals wachsen. »Das willst du bestimmt nicht wissen«, sagte ich lachend und mit belegter Stimme. »Wie geht es dir? Was ist los in Fjarora? Hast du heute frei oder musst du arbeiten?«

»Ich bin gerade auf dem Weg in die Konditorei. Fjarora ist … na ja, irgendwie anders, seit du nicht mehr da bist.«

Sofort beschleunigte sich mein Puls. »Wieso?« War ich zum Staatsfeind Nummer 1 mutiert? In meinem verrückten Kopf sah ich bereits ein Fahndungsfoto von mir an jeder Hausecke hängen und den gesamten Staat nach mir – der vermeintlichen Verräterin – suchen. Ganz bewusst hatte ich mich von diesen Themen ferngehalten, weil ich mein Herz und meine Nerven schonen wollte. Doch jetzt brannte die Neugier in mir.

»Keine Ahnung. Du fehlst einfach. Ich vermisse meine Freundin.«

Es tat gut und beruhigte mich, diese Worte zu hören. »Du fehlst mir auch. Und Fjarora.« In den letzten Tagen hatte ich sie nur kurz über den aktuellen Zustand meines Papas informiert, jetzt merkte ich, wie gut es tat, wieder mit ihr zu reden.

Madita lachte. »Dann komm zurück. Wie geht es deinem Vater inzwischen?«

Ich fasste seine aktuelle Situation kurz zusammen und erzählte ihr von dem Gespräch, das ich gerade mit ihm geführt hatte.

»Prinz Frederik hat sich von dir getrennt? Aber wieso denn? Weil du bisher nicht gewusst hast, wann du wieder zurückkommst?«, war Maditas erste Reaktion. Dass da noch mehr dahintersteckte und es nicht genau so war, wie sie vermutete, erklärte ich ihr nicht. »Das hat sich ja jetzt erledigt«, sprach sie weiter. »Komm her und hol ihn dir zurück!«

Verrückt, dass mir das alle sagten. Ich dachte an Papas Worte, dass ich Zeugen und Beweisstücke brauchte. Und endlich formte sich in meinem Kopf ein Plan. Einer, der so gut klang, dass ich selbst zu hoffen begann, er könnte funktionieren.

»Ich … werde nicht gesucht oder so?«, fragte ich vorsichtig.

»Von wem? Von Prinz Frederik? Keine Ahnung, ich hab nicht mit ihm gesprochen.«

»Nein, ich meine … Es gibt keinen Haftbefehl oder so gegen mich?«

»Oookay, was hast du ausgefressen?« Dass sie keine Ahnung von den Beschuldigungen hatte, war ein gutes Zeichen. Somit war noch nichts an die Öffentlichkeit gedrungen, was es mir unter Umständen erleichtern würde, alles aufzuklären.

»Nichts, aber das muss ich erst beweisen.«

»Verrätst du mir, worum es geht?«

Kurz zögerte ich, doch dann entschied ich, dass es keinen Unterschied machte, wenn ich sie einweihte. »Die Königsfamilie denkt, die Fotos von Anika hätte ich an die Presse verkauft.«

Sie stieß zischend Luft aus. »Wow, das ist ein krasser Vorwurf. Aber das höre ich gerade wirklich zum ersten Mal. Bisher habe ich nur Spekulationen zu dem Thema aufgeschnappt. Und du kannst dir sicher sein, wenn es etwas Neues gibt, weiß entweder meine *mamma* darüber Bescheid oder ich hätte etwas über die Stille Post im Palast erfahren. Am besten, du sagst mir, wann du landest, dann hole ich dich vom Flughafen ab. Und sollte dich dort jemand verhaften wollen, werde ich alle Hebel in Bewegung setzen, dass so etwas nicht passiert. Wobei ich mir nicht vorstellen kann, dass sie dich ohne Beweise hinter Gittern bringen würden …«

»Sie könnten mich nicht einreisen lassen.«

»Hm, das wäre eine Möglichkeit. Aber ich werde da sein und mich für dich einsetzen – egal, wer sich uns in den Weg stellt.«

Zum wiederholten Male stiegen mir heute Tränen in die Augen. Doch solange ein erfreulicher Grund dahintersteckte, war mir das egal.

Mein Herzschlag beschleunigte sich, als das Flugzeug zwei Tage später zum Landeanflug ansetzte. Von dem kleinen Fenster aus, vor dem Schneeflocken tanzten, konnte ich den Palast erkennen. Alles in mir zog sich zusammen, weil ich keine Ahnung hatte, was mich erwarten würde. Ich wusste nur, dass Madita hier sein würde, um mich abzuholen.

Diesmal hatte mich Mama zum Flughafen gefahren. Sie hatte mich mit einem leichten Schimmer in den Augen fest gedrückt und mir alles Gute und viel Glück gewünscht. Gerade Letzteres konnte ich gut gebrauchen. Auch von Papa und Philipp hatte ich mich verabschiedet, und beide hatten mich umarmt und mir mehrfach gesagt, dass ich mir keine Sorgen zu machen brauchte.

Philipp hatte den vielversprechenden Bewerber eingestellt. Er würde morgen seinen ersten Arbeitstag haben – rechtzeitig vor Weihnachten, wo die Hektik in der Backstube erfahrungsgemäß auf ein unnatürliches Level anstieg. Papa war über die neue Arbeitskraft erstaunlich erleichtert – womit ich nie gerechnet hätte. Doch vermutlich hatte er eingesehen, dass es die beste Entscheidung für alle Beteiligten war. Wir waren nur froh, dass Papa seinen Optimismus nicht verloren hatte und sich voll und ganz auf seine Genesung konzentrieren wollte.

Als ich die Gepäckausgabe betrat, stieg meine Nervosität weiter an. Angespannt hielt ich Ausschau nach irgendwelchen Polizisten oder Männern in Uniformen, die mich verhaften oder zurück in das nächste Flugzeug setzen könnten – oder mich mit ins Hinterzimmer nahmen, um mich zu verhören. Doch niemand schien Notiz von mir zu nehmen.

Als ich mit dem Handgepäckskoffer, mit dem ich diesmal angereist war, durch die Schiebetür aus der Ankunftshalle trat, lief Madita auf mich zu und fiel mir jauchzend um den Hals.

»Du bist wieder da, ich fasse es nicht! Du bist wirklich gekommen.«

»Und ich wurde ohne Probleme durchgelassen«, raunte ich ihr aufgeregt zu.

»Siehst du? Alles halb so schlimm. Und jetzt fahren wir dich zur Pension, Othelie hat dein Zimmer bereits vorbereitet, du kannst es jederzeit beziehen.«

Als die Frage aufkam, wo ich wohnen sollte, hatte mir Madita die kleine Pension über dem Friseurladen ihrer *mamma* empfohlen. Da ich nicht wusste, wie lange ich bleiben würde, Othelie mir das Zimmer jedoch rein theoretisch für einen ganzen Monat überlassen konnte, hatte ich ihr Angebot angenommen – zumal ich mir ein Hotelzimmer nicht leisten konnte. Oder nicht leisten wollte. Denn egal, wie das hier ausging: Der Wunsch, eine eigene Konditorei zu eröffnen, war nach wie vor präsent in mir. Und dafür würde ich jeden Cent brauchen.

Othelie war eine moderne Frau in den Vierzigern und begrüßte mich mit einem herzlichen »*Välkomna!*« Unter ihrem silbergrauen Haar blitzte ein Sidecut hervor und auch ihre Kleidung war mit der ausgefransten Jeans und dem weitmaschigen Pullover etwas ausgeflippter als bei anderen in ihrem Alter. Vom ersten Augenblick an war sie mir sympathisch. Sie zeigte mir mein Zimmer, das im zweiten Stock lag und ein Fenster zur Straße hinaus hatte. Von hier aus konnte ich sogar einen Teil des Palastes sehen. Ob Madita das mit ihr abgesprochen hatte oder es Zufall war, wusste ich nicht.

»Du kannst jeden Tag einen dieser Zettel ausfüllen, dann bringe ich dir am nächsten Morgen das Frühstück«, meinte sie und zeigte auf einen kleinen vorgedruckten Block, auf dem ich die gewünschte Uhrzeit eintragen, zwischen Kaffee, Tee und Kakao sowie zwischen *Soft Bröd*, Müsli und *Kanelbullar* wählen konnte.

»Das ist ein toller Service. Und das Zimmer ist hübsch, vielen Dank.«

Es hatte alles, was ich brauchte: ein kleines Badezimmer mit

Dusche, WC und Waschbecken, einen Kleiderschrank und ein Bett mit einer witzigen Elch-Bettwäsche.

»Prima. Wenn du Fragen hast, kannst du mich jederzeit unter dieser Nummer erreichen.« Othelie zeigte auf eine Infobroschüre mit Sightseeingtipps, Restaurantempfehlungen und aktuellen Veranstaltungen. Anschließend ließ sie Madita und mich allein.

»Bist du zufrieden mit dem Zimmer? Es ist klein und nichts Besonderes, aber …«

»… vollkommen ausreichend für mich. Danke für deine tolle Unterstützung«, sagte ich schnell, weil ich auf keinen Fall wollte, dass sie das Gefühl hatte, dieses Zimmer würde meinen Ansprüchen nicht genügen – vor allem nachdem ich im Kutscherhaus gewohnt hatte.

Erleichtert nickte sie. »Wann musst du los?«

Kurz sah ich auf die Uhr. »Ich treffe mich um vier mit meinem Onkel, also in einer halben Stunde.«

»Okay, dann lass ich dich jetzt allein. Sicher willst du dich gedanklich darauf vorbereiten. Ach so, hier ist noch der Schlüssel zu meinem Auto.« Sie legte ihn auf den kleinen Nachttisch und umarmte mich ein letztes Mal. »Falls ich noch etwas für dich tun kann, sag Bescheid. Du weißt, wie du mich erreichst. Und sonst sehen oder hören wir uns spätestens morgen. Du musst mich unbedingt auf dem Laufenden halten.«

»Das werde ich. Danke für alles.«

Ein letztes Mal drückte sie mich fest an sich, winkte mir zum Abschied zu und verließ mein neues Zuhause auf Zeit.

Tief atmete ich durch, packte schnell meinen Koffer aus und machte mich frisch, ehe ich die Pension verließ und in Maditas Auto stieg. Als ich ihr von meinen Bedenken bezüglich meiner Fahrkünste erzählt hatte, hatte sie nur lachend abgewunken. Dennoch war ich nervös, als ich aus Fjarora hinausfuhr. Nicht nur, weil ich die Grenze nach Schweden überquerte und nach wie vor skeptisch war, was die Einreise nach Fjarora betraf, ich war auch aus Angst vor einem weiteren Unfall entsprechend langsam unterwegs, was die anderen Autofahrer nicht daran hinderte, mich in gefühlt irrwitzigem Tempo zu überholen.

Als ich das kleine Dorf erreichte, in dem ich gleich verabredet war, hatte ich das Restaurant schnell entdeckt. Ich parkte den Wagen davor und zog mir meine Mütze tief ins Gesicht, als ich ausstieg. Nicht ausschließlich, weil es kalt war. Ich fürchtete, man könnte mich erkennen. Keine Ahnung, wie groß mein Bekanntheitsgrad inzwischen war, aber bestimmt war mein Gesicht auch in Schweden auf den Titelblättern einiger Klatschzeitschriften gelandet.

Ich ließ mich zum Tisch führen und wartete angespannt, als ich endlich Holger auf mich zukommen sah, der mir hoffentlich helfen würde, meine Zukunft wieder ins Lot zu bringen.

»Emelie, wie schön, dich zu sehen – auch wenn die Umstände besser sein könnten.«

Mein Onkel umarmte mich kurz, bevor er sich mir gegenüber setzte.

»Danke, dass du dir so kurzfristig Zeit nehmen konntest.«

»Kein Problem, ich hab schließlich noch immer einiges gutzumachen, was dich und deine Familie betrifft. Außerdem bist du meine Nichte, ich sollte so viel Zeit wie möglich für dich haben.« Er lächelte freundlich und wir bestellten unsere Getränke.

»Stört es dich, wenn ich etwas esse? Ich bin erst vor knapp zwei Stunden in Fjarora gelandet, der Flieger hatte Verspätung und ich hab mir am Flughafen nichts gekauft.«

»Schon gut, dann esse ich ebenfalls eine Kleinigkeit.«

Wir gaben unsere Bestellung auf und als die Bedienung wieder verschwunden war, beugte ich mich neugierig in Holgers Richtung.

»Hast du etwas für mich?«

Er seufzte und fuhr sich mit einer Hand durch die Haare. »Ja, wobei es nicht einfach war, weil das Team von damals nicht mehr dort arbeitet. Aber … ich denke, ich habe etwas bekommen, was dir weiterhelfen könnte.«

Mit diesen Worten schob er mir einen Umschlag über den Tisch. Mein Herzschlag beschleunigte sich, als ich einen Blick hineinwarf und sah, was mir mein Onkel mitgebracht hatte.

KAPITEL 30

# Frederik

Sanft tanzten die Schneeflocken vom trüben Himmel und hüllten alles in ein einheitliches Weiß. Als ich den Kopf in den Nacken legte, landeten sie auf meinem Gesicht. Wie kleine Himmelsküsse, kalt und eisig.

Dabei sehnte ich mich nach sanften warmen Küssen. Küssen von Emelie, die mir alles bedeutet hatte – und immer noch bedeutete, aber das konnte ich unmöglich zugeben, solange nicht bewiesen war, wer hinter den Fotos von Anika steckte. Zum Glück hatte ich meine Eltern und meine Schwester davon überzeugen können, keine Anzeige gegen Emelie zu erstatten. Zum einen, weil ich nach wie vor von ihrer Unschuld überzeugt war. Zum anderen hätte es einen noch viel größeren Skandal bedeutet, wenn die eben erst als meine Freundin vorgestellte Frau plötzlich auch als Urheberin der Fotos verdächtigt werden würde.

Dennoch oder gerade deshalb herrschte seit jenem Morgen, als die Zeitschrift erschienen war, eine eisige Stimmung in meiner Familie. Meine Schwester hatte den Palast seitdem nicht mehr verlassen und verkroch sich weitestgehend in ihren Räumlichkeiten. Ich konnte sie gut verstehen.

Die Scham des Eindringens in meinen Privatbereich und die Offenlegung viel zu intimer Bilder waren mir zwar erspart geblieben, dennoch fühlte ich mich richtig schlecht. Viel zu oft ertappte ich mich dabei, wie ich an die schöne Zeit mit Emelie zurückdachte. An jene Momente, in denen alles wunderbar zwischen uns und ich bis über beide Ohren verliebt gewesen war. Okay, das war ich nach wie vor, doch jedes Mal, wenn ich an sie dachte, zog sich alles in mir schmerzhaft zusammen.

Um gegen dieses erdrückende Gefühl anzukämpfen, versuchte ich, mich so oft wie möglich abzulenken. Heute hatte ich wieder eine Ausfahrt mit den Hunden geplant. Seit Emelie weg war, benutzte ich sogar den inzwischen nachgebauten Schlitten meines Großvaters – auch wenn ich dabei jedes Mal an unsere erste Begegnung denken musste, als sie mich mit ihrem Mietwagen gerammt hatte. Aber vielleicht war gerade das der richtige Weg, um sie zu vergessen. Immer schön tief in der Wunde stochern, sagte ich mir.

»Eure Hoheit, es ist jetzt alles bereit.« Arne schloss den Ledersack auf dem Schlitten und nickte mir zu. Gleich im Anschluss wollte ich noch eine Runde mit dem Aluschlitten drehen, damit auch die restlichen Hunde ihren Auslauf bekamen. Ich hatte nicht vor, so schnell zum Palast zurückzukehren. Eventuell würde ich sogar in der Hütte übernachten, in der ich hin und wieder blieb, wenn ich eine längere Tour machte. Deshalb hatte ich Arne auch gebeten, ausreichend Proviant zu besorgen. Genau genommen könnte ich zwei bis drei Tage wegbleiben, aber übermorgen war Heiligabend. Da musste ich zu Hause sein, das würden mir meine Eltern sonst nicht verzeihen.

»Danke, Arne. Wir sehen uns.«

»Der Peilsender ist aktiv?«

Ich überprüfte das Gerät und nickte. »Ja, alles eingeschaltet.«

»Gut, dann wünsche ich Euch eine schöne Zeit und …«

»Frederik!«

Diese Stimme.

Mein Puls stieg an, als würde ich bereits mit den Hunden unterwegs sein, als hätte mich der Rausch der Freiheit schon gepackt, während sich mein Herz gleichzeitig schmerzhaft zusammenzog.

Ich drehte mich in die Richtung um, aus der die Stimme gekommen war. Tatsächlich, da war sie. Emelie stand am Zaun neben dem Tor, durch das ich gleich fahren wollte.

»Eure Hoheit? Soll ich das Sicherheitsteam rufen?«

*Immer schön tief in die Wunde hinein.*

»Schon gut, Arne. Lass sie zu mir.«

»In Ordnung.« Er eilte auf das Tor zu und öffnete es.

Emelie zögerte kurz, bevor sie auf mich zukam. Und verdammt, sie sah wieder wunderschön aus. Vielleicht noch schöner, als ich sie in Erinnerung hatte. Unter ihrer Mütze schauten ihre Haare hervor, dazu trug sie eine dicke Winterjacke. Die Röhrenjeans betonten ihre langen Beine, die in gefütterten Stiefeln steckten. Ihre Hände mit den Wollhandschuhen hatte sie zu Fäusten geballt, die sie immer wieder öffnete und schloss.

War sie nervös?

Noch wusste ich nicht, was sie mir sagen wollte, ich rechnete es ihr jedoch hoch an, dass sie den Mut hatte, hier aufzutauchen.

»Hej …«, begann sie zögernd. Ihre Augen huschten kurz zu den

Hunden und ein Lächeln zuckte um ihre Mundwinkel, als sie Saphira unter ihnen erkannte. Für einen Moment vergaß ich, wieso wir uns nicht sehen durften – wieso ich gezwungen gewesen war, mich von ihr zu trennen. Bis ich mich wieder daran erinnerte und die Schutzmauern hochfuhr.

»Hi. Was machst du hier?«

Trotz meines scharfen Tonfalls zuckte sie nicht zurück. Bestimmt hatte sie damit gerechnet, dass ich sie nicht in meine Arme ziehen würde. Nicht konnte. Nicht auf dem Palastgelände.

»Können wir uns kurz unterhalten? Ich stehle auch nicht viel von deiner Zeit, aber da gibt es etwas, was du wissen solltest.«

Unschlüssig hob ich eine Augenbraue, doch ich nickte.

»Danke. Zuerst möchte ich dir sagen, dass es mir unglaublich leidtut, was Anika durchmachen muss, und damit auch du und deine Familie. Ich möchte dir noch einmal versichern, dass ich damit nichts zu tun habe. Und das kann ich auch beweisen.«

Okay, nun wurde es spannend. »Wirklich?« Ich versuchte, so ruhig wie möglich zu klingen, doch ich war mir nicht sicher, ob es mir gelang.

»Zum einen war ich nie allein im Palast unterwegs – abgesehen von den Arbeitswegen, die nicht in den privaten Bereich deiner Familie führen. Zum anderen habe ich mich mit meinem Onkel getroffen, um mehr über *meine* Familie zu erfahren, und nicht, um Informationen über *deine* weiterzugeben. Ich habe mich gestern nach meiner Ankunft hier erneut mit ihm verabredet und … er konnte mir tatsächlich weiterhelfen. Zwar hat er selbst seit Jahren keinen Kontakt mehr zur Redaktion dieser Zeitschrift – auch wenn er früher dort gearbeitet hat –, aber er hat eine Sekretärin kontaktiert, mit der er sich damals gut verstanden hat. Die gegenseitige Sympathie ist bis heute geblieben und sie ist auf den Redakteur, der den Artikel geschrieben hat, nicht gut zu sprechen. Sie hat meinem Onkel erzählt, dass ein Typ mit den Fotos in dessen Büro aufgetaucht ist.«

Verunsichert verschränkte ich die Arme vor der Brust. Leider klang das ziemlich an den Haaren herbeigezogen – während ein großer Teil von mir ihr diese Geschichte einfach nur glauben wollte.

»Der Mann ist Anfang dreißig, hat karamellfarbene Augen, dunkelblonde Haare und den Besucherausweis für das Redaktionsgebäude mit einem goldenen Kugelschreiber unterschrieben, auf dem das königliche Wappen zu sehen war.«

»Willst du die Sache ernsthaft einem Mitarbeiter des Palastes in die Schuhe schieben? Abgesehen davon bekommst du die Kugelschreiber hier in so ziemlich jedem Souvenirladen.« Zumal diese Beschreibung auf mehrere Angestellte zutraf, soweit ich wusste.

Mir fiel auf, dass sie sich davon nicht beirren ließ. Stattdessen reichte sie mir einen Umschlag. Während ich ihn öffnete und mehrere Fotos herauszog, fuhr sie fort.

»Er hat einen Wikinger und ein Schiff auf den Unterarm tätowiert. Auch auf der Brust hat er ein Tattoo. Es stellt wohl ein Rentiergeweih dar. Mehr kann man auf den verpixelten Fotos der Überwachungskamera aus der Zeitschriftenredaktion leider nicht erkennen, aber ich denke, dass es dennoch genug Beweise sind.« Der Mann auf den Fotos trug einen Pullover mit V-Ausschnitt und hatte die Ärmel bis zu den Ellenbogen hochgeschoben. Und fuck … selbst wenn nicht viel zu erkennen war, wusste ich eindeutig, wer der Kerl auf der Aufnahme war.

»Jesper …«, murmelte ich, zu geschockt, um es für mich behalten zu können. »Die Fotos muss Björn unbedingt sehen. Würdest du ihm das auch noch einmal erzählen?«

Ein selbstsicherer Ausdruck huschte über Emelies Gesicht. »Natürlich.«

Keine fünfzehn Minuten später saßen wir im Büro des Sicherheitschefs. Arne kümmerte sich um die Hunde, die überhaupt nicht verstanden hatten, warum es nun doch nicht losging. Aber diese Sache war zu wichtig, um sie aufzuschieben. Denn das Ganze würde bedeuten, dass Emelie und ich doch noch eine Zukunft hätten – und das war alles, wonach ich mich in den letzten Tagen gesehnt hatte. Und ihrem hoffnungsvollen Blick nach zu urteilen, ging es ihr genauso.

Björn hatte die Tür hinter uns geschlossen und sich in Ruhe und mit unveränderter Miene Emelies Geschichte angehört. Erst als Emelie das Tattoo beschrieb und ihm im Anschluss das Foto reichte, blitzte in seinem Gesicht Erkenntnis auf.

»Jesper«, sagte er an mich gewandt, was ich bestätigte. »Das ist ein schwerer Vorwurf, Emelie. Dessen bist du dir hoffentlich bewusst.«

»Genauso schwer wie der Vorwurf gegen mich«, konterte sie mit erhobenem Haupt und sorgte dafür, dass sich ein Lächeln auf meine Lippen schob.

»Okay, ich werde der Sache nachgehen. Ihr bleibt solange hier.«

Ich nickte, während Björn aufstand. Er verließ das Büro und zog hinter sich die Tür zu.

Kaum waren wir allein, wandte sich Emelie an mich. »Wer ist dieser Jesper?«

»Anikas Bodyguard.«

Emelies Augen weiteten sich, als sich Puzzleteile in ihrem Kopf zusammensetzten. »Er war auch auf dem Ball, richtig? Ich erinnere mich … Er hat Anika und mich unterbrochen, als wir uns an der Bar unterhalten haben.«

»Genau.«

»Aber … wieso sollte er ihr das antun? Ich meine … gerade er soll doch für ihre Sicherheit sorgen. Mit den Fotos hat er exakt das Gegenteil erreicht und sie nicht nur verletzbar gemacht, sondern auch öffentlich bloßgestellt.«

»Das ist richtig. Diese Frage wird er uns beantworten müssen.«

Ein paar Atemzüge lang schauten wir uns schweigend an.

»Reicht das als Beweis, dass ich es nicht war, Frederik? Werden deine Eltern und deine Schwester mir jetzt glauben? Ich liebe dich und habe deine Familie in mein Herz geschlossen. Nie könnte ich etwas tun, was euch verletzt. Sicher, den Traum von der eigenen Konditorei habe ich nach wie vor, doch ich würde nie einen so hässlichen Weg wählen, um an das Startkapital zu kommen. Lieber lege ich für die nächsten Jahre jeden Cent zur Seite.«

So viele Gefühle rauschten durch mich hindurch, fast wie ein Wirbelsturm, der alles Schwere und Schlechte hinwegfegte, was mich seit jenem Tag vor eineinhalb Wochen belastet und alles verändert hatte. Statt ihr zu antworten, zog ich sie an mich.

Ein erleichtertes Seufzen löste sich aus meiner Brust, als ich ihren Körper an meinem spürte. Und noch einmal, als meine Lippen auf ihren landeten.

»Es tut mir so leid, Emelie. Ich … meine Familie … Dass du in Verdacht geraten bist, ist … unverzeihlich. Die ganze Zeit über habe ich gewusst, dass du unschuldig bist. Ohne Beweise half mir dieses Wissen aber nicht weiter. Und jeden Tag den Schmerz in Anikas Augen zu sehen und die Enttäuschung meiner Eltern zu spüren zu bekommen … Ich konnte einfach nicht anders. Ich musste mich ihrem Wunsch beugen, mich von dir zu trennen und die Ehre der Krone zu wahren.«

»Ich verzeihe dir, wenn du mir verzeihst. Ich wollte dich mit meinen Worten auch nicht verletzen. Ich war völlig überfordert mit der Situation. Der Unfall meines Vaters, die Vorwürfe deiner Eltern …«

Sofort fuhr wieder ein Stich durch mein Herz.

»Wie geht es deinem Vater?«

»Den Umständen entsprechend. Aber er ist zäh und wird es überstehen. Zumindest konnte er schon wieder Witze über Torten machen, bevor ich abgereist bin.« Sie schmunzelte und verdrehte kurz die Augen. »Von ihm kam sogar der Vorschlag, dass mein Bruder einen Bäcker einstellen soll, der an meiner Stelle die Arbeit im Betrieb übernimmt. Er wird auch im Verkauf aushelfen, wenn dort eine zusätzliche Hand gebraucht wird – ein Allrounder also, wie ich.«

»Das … heißt, du musst nicht zurück?«

»Nicht, wenn ich es nicht möchte. Wenn … du es nicht möchtest.«

Ihre Worte klangen wie eine Frage, auf die ich nur eine Antwort wusste. »Bleib bei mir.«

Mehr musste sie nicht hören. Sie schlang ihre Arme um meinen Nacken und küsste mich. Wild und zügellos, als wäre all die Last von ihr gefallen, die sie in den letzten Tagen mit sich herumtragen musste.

Das Klicken der Türklinke ließ uns viel zu früh und heftig atmend, mit geschwollenen Lippen und geröteten Wangen auseinanderfahren.

Anika betrat das Büro, gefolgt von Mutter und Vater. »Jesper wurde gerade gefeuert«, sprudelte sie gleich los, ehe ein kurzes Schmunzeln über ihr Gesicht huschte, als ihr klar wurde, wobei sie uns unterbrochen hatten. »Es tut mir sehr leid, Emelie, dass wir dich verdächtigt haben. Ich hoffe, du kannst uns verzeihen.«

Emelie machte einen kleinen Knicks. »Schon passiert. Und ich bin Euch nicht böse. Ihr habt nur auf das Offensichtliche reagiert«, erklärte sie mit einem Lächeln auf den Lippen und sah dabei jeden von uns an.

Anika nickte dankbar. »Jedenfalls hat Jesper zugegeben, dass er die Fotos von mir gemacht und an die Zeitschrift verkauft hat. Er ist ein geldgeiles Arschloch ... sorry«, fügte sie mit einem schnellen Blick an unsere Eltern hinzu, doch die beiden winkten ab. Bestimmt sahen sie die Sache genauso wie meine Schwester. »Dazu kommt, dass er immer wieder versucht hat, bei mir zu landen. Aber ich hatte kein Interesse an ihm, was ihn offensichtlich gestört hat. Die Fotos an die Öffentlichkeit zu bringen, war wohl seine Rache für meine Abfuhr, das Geld ein zusätzlicher Bonus.«

»Was für ein Mistkerl.« Wütend ballte ich meine Hände zu Fäusten. »Wo steckt er jetzt?«

»Björn nimmt ihm gerade alle Schlüssel ab. Die Polizei ist bereits unterwegs, wir werden Strafanzeige erstatten. Und wir haben die Presse informiert.« Anika grinste teuflisch. »Die werden sich auf ihn stürzen wie die Geier, wenn sie erfahren, dass er die Aufnahmen verkauft hat. Er wird sich nicht nur vor Gericht verantworten müssen, sondern spätestens morgen, wenn die Zeitungen über ihn berichten, nicht mehr in Fjarora willkommen sein.«

Erleichterung durchfuhr mich, noch mehr, als Emelie nach meiner Hand tastete und wie selbstverständlich ihre Finger zwischen meine schob.

»Ganz genau«, ergriff nun meine Mutter das Wort. »Das Volk steht erst recht hinter Prinzessin Anika, wenn herauskommt, *wer* der Mistkerl war, der unserer Tochter das angetan hat – und aus welchem Grund.«

»Was mich zum nächsten Punkt bringt.« Vater schaute zwischen Anika und mir hin und her. »Eure Mutter und ich haben uns in den letzten Tagen sehr intensiv unterhalten. Das, was dir, Anika, widerfahren ist, tut uns unglaublich leid. Das hätte nicht passieren dürfen, und jetzt, wo wir wissen, dass Jesper dahintersteckt, fühlen wir uns noch mehr dafür verantwortlich, da wir zugestimmt haben, ihn einzustellen.«

»Schon gut, ihr konntet nicht wissen, wie er wirklich ist. Niemand konnte das«, sagte Anika und ich merkte ihr an, dass sie viel selbstbewusster wirkte als noch heute Morgen am Frühstückstisch. Dass sie diesen Mistkerl ans Messer liefern durfte, tat ihr sichtlich gut.

Vater nickte und fuhr fort. »Auch über dich haben wir gesprochen, Frederik. Wir sind zu dem Schluss gekommen, dass du auch das tun solltest, was dich erfüllt.«

»Was meinst du damit? Willst du mir sagen, dass …«

»… du die Huskyzucht und die Schlittenfahrten machen solltest. Euch beide in den letzten Tagen so traurig und verzweifelt zu sehen, hat uns das Herz gebrochen. Wir wollen, dass ihr glücklich seid.« Sein Blick fiel auf Emelies und meine Hände, die immer noch verschränkt waren. »Und ein Teil davon scheint sich bereits von selbst geklärt zu haben.« Er zwinkerte uns zu und legte dann seinen Arm um Mutter.

Auch ich konnte mich nicht zurückhalten und gab Emelie einen Kuss – als Finnja und Thorben ins Büro gestürmt kamen.

»Das hättet ihr sehen müssen! Jesper ist auf Björn losgegangen. Die anderen Sicherheitsmänner mussten eingreifen. Das war wie im Film, die hätten sich fast die Zähne ausgeschlagen. Und dann ist die Polizei gekommen und hat Jesper Handschellen angelegt.« Thorbens Stimme überschlug sich beinahe vor Aufregung.

Finnja verdrehte die Augen. »Er übertreibt«, erklärte sie uns kurz. Schließlich fiel ihr Blick auf Emelie und sofort strahlte sie über das ganze Gesicht. Ohne zu zögern, umarmte sie meine Freundin und drückte sich fest an sie.

Emelie beugte sich zu ihr hinab und erwiderte die Geste mit einem glücklichen Lächeln auf den Lippen. Als sie sich wieder von Finnja löste, unterhielten sich die anderen angeregt, und Emelie wandte sich noch einmal an mich. »Nur um das klarzustellen: Ich liebe dich, Frederik. Und dass du deinen Traum nun verwirklichen kannst, freut mich so sehr für dich. Nichts anderes hast du dir verdient.«

Ein warmes Gefühl breitete sich in meiner Brust aus und ich zog sie an mich. »Genau dafür liebe ich dich noch mehr.« Dann küsste ich sie, völlig egal, dass meine ganze Familie neben uns stand.

Endlich war es so, wie es sein sollte. Dass nach diesem Albtraum alles doch noch ein gutes Ende nahm, hätte ich nach den beschissenen letzten Tagen nicht erwartet. Schon gar nicht, dass Emelie zurückkommen würde. Dass sie mir und meiner Familie verzieh. Und dass sie nicht zurück nach Deutschland musste, um für ihre Familie da zu sein. Zumindest nicht in der Weise, wie sie es ursprünglich gedacht hatte.

»Ich finde, wir sollten diesen Ausgang feiern«, meinte Vater und klatschte entschlossen in die Hände. »Champagner im Blauen Salon! Emelie, du bist selbstverständlich auch eingeladen.«

»Aber nur ein kleines Glas«, raunte ich in ihr Ohr. »Dann müssen wir nämlich mit den Hunden eine Tour machen. Und dafür solltest du dich noch umziehen und ein paar Wechselklamotten einpacken.«

Emelie riss die Augen weit auf und strahlte mich an. »Ein Abenteuer mit dir und den Huskys? Nichts lieber als das! Aber zuerst muss ich noch meine Familie anrufen und sie über den Ausgang informieren. Und Madita, die mir so viel geholfen hat. Und meinen Onkel darf ich nicht vergessen … wenn das in Ordnung ist.«

»Alles, was du willst, Emelie«, sagte ich strahlend.

Und damit war für mich heute schon Weihnachten!

## KAPITEL 31

# Emelie

Frederik sorgte dafür, dass ich mich in die Bibliothek zurückziehen konnte, um meine Eltern, meinen Onkel und Madita über die jüngsten Entwicklungen zu informieren. Sie alle freuten sich riesig für mich. Auch Stefanie schrieb ich eine Nachricht, weil ich sie telefonisch nicht erreicht hatte.

Erst nachdem ich mit Frederik zu seiner Familie in den Blauen Salon gegangen war, fiel mir ein, dass ich nur mit Handgepäck angereist war und keine passenden Klamotten für eine lange Tour mit den Hunden dabei hatte. Aber als ich ihm betrübt erklärte, dass ich deshalb leider doch nicht mitkommen konnte, schob er mich kurzerhand zu Anika, die gerade erneut mit ihrem Vater angestoßen hatte.

»Anika, Emelie müsste sich mal kurz in deinem Kleiderschrank umsehen. Wäre das in Ordnung?«

»Was? Nein!« Sofort stieg Hitze in meine Wangen. Frederik war einfach verrückt – er traf nach wie vor Entscheidungen, die mich komplett überforderten und schnell mal außerhalb meiner Komfortzone lagen.

»Aber sicher, was brauchst du denn?«, wandte sich Anika völlig selbstverständlich an mich, während sich ihr Vater freundlich nickend zu seiner Frau zurückzog.

»Ich … gar ni…«

»Wir wollen mit den Hunden zur Hütte fahren. Warme Winterklamotten wären also gut. Ich möchte nicht, dass du frieren musst«, fügte er mit einem fürsorglichen Blick hinzu und sah mir dabei tief in die Augen.

»Kein Problem, ich begleite euch kurz.«

Frederik zwinkerte mir zu. »Vielen Dank, Anika«, sagte er dann zu seiner Schwester.

Ohne dass ich eine Chance hatte, mich zu widersetzen, eine Entschuldigung an Anika zu murmeln – die sie vermutlich sowieso nicht hätte hören wollen – oder mich dem Anstand entsprechend vom Königspaar zu verabschieden, folgte ich ihnen durch die langen Gänge des Palastes. Ich hatte bereits in der Vergangenheit die unglaublich schönen Schnitzereien und Vertäfelungen bewundert, die uralten Gemälde und wertvollen Statuen, Teppiche und Möbelstücke, die hier standen. Doch heute nahm ich sie besonders wahr.

Noch unglaublicher machte es die Tatsache, dass wir direkt die Räumlichkeiten der Thronfolgerin ansteuerten und ich mich an ihren Klamotten bedienen sollte.

Frederik sah das nach wie vor als völlige Selbstverständlichkeit an, und dass Anika, ohne zu überlegen, zugesagt hatte, war ein gewaltiger Vertrauensbeweis. Was ich gerade gut gebrauchen konnte, auch wenn ich mich bei dem Gedanken, wo wir gleich hinfahren würden, immer noch unwohl fühlte.

In eine Hütte.

In … *die* Hütte?

Meine Schritte wurden langsamer, was Frederik bemerkte, denn auch er verlangsamte sein Tempo und sah mich fragend an, während Anika unbeirrt weiterging. »Diese Hütte, zu der wir fahren … Ist das der Ort, zu dem du auch deine vorherigen Freundinnen mitgenommen hast?«

Vielleicht war es blöd, aber ich *musste* es einfach wissen. Ich wollte mich darauf einstellen, um dann nicht zu enttäuscht zu reagieren – er wollte jetzt mit *mir* dorthin und mit keiner anderen. Trotzdem hatte der Gedanke einen bitteren Beigeschmack für mich.

»Was …? Nein! Nein, Emelie.« Er blieb stehen und nahm mein Gesicht in seine Hände. »Die Hütte, in denen ich mit meinen beiden Ex-Freundinnen war, liegt südlich von hier. Wir fahren in den Norden. Zu einer Hütte, die … eine tiefere Bedeutung für mich hat.«

»Und die wäre?«

»Das erzähle ich dir später. Komm, wir sind gleich da.« Mit diesen Worten zeigte er auf eine doppelflügelige Tür, vor der Anika mit einem Lächeln auf den Lippen auf uns wartete.

Seine Antwort beruhigte mich vorerst, weshalb ich ihm zunickte und vertraute.

Anikas Privaträume waren hell und wunderschön. Ich konnte mich kaum sattsehen an den antiken Möbeln, den Bildern, Vasen und Gestecken, die den Räumen einen edlen und gleichzeitig gemütlichen Touch verliehen. Als wir ihren gigantischen begehbaren Kleiderschrank betraten, sah ich mich ungläubig um. Es gab Läden, die weniger Klamotten hatten als die Prinzessin.

Anika steuerte eine Ecke an, in der bestimmt zehn verschiedene Skianzüge hingen. Sie nahm einen Zweiteiler heraus und hielt ihn mir vor den Oberkörper. Da wir eine ähnliche Statur und Größe hatten, würde das sicher alles passen. Frederik machte ein zufriedenes Geräusch und packte Schal, Mütze und Handschuhe in eine Sporttasche, die Anika ihm gab.

»Das musst du nicht einpacken, ich kann auch meine Handschuhe nehmen. Mütze und Schal habe ich auch dabei«, sagte ich schnell mit einem Seitenblick zu seiner Schwester, weil mir das alles immer noch unangenehm war.

Frederik hob eine Augenbraue. »Glaub mir, das willst du nicht. Deine Handschuhe halten nicht warm und wenn sie nass werden, dringt die Feuchtigkeit durch bis auf die Haut. Ich habe keine Lust, unseren Ausflug frühzeitig abbrechen zu müssen, weil dir die Finger abfrieren.« Er zwinkerte mir zu und packte noch unglaublich kuschelig aussehende lange Unterwäsche dazu sowie ordentliche Winterboots. Sein Blick verdeutlichte mir, dass ich mir keinen Kopf machen sollte.

Überschwänglich bedankte ich mich bei Anika und sie wünschte uns einen schönen Ausflug, bevor sie zurück zum Blauen Salon ging. Kurz darauf liefen Frederik und ich allein weiter durch die langen Flure. Als wir ganz unter uns waren, stellte ich ihm die Frage, die mir schon die ganze Zeit auf der Zunge brannte. »Wieso hat meine Kleidung beim letzten Mal ausgereicht und diesmal muss ich mich anziehen, als würdest du mich auf eine Nordpolexpedition mitnehmen wollen?«

Wir bogen in einen weiteren Gang ab, bis wir an einer Tür hielten.

»Weil wir beim letzten Mal ausschließlich bei Tageslicht unterwegs waren. Und weil wir in den Norden fahren. Außerdem werden wir länger als ein paar Stunden weg sein. Es gibt also eine Menge Gründe.« Geheimnisvoll zwinkernd öffnete er die doppelflügelige Tür und bedeutete mir einzutreten. »Komm rein.«

Schweigend folgte ich ihm in den ersten Raum mit zwei weiteren großen Flügeltüren, die beide offen standen. Die Wände waren in einem dunklen Grün gehalten und ich hatte das Gefühl, einen besonders wichtigen Ort betreten zu haben.

Frederik nahm mir die Boots ab und stellte sie neben eine Chaiselongue, die in der Mitte stand und auf die er die Skikleidung und die Sporttasche gelegt hatte.

»Sind wir in deinen Privaträumen?«, fragte ich und schaute in den ersten Raum, der wie ein geräumiges Wohnzimmer wirkte – jedoch mit äußerst teuer aussehenden antiken Möbeln. In einem gigantischen Kamin knisterte ein Feuer. Davor lag ein flauschiger Teppich und eine Sofalandschaft lud dazu ein, es sich bequem zu machen.

»Genau, wir sind in meinen vier Wänden.« Ein verlegenes Grinsen huschte über Frederiks Gesicht.

Nun fielen mir auch Details auf, die mir zuvor entgangen waren: die Fotos der Huskys an der einen Wand, das Gemälde von ihm an der anderen. Okay, dass er ein besonders großes Ego hatte, wusste ich, aber dass er von sich ein Bild aufgehängt hatte, brachte mich nun doch zum Schmunzeln.

»Wie jetzt? Du hast nur *ein* Porträt von dir hier?«

Er verdrehte die Augen und schüttelte schmunzelnd den Kopf über meine kleine Fopperei.

»Von welchem Fenster aus konntest du zu mir hinüberschauen?«

Frederik deutete auf das letzte in der Reihe. Sofort ging ich hin, schob den Vorhang beiseite und schaute hinaus. Das Kutscherhaus von hier aus zu sehen, war ungewohnt und doch irgendwie vertraut. Und es war schön, hier zu sein, an dem Ort, von dem ich dachte, ihn nie wieder betreten zu dürfen. Schon gar nicht mit Frederik.

»Schau mal, was ich gefunden habe …«

Ich drehte mich zu Frederik um, der mich schelmisch angrinste und etwas in die Höhe hielt.

»Einen Mistelzweig.« Er wackelte mit den Augenbrauen.

»Das bedeutet, dass ich dich küssen muss.«

»Ich bestehe darauf«, raunte er und zog mich in seine Arme.

Seine Lippen waren warm und weich und einfach herrlich. Ich verlor mich in diesem Kuss, wollte, dass er nie endete. Dementsprechend frustriert seufzte ich auf, als Frederik sich von mir löste.

»Komm, ich zeige dir den Rest. Und dann solltest du dich umziehen. Die Hunde warten auf uns.« Er reichte mir die Hand und betrat den nächsten Raum.

Es war das Schlafzimmer, in dem ein großes Bett stand. Von hier gingen zwei weitere Zimmer weg – ein Ankleideraum und das Badezimmer. Alles war viel luxuriöser als im Kutscherhaus, und doch versprühte jedes Detail, jedes Möbelstück seinen eigenen Charme, wirkte einladend und gemütlich – das Bett mit der weißen Bettwäsche und den goldenen Stickereien genauso wie die frei stehende Badewanne.

»Du solltest deine Sachen herbringen. Ich wünsche mir, dass du bei mir wohnst. Keinen Tag länger möchte ich ohne dich sein, Emelie.«

Mein Herz schmolz bei seinen Worten dahin. »Das würde ich wirklich gern, aber … ich denke, ich würde mich wohler fühlen, wenn ich vorerst wieder ins Kutscherhaus ziehen kann. Oder ich bleibe in dem Zimmer in der Pension bei Othe…«

»Auf gar keinen Fall! Also … mit dem Kutscherhaus könnte ich mich gerade noch arrangieren – wenn du zum Essen zu uns in den Speisesaal kommst und ich bei dir übernachte. Oder du bei mir. In der Pension ginge das nicht.«

»Wieso nicht? Das Bett dort ist zwar schmal, aber wenn wir uns zusammenkuscheln …«

Frederiks Blick brachte mich zum Lachen.

»Schon gut, das war ein Scherz! Ich weiß, dass du im Ort zu viel Aufmerksamkeit erregen und womöglich den nächsten Tratsch provozieren würdest, wenn jemand mitbekommen würde, dass der Prinz regelmäßig in der Pension ein- und ausgeht.« Das wollte ich mir gar nicht erst vorstellen.

»Allerdings!« Sanft kniff er mich in die Seite.

Nun wollte ich wirklich keine weitere Zeit verlieren. Schnell schlüpfte ich in Anikas Klamotten, während auch Frederik wieder seine volle Montur anzog, die er vor dem Treffen im Blauen Salon ausgezogen und hierher hatte bringen lassen.

Als wir draußen ankamen, erwartete uns schon Arne mit einem freundlichen Lächeln. Ich vermutete, dass sich die Geschichte mit Jesper wie ein Lauffeuer im Palast verbreitet hatte – was ich überaus beruhigend fand.

»Eure Hoheit, Emelie, die Hunde sind bereit, der Schlitten ist startklar. Proviant habe ich aufgestockt und warme Decken habe ich ebenfalls wieder in den Schlitten gelegt.«

»Vielen Dank, Arne. Du bist gleich mit den restlichen Hunden unterwegs?«

Er nickte. »Ich werde wohl eine kleine Tour durch den Wald machen.«

»Sehr gut.«

»Was meinte er damit?«, raunte ich Frederik zu, als er mir half, mich gut auf dem Schlitten einzuwickeln.

»Dass er in eine völlig andere Richtung fährt und wir unter uns bleiben. Und wir werden erst an Heiligabend zurückkommen.«

Mein Mund formte ein »O«, als mir klar wurde, was das bedeutete.

Zwei Tage mit Frederik und den Hunden allein in der Wildnis.

Sofort beschleunigte sich mein Herzschlag.

»Es sei denn, du willst eher zurück. Ich möchte, dass du dich wohlfühlst.«

»Wenn ich bei dir bin, fühle ich mich immer wohl«, erklärte ich und winkte ihn mit ausgestreckten Armen noch einmal zu mir, um ihn zu küssen.

Anschließend zog er den Reißverschluss zu und ging hinter mich.

Den Hunden war ihre Aufregung und Unruhe anzumerken – bestimmt hatten sie selten zuvor so lange auf den Start warten müssen.

»Übrigens, fällt dir etwas auf?«, wollte Frederik wissen.

Ich hob den Kopf und drehte ihn ein Stück, um ihn sehen zu können. »Nein, was ... Der Schlitten! Er sieht aus wie der, den ich damals ...«

»Genau. Lars und ich haben ihn nachgebaut.«

»Und wie fährt er sich?«

»Sehr gut. Mein Großvater wäre stolz auf mich, da bin ich mir sicher.«

Dann gab er auch schon das Startkommando an die Hunde und schob den Schlitten an, bis er unter leisem Knirschen des Schnees über die weiße Decke glitt. Das Tor vor uns schwenkte auf und die Huskys liefen hindurch.

Wie schon beim ersten Mal war es ein unglaubliches Gefühl. Doch diesmal konnte ich es noch mehr genießen. Der Schneefall hatte aufgehört, an manchen Stellen blitzte ein blassblauer Himmel zwischen den Wolken hindurch.

Frederik lenkte den Schlitten immer weiter ins Land hinein. Die Sonne stand tief und tauchte alles in ein unwirkliches Licht. Als hätte jemand die Zeit zwischen dem Morgen und dem Abend übersprungen. Vielleicht, weil man zu diesen Zeiten entweder gerade aus dem Bett kam oder auf dem Weg dorthin war. Und wenn ich an Frederiks Übernachtungen im Kutscherhaus dachte, waren es mitunter die schönsten Momente zwischen uns gewesen. Haut an Haut, die Hitze des anderen spürend, während wir uns Zärtlichkeiten zugemurmelt und die Hektik des Alltags hinter uns gelassen hatten.

Eine Ruhe erfasste mich, wie ich sie viel zu lange nicht mehr verspürt hatte. Die Natur trug ebenfalls dazu bei, dass ich mich entspannte. Dass ich tief ein- und ausatmete und die Landschaft genoss. Die unzähligen Bäume, die sich unter der Schneelast bogen. Der unberührte Schnee um uns herum. Das Plätschern vereinzelter Bäche, die der Kälte trotzten und nur zum Teil zugefroren waren. Wir sahen Rehe, die uns vom anderen Ufer aus beobachteten, ein Schneehase suchte das Weite, als wir ihn bei der Futtersuche überraschten. Frederik zeigte mir ein Auerhuhn, das in einem der Bäume saß, und eine Schnee-Eule im Sturzflug, die wohl gerade eine Maus fangen wollte.

Er erzählte mir von der Zeit im Palast, als ich nicht hier war – wie oft er sich gewünscht hatte, dass sich alles als dummer Irrtum herausstellte. Dass es wirklich so sein würde, damit hatte er jedoch nicht gerechnet.

Ich auch nicht, wenn ich ehrlich war. Überhaupt hatte ich nicht gedacht, dass ich einen Tag wie diesen je wieder erleben würde.

Irgendwann wurde es dunkler. Die Sonne verschmolz mit dem Horizont und tauchte den inzwischen fast wolkenlosen Himmel in ein zuckerwattefarbenes Hellrosa.

»Siehst du die Hütte da vorn?«

Ich folgte Frederiks Finger und tatsächlich lag auf einer Lichtung in der völligen Einöde vor uns ein kleines Holzhaus. Das Dach trug eine dicke Schneeschicht und verdeutlichte erneut, wie viel Schnee hier bereits gefallen war.

»Dort wollen wir hin?«

»Genau, das wird unser Zuhause für die nächsten ein bis zwei Tage. Je nachdem, wie lange du bleiben möchtest.«

Die Hunde peilten automatisch die Richtung an, als wüssten sie, wo sie hinmussten. Kurz bevor wir unser Ziel erreicht hatten, drosselten sie durch Frederiks Kommando das Tempo.

Aus der Nähe sah die Hütte viel größer aus. Frederik half mir aus dem Schlitten, öffnete die Tür, nachdem er sie vom Schnee befreit hatte, und ließ mir den Vortritt.

Ich staunte nicht schlecht, wie geräumig und wohnlich es im Inneren war. Alles war aus Holz und wirkte wie aus einer längst vergessenen Zeit – als hätte sie hier den Atem angehalten, während sie überall sonst weitergelaufen war.

In der Mitte stand ein Holzofen, in dem Frederik gleich Feuer machte. Ich sah uns bereits gemütliche Stunden davor verbringen, stellte mir vor, wie wir gemeinsam kochen würden, am Tisch daneben aßen und Karten spielten. Im Nebenraum war ein Doppelbett, das überraschend modern aussah. Ein weiteres Zimmer war für die Hunde gedacht. Es war mit Stroh ausgelegt und hatte eine Wassertränke, die ich Frederik befüllen half.

Nachdem die Hunde versorgt und im Freilauf untergebracht waren, von dem aus sie sich in den mit Stroh ausgelegten Teil des Hauses zurückziehen konnten, trugen wir den Proviant und unser Gepäck hinein.

»Bist du öfter hier?«, fragte ich, während wir auspackten.

»In den letzten Tagen wieder, ja. Davor hat es ein paar Wochen gegeben, in denen ich nicht hergekommen bin.« Er wirkte fast verlegen und mir wurde klar, dass er meinetwegen nicht hierher gefahren war.

»Die Hütte hat meinem Großvater gehört«, fuhr er fort. »Er war selbst immer wieder hier draußen mit seinen Huskys und dem Schlitten. Und mit meiner Großmutter.« Er grinste verschmitzt.

»Wow, also eine royale Hütte«, zog ich ihn auf und sah mich um.

»Ich weiß, was du jetzt denkst. Dass sie gar nichts Prunkvolles an sich hat. Aber genau wie mein Großvater brauche auch ich nicht ständig irgendwelchen Luxus um mich herum.«

»Nein, das wollte ich damit nicht andeuten«, erklärte ich schnell. »Ich kann verstehen, dass du gern hier bist. Dass die beiden gern hier waren …«

Frederik nickte. »Sie haben sich hier sehr wohlgefühlt. Sie hatten alles, was sie brauchten, um glücklich zu sein: die Natur, die Hunde und den Menschen, den sie liebten.«

Wärme erfüllte mich, als er mich mit diesem besonderen Blick ansah und näher kam.

»Das kann ich ebenfalls sehr gut nachvollziehen«, murmelte ich.

Dann landeten seine Lippen auf meinen und seine Hände zogen den Reißverschluss meiner Jacke auf.

Die Hütte war erfüllt vom Duft nach gebratenem Gemüse und Fleisch. Das Essen hatte wunderbar geschmeckt und es hatte etwas unglaublich Entschleunigendes, hier zu sein, im schummrigen Licht der kleinen Gaslampen, mitten im Nirgendwo.

Ich räumte das Geschirr weg, während Frederik nach draußen gegangen war, um Feuerholz zu holen.

»Emelie, schnell! Das musst du sehen!«, rief er plötzlich.

Sofort ließ ich die Gabel fallen und griff im Laufen nach der Jacke.

»Zieh dich warm an«, hörte ich ihn sagen, als ich die Tür erreicht hatte.

»Was …?« Mehr brachte ich nicht hervor. Ungläubig schaute ich durch die Hüttentür ins Freie, wo der Himmel von unwirklichen grünen bis violetten Lichtern überzogen war. »Nordlichter?«

»Ja«, sagte er ehrfürchtig und trieb mich erneut zur Eile an.

Nun konnte mich nichts mehr halten. In Windeseile zog ich die Jacke über, wickelte den Schal um meinen Hals, setzte die Mütze auf und nahm meine Handschuhe mit, bevor ich nach draußen ging und mich zu ihm gesellte.

Augenblicklich stellte er sich hinter mich, schlang seine Arme um mich und beobachtete mit mir dieses unglaubliche Naturschauspiel, als hätte er es selbst noch nie gesehen.

Wie ein Vorhang im sanften Sommerwind bewegten sich die Lichter am Himmel, wo der Mond nur als dünne Sichel zu sehen war.

»Hast du gewusst, dass man den Nordlichtern mit Respekt begegnen soll?«, murmelte Frederik in mein Ohr. »Man sollte weder singen noch winken und schon gar nicht pfeifen, wenn sie sich zeigen. Man könnte dadurch die Geister der Lichter erzürnen und sie auf die Erde holen. Zumindest erzählt man sich das in manchen Gegenden.«

»Das klingt magisch und irgendwie logisch.« Im Moment würde ich alles für bare Münze nehmen, was mit diesem Naturschauspiel zusammenhing.

»Weißt du, wie die Nordlichter entstehen?«

Langsam schüttelte ich den Kopf.

»Früher dachte man, sie wären Reflexionen von riesigen Heringsschwärmen in den nördlichen Meeren.« Ich hörte das Lächeln in seiner Stimme. »Heute weiß man natürlich, dass sie auftreten, wenn Sonnenenergie durch Sonnenwinde auf das Erdmagnetfeld trifft und dort eine elektrische Spannung erzeugt. Wenn die geladenen Teilchen mit Molekülen unserer Erdatmosphäre kollidieren, kommt es zu einem Energieaustausch, der die Moleküle zum Leuchten bringt. Das ist, was wir gerade sehen.«

»Irgendwie zerstören diese Erklärungen fast ein bisschen die Romantik, findest du nicht?«

Frederik lachte leise. »Tut mir leid. Du könntest dir auch vorstellen, dass die Sonne die Erde kitzelt und sie mit diesem schimmernden Lachen antwortet.«

»Das gefällt mir schon viel besser«, sagte ich, drehte mich in seinen Armen um und legte meine Hände in seinen Nacken. »Wobei sowieso das Schönste in diesem besonderen Augenblick ist, dass du bei mir bist. Und dass ich dich zwei Tage nur für mich habe …«

»Nicht nur zwei Tage, Emelie. Für immer.«

»Für immer«, wiederholte ich leise und mit einem Lächeln auf den Lippen. Dann küsste ich ihn und wusste, dass es nichts mehr gab, das zwischen uns stand.

# KAPITEL 32
## Emelie

Die zwei Tage waren wie im Flug vergangen – und doch hatten sie sich wie eine halbe Ewigkeit angefühlt. Zeit hatte keine Rolle gespielt und wenn es nach mir gegangen wäre, hätte ich noch viel länger mit Frederik da draußen im Nirgendwo bleiben können.

Erst als wir zurückfuhren und der Palast in Sichtweite kam, holte mich die Realität wieder ein. Wir hatten zwar auch in der Hütte über die jüngsten Vorfälle mit Anika und Jesper geredet, aber das waren alles nur Spekulationen gewesen. Nun war ich neugierig, was sich in dieser Hinsicht noch getan hatte. Doch das musste warten, denn es war Heiligabend und Frederiks Familie erwartete uns bereits.

Ich wusste, dass Frederik vor unserer Abreise veranlasst hatte, dass mir das Kutscherhaus wieder zur Verfügung stand. Außerdem hatte er dafür gesorgt, dass mein Gepäck aus der Pension geholt und dorthin gebracht wurde. Madita hatte einen nicht unwesentlichen Teil dazu beigetragen. Arne erwartete uns bereits und versorgte sofort die Hunde, als wir ankamen.

»Wenn wir gleich im Kutscherhaus sind, hast du gut eine Stunde Zeit, um dich fertig zu machen. Dann hole ich dich für die Weihnachtsfeier ab«, meinte Frederik, als wir uns auf den Weg zu meinem alten neuen Zuhause machten.

»O Gott, ich hab nicht einmal ein passendes Kleid eingepackt.« Sofort fühlte ich mich wieder unwohl. Immerhin hatte ich zwar gehofft, dass ich die Sache zwischen Frederik und mir aus der Welt schaffen könnte, aber nicht erwartet, dass es so schnell ablaufen und vor allem *so* ausgehen würde.

»Kein Problem, es hängen drei Modelle zur Auswahl in deinem Schlafzimmer für dich bereit.«

Mein Mund klappte auf. »Du hast schon wieder Kleider für mich gekauft?«

Er zuckte mit den Schultern. »Ich habe in weiser Voraussicht ein paar mehr angeschafft, ja.«

»Was heißt, *ein paar mehr*?«

»Genügend, damit du dich auch bei einigen weiteren gesellschaftlichen Anlässen an meiner Seite zeigen kannst.« Er lachte und ich verpasste ihm gespielt beleidigt einen leichten Stups gegen die Schulter, obwohl ich natürlich wusste, dass er die Situation mit diesem Scherz nur auflockern wollte.

»Du bist wirklich unverbesserlich, Frederik. Was soll ich dazu noch sagen?«

»Gar nichts. Frohe Weihnachten, Emelie.«

»Frohe Weihnachten … und danke.«

Mit einem Lächeln auf den Lippen küsste er mich.

Die Kleider waren traumhaft – eines schöner als das andere. Ich hatte gedacht, dass Frederik erneut Ballkleider besorgt hatte, doch an den Kleiderständern im Schlafzimmer hingen gemütliche Wollkleider in weihnachtlichem Stil.

Nach langem Überlegen hatte ich mich schließlich für das dunkelgrüne mit den weißen Schneeflocken entschieden. Schnell duschte ich und föhnte mir im Anschluss die Haare. Ich legte dezentes Make-up auf und rief im Anschluss zu Hause an, um allen frohe Weihnachten zu wünschen.

Als Frederik mich abholte, war er im ersten Moment sprachlos. Dann grinste er, zog seinen Mantel auf und zeigte mir seinen roten Pullover, auf dem ein grüner Weihnachtsbaum prangte. »Du siehst großartig aus.«

»Du auch.« Sanft küsste ich ihn.

»Komm, meine Familie freut sich schon auf dich.«

Mein Herz schlug ein paar Takte schneller und ich spürte, wie Tränen in mir hochstiegen. Dass ich nach allem so in Frederiks Familie willkommen war, bedeutete mir unglaublich viel.

Zum Glück hatte ich die Weihnachtsgeschenke, die ich vor meiner überstürzten Abreise aus Fjarora besorgt hatte, in meiner Aufregung beim Packen im Kutscherhaus vergessen. Nun hatte ich sie in einen Korb gelegt, den Frederik für mich zum Palast trug.

Er führte mich in einen Raum, in dem ich bisher noch nie gewesen war. Es sah aus wie in einem Wohnzimmer. Ein großer Fernseher hing an der Wand, in einem Kamin knisterte ein Feuer, ein weißer Flügel stand davor und ein gigantischer Weihnachtsbaum daneben, der mit weißem und goldenem Schmuck behangen war. Die Lichterketten ließen alles noch mehr funkeln und strahlen, und auch sonst war hier viel dekoriert: weißgoldene Tischläufer auf dem

Couchtisch, glitzernde Kugeln und Rentiere aus Holz mit Kunstfell, ein paar Wichtel und Tannenzapfen. Neben und über dem Kamin hingen Tannenzweige und goldene Sterne. Leise Weihnachtsmusik drang aus versteckten Boxen.

Ich war total überwältigt von der Atmosphäre.

Jeder in der Familie trug einen Pullover oder ein Kleid mit weihnachtlichen Motiven – wodurch ein völlig anderes Bild entstand als damals beim Winterball, als sie sich alle in Ballkleidern und Uniformen präsentiert hatten. Es verlieh dem Treffen eine noch familiärere Stimmung und ich war positiv überrascht, dass sie so großen Wert auf Normalität in ihrem königlichen Alltag legten.

Finnja umarmte mich sofort, als sie mich sah, und auch Anika und der Rest der Familie hießen mich herzlich willkommen. Als würde ich bereits dazugehören.

»Emelie, es ist so schön, dass du heute mit uns feierst. Erst hatte ich gedacht, dass du zurück nach Deutschland fliegst, um Weihnachten mit deiner Familie zu verbringen. Ich wollte Frederik gar nicht glauben, als er mir gesagt hat, dass du hier sein wirst.« Die Königin schaute mich mit einem Lächeln auf den Lippen an und bat mich, auf dem Sofa Platz zu nehmen, bevor sich auch Frederik und der Rest der Familie setzte.

»Tatsächlich war das nicht ganz sicher. Ich hatte keine Ahnung, ob mein Onkel Erfolg haben, ob er überhaupt jemanden finden würde, der die Wahrheit ans Licht bringen konnte. Ich wusste auch nicht, wie Ihr es aufnehmt, ob Ihr mir verzeihen würdet oder wie Frederik reagiert. Es hätte also durchaus passieren können, dass ich heute nach Deutschland zurückgekehrt wäre.«

»Aber du konntest doch zumindest mit deinen Eltern telefonieren, oder?« Anika schaute mich fragend an.

»Ja, natürlich.« Ich griff nach Frederiks Hand und sofort glitten seine Finger zwischen meine.

Der Königin entging diese Geste nicht. »Vor dieser Sache mit der Presse haben wir gehofft, dass es zwischen euch etwas Ernstes ist. Als wir dann dachten, wir hätten uns in dir getäuscht, waren wir sehr traurig darüber, dass eure Beziehung diese vermeintliche Wende genommen hat. Doch nun ist wieder alles gut und wir sind froh, dich an Frederiks Seite zu wissen.« Diese Worte aus ihrem Mund zu hören, bedeutete mir viel.

»Vielen Dank.« Ich spürte, wie meine Wangen rot wurden.

»Aber nun lasst uns Heiligabend feiern, Weihnachtslieder singen und im Anschluss die Geschenke auspacken.«

Der König stimmte seiner Frau nickend zu. »Und danach endlich essen. Ich sterbe vor Hunger.« Er klopfte sich auf seinen Bauch und die Zwillinge lachten.

»Begleitest du die anderen auf dem Klavier?«, fragte ich leise an Frederik gewandt, weil ich keine Ahnung hatte, wie das hier ablief.

Doch Anika hatte mich gehört. »Ja, Frederik, spiel uns etwas vor!« Ihre Augen leuchteten und sie zwinkerte mir verschwörerisch zu.

»Ich weiß nicht«, meinte Frederik ausweichend und fuhr sich durch die Haare. »Ich habe nichts vorbereitet.«

»Als wäre das notwendig«, meinte die Königin und stellte sich neben das Klavier.

Ein letztes Mal sah Frederik mich an und drückte meine Hand, ehe er sich von mir löste und sich an den Flügel setzte. Seine Finger glitten spielerisch über die Tasten, als er *All I Want For Christmas Is You* anspielte. Daraus wurde die vielleicht umwerfendste Version, die ich je von diesem Song gehört hatte. Und die ganze Zeit über sah er immer wieder zu mir, als würde er das Lied nur für mich spielen.

Glücklicher hätte ich nicht sein können …

Im Anschluss spielte er *Silver Bells* und danach *Stilla natt – Stille Nacht, heilige Nacht* auf Schwedisch. Zu diesem Stück gab mir Anika den Text und dann sangen wir alle mit. Dass sie selbst nicht besonders textsicher waren, beruhigte mich und ich musste schmunzeln, als der König voller Inbrunst statt der zweiten die erste Strophe wiederholen wollte.

Anschließend wurden die Geschenke verteilt, ausgepackt und von allen bestaunt. Finnja schenkte ich eine Schürze und ein Backbuch, aus dem sie gleich mit mir etwas backen wollte. Für Thorben hatte ich ein dreidimensionales Puzzle gekauft. Wenn es fertig zusammengebaut war, stellte es einen Wolf dar. Thorben freute sich riesig darüber, was mich sehr erleichterte. Anika bekam von mir eine Kerze in einem traumhaft schönen Glas, in dem sich ein kleiner Schatz befand, der sich offenbarte, sobald sie heruntergebrannt war. Und für den König und die Königin hatte ich eine Skulptur aus Holz erworben, die zwei ineinander verwobene Hände darstellte. Für mich hatte sie den Zusammenhalt der beiden so stark wiedergegeben, dass ich sie einfach kaufen musste.

Schließlich gab Frederik mir ein kleines Geschenk, bevor ich ihm seins überreichen konnte. Mit zitternden Fingern öffnete ich es und brachte eine Schmuckschatulle zum Vorschein. Sprachlos schaute ich ihn an.

»Na los, mach sie auf!« Er wirkte unglaublich nervös.

Mir ging es nicht anders, als ich den Deckel aufklappte und eine zarte Kette mit einem Anhänger in Form eines Schlüssels darin entdeckte.

»Das ist der Schlüssel zu meinem Herzen.« Frederik griff unter den Kragen seines Pullovers und beförderte eine fast identische Kette hervor, an der jedoch ein Herz mit einem Schlüsselloch in der Mitte baumelte. Ich war mir sicher, dass der Schlüssel dort genau hineinpasste.

»Danke. Mein Herz gehört dir schon lange«, erklärte ich flüsternd und tief berührt.

Statt einer Antwort schloss er die Augen, in denen es verräterisch geglitzert hatte, und küsste mich.

Als ich ihm daraufhin sein Geschenk gab, beobachtete ich gespannt, wie er es auspackte. Ich hatte Frederik zwei Fotos geschenkt. Eines war ein Selfie von uns beiden, auf dem anderen kam Saphira gerade neugierig auf mich zu. Ich hatte die Handyaufnahmen in Deutschland entwickeln lassen und einen hübschen zeitlosen Rahmen dafür gefunden. Einen Augenblick lang starrte er darauf und ich hatte schon Angst, es würde ihm nicht gefallen. Doch dann zog er mich an sich und schaute mir gerührt in die Augen. »Danke für dieses schöne Geschenk.«

»Tut mir leid, es ist nur eine Kleinigkeit, die mit deinem Geschenk kein bisschen mithalten kann.«

Doch Frederik schüttelte den Kopf. »Ich liebe es. Und das wertvollste Geschenk hast du mir bereits gemacht, indem du nicht aufgegeben hast und hierher zurückgekommen bist.«

In diesem Moment war mein Herz so voller Liebe, dass es mir den Atem raubte. Und da wurde mir bewusst, dass ich nirgendwo anders sein wollte als hier, bei Frederik.

## EPILOG

# Frederik

*Einige Monate später*

»Es schneit!«, rief Thorben immer wieder, während Finnja diese Worte aufgeregt in Richtung Emelie gebärdete. Voller Freude über die weiße Pracht hüpften die Zwillinge im Gehege umher, was Emelie und ein paar Hunde zum Anlass nahmen, sich dem Tanz anzuschließen.

»Ja, ich weiß. Der erste Schnee nach dem Sommer ist immer aufregend.« Amüsiert tätschelte ich Saphiras Rücken, die das Treiben lieber von meinem Platz auf der Terrasse des Hundehauses aus beobachtete.

»Na, was ist mit euch?« Emelie kam auf uns zu und Millie folgte ihr auf Schritt und Tritt. Bei uns angekommen lief die junge Hündin mit dem hellgrauen Fell und einem blauen sowie einem braunen Auge auf ihre Mama zu und ließ sich von Saphira über den Kopf lecken. Die Kleine war eine von fünf Welpen, die im Frühling zur Welt gekommen waren, und entdeckte nun gemeinsam mit ihren Geschwistern den Schnee. Nur dass Millie total in Emelie verschossen zu sein schien, denn sie wich ihr kaum von der Seite, wenn wir beim Rudel waren.

»Wir haben auf euch gewartet«, erklärte ich, als wäre das nicht sonnenklar.

Schmunzelnd legte Emelie ihre Hände an meine Brust und küsste mich. »Gut, wir müssen auch gleich los. Meine Familie wird bald eintreffen.« Ihre Nervosität war offensichtlich und ich konnte gut verstehen, dass sie aufgeregt war.

Bisher hatte sie ihre Eltern in Deutschland besucht. Doch heute reisten sie gemeinsam mit Philipp das erste Mal nach Fjarora. Dass Emelie viel auf ihren Bruder hielt, wusste ich. Ihr war seine Meinung sehr wichtig, aber das wäre genau genommen eher ein Grund gewesen, dass *ich* nervös werden sollte. Was ich jedoch nicht war. Ich mochte Erika und Johannes, und auch Philipp war mir sympathisch, selbst wenn ich ihn nur von den Videotelefonaten zwischen den Geschwistern kannte, denn ich hatte Emelie bisher nicht nach Deutschland begleitet. Das wollten wir jedoch bei ihrem nächsten Familienbesuch ändern.

Emelie war auch deshalb so durch den Wind, weil unsere Familien das erste Mal aufeinandertreffen würden. Doch sogar hier machte ich mir weniger Sorgen als sie. Ich kannte meine Eltern und wusste, dass sie die Hoffmanns freundlich empfangen würden.

Noch nervöser war Emelie vermutlich, weil ihre Mutter nach all den Jahren wieder nach Fjarora kam. Auch wenn in den letzten Monaten viel Aufarbeitung und unzählige Gespräche stattgefunden hatten, war sie sich noch immer unsicher, wie ihre Mutter reagieren könnte, wenn sie wieder in ihrer alten Heimat war. Zudem waren die Eltern des Freundes ihrer Tochter zufällig auch noch König und Königin. Aber ich war mir sicher, sie würden es gut überstehen und schnell feststellen, dass es innerhalb der Palastmauern viel familiärer ablief, als es nach außen den Anschein machte.

Ich winkte Edita zu, um ihr zu signalisieren, dass wir uns auf den Weg zurück zum Palast machen würden und sie wieder mit den Zwillingen allein hier war, bis Arne kommen und die Hunde versorgen würde. Sie nickte mir zu und deutete einen Knicks zur Verabschiedung an. Dann verließen Emelie und ich das Gehege.

»Millie ist so süß! Hast du gesehen, was sie vorhin gemacht hat?«

»Meinst du, wie sie ihrer Schwester Bella in die Rute beißen wollte?«

Emelie lachte. »Ja, das auch. Aber sie ist ein paarmal in die Luft gesprungen, als wollte sie Schneeflocken fangen.«

»Vielleicht wollte sie dich nur imitieren.« Ich zwinkerte Emelie neckend zu.

»Hey!« Sie stieß mich empört in die Seite, was Arne zu einem Schmunzeln veranlasste, der uns in dem Moment entgegenkam.

»Wir sollten uns noch umziehen«, meinte sie schließlich.

»Das klingt auf jeden Fall nach einer guten Idee.« An ihrer Jeans waren Spuren der matschigen Hundepfoten zu sehen, als die kleinen Racker an ihr hochgesprungen waren.

Wir betraten den Palast und gingen nach oben. Emelie wohnte inzwischen bei mir. Vater hatte uns angeboten, in den Westflügel zu ziehen, wo ein paar Räumlichkeiten frei waren, die mehr Platz boten. Aber wir fühlten uns wohl bei mir und Emelie liebte den Ausblick, weil sie nicht nur das Kutscherhaus, sondern auch das Gehege sehen konnte.

Dass sie vor knapp einem Jahr, als sie hier angekommen war, noch große Angst vor Hunden gehabt hatte, merkte man ihr nicht mehr an. Sie war fast täglich mit mir beim Rudel und wir nutzten jeden freien Moment, um gemeinsame Ausfahrten zu machen. In den wärmeren Monaten fuhren wir mit den Quads, um den Hunden den nötigen Auslauf zu ermöglichen, und bald würden wir wieder mit den Holz- und Aluschlitten unterwegs sein können.

Inzwischen war Emelie selbst eine herausragende Musherin und fuhr mit ihrem eigenen Schlitten. Manchmal begleiteten uns Sven und Lars – Letzterer hin und wieder mit Britta, was mich freute. Nachdem die beiden sich besser kennengelernt hatten, war aus ihnen eines dieser kitschigen Liebespaare geworden, die die Sätze des anderen vervollständigten.

Eine gute halbe Stunde später warteten wir gemeinsam am Palasteingang auf ihre Familie. Sie kamen direkt aus dem Restaurant am Hafen, wo sie mit Emelies Onkel Holger, seiner Frau und ihren Kindern zum Mittagessen verabredet gewesen waren.

Emelie zappelte neben mir und reckte immer wieder den Hals. Als sich uns endlich ein schwarzer SUV näherte, griff sie nach meiner Hand. Sie drückte sie fest, bis der Wagen vor uns hielt und einer der Bediensteten die Beifahrertür öffnete.

Erika stieg aus und schaute sich mit großen Augen um, ehe sie Emelie sah und auf sie zulief. »Hey, Liebes, wie geht es dir? Lass dich anschauen, du siehst so hübsch aus!«

»Danke, Mama. Wie war das Treffen mit Holger?«

»Schön. Ich erzähle dir später davon. Oh … ich meine … Verzeihung, Eure Königliche Hoheit.« Sie machte einen wackeligen Knicks vor mir. »Tut mir leid, ich habe ganz vergessen, dass ...«

»Schon gut, Erika.« Um ihr das schlechte Gefühl zu nehmen, weil sie nicht mich zuerst begrüßt hatte, wie es die Etikette verlangte – worauf ich gern verzichten könnte –, reichte ich ihr die Hand und zog sie in eine familiäre Umarmung. Weil sie genau das für mich war: Familie.

Auch Emelies Bruder und ihren Vater, der mir vorsichtig die rechte Hand reichte, begrüßte ich nicht weniger freundlich. Ich wusste, Johannes arbeitete noch immer an der Beweglichkeit, aber davon ließ er sich nicht unterkriegen. Im Gegenteil, an guten Tagen war er für kurze Zeit sogar wieder in der Backstube anzutreffen. Er liebte seinen Job einfach – und das kam seiner Genesung zugute.

Die Familie Hoffmann war bereits gestern Abend angekommen und hatte direkt das Kutscherhaus bezogen. Heute hatten sie vor unserem Treffen mit Erikas Bruder die Stadt besichtigt.

»Wie schön, ihr seid bereits hier!« Mutter tauchte am oberen Treppengeländer auf und kam zu uns herunter.

»Eure Majestät.« Erika knickste, während sich Johannes und Philipp höflich verbeugten. Belustigt verfolgte ich das Spektakel und spürte gleich darauf Emelies Ellenbogen in meiner Seite.

»Was denn, das ist ... amüsant«, erklärte ich, da ich wusste, *wie* nervös die gesamte Familie Hoffmann war und wie befremdlich sich das alles gleichzeitig für sie anfühlen musste. Immerhin hatte auch Emelie ähnlich verunsichert und überfordert auf die royalen Verhaltensregeln reagiert.

Mutter bat unsere Gäste in den Palast und führte sie in den Blauen Salon, wo der Rest der Familie wartete.

Wie nicht anders erwartet, verstanden sich alle vom ersten Augenblick an gut. Die Scheu, die ich bei Emelies Familie zu Beginn noch hatte erkennen können, legte sich schnell. Spätestens in dem Moment, als Finnja sich zu Erika auf die Couch setzte und sich in Gebärdensprache mit ihr unterhielt. Sofort standen Emelies Mutter die Tränen in den Augen. Ich konnte mir gut vorstellen, wie bedeutsam es für sie war, hier in Fjarora zu sein und sich mit jemandem auf die gleiche Weise zu unterhalten, wie sie es zuletzt mit ihrer verstorbenen Mutter getan hatte.

Als wenig später Champagner serviert wurde, räusperte sich Vater und augenblicklich verstummten die angeregten Gespräche. »Ich freue mich sehr, Emelies Eltern, Erika und Johannes, und ihren Bruder Philipp heute bei uns zu Gast zu haben. Diese junge Frau hat für viel Aufregung in unserem Leben gesorgt. Sie hat in Finnja die Leidenschaft zum Backen geweckt. Anika hat in ihr eine enge Vertraute und Freundin gefunden. Und sie übt einen äußerst positiven Einfluss auf unseren ältesten Sohn Frederik aus.«

Ich räusperte mich empört, was für Lacher sorgte.

»Vor allem aber sind wir stolz auf sie, dass sie innerhalb der letzten Monate ihren Traum von einer eigenen Konditorei weiter verfolgen konnte. Sie hat so fleißig dafür gearbeitet, den Businessplan ausgearbeitet und sich geweigert, finanzielle Unterstützung von uns anzunehmen.«

Emelie holte verlegen Luft und schaute zu ihren Eltern, die natürlich die ganze Geschichte kannten.

»Erst als sie ein leer stehendes Geschäft in der Einkaufsstraße entdeckt hat und wir vorgeschlagen haben, für einen Kredit bei der Bank zu sorgen, hat sie zugestimmt. Und jetzt sind alle Verträge unterzeichnet und seit einer Woche laufen die Umbauarbeiten im Laden.«

»Wofür ich Euch so unglaublich dankbar bin«, sagte Emelie und schaute von meinen Eltern zu mir. »Und dir auch. Du hast mich darin bestärkt, es zu wagen und Ove um seine Hilfe und Unterstützung zu bitten. Ohne ihn hätte ich das alles nicht innerhalb so kurzer Zeit geschafft. Ohne ihn und ohne Madita.« Ihre Freundin und Arbeitskollegin hatte sofort zugestimmt, Emelie tatkräftig zu unterstützen. Ove hatte die beiden schweren Herzens ziehen lassen und ihre Stellen in der königlichen Konditorei neu besetzt. Emelie wollte später noch zwei weitere Kräfte einstellen und ich war optimistisch, dass sie zu viert den ersten Ansturm bewältigen würden.

Mein Vater nickte zustimmend und wandte sich wieder an die Hoffmanns. »Umso schöner ist es, dass ihr hergekommen seid und wir uns nicht nur kennenlernen, sondern auf diese großartige Entwicklung anstoßen können.«

»Es ist eine Ehre, hier sein zu dürfen«, sagte Erika. »Wir freuen uns schon sehr auf morgen und darauf, die Huskyzucht des Prinzen zu sehen. Emelie hat uns bereits so viel davon vorgeschwärmt.«

Mutter lächelte und hob ihr Glas an. »Auf all unsere Kinder.«

»Auf unsere Kinder!« Vater prostete uns zu.

»Auf unsere Kinder!«, wiederholten Emelies Eltern.

Emelie neben mir schmunzelte und schlang einen Arm um mich. »Und auf die Liebe«, flüsterte sie, bevor ihr Glas sanft gegen meines stieß.

»Auf die Liebe«, raunte ich und küsste sie.

# Danke

Frohe Weihnachten, du wunderbarer Mensch. ♥

Ich freue mich so sehr, dass die Geschichte von Emelie und Frederik bei dir eingezogen ist. Das Schreiben hat mich völlig verzaubert und in mir den Wunsch geweckt, ganz viele Ecken und Enden Skandinaviens zu entdecken. Am liebsten möchte ich sofort nach Prinzen, Hundeschlitten und Nordlichtern Ausschau halten. Ich hoffe so sehr, dass du ähnlich empfindest und dass du beim Lesen eine schöne Zeit mit Emelie und Frederik genossen hast. Vielleicht konnten sie ja dein Herz genauso sehr wärmen wie meines beim Entstehen dieses Romans.

Dass du dieses Buch überhaupt in deinen Händen hältst, ist so vielen besonderen Menschen zu verdanken:

Ein riesiges Dankeschön geht an Nadja Korthals und das Team des großartigen Ravensburger Verlags. Ihr habt die Geschichte von Emelie und Frederik genauso geliebt wie ich und mir die Chance gegeben, sie den Lesern erzählen zu dürfen.

Außerdem möchte ich mich bei meinem Agenten Carsten Polzin bedanken – dafür, dass du immer an mich und meine Ideen glaubst.

Danke, liebe Franziska Jaekel, dass du mit mir gemeinsam den Text noch runder und großartiger gemacht hast.

Unbedingt bedanken möchte ich mich auch bei Lisa Klaushofer

von *www.dogpoint-adventures.at* – du hast dir so viel Zeit genommen und mir alles über Huskys und Hundeschlitten erzählt, was ich wissen musste. Ich habe großen Respekt vor deiner Arbeit mit den Tieren. Du hast mich sehr inspiriert.

Auch bedanken möchte ich mich bei Martina Zwölfer. Du hast mir sehr geholfen, was den Unfall und Genesungsprozess von Emelies Papa betrifft. Die Gespräche mit dir zu diesem Thema waren außerordentlich interessant.

Danke, liebe Laura-Jane Köhler, für deine Inspiration und dein weitreichendes Wissen, das du für diesen Roman mit mir geteilt hast. Für deine Geduld bei meinen unzähligen Fragen und dafür, dass du immer ein offenes Ohr für mich hast.

Außerdem möchte ich meinen Testlesern danken. Kristina, Gerda, Doreen und Sonja – ihr habt mir mit eurem Fachwissen und Erfahrungsschatz so sehr geholfen und mich auch zu der einen oder anderen Szene inspiriert. Danke auch an Andra, Franzi und Kate dafür, dass ihr die Geschichte schon während ihrer Entstehungsphase so sehr geliebt habt.

Last but not least möchte ich meiner Familie für die Unterstützung und Geduld mit mir danken. Ich liebe euch. So sehr.

Für weitere Informationen über mich und meine Bücher folge mir auf Instagram unter @sarahsaxx, besuche meine Website www.sarahsaxx.com und abonniere meinen Newsletter.

# LESEPROBE

»Make My Wish Come True«
von Jana Schäfer
ISBN 978-3-473-58604-2

## Abby

»Es tut mir leid.«

Vier Worte, und mein Tag war gelaufen. *Mir auch*, hätte ich am liebsten erwidert. *Sie haben nämlich die falsche Entscheidung getroffen*. Doch natürlich sagte ich nichts dergleichen. Stattdessen schluckte ich die Enttäuschung hinunter. »Verstehe, kein Problem. Ich weiß ja, dass Sie viele Bewerbungen erhalten haben.«

»Das haben wir tatsächlich. Falls es Ihnen ein Trost ist, Sie waren in der engeren Auswahl, Miss Jones, aber letztendlich haben wir uns dann doch für eine Bewerberin entschieden, die schon mehr Vorerfahrung aufweisen konnte.«

Ich biss die Zähne zusammen, um einen frustrierten Laut zu unterdrücken. »Verstehe«, sagte ich erneut, obwohl ich es kein bisschen verstand. Wie sollte ich jemals mit mehr Vorerfahrung in meiner Bewerbung glänzen können, wenn sie mich aufgrund zu weniger Praktika ablehnten? Das war doch bescheuert.

»Wir wünschen Ihnen auf jeden Fall weiterhin viel Glück.«

»Danke. Auf Wiedersehen«, sagte ich.

Seufzend steckte ich das Handy zurück in meine Tasche und sah mich um. Es war Mittwochnachmittag, und die Straßen waren wie üblich von unzähligen Menschen bevölkert. Wenn ich mich nicht bald dem Strom an Geschäftsleuten, Touristen und Spaziergängern anschloss, würde ich angerempelt oder mitgerissen werden. Stillstand passte nicht zu dieser Stadt. Oder zu meinem Leben.

Bevor ich noch länger hier herumstand, setzte ich mich in Bewegung und überquerte die Straße. Ein wolkenfreier Himmel erstreckte sich über New York. Das helle Blau hätte diesen Tag und meine Laune kaum weniger wiederspiegeln können. Am liebsten würde ich mich mit einem Becher Eis in meinem Bett verkriechen, doch in Selbstmitleid zu versinken, brachte mich auch nicht weiter. Entschlossen reckte ich mein Gesicht der Sonne entgegen. So leicht ließ ich mich nicht unterkriegen.

Ich schlug den Weg zu meinem Lieblingscafé ein, das in der Nähe des Campus der Filmakademie lag. Dort hatten sie die besten Muffins, die ich je gegessen hatte. Und wenn es einen Moment gab, in dem Frustessen angebracht war, dann jetzt.

Durch den Tipp eines Kommilitonen hatte ich überhaupt erst von dem Filmprojekt erfahren. Die Praktikumsstellen waren inoffiziell ausgeschrieben gewesen, und die Dreharbeiten hätten in ein paar Wochen, Anfang Dezember, begonnen. Ich hatte alles darangesetzt und mich durch sämtliche Kontakte telefoniert, um an die Nummer des Regisseurs zu kommen. Unter den Darstellern wäre niemand Geringeres als Chris Hemsworth gewesen, was vermutlich auch der Grund für die zahlreichen anderen Bewerbungen gewesen war. Dabei interessierte mich der Schauspieler nicht die Bohne. Klar wäre es ein Pluspunkt gewesen, einen Star wie ihn aus nächster Nähe zu sehen und mit ihm zusammenzuarbeiten, aber mein Interesse hatte ausschließlich Chase Mitchell gegolten, einem der derzeit besten Regisseure im Filmbusiness. Bei einem Film vom ihm zu assistieren, wäre der Hammer gewesen. Allerdings studierte ich erst im dritten Jahr Filmregie, und meine Möglichkeiten, überhaupt an irgendwelche Praktikumsstellen zu kommen, waren begrenzt.

Schon als Kind hatte ich gewusst, dass ich später in der Filmbranche arbeiten wollte, und seither tat ich alles, um mein Ziel zu erreichen. Eines Tages würde ich bei großartigen Produktionen mitwirken und dazu beitragen, wundervolle Geschichten zu inszenieren und zu erzählen. Das war es, was mich dazu gebracht hatte, nach New York zu ziehen und mich auf einen der begehrten Plätze an der *New York Film Academy* zu bewerben.

Als ich wenig später die Tür zu dem kleinen Café aufstieß, das wie üblich brechend voll war, fühlte ich mich sofort besser.

»Hi, Abby«, begrüßte mich meine Kommilitonin und Mitbewohnerin Bonnie, die gerade ein Tablett voller benutzter Tassen auf den Tresen stellte. Sie arbeitete neben dem Studium als Barista in dem Café, was meinen Kaffeekonsum auf ein ganz neues Level gebracht hatte. Dass sie manchmal *vergaß*, mein Getränk abzubuchen, machte es natürlich nicht leichter, mich einzuschränken.

»Hey, gut, dass du da bist.« Ich setzte mich auf einen Holzhocker, der vor einem kleinen Stehtisch in der Nähe des Tresens stand.

»Was ist los?« Sie musterte mich prüfend. Ihre schwarzen Haare trug sie heute zu einem hohen Zopf zusammengebunden, der bei jedem Schritt hin und her schaukelte.

»Ich habe eine Absage für die Praktikumsstelle bekommen. Du weißt schon, dieser Kinofilm, bei dem Chase Mitchell Regie führt ...«

»Mist.« Sie schürzte ihre dunkelrot geschminkten Lippen. Was bei mir Ähnlichkeit mit einem schmollenden Kind gehabt hätte, wirkte bei ihr beinahe niedlich.

»Meine Chancen standen von Anfang an nicht sonderlich gut, aber es wäre einfach so verdammt cool gewesen«, sagte ich mit einem frustrierten Seufzen.

»O Mann, das tut mir leid.« Bonnies dunkle Augen wurden noch eine Spur größer, als sie ohnehin schon waren. »Warte kurz.« Mit diesen Worten verschwand sie hinter dem Tresen. Wenig später kam sie mit einer Tasse Kaffee mit einem Schuss Haselnusssirup – meine Standardbestellung – und einem Teller mit einem Schokomuffin zu mir zurück. »Hier, Zucker vertreibt Kummer und Sorgen. Und gib nicht auf, die nächste Chance wird kommen!« Aufmunternd drückte sie meine Hand.

»Danke.« Ich brach ein Stück von dem fluffigen Gebäck ab und steckte es mir in den Mund. Bonnie hatte recht gehabt, Zucker machte die schlechte Nachricht direkt erträglicher.

»Ich versteh echt nicht, wieso die dich nicht genommen haben. Niemand an der Akademie ist so engagiert wie du. Aber lass dich davon nicht entmutigen. Bestimmt klappt es beim nächsten Mal.«

Bonnie war geborene New Yorkerin und sprach, seit wir uns bei der Einführungswoche auf einer Tour durch die Akademie kennengelernt hatten, davon, dass sie Schauspielerin werden wollte. Das nötige Talent dazu hatte sie. Letztendlich war sie aber genauso wie ich auf die richtigen Kontakte angewiesen, um in der Branche überhaupt Fuß fassen zu können. Allerdings ließ sie sich davon nicht entmutigen. Bonnies Optimismus war zu einem wichtigen Antrieb in meinem Leben geworden. Sie erinnerte mich regelmäßig daran, die Dinge positiv zu sehen, und ich gab mein Bestes, ihre Ratschläge zu befolgen.

Nur heute schien mir das Optimistischbleiben nicht ganz zu gelingen. »Du weißt genauso gut wie ich, wie das läuft. Den Platz bekommen nicht diejenigen, die am engagiertesten sind oder es am meisten wollen.«

Das war etwas, das ich schnell gelernt hatte. Wenn ich eines Tages als erfolgreiche Regisseurin arbeiten wollte, musste ich mich tatsächlich reinhängen und alles geben. Doch selbst das war keine Garantie. Ich brauchte Kontakte und Empfehlungen von den richtigen Leuten. Und dafür musste ich Erfahrungen als Praktikantin machen. Dieses Semester hatten uns die Dozenten empfohlen, Praxiserfahrung zu sammeln, weshalb ich mich seit Wochen um einen Praktikumsplatz bemühte.

»Das schon, aber wie gesagt, gib nicht auf«, sagte Bonnie, bevor sie plötzlich das Thema wechselte. »Sollen wir heute Abend Sushi bestellen?«

»Gern, ich kann ein bisschen Aufmunterung gut gebrauchen.«

»Perfekt. Ich muss jetzt leider wieder zurück an die Arbeit.« Bonnie klopfte mir noch mal aufmunternd auf die Schulter.

Nachdem Bonnie hinter dem Tresen verschwunden war, griff ich nach der Tasse und schnupperte an dem süßen Getränk. Die Mischung aus Koffein und der Süße des Sirups beruhigte mich augenblicklich.

Die nächsten Minuten verbrachte ich damit, den Rest von meinen Muffin zu essen und meine Enttäuschung über die Absage mit dem süßen Kaffee hinunterzuspülen. Danach scrollte ich – entschlossen, mich nicht unterkriegen zu lassen – durch verschiedene Jobangebote und Praktikumsstellen. *Voraussetzung: Erfahrung als Regieassistenz.* Nachdem ich den Satz zum gefühlt fünfzigsten Mal gelesen hatte, gab ich auf und bestellte mir einen weiteren Kaffee mit Sirup und ein Glas Wasser.

Das war doch alles Mist. In Filmen und Liedern ging es ständig darum, dass in New York Träume wahr wurden, doch in der Realität bedeutete, den Träumen nachzujagen, harte Arbeit und reihenweise Absagen. Ich wusste, dass das im Filmbusiness dazugehörte, trotzdem wünschte ich mir manchmal, es wäre ein bisschen leichter.

»Hier, bitte.« Bonnie stellte den Kaffee und das Wasser vor mir ab.

»Du bist die Beste.« Lächelnd griff ich nach dem Kaffee und sah mich zum ersten Mal richtig in dem Raum um.

Seit ein paar Tagen schmückten grüne Zweige und kleine Kerzen die Tische. Spätestens Ende November würde die ganze Stadt in den unterschiedlichsten Lichtern erstrahlen. Von rot blinkenden Weihnachtsmännern, weißen Lichterketten und der jährlich wiederkehrenden Playlist mit weihnachtlichen Liedern, die niemand mehr hören konnte, würde alles dabei sein. Zum Glück hatte ich mit Bonnie den Pakt geschlossen, dass unsere Wohnung dekofrei bleiben würde. Ich hatte noch nie viel für Kitsch übrig gehabt. Was als romantische und besinnliche Zeit verkauft werden sollte, war in Wahrheit nur noch mehr Stress, noch mehr Konsum und eine schmerzliche Erinnerung daran, dass die eigene Familie nicht so perfekt war wie in den Filmen. Dabei hatte ich Weihnachten mal geliebt. Damals, als meine Familie nicht nur aus Mom und mir bestanden hatte. Mit

Dads Weggehen und dem Älterwerden war dann jedoch der Weihnachtszauber verschwunden.

Seufzend trank ich meinen Kaffee leer und stellte das Geschirr auf den Tresen. »Ich geh nach Hause und bereite das Seminar von gestern nach. Bis später.« Mit einem Winken verabschiedete ich mich von Bonnie, die mir kurz zunickte, bevor sie die Bestellung eines Kunden aufnahm.

Draußen wehte mir ein kalter Wind entgegen, und ich schlang meinen Schal enger um den Hals. In ein paar Tagen würde ich meinen dicken Wintermantel aus dem Schrank holen müssen. Ein weiterer Grund, warum ich Weihnachten nicht mochte. Kälte war einfach nicht mein Ding, schon als Kind war ich erst im Sommer so richtig aufgeblüht. Ich vergrub meine Hände in den Jackentaschen und lief los.

Die Straßen waren inzwischen noch voller, doch diesmal störte ich mich nicht so sehr daran. Der Aufenthalt im Café hatte meine Laune gehoben, und auch wenn ich von Bonnies Zuversicht noch weit entfernt war, fühlte ich mich besser. Sie hatte recht, irgendwann musste es mit einem Praktikum klappen. Denn trotz der Rückschläge war ich fest davon überzeugt, dass die Filmbranche genau das Richtige für mich war. Und kaum eine Stadt bot so viele Möglichkeiten wie New York. Obwohl mir der Lärm manchmal zu schaffen machte, liebte ich die Stadt. Während ich die Straße entlang zur U-Bahn lief, kamen mir die unterschiedlichsten Leute entgegen. Von Menschen in Designerklamotten mit Handtaschen, die ich mir vermutlich nie würde leisten können, bis zu Straßenmusikern und jungen Leuten in grellbunten Klamotten, war alles dabei.

In der U-Bahn steckte ich mir Kopfhörer in die Ohren und lauschte der neuen Folge meines Lieblingspodcasts, der von einer Yogalehrerin geführt wurde. Sie interviewte regelmäßig inspirierende Persönlichkeiten, die es geschafft hatten, ihre Träume zu verwirklichen. Ihre Gäste waren ganz unterschiedlich, was den Podcast so interessant machte. So ging es in der letzten Folge zum Beispiel um eine Frau, die ein Café eröffnet hatte, in das sie jeden Sonntag Autoren einlud, die ihre Geschichten vorlasen. Heute hingegen befragte sie einen ehemaligen Manager, der seine erfolgreiche Karriere an der Seite eines Musikstars gegen ein Leben auf dem Land getauscht hatte, wo er sein eigenes Gemüse anbaute.

Ob ich eines Tages ebenfalls zu den Menschen gehören würde, die ihren Traum wahr gemacht hatten? Ich wünschte es mir mehr als alles andere.

Zurück in Bonnies und meiner winzigen Wohnung, die aus zwei Zimmern, einer kleinen Kochnische und einem Bad bestand, goss ich als Erstes die Pflanzen auf meinem Fensterbrett. Ich besaß nicht viel und versuchte, mein Zimmer so minimalistisch wie möglich zu halten. Ein Kleiderschrank in der Ecke, ein Regal mit Büchern über Filmgeschichte und Theaterwissenschaften an der Wand und mein Bett füllten die zwölf Quadratmeter bereits vollkommen aus. Der Boden bot gerade noch genug Platz für meine Yogamatte. Inzwischen ging ich dafür jedoch meistens ins Studio, denn seit ich selbst unterrichtete, kam ich immer weniger dazu, nur für mich allein Yoga zu praktizieren.

Ich schaltete die Lichterkette an der Wand ein, die den Raum in ein angenehmes Licht tauchte. Mein Zimmer war mein Zufluchtsort, wenn ich eine Pause von der Stadt brauchte.

Nachdem ich meinen Laptop hochgefahren und meine Lern-Playlist angemacht hatte, die aus ruhigen, sanften Instrumentalstücken bestand, setzte ich mich mit meiner Mitschrift aus dem letzten Seminar an den Schreibtisch. Und da verharrte ich, bis Bonnie am Abend mit Sushi nach Hause kam und wir es uns auf ihrem Bett gemütlich machten.

Da in der Wohnung kein Platz für einen Esstisch war, aßen wir meistens am Schreibtisch oder auf einem unserer Betten. Während mein Zimmer minimalistisch und ordentlich war, herrschte bei Bonnie das reinste Chaos. Auf ihrem Schreibtischstuhl türmte sich ein Berg Klamotten, und auf dem Boden lagen lose Zettel mit Notizen sowie zwei Bücher über Schauspielgeschichte. Auf ihrem Regal an der Wand standen vier grüne Pflanzen, die ich regelmäßig vor dem Vertrocknen rettete. Dennoch mochte ich Bonnies Zimmer. Es war gemütlich und spiegelte ihre fröhliche, chaotische Art wieder.

»Wie war die Schicht noch?«, fragte ich.

»Lang.« Sie verzog das Gesicht. »Heute war die Hölle los. Das hier ist definitiv mein Tageshighlight.« Sie deutete auf die Portion Sushi vor sich.

Eine Weile herrschte ein angenehmes Schweigen. Wir hingen beide unseren eigenen Gedanken nach, während wir uns unserem Essen widmeten.

»Ich muss dir was gestehen«, sagte Bonnie irgendwann, als von der Portion Sushi nur noch die Hälfte übrig war.

Ihr zerknirschter Tonfall ließ mich aufschauen. Das konnte nichts Gutes bedeuten. »Spuck's schon aus.«

Bonnie wand sich sichtlich, was untypisch für sie war. Normalerweise trug sie ihr Herz auf der Zunge und sagte, was sie dachte. Ihre

Direktheit hatte mir von Anfang an gefallen. Es war etwas, das wir gemeinsam hatten. Bei allem anderen unterschieden wir uns, waren das genaue Gegenteil. Während sie chaotisch und verplant war, strukturierte ich meinen Alltag und brauchte das Gefühl, einen Plan zu haben. Er musste nicht zwanghaft jedes Mal aufgehen, aber ihn zu haben, fühlte sich gut an. Die Menschen, die behaupteten, dass sie Überraschungen mochten, waren mir schon immer suspekt gewesen.

»Ich werde mit Eric verreisen.«

»Was?« Irritiert blinzelte ich und schaute meine Mitbewohnerin an.